Nobelpreis für Literatur 2013

In einer der zehn Geschichten aus ›Glaubst du, es war Liebe?‹ lernt die Buchhändlerin Georgia den Tiefseetaucher Miles kennen. Sie schläft mit ihm, im Auto und am Strand, beginnt eine Affäre. Sie ist nicht im Geringsten verliebt, fühlt sich »vom Kosmos beschenkt«, bis sich ihr Leben mit Lügen füllt … Ein Band mit Geschichten über Sehnsüchte, das Ankommen und Ausbrechen, wie sie nur Alice Munro schreiben kann – über Figuren, die Vieles verlieren und Großes gewinnen: ein Leben.

Alice Munro, geboren 1931 in Wingham, Ontario, ist eine der bedeutendsten Autorinnen der Gegenwart. Sie erhielt 2013 die höchste Auszeichnung für Literatur – den Nobelpreis. Ihr umfangreiches erzählerisches Werk wurde zuvor bereits mit zahlreichen Preisen ausgezeichnet, u. a. mit dem Giller Prize, dem Book Critics Circle Award sowie dem Man Booker International Prize. Alice Munro lebt in Ontario, Kanada.

Bei S. Fischer erschien zuletzt der Band ›Liebes Leben‹. Im Fischer Taschenbuch Verlag liegen vor: ›Himmel und Hölle‹ (Bd. 15707), ›Die Liebe einer Frau‹ (Bd. 15708), ›Der Traum meiner Mutter‹ (Bd. 16163), ›Tricks‹ (Bd. 16818), ›Wozu wollen Sie das wissen?‹ (Bd. 16969), ›Zu viel Glück‹ (Bd. 18686), ›Tanz der seligen Geister‹ (Bd. 18875), ›Was ich dir schon immer sagen wollte‹ (18876) und ›Offene Geheimnisse‹ (03096).

Weitere Informationen, auch zu E-Book-Ausgaben, finden Sie bei www.fischerverlage.de

ALICE MUNRO

GLAUBST DU, ES WAR LIEBE?

Erzählungen

Aus dem Englischen von
Karen Nölle

FISCHER Taschenbuch

Erschienen bei FISCHER Taschenbuch
Frankfurt am Main, September 2014

Die Originalausgabe erschien 1990 unter
dem Titel ›Friend Of My Youth‹ bei
McClelland and Stewart, Toronto

Der Band wurde 1991 zum ersten Mal
im Klett-Cotta Verlag auf Deutsch veröffentlicht.
Die Übersetzung wurde für die vorliegende Ausgabe
von Karen Nölle grundlegend überarbeitet.
Die Verse in den Erzählungen »Meneseteung«, »Halt mich fest, lass mich
nicht los« und »Ach, wozu …« wurden von Hans-Ulrich Möhring übersetzt.

Für die deutsche Ausgabe:

Satz: Dörlemann Satz, Lemförde
Druck und Bindung: CPI books GmbH, Leck
Printed in Germany
ISBN 978-3-596-03097-2

Zur Erinnerung an meine Mutter

Inhalt

Freundin aus meiner Jugendzeit

Für R. J. T. mit Dank

Eine Zeitlang träumte ich häufig von meiner Mutter, und obwohl die Details im Traum sich veränderten, blieb die Überraschung immer gleich. Der Traum hörte auf, vermutlich weil er in seiner Hoffnung zu durchsichtig, in seiner Versöhnlichkeit zu einfach war.

In dem Traum war ich gewöhnlich so alt wie in Wirklichkeit, lebte mein wirkliches Leben und entdeckte dann, dass meine Mutter noch am Leben war. (Tatsache ist, dass sie starb, als ich Anfang zwanzig und sie Anfang fünfzig war.) Manchmal befand ich mich in unserer alten Küche, wo meine Mutter auf dem Tisch Mürbteig ausrollte oder in der angeschlagenen altweißen Schüssel mit dem roten Rand Geschirr spülte. Aber manchmal traf ich sie zufällig auf der Straße, an Orten, wo ich sie nie vermutet hätte. Es konnte sein, dass sie durch ein elegantes Hotelfoyer spazierte oder an einem Flughafen in der Schlange stand. Sie sah immer recht munter aus – nicht gerade jugendlich, nicht gänzlich unberührt von der lähmenden Krankheit, die sie vor ihrem Tod über ein Jahrzehnt lang in den Klauen hielt, aber so viel besser als in meiner Erinnerung, dass ich staunte. Ach, ich habe nur dieses kleine Zucken im Arm, sagte sie zum Beispiel, und mein Gesicht ist auf dieser Seite ein bisschen steif. Es ist lästig, aber ich komme zurecht.

Damals fand ich etwas wieder, was mir im wachen Leben verloren gegangen war – das lebhafte Gesicht und die Stimme meiner Mutter, bevor ihre Halsmuskeln starr wurden und sich eine kummervolle, unpersönliche Maske über ihre Züge legte. Wie konnte ich das alles vergessen, dachte ich im Traum – ihren ungezwungenen, nicht ironischen, sondern heiteren Humor, ihre Unbekümmertheit und Ungeduld und ihr Vertrauen? Ich sagte dann stets, wie leid es mir tue, dass ich sie so lange nicht besucht hatte – und meinte damit nicht, dass ich ein schlechtes Gewissen hatte, sondern dass ich bedauerte, anstelle dieser Realität ein Schreckgespenst im Kopf behalten zu haben –, und bekam von ihr eine nüchterne Antwort, die für mich das Seltsamste, Beglückendste des Ganzen war:

Na ja, sagte sie, lieber spät als nie. Ich war sicher, dass ich dich eines Tages wiedersehen würde.

Als meine Mutter eine junge Frau war, mit einem weichen, schelmischen Gesicht, blickdichten Seidenstrümpfen an den kräftigen Beinen (ich habe ein Bild von ihr gesehen, mit ihren Schülern), ging sie als Lehrerin an eine Zwergschule im Ottawa-Valley, die Grieves-Schule. Sie lag an einer Ecke der Grieves'schen Farm – einer für die Gegend sehr guten Farm. Gut entwässerte Felder ohne die präkambrischen Felsen, die sich sonst überall aus dem Boden schoben, ein von Weiden gesäumtes Flüsschen neben dem Grund, ein Zuckerahornwald, Scheunen aus dicken Baumstämmen und ein großes schmuckloses Holzhaus, dessen Wände nicht angestrichen, sondern einfach verwittert waren. Und wenn Holz im Ottawa-Valley verwittert, sagte meine Mutter, ich weiß nicht, warum, aber dann wird es nicht grau, sondern schwarz. Es muss an der Luft liegen, sagte sie. Sie sprach vom Ottawa-Valley, wo sie zu Hause war – sie war ungefähr zwanzig Meilen von der Grieves-Schule aufgewachsen –, oft in belehrendem, staunendem Ton und stellte die Dinge heraus, die es von allen anderen Orten der Welt unterschieden. Häuser werden schwarz, Ahornsirup hat einen Geschmack, mit dem sich kein anderswo gewonnener Ahornsirup messen kann, Bären trollen in Sichtweite der Farmhäuser vorbei. Natürlich war ich enttäuscht, als ich das Tal endlich zu sehen bekam. Es war gar kein Tal, wenn man damit einen Einschnitt zwischen Bergen meint; es war ein Sammelsurium aus flachen Feldern und niedrigem Gestein und dichten Wäldern und kleinen Seen – eine zusammengewürfelte, unordentliche Landschaft ohne einfache Harmonie, die sich nur schwer beschreiben ließ.

Die Scheunen aus Baumstämmen und das ungestrichene Haus, die auf armen Höfen nur allzu üblich sind, waren im Fall der Grieves kein Zeichen von Armut, sondern ihrer Einstellung. Sie hatten Geld, aber sie gaben es nicht aus. Die Grieves arbeiteten hart, und sie waren alles andere als ungebildet, aber sie waren äußerst rückständig. Sie hatten weder ein Auto noch Strom oder Telefon noch einen Traktor. Manche Leute glaubten, das liege daran, dass sie Cameroner waren – sie waren die einzigen Leute dieses Glaubens im Schulbezirk –, aber tatsächlich verbot ihre Kirche (die sie selbst immer als reformiert presbyterianisch bezeichneten) weder Motoren noch Elektrizität noch andere derartige Erfindungen, sondern bloß Kartenspielen, Tanzen, Lichtspiele und am Sonntag jede Tätigkeit, die nicht religiös oder unvermeidbar war.

Meine Mutter wusste nicht zu erklären, wer die Cameroner waren oder woher der Name kam. Irgendeine verrückte Religion aus Schottland, sagte sie vom hohen Ross ihres gehorsamen und unbeschwerten Anglikanismus herab. Die Lehrerin wohnte immer in Pension bei den Grieves, und meine Mutter bedrückte der Gedanke, in dem schwarzen Holzhaus mit seinen lähmenden Sonntagen und Petroleumlampen und primitiven Ansichten leben zu sollen. Aber sie war damals schon verlobt, sie wollte an ihrer Aussteuer arbeiten, anstatt in der Gegend herumzusausen und sich zu amüsieren, und sie überlegte, dass sie jeden dritten Sonntag nach Hause fahren könnte. (Sonntags durfte man bei den Grieves ein Feuer zum Heizen anmachen, aber nicht zum Kochen, man durfte nicht einmal den Kessel aufsetzen, um Tee zu bereiten, und man sollte keinen Brief schreiben und keine Fliege totschlagen. Aber es stellte sich heraus, dass diese Regeln sich nicht auf meine Mutter erstreckten. »Nein, nein«, sagte Flora Grieves lachend. »Sie betrifft das nicht. Sie sollen weitermachen wie gewohnt.« Und nach einer Weile hatte meine Mutter sich mit Flora so sehr angefreundet, dass sie nicht einmal an den Sonntagen heimfuhr, an denen sie es eigentlich vorgehabt hatte.)

Flora und Ellen Grieves waren die beiden Schwestern, die der Familie geblieben waren. Ellie war verheiratet, mit einem Mann namens Robert Deal, der mit im Haus wohnte und die Farm bewirtschaftete, ohne dass sie dadurch allerdings für irgendwen zur Deal'schen Farm geworden war. So, wie man von ihnen sprach, erwartete meine Mutter, dass die Schwestern Grieves und Robert Deal mindestens Mitte vierzig sein würden, doch Ellie, die jüngere Schwester, war erst um die dreißig und Flora sieben bis acht Jahre älter. Robert Deal lag vermutlich dazwischen.

Das Haus war auf unübliche Weise aufgeteilt. Das Ehepaar lebte nicht mit Flora zusammen. Als die beiden heirateten, hatte Flora die Wohnstube und das Esszimmer, die vorderen Schlafzimmer und die Treppe sowie die Winterküche an sie abgetreten. Über das Badezimmer musste keine Entscheidung getroffen werden, denn es gab keins. Flora hatte die Sommerküche mit ihren offenen Balken und unverputzten Ziegelwänden, die alte in ein schmales Esszimmer umgewandelte Speisekammer, das Wohnzimmer und die beiden hinteren Schlafzimmer behalten, von denen eines meiner Mutter zugeteilt wurde. Die Lehrerin war bei Flora untergebracht, im ärmlicheren Teil des Hauses. Aber meiner Mutter machte das nichts aus. Sie zog Flora und Floras Fröhlichkeit von Anfang an der Stille und Krankenstuben-Atmosphäre der vorderen Zimmer vor. In Floras Reich waren noch nicht einmal alle Zerstreuungen verboten. Sie hatte ein Crokinole-Brett – und brachte meiner Mutter das Spiel bei.

Die Aufteilung hatte man natürlich in der Erwartung vorgenommen, dass Robert und Ellie eine Familie gründen und den Platz brauchen würden. Das war nicht geschehen. Sie waren schon über zwölf Jahre verheiratet, ohne dass ihnen ein lebendes Kind geboren worden war. Ellie war immer wieder schwanger gewesen, aber zwei Kinder waren tot zur Welt gekommen, und die übrigen waren Fehlgeburten. Als meine Mutter im ersten Jahr dort wohnte, schien Ellie immer mehr Zeit im Bett zu verbringen, und meine Mutter dachte, sie müsse wohl wieder schwanger sein, aber davon wurde nichts verlautbart. Das wäre bei solchen Leuten auch nicht üblich. Ellie war nichts anzusehen, wenn sie aufstand und herumlief, denn sie hielt sich krumm und war im Ganzen schlaff und ausgeleiert. Sie roch nach Krankenbett, und sie jammerte über jede Kleinigkeit wie ein Kind. Flora kümmerte sich um sie und machte die ganze Arbeit. Sie wusch die Wäsche und putzte die Zimmer und kochte die Mahlzeiten, die in den beiden Haushälften auf den Tisch kamen, und half Robert außerdem beim Melken und Entsahnen. Sie stand vor Tagesanbruch auf und schien niemals müde zu werden. Während des ersten Frühlings, in dem meine Mutter dort war, wurde ein großer Hausputz unternommen, bei dem Flora selbst auf die Leitern stieg und die Sturmfenster abnahm, schrubbte und wegräumte, aus einem Zimmer nach dem andern die Möbel herausschleppte, um die Holzteile zu säubern und die Fußböden zu bohnern. Sie spülte jedes Stück Glas und Geschirr, das doch eigentlich sauber in den Schränken stand. Sie kochte jeden Topf aus und jeden Löffel. Sie war von einem solchen Tatendrang besessen, dass sie kaum schlafen konnte – meine Mutter wachte morgens davon auf, dass sie hörte, wie die Ofenrohre abmontiert wurden oder der mit einem Geschirrtuch umwickelte Besen auf die verräucherten Spinnweben eindrosch. Durch die geputzten gardinenlosen Fensterscheiben strömte unbarmherziges Licht. Die Sauberkeit war überwältigend. Meine Mutter schlief nun auf Laken, die gebleicht und gestärkt waren und ihr einen Hautausschlag besorgten. Die kranke Ellie beschwerte sich täglich über den Geruch von Bohnerwachs und Putzmitteln. Floras Hände wurden rau. Aber sie blieb bester Laune. Ihr Kopftuch und ihre Schürze und Roberts zu weite Overalls, die sie für die Kletterei überzog, gaben ihr das Aussehen einer Komikerin – verspielt, jederzeit für Überraschungen gut.

Meine Mutter nannte sie einen tanzenden Derwisch.

»Du wirbelst herum wie ein tanzender Derwisch, Flora«, sagte sie, und Flora hielt inne. Sie wollte wissen, was sie damit meinte. Und meine Mutter erklärte es ihr, wenngleich sie ein wenig Angst davor hatte, Floras Frömmigkeit zu verletzen. (Nicht eigentlich Frömmigkeit – so konnte man es nicht nennen. Strenggläubigkeit.) Doch da konnte sie unbesorgt sein. Floras Glaube besaß nicht die geringste Spur von Kleinlichkeit oder selbstgefälliger Berechnung. Sie kannte keine Scheu vor Heiden – sie hatte zeitlebens unter ihnen gelebt. Ihr gefiel die Vorstellung, ein Derwisch zu sein, und sie ging damit gleich zu ihrer Schwester.

»Weißt du, wie die Lehrerin mich nennt?«

Flora und Ellie waren beide dunkelhaarig und hatten dunkle Augen, sie waren groß und schmalschultrig mit langen Beinen. Ellie war natürlich ein Wrack, aber Flora hielt sich immer noch kerzengerade und hatte anmutige Bewegungen. Sie konnte wie eine Königin aussehen, sagte meine Mutter – selbst wenn sie auf ihrem alten Karren in die Stadt fuhr. Zur Kirche nahmen sie einen Einspänner oder einen leichten Pferdeschlitten, aber wenn sie in die Stadt fuhren, mussten sie oft Säcke mit Wolle transportieren – sie hielten ein paar Schafe – oder Gemüse, zum Verkauf, und sie mussten Vorräte nach Hause schaffen. Die nur wenige Meilen weite Fahrt machten sie nicht oft. Robert saß vorne, um die Pferde zu lenken – Flora war sehr wohl in der Lage, ein Pferd zu lenken, aber der Mann musste stets die Zügel in der Hand haben. Flora stand hinten und bewachte die Säcke. Sie fuhr im Stehen in die Stadt und wieder zurück, hielt dabei geschickt ihr Gleichgewicht, trug ihren schwarzen Hut. Beinahe schon lächerlich, aber nicht ganz. Auf meine Mutter wirkte sie wie eine Zigeunerkönigin, mit ihrem schwarzen Haar und der immer leicht gebräunten Haut und ihrer gewandten, unerschrockenen Gelassenheit. Natürlich fehlten ihr die goldenen Armreifen und die bunten Kleider. Meine Mutter beneidete sie um ihre Schlankheit und um ihre Wangenknochen.

Als sie im Herbst zu Beginn ihres zweiten Jahres zurückkehrte, erfuhr meine Mutter, was mit Ellie los war.

»Meine Schwester hat ein Geschwür«, sagte Flora. Damals sprach niemand von Krebs.

Meine Mutter hatte davon schon gehört. Die Leute mutmaßten so etwas. Meine Mutter kannte mittlerweile viele Leute im Bezirk. Mit einer jungen Frau, die im Postamt arbeitete, hatte sie sich richtig angefreundet; sie war als eine der Brautjungfern meiner Mutter auserkoren. Die Geschichte von Flora und Ellie und Robert – beziehungsweise das Wenige davon, was die Leute wussten – war ihr in verschiedenen Versionen erzählt worden. Meine Mutter hatte nicht das Gefühl, sich dabei Klatsch anzuhören, weil sie stets darauf achtete, dass keine abfälligen Bemerkungen über Flora gemacht wurden – gegen die wollte sie sich unbedingt verwahren. Aber es wurden überhaupt keine gemacht. Alle sagten, Flora habe sich wie eine Heilige benommen. Selbst bei den härtesten Maßnahmen, bei der Aufteilung des Hauses etwa – sei sie wie eine Heilige gewesen.

Robert kam einige Monate vor dem Tod des Vaters der Mädchen zum Arbeiten auf die Farm der Grieves. Sie kannten ihn bereits aus der Kirche. (Oh, diese Kirche, sagte meine Mutter, die einmal einen Gottesdienst besucht hatte, aus Neugier – dieses triste Gebäude Meilen hinter der Stadt, ohne Orgel oder Klavier und mit einfachem Fensterglas und einem tattrigen alten Pastor, dessen Predigten über Stunden gingen, und einem Mann, der vor jedem Lied eine Stimmgabel anschlug.) Robert war aus Schottland gekommen und war auf dem Weg nach Westen. Er hatte bei Verwandten oder Bekannten Station gemacht, die Mitglieder der kleinen Gemeinde waren. Wohl um ein bisschen Geld zu verdienen, kam er zu den Grieves. Schon bald verlobte er sich mit Flora. Sie konnten nicht wie andere Paare tanzen gehen oder Karten spielen, aber sie machten ausgedehnte Spaziergänge. Die – inoffizielle – Anstandsdame war Ellie. Ellie war damals ein übermütiger Wildfang, ein langhaariges, ungebärdiges, kindisches Mädchen voll schlaksiger Energie. Sie lief die Berghänge hinauf und hieb mit einem Stock auf die Königskerzen ein, brüllte und sprang umher und spielte, sie sei ein Krieger auf einem Pferd. Oder das Pferd selbst. Und das mit fünfzehn, sechzehn Jahren. Niemand außer Flora hatte sie in der Gewalt, und meistens lachte Flora nur über sie, denn sie war ihre Art zu sehr gewohnt, um sich zu fragen, ob Ellie vielleicht nicht ganz richtig im Kopf sei. Die beiden liebten einander sehr. Die lange, magere Ellie mit ihrem langen, schmalen Gesicht war wie ein Abbild Floras – die Art Abbild, wie man sie häufig in Familien hat, in dem zu stark oder zu schwach ausgeprägte Züge oder Farben die Schönheit der einen in die Reizlosigkeit oder Beinahe-Reizlosigkeit der anderen verwandeln. Aber Ellie war deswegen nicht neidisch. Sie liebte es, Flora zu kämmen und ihr das Haar hochzustecken. Sie liebten es, einander die Haare zu waschen. Ellie presste dann ihr Gesicht an Floras Hals, wie ein Fohlen, das sich an die Mutter schmiegt. Als Robert also Flora die Ehe antrug, oder Flora ihm – niemand weiß, wie es war – musste Ellie dazugehören. Sie zeigte keinerlei bösen Willen Robert gegenüber, aber sie verfolgte und überfiel die beiden auf ihren Spaziergängen; sprang überraschend aus dem Unterholz oder schlich sich so leise von hinten an, dass sie ihnen in den Nacken pusten konnte. Sie wurde von Leuten dabei beobachtet. Und ihre Streiche wurden bekannt. Sie war schon immer für ihre Streiche berüchtigt gewesen, und manchmal hatte sie deswegen Ärger mit ihrem Vater bekommen, aber Flora hatte sie stets in Schutz genommen. Jetzt legte sie Robert Disteln ins Bett. Sie vertauschte beim Tischdecken an seinem Platz Messer und Gabel. Sie stellte die Milcheimer um, damit er den alten mit dem Loch nahm. Vielleicht Flora zuliebe ertrug Robert sie.

Der Vater hatte von Flora und Robert verlangt, mit der Hochzeit noch ein Jahr zu warten, und daran hielten sie sich auch nach seinem Tod. Robert blieb im Haus wohnen. Keiner verstand es, Flora richtig darauf anzusprechen, dass dies anstößig sei oder anstößig aussehe. Flora fragte immer bloß, wieso. Anstatt den Tag der Hochzeit vorzuverlegen, schob sie ihn hinaus – vom kommenden Frühjahr auf den Frühherbst, damit ein volles Jahr zwischen der Hochzeit und dem Tod ihres Vaters läge. Ein Jahr zwischen Hochzeit und Beerdigung – so schien es ihr richtig. Sie vertraute vollkommen auf Roberts Geduld und auf ihre eigene Reinheit.

Warum auch nicht? Doch im Winter kam Unruhe ins Haus. Ellie erbrach sich, weinte, lief davon und versteckte sich im Heuschober, heulte, als man sie fand und herausholte, sprang in der Scheune vom Dachbalken, drehte sich im Kreis, wälzte sich im Schnee. Ellie war wie von Sinnen. Flora musste den Arzt rufen. Sie erzählte ihm, dass bei ihrer Schwester die Regelblutungen ausgesetzt hätten – war es möglich, dass der Blutstau sie um den Verstand brachte? Robert hatte sie einfangen und fesseln müssen, und mit vereinten Kräften hatten er und Flora sie ins Bett gebracht. Sie verweigerte die Nahrung, rollte den Kopf hin und her und jaulte. Es sah aus, als würde sie sprachlos sterben. Aber irgendwie kam die Wahrheit ans Licht. Allerdings nicht durch den Arzt, der nicht nahe genug an sie herankommen konnte, um sie zu untersuchen, weil sie so um sich schlug. Wahrscheinlich legte Robert ein Geständnis ab. Oder Flora musste endlich, trotz ihres Edelmuts, die Wahrheit erkennen. Jetzt musste eine Hochzeit stattfinden, wenn auch nicht die geplante.

Keine Torte, keine neuen Kleider, keine Hochzeitsreise, keine Glückwünsche. Nur ein verschämter, überstürzter Besuch im Pfarrhaus. Einige, die die Namen in der Zeitung lasen, dachten, der Redakteur müsse die Schwestern verwechselt haben. Sie dachten, es müsse sich um Flora handeln. Eine überstürzte Hochzeit für Flora! Aber nein, Flora war diejenige, die Roberts Anzug bügelte – wer sonst? – und Ellie aus dem Bett holte und sie wusch und zurechtmachte. Es konnte auch nur Flora gewesen sein, die eine Geranie aus dem Blumenkasten am Fenster pflückte und sie ihrer Schwester ans Kleid steckte. Und Ellie hatte sie nicht abgerissen. Ellie war jetzt lammfromm, schlug nicht mehr um sich und weinte nicht mehr. Sie ließ sich von Flora zurechtmachen, sie ließ sich verheiraten, sie war von dem Tag an nie mehr wild.

Flora ließ das Haus aufteilen. Sie half Robert eigenhändig, die notwendigen Trennwände zu bauen. Das Baby wurde ausgetragen – keiner tat auch nur so, als wäre es eine Frühgeburt –, aber es kam nach langen, peinigenden Wehen tot zur Welt. Vielleicht hatte Ellie es verletzt, als sie vom Balken in der Scheune gesprungen war und sich im Schnee gewälzt und sich kasteit hatte. Selbst wenn sie all das nicht getan hätte, wären die Leute davon ausgegangen, dass irgendetwas schiefgehen würde, mit diesem oder vielleicht einem späteren Kind. Gott bestrafte überstürzte Ehen – das glaubten nicht nur die Presbyterianer, sondern auch fast alle anderen Leute. Gott belohnte Wollust mit toten oder schwachsinnigen Kindern, Hasenscharten und verkümmerten Gliedern und Klumpfüßen.

In diesem Fall setzte sich die Strafe fort. Ellie erlitt eine Fehlgeburt nach der anderen, dann eine weitere Totgeburt und anschließend wieder Fehlgeburten. Sie war pausenlos schwanger, und während der Schwangerschaften litt sie unter tagelangem Brechreiz, Kopfschmerzen, Krämpfen, Schwindelanfällen. Die Fehlgeburten waren genauso quälend wie die normalen Geburten. Ellie war nicht in der Lage, ihre Arbeit zu machen. Sie hielt sich, wenn sie durchs Haus ging, an Stühlen fest. Ihr benommenes Schweigen verging, und sie wurde zur Nörglerin. Wenn jemand zu Besuch kam, redete sie über die Besonderheiten ihrer Kopfschmerzen oder beschrieb ihren jüngsten Ohnmachtsanfall oder erging sich gar – vor Männern, vor unverheirateten jungen Mädchen oder Kindern – in blutigen Einzelheiten über das, was Flora als ihre »Enttäuschungen« bezeichnete. Wenn die Gäste das Thema wechselten oder die Kinder aus dem Zimmer schafften, wurde sie mürrisch. Sie verlangte neue Arzneien, beschimpfte den Arzt, machte Flora die Hölle heiß. Sie beschuldigte Flora, aus Bosheit beim Abwaschen laut mit dem Geschirr zu klappern, sie beim Kämmen an den Haaren zu reißen, ihr aus lauter Geiz Wasser mit Melasse statt ihrer richtigen Medizin zu verabreichen. Was sie auch sagte, Flora besänftigte sie unbeirrt. Alle, die ins Haus kamen, warteten mit Geschichten dieser

Art auf. Flora sagte: »Wo ist denn mein kleines Mädchen? Wo ist meine Ellie? Das hier ist nicht meine Ellie, das ist ein zänkisches Weib, das sich an ihrer Stelle hier eingeschlichen hat!«

An den Winterabenden, nachdem sie Robert bei den Arbeiten in der Scheune geholfen hatte, wusch sich Flora und zog sich um und ging nach nebenan, um Ellie bis zum Einschlafen vorzulesen. Dann lud sich meine Mutter öfters selbst ein und nahm dazu die Näharbeit mit, die sie gerade für ihre Aussteuer fertig machte. Ellies Bett war im großen Esszimmer aufgebaut, wo eine Gaslampe über dem Tisch hing. Meine Mutter saß an einer Seite des Tisches und nähte, Flora an der anderen Seite und las vor. Manchmal sagte Ellie: »Ich kann dich nicht hören.« Oder wenn Flora eine kleine Pause machte, um sich auszuruhen: »Ich schlafe noch nicht.«

Was las Flora vor? Geschichten über das Leben in Schottland – keine Klassiker. Geschichten über Lausejungen und komische Großmütter. Der einzige Titel, an den meine Mutter sich erinnern konnte, war *Wee Macgregor.* Sie konnte den Geschichten nicht sehr gut folgen und nicht mitlachen, wenn Flora lachte und Ellie leise wimmerte, weil vieles in schottischem Dialekt gehalten war oder mit schwerem Akzent gelesen wurde. Sie war überrascht, dass Flora ihn beherrschte – normalerweise redete Flora überhaupt nicht so.

(Aber sprach Robert nicht vielleicht so? Womöglich ist das der Grund, weshalb meine Mutter nie etwas wiedergibt, was Robert gesagt hat, ihn nie an einer Szene teilhaben lässt. Er muss doch da gewesen sein, er muss mit im Zimmer gesessen haben. Sie heizten bestimmt nur den Hauptaufenthaltsraum. Ich sehe ihn vor mir: schwarzhaarig, breitschultrig, stark wie ein Ackergaul und von der gleichen düsteren, zurückgenommenen Schönheit.)

Schließlich sagte Flora: »Genug davon für heute Abend.« Damit nahm sie ein anderes Buch zur Hand, ein altes Buch von einem Prediger ihres Glaubens. Darin standen Sachen, wie sie meine Mutter noch nie vernommen hatte. Was für Sachen? Das konnte sie nicht sagen. Das ganze Zeug, das zu ihrer grässlichen altbackenen Religion gehörte. Ein paar Seiten davon, und Ellie schlief ein oder tat zumindest so, als ob sie schliefe.

Die ganze Ordnung der Auserwählten und Verdammten, das muss meine Mutter gemeint haben – die ganzen Argumente über Illusion und Notwendigkeit des freien Willens. Das Verhängnis und der schmale Weg zur Erlösung. Die quälende, niederschmetternde, für einige Geister jedoch unwiderstehliche Anhäufung miteinander verketteter und widersprüchlicher Vorstellungen. Meine Mutter konnte dem widerstehen. Ihr Glauben war unbeschwert, ihre Stimmung damals nicht leicht zu trüben. Ideen machten sie nie neugierig, nie.

Aber war das eine geeignete Lektüre, fragte sie (stumm), für eine Sterbende? Das war das deutlichste Wort der Kritik an Flora.

Die Antwort – dass es die einzig mögliche war, wenn man daran glaubte – ist ihr offenbar nie in den Sinn gekommen.

Mit dem Frühling war eine Krankenschwester eingezogen. Das machte man damals so. Man starb zu Hause, und eine Krankenschwester kam, um sich um alles zu kümmern.

Die Krankenschwester hieß Audry Atkinson. Sie war eine kräftige Person mit einem Korsett steif wie Fassreifen, das ondulierte Haar messinggelb wie ein Kerzenleuchter, ein von Lippenstift über die schmalen Ränder hinaus geformter Mund. Sie kam mit einem Auto auf den Hof gefahren – ihrem eigenen Wagen, einem dunkelgrünen Coupé, blank und schnittig. Die Nachricht von Audry Atkinson und ihrem Auto verbreitete sich schnell. Man stellte Fragen. Woher hatte sie das Geld? Hatte irgendein reicher Narr sein Testament zu ihren Gunsten geändert? Hatte sie nachgeholfen? Oder sich einfach an einem Bündel Scheine unter der Matratze bedient? Wie sollte man ihr vertrauen?

Ihr Auto war das erste, das je über Nacht auf dem Grieves'schen Hof gestanden hatte.

Audry Atkinson sagte, in ein solch primitives Haus habe man sie noch nie zu einem Pflegefall geholt. Sie begreife nicht, sagte sie, wie Leute so leben könnten.

»Dabei sind sie ja nicht einmal arm«, sagte sie zu meiner Mutter. »Das ist es doch nicht, oder? Das könnte ich verstehen. Und wegen ihrer Religion ist es auch nicht. Weshalb also sonst? Es ist ihnen egal, deshalb!«

Sie versuchte zunächst, sich bei meiner Mutter einzuschmeicheln, so als wären sie hier an diesem rückschrittlichen Ort natürliche Verbündete. Sie redete, als wären sie beide ungefähr gleich alt – zwei flotte, intelligente Frauen, die sich gern mal ein Vergnügen gönnten und moderne Ansichten hatten. Sie bot meiner Mutter an, ihr das Autofahren beizubringen. Sie bot ihr Zigaretten an. Meine Mutter verlockte die Vorstellung, fahren zu lernen, mehr als das Rauchen. Aber sie sagte, nein, sie wolle warten, bis ihr Mann es ihr beibrachte. Audry Atkinson zog ihre bräunlich rosa Augenbrauen hoch und warf meiner Mutter hinter Floras Rücken vielsagende Blicke zu, und meine Mutter schäumte. Sie konnte die Krankenschwester viel weniger leiden als Flora.

»Ich wusste sie einzuschätzen, und Flora nicht«, sagte meine Mutter. Sie meinte damit, dass sie bei ihr etwas Ordinäres witterte, vielleicht sogar Gasthäuser und unappetitliche Männer und knallharte Abmachungen, die der weltfremden Flora vollkommen entgingen.

Flora machte sich wieder ans Großreinemachen. Sie spannte die Gardinen auf Rahmen, sie klopfte die Teppiche über der Leine, sie sprang auf die Trittleiter, um dem Staub oben auf den Simsen zu Leibe zu rücken, wurde aber in einem fort durch Klagen von Schwester Atkinson aufgehalten.

»Ach bitte, könnten wir vielleicht ein bisschen weniger Rennerei und Radau haben?«, fragte Schwester Atkinson mit anzüglicher Höflichkeit. »Ich spreche nur für meine Patientin.« Sie nannte Ellie immer »meine Patientin« und tat so, als wäre sie die Einzige, die sie beschützte und für die nötige Rücksicht sorgte. Sie selbst allerdings behandelte Ellie nicht sehr rücksichtsvoll. »Hauruck«, sagte sie und hievte das arme Geschöpf auf ihre Kissen. Und sie machte Ellie klar, dass Jammern und Wehklagen bei ihr sinnlos waren. »Sich selbst tun Sie damit keinen Gefallen«, sagte sie. »Und mich bringen Sie bestimmt nicht dazu, schneller zu kommen. Da können Sie doch besser gleich lernen, sich zu beherrschen.« Über Ellies wundgelegene Stellen schimpfte sie, als wären auch sie eine Schande für das Haus. Sie verlangte Lotionen, Salben, teure Seife – das meiste zweifellos für ihre eigene Haut, die, wie sie behauptete, unter dem harten Wasser litt. (Wie konnte es hart sein, fragte meine Mutter sie – um für den Haushalt einzutreten, wenn schon niemand das tat –, wie konnte es hart sein, da es doch direkt aus der Regentonne kam?)

Schwester Atkinson verlangte auch Sahne – sie sagte, sie sollten einen Teil für sich behalten, nicht alles an die Molkerei verkaufen. Sie wolle ihrer Patientin nahrhafte Suppen und Nachspeisen kochen. Und sie machte Pudding und Götterspeisen – aus Fertigpulver, wie es vorher noch nie ins Haus gekommen war. Meine Mutter war überzeugt, dass sie sie allesamt alleine aß.

Flora las Ellie immer noch vor, aber jetzt nur kurze Stücke aus der Bibel. Wenn sie fertig war und aufstand, versuchte Ellie, sie festzuhalten. Ellie weinte, manchmal brachte sie lächerliche Klagen vor. Sie sagte, draußen wäre eine Kuh mit

Hörnern, die versuchte ins Zimmer zu kommen und sie umzubringen.

»Auf so fixe Ideen kommen die oft«, sagte Schwester Atkinson. »Sie dürfen nicht darauf eingehen, sonst lässt sie Sie Tag und Nacht nicht mehr los. So sind die nun mal, sie denken nur an sich. Also, wenn ich mit ihr allein bin, benimmt sie sich recht gut. Ich habe überhaupt keine Scherereien. Aber jedes Mal, wenn Sie hier waren, geht der Kummer wieder von vorne los, weil sie Sie sieht und sich aufregt. Sie wollen mir die Arbeit doch nicht schwerer machen, nicht wahr? Ich meine, Sie haben mich doch hergeholt, damit ich die Sache in die Hand nehme, oder?«

»Ellie, Ellie, mein Liebes, ich muss gehen«, sagte Flora, und an die Krankenschwester gewandt: »Ich verstehe es. Ich verstehe wirklich, dass wir uns nach Ihnen richten müssen, und ich bewundere Sie, ich bewundere Sie für Ihre Arbeit. Bei Ihrer Arbeit müssen Sie so viel Geduld und Güte aufbringen.«

Meine Mutter staunte – war Flora wirklich so blind, oder hoffte sie, Schwester Atkinson durch dieses unverdiente Lob zu der Geduld und Güte anzuhalten, an der sie es fehlen ließ? Schwester Atkinson war zu dickfellig und selbstherrlich, als dass ein solcher Trick hätte funktionieren können.

»Ja, es ist schon ein harter Job, damit wird nicht jede fertig«, sagte sie. »Das ist nicht wie bei den Schwestern im Krankenhaus, wo alles fix und fertig vorbereitet ist.« Sie hatte keine Zeit mehr für Konversation – sie versuchte gerade »Geschichten aus dem Ballhaus« in ihrem Kofferradio einzustellen.

Meine Mutter hatte in der Schule mit den Abschlussprüfungen und dem Unterrichtsmaterial für Juni zu tun. Sie steckte mitten in den Vorbereitungen für ihre Hochzeit im Juli. Freunde kamen mit dem Auto und brausten mit ihr zum Schneider, zu Partys, zum Aussuchen der Einladungskarten und zum Kuchenbestellen. Der Flieder blühte auf, die Abende wurden länger, die Vögel waren wieder da und bauten Nester, und meine Mutter erblühte durch die viele Aufmerksamkeit so kurz vor dem Aufbruch in das herrlich ernste Abenteuer der Ehe. Ihr Kleid sollte mit Seidenrosen bestickt, ihr Schleier von einer Kappe aus Staubperlen gehalten werden. Sie gehörte zu der ersten Generation junger Frauen, die sparten und ihre Hochzeit mit dem eigenen Geld ausrichteten – viel prächtiger als es sich ihre Eltern hätten leisten können.

An ihrem letzten Abend kam die Freundin aus dem Postamt, um sie abzuholen, samt ihren Kleidern und Büchern und den Sachen, die sie für ihre Aussteuer genäht hatte, und den Geschenken, die sie von ihren Schülern und anderen bekommen hatte. Es gab viel Theater und Gelächter darüber, wie man alles ins Auto bekommen sollte. Flora kam heraus, um zu helfen. Diese Heiraterei ist ja noch schlimmer, als ich dachte, sagte Flora lachend. Sie schenkte meiner Mutter ein Spitzendeckchen für die Frisierkommode, das sie heimlich gehäkelt hatte. Schwester Atkinson durfte bei keinem wichtigen Anlass ausgeschlossen bleiben – sie überreichte ein Sprühfläschchen mit Eau de Cologne. Flora stand am Abhang neben dem Haus und winkte zum Abschied. Sie war zur Hochzeit eingeladen, hatte aber natürlich abgesagt, weil sie in einer solchen Zeit nicht »feiern« könne. Das Letzte, was meine Mutter je von ihr sah, war diese einsame, eifrig winkende Gestalt in Kittelschürze und Kopftuch auf dem grünen Abhang neben dem schwarzen Haus, im Abendlicht.

»Na, vielleicht kriegt sie ja jetzt, was ihr eigentlich beim ersten Mal zugestanden hätte«, sagte die Freundin aus dem Postamt. »Vielleicht können sie jetzt heiraten. Ist sie zu alt, um eine Familie zu gründen? Wie alt ist sie überhaupt?«

Meine Mutter fand es geschmacklos, so über Flora zu reden, und entgegnete, das wisse sie nicht. Aber im Stillen musste sie zugeben, dass sie genau das Gleiche gedacht hatte.

Nachdem meine Mutter geheiratet und sich dreihundert Meilen entfernt in den eigenen vier Wänden eingerichtet hatte, bekam sie von Flora einen Brief. Ellie war tot. Sie sei fest im Glauben gestorben, berichtete Flora, und für ihre Erlösung dankbar gewesen. Schwester Atkinson bleibe noch eine Weile, bis es Zeit für sie sei, ihre nächste Aufgabe zu übernehmen. Das war im Spätsommer.

Die Nachricht von dem, was dann geschah, kam nicht von Flora. Als sie zu Weihnachten schrieb, schien sie selbstverständlich anzunehmen, dass ihr die Neuigkeit vorausgeeilt sei.

»Du wirst höchstwahrscheinlich gehört haben«, schrieb Flora, »dass Robert und Schwester Atkinson geheiratet haben. Sie bleiben hier wohnen, in Roberts Teil des Hauses. Sie renovieren es nach ihrem Geschmack. Es ist nicht recht von mir, sie Schwester Atkinson zu nennen, wie ich es, so sehe ich, eben getan habe. Ich hätte sie Audrey nennen sollen.«

Natürlich hatte die Freundin von der Post geschrieben, und andere auch. Es war ein großer Schock und ein Skandal und eine Angelegenheit, die die ganze Gegend erregte – die Hochzeit so heimlich und überraschend wie Roberts erste (wenn auch gewiss nicht aus dem gleichen Grund), Schwester Atkinson auf Dauer in der Gemeinde zu Hause, Flora zum zweiten Mal die Unterlegene. Keiner hatte mitbekommen, dass er Schwester Atkinson den Hof machte, und sie fragten sich, wie die Frau ihn wohl betört hatte. Hatte sie ihm Kinder versprochen und verschwiegen, wie alt sie war?

Die Überraschungen sollten nicht mit der Hochzeit enden. Die Braut nahm sofort die von Flora erwähnte »Renovierung« in Angriff. Ein Stromanschluss wurde gelegt, und dann Telefon. Von da an hörte man Schwester Atkinson – sie sollte für immer Schwester Atkinson heißen – über den Gemeinschaftsanschluss Maler und Tapezierer und Lieferanten zusammenstauchen. Sie ließ alles neu machen. Sie kaufte einen

Elektroherd und ließ ein Bad einbauen, und nur der Himmel wusste, woher sie das Geld nahm. War es ihres, erworben durch ihre Geschäfte am Totenbett, durch zwielichtige Erbschaften? Gehörte es Robert, ließ er sich seinen Anteil auszahlen? Ellies Anteil, ihm und Schwester Atkinson zum Vergnügen hinterlassen, diesem schamlosen Paar?

Sämtliche Neuerungen kehrten nur in einer Haushälfte ein. Floras Seite blieb, wie sie war. Kein elektrisches Licht, keine neuen Tapeten und keine neuen Jalousien. Als das Haus von außen gestrichen wurde – cremefarben mit dunkelgrünen Leisten –, blieb Floras Seite ungestrichen. Diese merkwürdige, offene Erklärung wurde anfangs mit Mitleid und Missbilligung aufgenommen, später dann mit weniger Mitgefühl als Zeichen für Floras Sturheit und Verschrobenheit (sie hätte doch auch Farbe kaufen können, damit es anständig aussah) und schließlich als Witz. Viele fuhren eigens einen Umweg, um es sich anzusehen.

Für frischverheiratete Paare wurde im Schulhaus immer ein Tanz veranstaltet. Ein gesammelter Betrag – »Geldbörse« genannt – wurde ihnen überreicht. Schwester Atkinson ließ verlauten, sie hätte nichts dagegen, wenn man dieser Sitte folgte, auch wenn die Familie, in die sie eingeheiratet hatte, gegen das Tanzen sei. Manche Leute meinten, es wäre eine Schande, ihr nachzugeben, ein Schlag ins Gesicht für Flora. Andere waren zu neugierig, um sich zu bremsen. Sie wollten sehen, wie die Frischvermählten sich verhielten. Würde Robert tanzen? Wie würde die Braut sich ausstaffieren? Man schwankte eine Weile, aber schließlich fand der Tanz statt, und meine Mutter erhielt ihren Bericht.

Die Braut trug das Kleid, das sie bei ihrer Trauung getragen hatte, jedenfalls behauptete sie das. Aber wer würde ein solches Kleid zu einer Trauung im Pfarrhaus anziehen? Es war mehr als wahrscheinlich, dass sie es eigens für ihren Auftritt beim Tanz gekauft hatte. Leuchtend weißer Satin mit einem herzförmigen Ausschnitt, lachhaft jugendlich. Der Bräutigam steckte in einem neuen dunkelblauen Anzug, und sie hatte ihm eine Blume ins Knopfloch gesteckt. Sie waren beide sehenswert. Ihr frisch gemachtes Haar blendete das Auge mit Messingblitzen, und ihr Gesicht sah aus, als würde es am Jackett hängenbleiben, wenn sie es ihrem Partner beim Tanzen an die Schulter legte. Natürlich tanzte sie. Sie tanzte mit jedem der anwesenden Männer bis auf den Bräutigam, der sich in eine der Schulbänke an der Wand gezwängt hatte. Sie tanzte mit jedem der anwesenden Männer – die behaupteten alle, sie müssten es tun, weil es so Sitte sei –, und dann schleppte sie Robert hinaus, um das Geld in Empfang zu nehmen und allen für ihre guten Wünsche zu danken. Den Frauen in der Garderobe gab sie sogar zu verstehen, dass sie sich unwohl fühle, aus dem bei Frischvermählten üblichen Grund. Keiner glaubte ihr, und es wurde in der Tat nie etwas aus dieser Hoffnung, wenn sie sie denn wirklich hegte. Einige der Frauen fühlten sich böswillig belogen und beleidigt, weil sie ihnen so viel Leichtgläubigkeit unterstellte. Aber niemand nahm es mit ihr auf, niemand behandelte sie unhöflich – vielleicht weil allen klar war, dass sie, wenn sie beschloss unhöflich zu werden, jeden plattmachen konnte.

Flora war beim Tanz nicht dabei.

»Meine Schwägerin tanzt nicht«, sagte Schwester Atkinson. »Sie ist noch ganz von gestern.« Sie forderte die Leute dazu heraus, sich über Flora lustig zu machen, und nannte sie stets ihre Schwägerin, obwohl sie keinerlei Recht dazu hatte.

Meine Mutter schrieb Flora einen Brief, nachdem sie von alledem gehört hatte. Weil sie dem Ort des Geschehens entrückt und vielleicht von der Wichtigkeit ihres neuen Status als verheiratete Frau eingenommen war, mag es sein, dass ihr der Charakter der Empfängerin ihres Briefes ein wenig aus dem

Blick geriet. Sie äußerte Mitleid und Empörung und fand deutliche, verächtliche Worte für die Frau, die – in den Augen meiner Mutter – Flora so übel mitgespielt hatte. Als Antwort kam ein Brief von Flora, in dem sie schrieb, sie wisse nicht, woher meine Mutter ihre Informationen habe, doch habe sie anscheinend einiges falsch verstanden oder böswilligen Menschen zugehört oder falsche Schlüsse gezogen. Was in Floras Familie geschehe, gehe niemanden etwas an, und ganz gewiss müsse niemand sie bemitleiden oder ihretwegen wütend sein. Flora schrieb, sie sei mit ihrem Leben glücklich und zufrieden, sei es immer gewesen, und sie mische sich auch nicht in das ein, was andere täten oder wollten, weil diese Dinge sie nichts angingen. Sie wünsche meiner Mutter Glück und Segen in ihrer Ehe und hoffe, sie werde bald zu sehr mit ihren eigenen Pflichten beschäftigt sein, um sich Sorgen über das Leben von Menschen zu machen, die sie früher gekannt habe.

Dieser sorgfältig abgefasste Brief traf meine Mutter, wie sie sagte, bis ins Mark. Sie und Flora hörten auf, sich zu schreiben. Meine Mutter wurde wirklich vollkommen von ihrem eigenen Leben in Anspruch genommen und schließlich ganz davon gefangen.

Aber sie machte sich Gedanken über Flora. In späteren Jahren redete sie gelegentlich davon, was aus ihr hätte werden können, und dann sagte sie manchmal: »Wenn ich Schriftstellerin hätte werden können – ich glaube wirklich, ich hätte das Zeug dazu gehabt; ich hätte Schriftstellerin werden können –, dann hätte ich Floras Lebensgeschichte aufgeschrieben. Und weißt du, wie ich sie genannt hätte? ›Die edle Jungfrau‹.«

Die edle Jungfrau. Diese Worte sagte sie in einem ernsten, sentimentalen Tonfall, der mir nicht passte. Ich wusste genau, welchen Wert sie in ihnen sah – oder meinte es zu wissen. Die Würde und die Rätselhaftigkeit. Der Hauch von Spott, der sich zu Ehrfurcht wandelt. Ich war damals fünfzehn oder sechzehn und glaubte, meiner Mutter in den Kopf sehen zu können. Ich konnte sehen, was sie mit Flora machen würde, was sie schon gemacht hatte. Sie würde sie zu einer edlen Figur machen, einer Figur, die Treuebruch und Verrat verkraftet, vergibt und sich hintan stellt, und das nicht einmal, sondern zweimal. Ohne sich auch nur einen Moment zu beklagen. Flora erledigt munter ihre Arbeiten, sie putzt das Haus und mistet den Kuhstall aus, sie entfernt blutigen Auswurf aus dem Bett ihrer Schwester, und als sich endlich die Zukunft für sie aufzutun scheint – Ellie wird sterben, und Robert wird um Vergebung bitten, und Flora wird ihn, indem sie sich ihm stolz zum Geschenk macht, zum Schweigen bringen –, kommt Audrey Atkinson auf den Hof gefahren und schließt Flora wieder aus, bei diesem zweiten Mal auf noch unverständlichere Weise und gründlicher als beim ersten. Sie muss den Hausanstrich, das elektrische Licht, das glückliche Tun und Treiben nebenan ertragen. »Geschichten aus dem Ballhaus«, »Amos 'n' Andy« statt schottischer Schwänke und alter Predigten. Sie muss zusehen, wie sie zum Tanz fahren – ihr einstiger Verehrer und diese kaltherzige, dumme, nicht einmal hübsche Person in ihrem weißen Satinbrautkleid. Sie wird verspottet. (Und natürlich hat sie die Farm Ellie und Robert überschrieben, natürlich hat er sie geerbt, und jetzt gehört alles Audrey Atkinson.) Die Bösen prosperieren. Aber das ist in Ordnung. Es ist gut so – die Auserwählten sind von Geduld und Demut verhüllt und erhellt von einer Gewissheit, die von Ereignissen nicht zu erschüttern ist.

Das, glaubte ich, würde meine Mutter aus der Geschichte machen. In ihrer eigenen Not hatte sie sich mystischen Vorstellungen zugewandt, und in ihrer Stimme lag bisweilen so etwas Stilles, ein feierliches Beben, das ich widerwärtig fand und als eine Art Warnung vor einer persönlichen Gefahr auffasste. Ein großer Nebel voll Platitüden und Frömmeleien schien zu lauern, eine unbezwingbare Verkrüppelte-Mutter-Macht, die mich umfangen und ersticken würde. Es würde kein Ende nehmen. Ich musste achtgeben, dass ich scharfzüngig und zynisch blieb, streitbar und ernüchternd. Mit der Zeit ließ ich sogar diese Einsicht fahren und setzte mich stumm gegen sie zur Wehr.

Dies ist eine umständliche Art zu sagen, dass ich ihr kein Trost und keine gute Gesellschaft war, als sie fast niemanden mehr hatte außer mir.

Ich hatte zu Floras Geschichte meine eigene Meinung. Ich glaubte nicht, dass ich einen Roman hätte schreiben können, sondern dass ich einen schreiben würde. Ich würde anders herangehen. Ich durchschaute die Geschichte meiner Mutter und fügte ein, was sie ausgelassen hatte. Meine Flora würde so schwarz sein, wie ihre weiß war. Sie würde schwelgen in den an ihr verübten Missetaten und ihrer eigenen Bereitschaft zur Vergebung, sich ergötzen am Scherbenhaufen des Lebens ihrer Schwester. Eine presbyterianische Hexe, die aus ihrem giftigen Buch vorlas. Nur eine herausfordernde Ruchlosigkeit, die vergleichsweise unschuldige Dreistigkeit der dickfelligen Krankenschwester vermag ihr Einhalt zu gebieten, in ihrem Schatten zu blühen. Doch das gelingt tatsächlich; die Macht von Sex und schlichter Gier vertreiben sie und sperren sie in ihren Teil des Hauses ein, bei den Petroleumlampen. Sie schrumpft, sie wird krumm, ihre Knochen werden gläsern und ihre Gelenke dick, und – ja, das ist es, ich hab's, ich sehe die klare Schönheit des Schlusses, den ich ersinnen werde! – sie wird selbst zum Krüppel, durch Arthritis, und kann sich kaum noch rühren. Damit ist Audrey Atkinsons Stunde gekommen, sie fordert das ganze Haus. Sie will, dass die Trennwände herausgerissen werden, die Robert mit Floras Hilfe eingebaut hatte, als er Ellie heiratete. Sie wird Flora ein Zimmer zuteilen, sie wird sie pflegen. (Audrey Atkinson möchte nicht für ein Scheusal gehalten werden und ist vielleicht wirklich keines.) Eines Tages also trägt Robert Flora – zum ersten und letzten Mal hält er sie in seinen Armen – in das Zimmer, das seine Frau Audrey für sie zurechtgemacht hat. Und sobald Flora in ihrer gut beleuchteten, gut geheizten Ecke eingerichtet ist, geht Audrey Atkinson daran, die frei gewordenen Zimmer auszuräumen, Floras Zimmer. Sie trägt einen Haufen alter Bücher in den Garten. Es ist wieder Frühling, Zeit für das Großreinemachen, die Jahreszeit, in der Flora selbst ihre Meisterleistungen vollbracht hat, und nun erscheint ihr blasses Gesicht hinter den neuen Tüllgardinen. Sie hat sich aus ihrer Ecke dorthin geschleppt, sie sieht den hellblauen Himmel mit den hohen, schnell dahinziehenden Wolken über den nassen Feldern, die zeternden Krähen, die über die Ufer getretenen Bäche, die sich rötenden Zweige. Sie sieht den Rauch von der Feuerstelle im Garten aufsteigen, wo ihre Bücher verbrennen. Die stinkigen alten Bücher, wie Audrey sie genannt hat. Wörter und Seiten, die unheimlichen dunklen Rücken. Die Auserwählten, die Verdammten, die schwachen Hoffnungen, die gewaltigen Qualen – sie gehen in Flammen auf. Das war der Schluss.

Für mich war das wirkliche Rätsel der Geschichte, wie meine Mutter sie erzählte, Robert. Er hat nie ein Wort zu sagen. Er verlobt sich mit Flora. Er spaziert neben ihr am Fluss, als Ellie sie anspringt. Er findet Ellies Disteln in seinem Bett. Er erledigt die Schreinerarbeiten, die durch seine Heirat mit Ellie nötig werden. Er hört zu oder hört weg, wenn Flora vorliest. Und schließlich sitzt er in die Schulbank gezwängt da, während seine fesche Braut mit einem Mann nach dem andern vorbeitanzt.

So weit seine öffentlich bekannten Handlungen und Auftritte. Dabei war er doch derjenige, der alles in Gang gesetzt hat, heimlich. Er hat es Ellie besorgt. Er hat es dem kleinen, dünnen wilden Mädchen zu einer Zeit besorgt, als er mit ihrer Schwester verlobt war, und er hat es ihr immer wieder besorgt, als sie nur noch ein armer geschundener Körper war, eine gescheiterte, bettlägerige Gebärerin.

Er musste es auch Audrey Atkinson besorgt haben, wenngleich mit weniger katastrophalen Folgen.

Dies Wort ›besorgt‹ – dieses Wort, das meine Mutter ebenso wenig wie Flora über die Lippen brachte – faszinierte mich. Ich verspürte weder moralischen Abscheu noch verstandesmäßige Entrüstung. Ich wies die Warnung zurück. Nicht einmal das Schicksal von Ellie konnte es mir verleiden. Nicht, wenn ich an das erste Zusammentreffen dachte – die Verzweiflung, das Reißen, den Hunger. In der Zeit damals warf ich Männern heimlich sehnsüchtige Blicke zu. Ich bewunderte ihre Handgelenke und ihre Nacken und jedes kleinste Stückchen Oberkörper, das durch einen offenen Knopf zu sehen war, sogar ihre Ohren und ihre beschmutzten Füße. Ich erwartete nichts Vernünftiges von ihnen, sondern wollte nur von ihrer Leidenschaft verschlungen werden. Auch Robert löste ähnliche Gedanken in mir aus.

Was Flora in meiner Geschichte böse machte, war genau das, was sie in der meiner Mutter bewundernswert machte – ihre Abkehr vom Sex. Ich wehrte mich gegen alles, was meine Mutter mir zu diesem Thema mit auf den Weg geben wollte; ich verachtete schon ihre gesenkte Stimme, die triste Behutsamkeit, mit der sie es anging. Meine Mutter war in einer Zeit und in einer Gegend aufgewachsen, in der Sex für Frauen ein finsteres Wagnis war. Sie wusste, dass man davon sterben konnte. Deswegen hielt sie den Anstand in Ehren, die Prüderie, die Frigidität, die einen davor schützen konnten. Und ich wuchs mit einem Horror vor eben diesem Schutz auf, vor der zarten Tyrannei, die sich mir auf alle Lebensbereiche auszudehnen schien, mir Kaffeekränzchen aufzwang und weiße Handschuhe und alle möglichen anderen Dämlichkeiten. Ich benutzte gern Kraftausdrücke und ging mit dem Kopf durch die Wand, ich stimulierte mich mit Phantasien über die Rücksichtslosigkeit und Dominanz von Männern. Das Seltsame ist, dass die Ansichten meiner Mutter den progressiven Vorstellungen ihrer Zeit entsprachen, während meine die Vorstellungen spiegelten, die zu meiner Zeit gängig waren. Und dies der Tatsache zum Trotz, dass wir uns beide für unabhängig hielten und in rückständigen Nestern lebten, die derlei Veränderungen nicht registrierten. Es ist fast so, als würden Einstellungen, die besonders tief in uns verwurzelt, ureigen und einzigartig scheinen, wie Sporen mit dem gerade herrschenden Wind eindringen, bereit, sich überall einzunisten, wo sie einen geeigneten Fleck und freundliche Aufnahme finden.

Nicht lange vor ihrem Tod, aber als ich noch zu Hause lebte, bekam meine Mutter einen Brief von der echten Flora. Er kam aus jenem Ort in der Nähe der Farm, in den Flora früher mit Robert auf dem Karren gefahren war und dabei die Säcke mit Wolle oder Kartoffeln festgehalten hatte.

Flora schrieb, sie wohne nicht mehr auf der Farm.

»Robert und Audrey leben noch dort«, schrieb sie. »Robert hat ein wenig Kummer mit seinem Rücken, aber ansonsten geht es ihm sehr gut. Audrey hat einen schwachen Kreislauf und leidet oft unter Atemnot. Der Doktor sagt, sie muss abnehmen, aber keine Diät scheint anzuschlagen. Die Farm läuft bestens. Sie haben die Schafzucht ganz aufgegeben und halten jetzt Milchkühe. Wie du vielleicht gehört hast, kommt es heute hauptsächlich darauf an, dass man vom Staat sein Milchkontingent zugeteilt bekommt, und dann hat man ausgesorgt. Der alte Stall ist mit Melkmaschinen und den neuesten Geräten ausgestattet, da kann man nur staunen. Wenn ich sie dort draußen besuche, weiß ich kaum, wo ich bin.«

Sie schrieb weiter, dass sie schon seit einigen Jahren im Ort lebe und in einem Geschäft als Verkäuferin arbeite. Sie muss erzählt haben, was für ein Geschäft das war, aber daran kann ich mich jetzt nicht mehr erinnern. Natürlich erzählte sie nichts darüber, was sie zu diesem Entschluss bewogen hatte – ob man sie tatsächlich von ihrer eigenen Farm vertrieben hatte oder ob sie ihren Anteil verkauft hatte, allem Anschein nach nicht zu ihrem Vorteil. Sie betonte die Freundlichkeit ihres Umgangs mit Robert und Audrey. Sie sagte, gesundheitlich gehe es ihr gut.

»Ich höre, dir ist es in dieser Hinsicht weniger glücklich ergangen«, schrieb sie. »Ich bin Cleta Barnes über den Weg gelaufen, der früheren Cleta Stapleton vom Postamt bei uns draußen, und sie erzählte mir, du hättest irgendwas mit den Muskeln, was dich auch beim Sprechen behindert. Es tut mir leid, das zu hören, aber man kann heutzutage schon so wunderbare Dinge tun, dass ich hoffe, die Ärzte werden dir vielleicht helfen können.«

Ein beunruhigender Brief, der viele Dinge unerwähnt ließ. Kein Wort vom Willen Gottes oder seinem Beistand in unserer Bedrängnis. Keine Erwähnung davon, ob Flora noch in dieser Kirche war. Ich glaube nicht, dass meine Mutter je geantwortet hat. Ihre schöne, leserliche Handschrift, ihre Lehrerinnenschrift, hatte gelitten, und es fiel ihr schwer, einen Stift zu halten. Sie fing immer wieder Briefe an und schrieb sie dann nicht zu Ende. Ich fand sie überall im Haus. *Meine liebe Mary*, fingen sie an. *Liebste Ruth, Meine liebe kleine Joanne (auch wenn ich weiß, dass du gar nicht mehr klein bist), Meine liebe alte Freundin Cleta, Du liebe Margaret.* Diese Frauen waren Freundinnen aus ihrer Zeit als Lehrerin, aus dem Lehrerinnenseminar und aus der Highschool. Ein paar waren ehemalige Schülerinnen. Ich habe überall im ganzen Land Freundinnen, pflegte sie trotzig zu sagen. Ich habe viele liebe Freundinnen.

Ich erinnere mich, einen Brief gesehen zu haben, der so anfing: *Liebe Freundin aus meiner Jugendzeit*. Ich weiß nicht, an wen er gerichtet war. Sie waren alle Freundinnen aus ihrer Jugend. Ich erinnere mich an keinen Brief, der mit *Meine liebe, vielbewunderte Flora* anfing. Ich sah sie mir immer an und versuchte die Anrede und die paar Sätze zu entziffern, die sie geschrieben hatte, und weil ich es nicht ertragen konnte, traurig zu sein, schaute ich mit Ungeduld auf die blumige Sprache, die offene Bitte um Liebe und Mitgefühl. Davon würde sie mehr bekommen, dachte ich (und meinte, mehr von mir), wenn es ihr gelänge, sich in Würde zurückzuziehen, anstatt in einem fort ihren leidgeprüften Schatten über alles zu werfen.

Mein Interesse an Flora war inzwischen verflogen. Mir gingen ständig Geschichten im Kopf herum, und vermutlich war ich gerade mit einer neuen beschäftigt.

Aber seither denke ich immer mal wieder an sie. Ich habe mich nach der Art des Geschäfts gefragt. War es eine Eisen- und Haushaltswarenhandlung oder ein billiges Kaufhaus, in dem sie einen Kittel tragen musste, oder eine Drogerie, in der sie in Schwesterntracht herumlief, oder ein Damenoberbekleidungsgeschäft, in dem sie sich modisch-elegant kleiden musste? Vielleicht musste sie sich Wissen über Mixgeräte oder Kettensägen aneignen oder über Negligés, Kosmetik oder gar Kondome. Sie hat vermutlich den ganzen Tag lang bei elektrischem Licht arbeiten, eine Kasse bedienen müssen. Ob sie sich eine Dauerwelle machen ließ, die Nägel lackierte, die Lippen schminkte? Sie hat offenbar eine Bleibe gefunden – eine kleine Wohnung mit Kochnische und Blick auf die Hauptstraße oder ein Zimmer in einer Pension. Wie sollte sie dort weiter Cameronerin bleiben? Wie sollte sie zu der abgelegenen Kirche kommen, wenn sie kein Auto kaufte und den Führerschein machte? Und wenn sie das tat, dann fuhr sie vielleicht nicht nur zur Kirche, sondern auch anderswohin. Vielleicht unternahm sie Urlaubsreisen. Vielleicht mietete sie für eine Woche ein Häuschen am See, lernte schwimmen, machte Sightseeing in einer Stadt. Vielleicht nahm sie ihre Mahlzeiten in einem Restaurant ein, womöglich einem, in dem es Alkohol zu trinken gab. Vielleicht freundete sie sich mit Frauen an, die geschieden waren.

Vielleicht lernte sie einen Mann kennen. Den verwitweten Bruder einer Freundin. Einen Mann, der nicht wusste, dass sie Cameronerin war oder was Cameroner waren. Der nichts von ihrer Geschichte wusste. Einen Mann, der nie vom Teilanstrich des Hauses oder den beiden Enttäuschungen gehört hatte oder davon, dass sie nur durch Aufbietung aller Würde und Unschuld nicht zum Gespött der Leute wurde. Womöglich würde er mit ihr tanzen gehen wollen, und sie müsste erklären, warum das nicht ging. Er wäre überrascht, aber nicht befremdet – diese Cameroner-Geschichten kämen ihm kurios vor, fast liebenswert. So würde es allen gehen. Sie ist in so einem komischen Glauben erzogen worden, würde man sich erzählen. Sie hat lange draußen auf einer gottverlassenen Farm gelebt. Sie ist ein bisschen wunderlich, aber eigentlich ganz nett. Sieht auch nett aus. Besonders mit der neuen Frisur.

Ich könnte in ein Geschäft gehen und sie dort antreffen.

Nein, nein. Sie muss längst tot sein.

Aber angenommen, ich wäre in ein Geschäft gegangen – vielleicht ein Kaufhaus. Ich stelle mir eins vor mit der nüchtern-geschäftigen Atmosphäre, den schlichten Auslagen, dem altmodisch-modernen Stil der fünfziger Jahre. Angenommen, eine große, gutaussehende Frau, hübsch gekleidet, wäre gekommen, um mich zu bedienen, und ich hätte gewusst, hätte irgendwie trotz der gelockten und mit Haarspray fixierten Frisur und der rosa oder korallenroten Lippen und Fingernägel gewusst, dass es Flora war. Ich hätte ihr erzählen wollen, dass ich über sie Bescheid wusste, ihre Geschichte kannte, obwohl wir einander nie begegnet waren. Ich stelle mir vor, wie ich versuche, es ihr zu sagen. (Das ist jetzt ein Traum, ich verstehe es als Traum.) Ich stelle mir vor, wie sie mit freundlicher Miene zuhört. Aber sie schüttelt den Kopf. Sie lächelt mich an, und in ihrem Lächeln liegt ein Anflug von Spott, eine leichte, selbstsichere Bosheit. Auch ein gewisser Überdruss. Sie ist nicht überrascht, dass ich ihr dies erzähle, aber sie ist es leid, ist mich und meine Vorstellung von ihr leid, mein Mitteilungsbedürfnis, die Vorstellung, dass ich etwas über sie wissen kann.

Natürlich ist es meine Mutter, an die ich denke, meine Mutter, wie sie in jenen Träumen war, in denen sie sagte, es ist nichts, nur dieses kleine Zucken, und dabei so erstaunlich heiter und versöhnlich klang. Oh, ich wusste, dass du eines Tages kommen würdest. Meine Mutter, die mich überraschte, und das fast beiläufig. Ihre Maske, ihr Schicksal, auch ihr Gebrechen größtenteils verschwunden. Wie erleichtert ich war, wie froh. Aber jetzt erinnere ich mich, dass ich zugleich auch beunruhigt war. Ich muss zugeben, dass ich mich ein wenig betrogen fühlte. Ja. Beleidigt, überlistet, betrogen von dieser willkommenen Wendung, dieser Gnade. Meine Mutter, die sich unbekümmert aus ihrem alten Gefängnis herausbewegte, über Entscheidungsfreiheit und Kräfte verfügte, die ich mir für sie nie hätte träumen lassen, Veränderungen, die weit über sie hinausgingen. Sie verwandelt den bitteren Klumpen Liebe, den ich die ganze Zeit über mit mir herumgetragen habe, in ein Hirngespinst – etwas, das so unnütz und so unnötig ist wie eine Scheinschwangerschaft.

Die Cameroner sind oder waren, wie ich festgestellt habe, ein kompromissloses Überbleibsel der Covenanters – jener Schotten, die im siebzehnten Jahrhundert bei Gott schworen, sich gegen Gebetbücher, Bischöfe, jeden Ruch von Pfaffentum und jede Einmischung durch den König zur Wehr zu setzen. Sie sind nach Richard Cameron benannt, einem geächteten sogenannten »Feldprediger«, der früh zu Tode kam. Die Cameroner – sie selbst bevorzugten die Bezeichnung Reformierte Presbyterianer – zogen unter Absingen des vierundsiebzigsten und achtundsiebzigsten Psalms in die Schlacht. Sie erschlugen den selbstherrlichen Bischof von St. Andrews auf der Landstraße und zertrampelten ihn mit den Hufen ihrer Pferde. Einer ihrer Pfarrer war noch bei seiner eigenen Hinrichtung durch den Strang so fest und froh von seinem Glauben erfüllt, dass er alle anderen Priester der Welt exkommunizierte.

Five Points

Während sie im Trailerpark auf den Klippen über dem Huronsee sitzen und Wodka mit Orangensaft trinken, erzählt Neil Bauer Brenda eine Geschichte. Sie hat sich weit entfernt zugetragen, in Victoria in British Columbia, wo Neil aufgewachsen ist. Neil ist nicht viel jünger als Brenda – nicht einmal drei Jahre –, aber manchmal kommt es ihr vor, als liege eine ganze Generation zwischen ihnen, weil sie hier groß geworden und mit zwanzig Cornelius Zendt geheiratet hat und hier geblieben ist, Neil aber an der Westküste aufgewachsen ist, wo alles ganz anders war, und mit sechzehn von zu Hause weggegangen ist, um zu reisen und mal hier, mal dort zu arbeiten.

Was Brenda von Victoria gesehen hat, auf Bildern, sind Blumen und Pferde. Blumen, die aus Körben an altmodischen Laternenmasten quellen, Grotten ausfüllen und Parks schmücken; Pferde, die Kutschen voller Menschen zu den Sehenswürdigkeiten bringen.

»Das ist alles bloß Touristen-Scheiß«, sagt Neil. »Die halbe Stadt ist weiter nichts als Schau für die Touristen. Das ist nicht der Teil, von dem ich rede.«

Er redet von Five Points. Das war – ist – ein Teil oder vielleicht bloß ein Winkel der Stadt, mit einer Schule und einem Drugstore, einem chinesischen Supermarkt und einem Süßwarenladen. Als Neil auf die Hauptschule ging, gehörte der Süßwarenladen einer mürrischen alten Frau mit angemalten

Augenbrauen. Ihre Katze durfte sich immer im Fenster in der Sonne ausstrecken. Nach ihrem Tod übernahmen den Süßwarenladen irgendwelche neuen Leute, Europäer, keine Polen oder Tschechen, sondern aus einem kleineren Land – Kroatien, ist das ein Land? – und modelten ihn um. Sie räumten die alten, verklebten Bonbons und die Luftballons aus, die sich nicht mehr aufblasen ließen, und die Kugelschreiber, die nicht schrieben, und die toten mexikanischen Springbohnen. Sie strichen den Laden von oben bis unten neu und stellten ein paar Stühle und Tische auf. Sie verkauften weiter Süßwaren – jetzt in sauberen Gläsern anstelle der mit Katzenurin getränkten Pappkartons – und Lineale und Radiergummis. Aber sie operierten auch als eine Art Nachbarschaftscafé, mit Kaffee und alkoholfreien Getränken und selbstgebackenem Kuchen.

Die Frau, die auch den Kuchen buk, war sehr schüchtern und eigen, und wenn man bei ihr bezahlen wollte, rief sie auf Kroatisch – nehmen wir einfach an, es war Kroatisch – so erschrocken nach ihrem Mann, dass man meinen musste, man wäre bei ihr eingebrochen und hätte ihren Hausfrieden gestört. Ihr Mann sprach recht gut Englisch. Er war ein kleiner glatzköpfiger Mann, höflich und nervös, ein Kettenraucher, und sie war eine große, dicke Frau mit gebeugten Schultern, immer mit Schürze und Wolljacke bekleidet. Er putzte die Fenster und kehrte den Bürgersteig und kassierte das Geld, und sie buk die Törtchen und Kuchen und Sachen, die bis dahin niemand kannte, die sich aber bald großer Beliebtheit erfreuten, wie Piroggen und Mohnbrot.

Ihre beiden Töchter sprachen Englisch wie Kanadier und gingen auf die Nonnenschule. Sie tauchten spätnachmittags in ihrer Schuluniform auf und machten sich sofort an die Arbeit. Die Jüngere spülte die Kaffeetassen und Gläser und wischte die Tische ab, und die Ältere kümmerte sich um alles

Übrige. Sie bediente die Kunden und die Kasse, füllte Tabletts und verscheuchte die kleinen Kinder, die herumlungerten, ohne etwas zu kaufen. Wenn die Jüngere mit Spülen fertig war, setzte sie sich ins Hinterzimmer und machte ihre Hausaufgaben, aber die Ältere setzte sich nie. Wenn einen Augenblick lang nichts zu tun war, stand sie einfach an der Kasse und guckte.

Die Jüngere hieß Lisa, die Ältere Maria. Lisa war klein und sah ganz nett aus – ein kleines Kind eben. Aber Maria, die vielleicht dreizehn war, hatte einen großen Hängebusen, einen vorgewölbten Bauch und dicke Beine. Sie trug eine Brille, und ihr Haar war zu Zöpfen um den Kopf geflochten. Sie sah aus wie fünfzig.

Und so wirkte sie auch, vor allem in der Art, wie sie das Geschäft in die Hand nahm. Beide Eltern schienen ihr bereitwillig die Führung zu überlassen. Die Mutter zog sich ins Hinterzimmer zurück, und der Vater wurde Mädchen für alles. Maria konnte Englisch und mit Geld umgehen und war durch nichts aus der Ruhe zu bringen. Alle kleinen Kinder sagten: »Ih, diese Maria – ist die fett!« Aber sie hatten Angst vor ihr. Sie sah aus, als wüsste sie bereits alles darüber, wie man ein Geschäft führte.

Auch Brenda und ihr Mann führen ein Geschäft. Sie haben ein Stück südlich von Logan einen Hof gekauft und die Scheune mit gebrauchten Geräten vollgestellt (Cornelius versteht sich auf Reparaturen), mit alten Möbeln und all den anderen Sachen – Geschirr, Bilder, Besteck, Schnickschnack und Schmuck –, in denen Menschen gern stöbern und glauben, sie könnten ein Schnäppchen machen. Zendts Möbelscheune heißt der Laden. Bei vielen in der Gegend ist es der Gebrauchtladen am Highway.

Sie machen das nicht schon immer. Brenda war früher Kindergärtnerin, und Cornelius, der zwölf Jahre älter ist als sie, hat im Salzbergwerk in Walley am See gearbeitet. Nach seinem Unfall mussten sie sich etwas einfallen lassen, was er zum größten Teil im Sitzen machen konnte, und sie kauften mit dem, was sie an Geld hatten, einen abgewirtschafteten Bauernhof mit intakten Gebäuden. Brenda gab ihre Stelle auf, weil die Arbeit für Cornelius allein zu viel gewesen wäre. Immer wieder muss er sich stundenweise und manchmal ganze Tage hinlegen und fernsehen oder einfach auf dem Wohnzimmerfußboden ruhen, um mit dem Schmerz fertig zu werden.

Abends fährt Cornelius gern nach Walley rüber. Brenda bietet es nie von selbst an – sie wartet auf sein »Willst du nicht ans Steuer?«, wenn er vermeiden will, dass ihm die Bewegung seiner Arme oder Beine ins Kreuz geht. Früher kamen die Kinder mit, aber jetzt, wo sie auf der Highschool sind – Lorna in der elften und Mark in der neunten Klasse –, haben sie meistens keine Lust. Brenda und Cornelius sitzen in ihrem geparkten Lieferwagen und betrachten die Möwen, die sich draußen am Wellenbrecher aufreihen, die Getreidesilos, die großen, grün beleuchteten Schächte und Rampen des Bergwerks, in dem Cornelius früher gearbeitet hat, die Pyramiden aus grobem grauem Salz. Manchmal liegt ein langer Kahn im Hafen. Im Sommer sieht man natürlich Vergnügungsdampfer, Windsurfer draußen auf dem Wasser, Menschen, die am Pier angeln. Auf einer Tafel am Strand wird jeden Tag ausgehängt, wann Sonnenuntergang ist; die Leute kommen extra dorthin, um ihn sich anzuschauen. Jetzt im Oktober ist die Tafel leer, und am Pier brennen die Laternen – ein bis zwei Unverdrossene angeln immer noch –, und das Wasser ist kabbelig und sieht kalt aus, im Hafen herrscht nüchterne Geschäftigkeit.

Am Strand wird noch gearbeitet. Seit Anfang letzten Frühjahrs werden an einigen Stellen Felsbrocken aufgetürmt, an anderen Sand aufgeschüttet, man hat eine lange felsige Landzunge gebaut, so dass ein geschützter bogenförmiger Strand entstanden ist, mit einer unbefestigten Straße daneben, auf der fahren sie. Cornelius vergisst seinen Rücken – er will sehen, was da vor sich geht. Laster, Bagger und Bulldozer haben den ganzen Tag gewühlt und stehen abends noch da, vorübergehend zahme und nutzlose Ungeheuer. Hier arbeitet Neil. Er fährt diese Dinger – er befördert die Steinbrocken, räumt die Flächen frei und baut die Straße, auf der Brenda und Cornelius dann fahren können. Er arbeitet für die Fordyce Baugesellschaft aus Logan, die den Auftrag ausführt.

Cornelius sieht sich alles an. Er weiß, welche Ladung die Schiffe nehmen (Saatweizen, Salz, Mais) und wohin sie fahren, er ist darüber informiert, wie tief das Hafenbecken ausgebaggert wird, und er will jedes Mal einen Blick auf die riesige Rohrleitung werfen, die schräg über den Strand verläuft und schließlich Wasser und Schlamm und Steine vom Boden des Sees ausspuckt, die nie zuvor das Tageslicht gesehen haben. Er steigt aus und stellt sich an das Rohr, um das Getöse darin zu hören, das Rumpeln und Knirschen der Steine und das sie umspülende Wasser. Er fragt, was ein harter Winter mit diesem ganzen Planen und Bauen anrichten wird, wenn der See die Felsen und den Strand einfach hochhebt und wegschleudert und wieder an den Lehmklippen frisst wie eh und je.

Brenda hört Cornelius zu und denkt an Neil. Es gefällt ihr, an dem Ort zu sein, wo Neil seine Tage verbringt. Sie ist gern in Gedanken beim Lärm und der ausdauernden Kraft dieser Maschinen und bei den Männern in den Führerhäuschen mit ihren nackten Armen, die so selbstverständlich mit diesen Pferdestärken umgehen, als wäre es ihnen auf ganz natürliche Weise klar, wohin dieses Dröhnen und Malmen am Ufer führen wird. Ihre lässige, gutgelaunte Autorität. Sie liebt den Geruch der Arbeit an ihren Körpern, die Sprache, mit der sie darüber reden, ihre Konzentration und die Art, wie sie Brenda ignorieren. Sie liebt es, einen Mann zu treffen, der das alles frisch hinter sich hat.

Wenn sie mit Cornelius hier ist und Neil eine Zeitlang nicht gesehen hat, fühlt sie sich manchmal einsam und verloren, als könnte es sein, dass diese Welt sie kalt abweist. Wenn sie gerade mit Neil zusammen war, ist sie ihr Königreich – aber ist es dann nicht mit allem so? Am Abend vor ihrer nächsten Verabredung – gestern Abend zum Beispiel – sollte sie doch glücklich und voll freudiger Erwartung sein, aber wenn sie ehrlich ist, lauern in den letzten vierundzwanzig Stunden, ja sogar in den letzten zwei, drei Tagen, zu viele Fallstricke, sind sie zu bedeutungsschwer, als dass sie außer Unruhe und Bangigkeit noch etwas empfinden kann. Es ist ein Countdown – sie zählt regelrecht die Stunden. Sie neigt dazu, sie mit guten Taten auszufüllen – Reinigungsarbeiten im Haus, die sie vor sich hergeschoben hat, Rasenmähen, Möbelscheune umräumen, sogar Unkrautjäten im Steingarten. Am Morgen des Tages selbst vergehen die Stunden am langsamsten und stecken voller Gefahren. Sie hat stets eine Geschichte parat, über das, was sie am Nachmittag vorhat, aber unbedingt notwendig sein darf ihr Ausflug nicht – das würde zu viel Aufmerksamkeit darauf lenken –, deshalb besteht immer die Möglichkeit, dass irgendetwas geschieht, was Cornelius dazu veranlasst, sie zu bitten: »Kannst du das nicht noch ein paar Tage aufschieben? Kannst du es nicht wann anders machen?« Dass sie Neil dann nicht Bescheid geben könnte, stört sie weniger. Neil würde ein Stündchen oder so warten und sich dann denken, was passiert ist. Viel schlimmer ist der Gedanke, dass sie es nicht ertragen könnte. So nah dran zu sein und dann ohne auskommen zu müssen. Dabei spürt sie während jener letzten quälenden Stunden gar kein körperliches Verlangen; nicht einmal ihre geheimen Vorbereitungen – das Waschen, Rasieren, Eincremen und Parfümieren – bringen sie in Stimmung. Sie bleibt gefühllos, von Kleinigkeiten, Lügen, Absprachen bedrängt, bis zu dem Augenblick, wenn sie Neils Auto tatsächlich erblickt. Auf die Angst, dass sie es nicht schaffen wird loszukommen, folgt während der viertelstündigen Fahrt die Angst, dass er nicht an dem einsamen Wegende im Sumpf auftauchen wird, an dem sie sich immer treffen. Die Sache, der sie in jenen letzten Stunden entgegenfiebert, ist immer weniger etwas Körperliches – wenn sie ihr entginge, wäre das also nicht, als entginge ihr eine hungrig herbeigesehnte Mahlzeit, sondern eine Zeremonie, von der Leib und Leben abhängt.

Als Neil siebzehn, achtzehn war – aber noch nicht alt genug, um in Bars Einlass zu bekommen, und noch im Five Points Confectionery herumhing (die Kroaten behielten den alten Namen bei) –, setzte jener Wandel ein, an den sich noch alle erinnern, die damals am Leben waren. (Jedenfalls sieht Neil das so, aber Brenda sagt: »Ich weiß nicht – mir kam es damals so vor, als ob sich das alles einfach anderswo abspielte.«) Keiner wusste, wie er aufzuhalten war, keiner war darauf vorbereitet. Einige Schulen reagierten streng auf lange Haare (bei Jungen), einige fanden es richtiger, darüber hinwegzusehen und sich auf wichtigere Dinge zu konzentrieren. Sie verlangten lediglich, dass die Mähne mit einem Gummi zusammengehalten wurde. Und die Kleidermode? Ketten und kleine Glasperlen, Jesuslatschen, indische Baumwolle, afrikanische Stoffmuster, alles plötzlich weich und fließend und farbenfroh. In Victoria hatte man den Wandel womöglich weniger gut unter Kontrolle als anderswo. Er breitete sich aus. Vielleicht machte das Klima die Menschen weicher, nicht nur die jungen Leute. Plötzlich brachen überall Papierblumen und Marihuana-Rauch und Musik hervor (die Stücke, die einem damals so wild vorkamen, sagt Neil, und jetzt so zahm klingen), und die Musik tönte aus Fenstern in der Stadt, aus denen entweihte Fahnen hingen, über die Blumenbeete im Beacon Hill Park und den gelben Ginster auf den Klippen über dem Meer, bis hin zu den glücklichen Stränden mit Blick auf die Zaubergipfel der Olympic Mountains. Alle machten mit. Universitätsprofessoren trugen Blumen hinter den Ohren, und Mütter von Freunden kamen in diesen Klamotten daher. Für diese Leute hatten Neil und seine Freunde natürlich nur Verachtung übrig – diese ältlichen Möchtegern-Hippies, diese Weicheier. Neil und seine Freunde nahmen die Welt der Drogen und Musik ernst.

Wenn sie Drogen nehmen wollten, verließen sie die Confectionery. Manchmal gingen sie den ganzen Weg bis zum Friedhof und setzten sich auf die Mauer über dem Meer. Manchmal setzten sie sich an den Schuppen hinter dem Laden. Hinein konnten sie nicht; der Schuppen war abgeschlossen. Hinterher gingen sie wieder in die Confectionery und tranken Cola und aßen Hamburger und Cheeseburger und Zimtbrötchen und Kuchen, weil sie sehr hungrig wurden. Sie lehnten sich auf ihren Stühlen zurück und sahen zu, wie die Muster an der alten Decke aus Pressblech tanzten, die die Kroaten weiß gestrichen hatten. Blumen, Türme, Vögel und Ungeheuer schwammen losgelöst über ihren Köpfen.

»Was habt ihr genommen?«, fragt Brenda.

»Ziemlich gutes Zeug, außer jemand verkaufte uns irgendwelchen Mist. Hasch, LSD, manchmal Meskalin. Ab und zu eine Mischung. Nichts allzu Gefährliches.«

»Alles, was ich je geraucht hab, war ungefähr ein Drittel Joint am Strand, wobei ich anfangs noch nicht mal wusste, was es war, und als ich nach Hause kam, hat mein Vater mir eine runtergehauen.«

(Das ist gelogen. Es war Cornelius. Cornelius hatte ihr die

Ohrfeige verpasst. Das war vor ihrer Heirat, als Cornelius nachts im Bergwerk arbeitete und sie oft abends nach dem Dunkelwerden mit ein paar gleichaltrigen Freunden am Strand herumsaß. Am nächsten Tag hatte sie es ihm erzählt, und er hatte ihr eine runtergehauen.)

In der Confectionery vertrieben sie sich die Zeit mit Essen, dösten glücklich und high vor sich hin und machten dumme Spiele, wie Spielzeugautorennen auf den Tischen. Einmal legte sich ein Typ auf den Fußboden, und sie bespritzten ihn mit Ketchup. Keiner störte sich daran. Die Tageskunden – die Hausfrauen, die Backwaren einkauften, und die Rentner, die ihre Zeit mit Kaffeetrinken totschlugen – kehrten abends nie ein. Die Mutter und Lisa waren mit dem Bus nach Hause gefahren, wo immer das war. Dann machte sogar der Vater Feierabend, kurz nach der Abendessenszeit. Der Laden blieb Maria überlassen. Ihr war es gleich, was sie anstellten, solange sie nichts kaputt machten, und solange sie bezahlten.

Diese Welt der Drogen gehörte den älteren Jungs, und sie hielten die Jüngeren da heraus. Es dauerte einige Zeit, bis sie merkten, dass auch die Jüngeren etwas hatten. Sie hatten ihr eigenes Geheimnis. Sie wurden unverschämt und machten sich wichtig. Einige von ihnen nervten die Älteren ständig damit, sie doch Drogen kaufen zu lassen. Dadurch fiel auf, dass sie über eine Menge Geld unerklärter Herkunft verfügten.

Neil hatte – hat – einen jüngeren Bruder namens Jonathan. Der jetzt total etabliert ist, verheiratet, Lehrer. Jonathan fing an, Bemerkungen fallenzulassen; andere Jungs ebenfalls, sie konnten das Geheimnis nicht für sich behalten, und schon bald war alles heraus. Sie bekamen ihr Geld von Maria. Maria bezahlte sie dafür, dass sie mit ihr Sex hatten. Sie machten es hinten im Schuppen, nachdem sie abends den Laden geschlossen hatte. Sie hatte den Schlüssel zum Schuppen.

Sie war auch diejenige, die Tag für Tag das Geld verwaltete. Sie leerte abends die Kasse, sie führte die Bücher. Die Eltern vertrauten ihr. Warum nicht? Sie war gut im Rechnen, und sie ging im Geschäft auf. Sie verstand von dem ganzen Drum und Dran mehr als ihre Eltern. Die waren anscheinend, was das Geld anging, sehr unsicher und abergläubisch und wollten es nicht auf die Bank bringen. Sie verwahrten es in einem Safe oder vielleicht nur irgendwo in einer Kassette und nahmen sich davon nach Bedarf. Sie müssen geglaubt haben, niemandem außerhalb der Familie vertrauen zu können, weder der Bank noch sonst jemandem. Maria muss ihnen vorgekommen sein wie ein Gottesgeschenk – zuverlässig und intelligent, nicht hübsch genug, um versucht zu sein, ihre Hoffnungen oder Energien in etwas anderes als das Geschäft zu stecken. Eine echte Stütze, die Maria.

Sie war einen Kopf größer und wog dreißig bis vierzig Pfund mehr als die Jungs, denen sie Geld gab.

Schwer sind immer die ersten paar Momente, nachdem Brenda vom Highway – wo sie, falls jemand sie sehen sollte, noch eine Ausrede hätte – in die Seitenstraße abgebogen ist. Der Lieferwagen fällt auf, ist nicht zu verkennen. Aber wenn sie den Sprung ins kalte Wasser hinter sich hat und dort fährt, wo sie nicht sein sollte, fühlt sie sich stärker. Wenn sie in die Straße einbiegt, die am Sumpf endet, gibt es keine Ausrede mehr. Wird sie dort gesehen, ist sie erledigt. Ungefähr eine halbe Meile muss sie durch offenes Gelände fahren, ehe sie die Bäume erreicht. Sie hatte gehofft, man würde Mais anpflanzen, der hochwachsen und ihr Schutz bieten würde, aber stattdessen hatte man Bohnen gepflanzt. Wenigstens waren die Straßenränder nicht gespritzt; Gras und Unkraut und Beerengestrüpp waren in die Höhe gewuchert, wenn auch nicht hoch genug, um einen Lieferwagen zu verbergen.

Goldrute und Schwalbenwurz, an der die Schoten schon aufgeplatzt waren, und Büschel leuchtender, giftiger Früchte und Wilder Wein, dessen lange Triebe alles überrankten und sogar bis auf die Straße krochen. Und dann war sie endlich drinnen, endlich im Tunnel der Bäume. Zedern, Hemlocktannen, weiter hinten, auf feuchterem Boden, zart wirkende Lärchen, viel weicher Ahorn mit fleckigen gelbbraunen Blättern. Kein stehendes Gewässer, keine schwarzen Tümpel, nicht einmal weit hinten unter den Bäumen. Sie hatten Glück gehabt, mit dem trockenen Sommer und Herbst. Sie und Neil hatten Glück gehabt, nicht die Farmer. Wenn es ein nasses Jahr gewesen wäre, hätten sie diese Stelle nicht nehmen können. Die harten Spurrillen, durch die sie den Wagen vorsichtig lenkt, wären total morastig und der Wendeplatz wäre eine matschige Pfütze.

Vom Highway sind es ungefähr anderthalb Meilen. An einigen Stellen muss man ziemlich aufpassen – da ragen ein paar holperige kleine Buckel aus dem Sumpf, und eine schmale Brücke aus Baumstämmen führt über einen Bach, in dem sie kein Wasser sehen kann, nur Massen gelblicher Kresse und Nesseln, die den trockenen Lehm aussaugen.

Neil fährt einen alten blauen Mercury – ein Dunkelblau, das sich unter den Bäumen in einen Tümpel, ein Stück sumpfige Dunkelheit verwandeln kann. Sie hält angestrengt danach Ausschau. Es macht ihr nichts aus, ein paar Minuten vor ihm anzukommen, sich zu sammeln, die Haare durchzubürsten, ihr Make-up zu kontrollieren und sich aus dem Taschenzerstäuber einen Spritzer Parfüm auf den Hals (manchmal auch zwischen die Beine) zu sprühen. Mehr als ein paar Minuten machen sie nervös. Sie hat keine Angst vor wilden Hunden und Vergewaltigern oder Augen, die sie aus dem Dickicht beobachten – als Kind hat sie hier Beeren gepflückt; deshalb ist sie auf die Stelle gekommen. Sie hat Angst vor dem, was womöglich nicht ist, nicht vor dem, was ist. Neils Ausbleiben, die Möglichkeit, dass er abtrünnig wird, sie plötzlich verschmäht. Das kann jeden Ort, das kann alles hässlich und bedrohlich und unangenehm machen. Bäume oder Gärten oder Parkuhren oder Kaffeetische – das wäre egal. Einmal ist er nicht gekommen; er war krank: Lebensmittelvergiftung oder der schlimmste Kater seines Lebens – irgendwas Furchtbares, wie er ihr abends am Telefon berichtete –, und sie musste so tun, als ob er jemand war, der ihnen ein Sofa verkaufen wollte. Das Warten hat sie nie vergessen, das Sinken der Hoffnung, die Hitze und das Ungeziefer – es war im Juli –, ihr schweißgebadeter Körper hier auf dem Autositz wie das schwächliche Eingeständnis einer Niederlage.

Er ist da, er ist als Erster da; sie erkennt ein Licht des Mercury im tiefen Zedernschatten. Das ist wie der Aufschlag im Wasser, wenn man vor Hitze halb tot und vom Beerenpflücken im Sommerwald zerkratzt und zerstochen ist – das wohltuende Eintauchen, die kühle Frische, in deren jähen Tiefen sich alle Sorgen auflösen. Sie stellt den Lieferwagen ab, bauscht sich die Haare und springt hinaus, fasst noch einmal an den Türgriff, um zu zeigen, dass sie abgeschlossen hat, weil er sie sonst zurückschickt, genau wie Cornelius – bist du sicher, dass du den Wagen abgeschlossen hast? Sie geht über die kleine sonnige Fläche, den mit Blättern besäten Boden, sieht sich beim Gehen zu, in ihrer engen weißen Hose und dem türkisfarbenen Pulli, dem tiefsitzenden weißen Gürtel und den hohen Schuhen, mit der Tasche über der Schulter. Eine wohlproportionierte Frau mit heller, sommersprossiger Haut und blauen Augen, mit blauem Lidschatten und einem Lidstrich, der in einem hübschen, für jedes Licht geeigneten Schwung endet. In ihrem rotblonden Haar – gestern nachgetönt – fängt sich die Sonne wie in einer Blütenkrone. Sie trägt die hohen Schuhe nur für diesen Weg, nur für diesen Augenblick, in dem sie unter seinem Blick über die Straße geht, für den kleinen zusätzlichen Hüftschwung, das bisschen mehr Beinlänge, die sie ihr geben.

Oft, so oft haben sie sich in seinem Auto geliebt, gleich hier an ihrem Treffpunkt, obwohl sie einander immer wieder sagen, dass sie warten sollen. Halt, warte, bis wir im Trailer sind. Die Bedeutung von »Warte« heißt nach einer Weile das Gegenteil von dem, was es sagt. Einmal haben sie schon während der Fahrt losgelegt. Brenda schlüpfte aus ihrem Höschen und zog, wortlos den Blick nach vorn gerichtet, ihren weiten Sommerrock hoch, und schließlich hielten sie am Highway, gingen ein wahnsinniges Risiko ein. Wenn sie jetzt an der Stelle vorbeifahren, sagt sie immer etwas wie »Komm hier nicht von der Fahrbahn ab« oder »Man sollte ein Warnschild aufstellen«.

»Einen Gedenkstein«, sagt Neil.

Sie haben eine Geschichte der Leidenschaft, wie Familien eine Geschichte haben oder Leute, die auf derselben Schule waren. Viel mehr haben sie nicht. Sie haben noch nie eine Mahlzeit zusammen gegessen, waren noch nie im Kino. Dafür haben sie gemeinsam einige komplizierte Abenteuer bestanden, und Gefahren – nicht nur solche wie die am Highway. Sie sind Risiken eingegangen, haben sich gegenseitig überrascht, und immer positiv. In Träumen kann man das Gefühl haben, den gleichen Traum schon einmal geträumt zu haben, diesen Traum immer und immer wieder zu träumen, und weiß doch, dass es nicht so einfach ist. Man weiß, es gibt ein ganzes Untergrundsystem, das man in Ermangelung eines besseren Namens als »Träume« bezeichnet, und dieses System besteht nicht aus Straßen oder Tunneln, sondern ist eher wie ein lebendiges körperliches Netzwerk mal eingerollt, mal ausgestreckt, unberechenbar, aber letztlich vertraut – in dem du dich jetzt bewegst, in dem du dich schon immer bewegt hast.

So ungefähr war es, wenn sie sich liebten, ein Betreten ähnlicher Räume, und sie verstanden dasselbe dabei und vertrauten einander, bis jetzt.

Ein anderes Mal kam ihnen auf dem Highway ein weißes Cabriolet entgegen, ein alter weißer Mustang Convertible mit offenem Verdeck – es war Sommer –, und Brenda ließ sich auf den Boden gleiten.

»Wer sitzt in dem Auto?«, fragte sie. »Guck schnell! Sag es mir.«

»Mädchen«, sagte Neil. »Vier oder fünf. Auf Männerjagd.«

»Meine Tochter«, sagte Brenda wieder hochkrabbelnd. »Wie gut, dass ich nicht angeschnallt war.«

»Du hast eine Tochter, die schon Auto fahren kann? Du hast 'ne Tochter mit einem Cabrio?«

»Das gehört ihrer Freundin. Lorna hat noch keinen Führerschein. Könnte aber einen haben – sie ist sechzehn.«

Sie spürte, dass Dinge in der Luft lagen, die er hätte aussprechen können, und hoffte, er würde es nicht tun. Die Dinge, die Männer über junge Mädchen sagen zu müssen meinen.

»Du könntest auch eine in dem Alter haben«, sagte sie. »Vielleicht hast du eine und weißt es gar nicht. Außerdem hat sie mich angelogen. Sie hat gesagt, sie geht Tennis spielen.«

Wieder sagte er nichts, was sie nicht zu hören hoffte, machte nicht die leiseste Anspielung auf Lügen. Eine Gefahr überstanden.

Er sagte bloß: »Ruhig. Ruhig Blut. Ist nichts passiert.«

Sie würde nie erfahren, wie viel er in dem Moment von ihren Gefühlen begriff, oder ob er überhaupt etwas begriff. Sie redeten fast nie über jenen Teil ihres Lebens. Über Cornelius redeten sie nie, obschon er derjenige war, mit dem Neil gesprochen hatte, als er zum ersten Mal in der Möbelscheune war. Er kam auf der Suche nach einem Fahrrad – einem einfachen, billigen Rad für Fahrten auf der Landstraße. Sie hatten damals keine Fahrräder da, aber er blieb und unterhielt sich ein Weilchen mit Cornelius darüber, was für ein Rad er sich vorstellte, wie man es reparieren oder aufmöbeln konnte, dass sie nach einem Ausschau halten sollten. Er sagte, er würde mal wieder hereinschauen. Das tat er auch, schon sehr bald, als Brenda allein da war. Cornelius hatte sich im Haus hingelegt; er hatte einen schlechten Tag. Zwischen Neil und Brenda war sofort alles klar, ohne dass sie irgendetwas aussprachen. Als er anrief und sie einlud, mit ihm etwas trinken zu gehen, in einem Lokal an der Straße am See, wusste sie, was er wollte, und wusste auch, wie ihre Antwort lauten würde.

Sie sagte ihm, dass sie so etwas noch nie getan habe. Das war auf eine Art gelogen und auf andere Art die Wahrheit.

Während der Öffnungszeiten ließ Maria keine Vermischung der Geschäfte zu. Alle bezahlten wie gewöhnlich. Sie verhielt sich nicht anders; sie war noch Herr der Dinge. Die Jungen wussten, dass sie eine gewisse Verhandlungsmacht besaßen, aber sie waren sich nicht sicher, wie viel. Ein Dollar. Zwei Dollar. Fünf. Es war nicht so, als wäre sie auf ein bis zwei von ihnen angewiesen. Es warteten stets mehrere Freunde willig draußen, wenn sie einen von ihnen mit in den Schuppen nahm, ehe sie mit dem Bus nach Hause fuhr. Sie warnte sie, dass sie mit ihnen keine Geschäfte mehr machen würde, wenn sie plauderten, und eine Zeitlang glaubten sie ihr. Sie heuerte sie anfangs nicht regelmäßig an, und nicht allzu oft.

Das war zu Anfang. Nach einigen Monaten begannen sich die Dinge zu ändern. Marias Bedürfnisse wuchsen. Die Verhandlungen wurden offener und widerständiger. Die Geschichte sprach sich herum. Marias Machtposition war angeschlagen, man rückte ihr immer offener zu Leibe.

Los, Maria, gib mir'n Zehner. Mir auch, Maria, gib mir'n Zehner. Na los, Maria, du kennst mich doch.

Zwanzig, Maria. Gib mir zwanzig. Mach schon. Zwanzig Dollar. Die schuldest du mir, Maria. Nun mach schon. Ich soll doch nicht quatschen, oder. Los, Maria.

Zwanzig, zwanzig, zwanzig. Maria blecht. Sie geht jeden Abend in den Schuppen. Und als wäre das nicht schlimm genug für sie, fangen einige der Jungen an, sich zu verweigern. Sie wollen das Geld vorher. Sie nehmen das Geld und sagen dann nein. Sie behaupten, sie habe nie gezahlt. Sie hat sie bezahlt, sie hat sie vor Zeugen bezahlt, und alle Zeugen streiten es ab. Sie schütteln die Köpfe, sie verhöhnen sie. Nein. *Du hast ihm kein Geld gegeben. Ich habe es nicht gesehen. Gib mir jetzt welches, und ich komm mit. Ich verspreche es dir. Ich komm mit. Gib mir zwanzig, Maria.*

Und die Älteren, die von ihren jüngeren Brüdern erfahren haben, was da los ist, kommen zu ihr an die Kasse und sagen: »Wie wär's denn mit mir, Maria? Mich kennst du doch auch. Komm, Maria, wie wär's mit einem Zwanziger?« Diese Jungen gehen nie mit ihr in den Schuppen, nie. Hatte sie das für möglich gehalten? Sie versprechen es nicht einmal, sie verlangen nur Geld von ihr. *Du kennst mich schon so lange, Maria.* Sie drohen, sie beschwatzen sie. *Ich bin doch auch dein Freund, oder, Maria?*

Keiner war Marias Freund.

Marias matronenhafte, wachsame Ruhe war dahin – ihr Blick wurde wild, düster und böse. Sie sah sie hasserfüllt an, aber sie gab ihnen weiter Geld. Sie rückte immerzu Scheine heraus. Machte nicht einmal mehr den Versuch, zu verhandeln oder zu streiten oder dagegenzuhalten oder sich zu weigern. Sie tat es voll Zorn – stummem Zorn. Je mehr die Jungs sie verhöhnten, desto bereitwilliger flogen die Scheine aus der Kasse. Inzwischen wurde sehr wenig, vielleicht nichts getan, um sie zu verdienen.

Neil und seine Freunde sind ständig bekifft. Immerzu, jetzt

wo sie dieses Geld haben. Sie sehen in den Tischplatten aus Resopal süße Atomströme fließen. Ihre bunten Seelen schießen unter ihren Fingernägeln hervor. Maria ist übergeschnappt, der Laden blutet aus. Wie soll das weitergehen? Wie wird es enden? Maria muss sich inzwischen bestimmt an der Kassette vergreifen; die Kasse dürfte abends nicht mehr genug für sie hergeben. Und die ganze Zeit über backt ihre Mutter weiter Brötchen und macht Piroggen, und ihr Vater fegt den Bürgersteig und grüßt die Kunden. Niemand hat ihnen etwas gesagt. Sie machen weiter wie immer.

Sie mussten selbst dahinterkommen. Sie fanden eine Rechnung, die Maria nicht bezahlt hatte – irgend so etwas, jemand kam mit einer unbezahlten Rechnung –, und sie wollten das Geld holen, um sie zu bezahlen, und stellten fest, dass keins da war. Das Geld war nicht dort, wo sie es aufbewahrten, im Safe oder in der Kassette oder wo auch immer, und es war auch sonst nirgends – das Geld war verschwunden. So kamen sie dahinter.

Maria hatte es fertiggebracht, alles wegzugeben. Ihre gesamten Ersparnisse, ihre gesamten langsam angehäuften Profite, das ganze Geld, mit dem sie ihr Geschäft betrieben. Absolut alles. Sie konnten keine Miete mehr zahlen, sie konnten weder die Stromrechnung bezahlen noch ihre Lieferanten. Sie konnten die Confectionery nicht halten. Jedenfalls glaubten sie das. Vielleicht fehlte ihnen einfach die Kraft weiterzumachen.

Der Laden wurde zugesperrt. An der Tür hing ein Schild: »BIS AUF WEITERES GESCHLOSSEN«. Fast ein Jahr verging, ehe der Laden wieder eröffnet wurde. Er war zum Waschsalon umgebaut worden.

Es hieß, Marias Mutter, diese große, bescheidene, gebeugte Frau, sei diejenige gewesen, die darauf bestanden habe, ihre Tochter anzuzeigen. Vor der englischen Sprache und der Kasse hatte sie Angst, aber Maria brachte sie vor Gericht. Natürlich konnte Maria nur vor das Jugendgericht kommen, und man konnte sie nur in ein Heim für jugendliche Straffällige stecken, und gegen die Jungs konnte man gar nichts unternehmen. Die leugneten ohnehin alle – sagten, sie wären es nicht gewesen. Marias Eltern müssen Arbeit gefunden haben, sie müssen in Victoria geblieben sein, weil Lisa weiter dort wohnte. Sie kam weiter zum Schwimmen ins YWCA, und ein paar Jahre später arbeitete sie bei Eaton, in der Kosmetikabteilung. Da war sie dann schon sehr schick und hochnäsig.

Neil hat immer Wodka und Orangensaft zum Trinken für sie da. Das hat Brenda sich so gewünscht. Sie hat irgendwo gelesen, dass Orangensaft das Vitamin C enthält, das vom Alkohol aufgezehrt wird, und sie hofft, dass man den Wodka wirklich nicht riechen kann. Neil räumt auch den Wohnwagen auf – so glaubt sie jedenfalls, wegen der Papiertüte voller Bierdosen, die am Schrank lehnt, einem Haufen Zeitungen, die zusammengeschoben, nicht sauber gefaltet sind, einem in eine Ecke geschleuderten Paar Socken. Vielleicht macht das sein Mitbewohner. Ein Mann namens Gary, den Brenda nicht einmal von Bildern kennt und den sie nicht erkennen würde, wenn sie ihm auf der Straße begegnete. Ob er sie erkennen würde? Er weiß, dass sie herkommt, er weiß, wann sie kommt; kennt er sogar ihren Namen? Erkennt er ihr Parfüm, ihren Sex-Geruch, wenn er abends heimkommt? Der Trailer gefällt ihr, die Art, wie nichts aufeinander abgestimmt ist oder von Dauer. Alles steht einfach dort, wo es gebraucht wird. Keine Vorhänge, keine Sets, nicht einmal Salz- und Pfefferstreuer – bloß das Salzpaket und die Pfefferdose, wie man sie im Laden kauft. Sie liebt den Anblick von Neils Bett – ungemacht, mit einer rauen karierten Decke und einem flachen Kissen, weder ein Hochzeits- noch ein Krankenbett, weder Komfort noch Komplikationen. Das Bett seiner Lust und seines Schlafs, das eine wie das andere leidenschaftlich und selbstvergessen. Sie liebt die Lebendigkeit seines Körpers, der seiner Rechte so sicher ist. Sie will Befehle von ihm, keine Bitten. Sie will sein Territorium sein.

Nur im Bad stört sie der Schmutz ein bisschen, wie jedermanns Dreck, und sie wünscht, die Männer hätten sich beim Putzen von Klo und Waschbecken mehr Mühe gegeben.

Sie sitzen am Tisch und trinken, schauen aus dem Trailerfenster auf das stahlgraue, glitzernde, kabbelige Wasser des Sees. Hier sind die Bäume den Seewinden ausgesetzt und beinahe schon kahl. Birkengerippe und Pappeln, steif und strohgelb, säumen das Wasser. Einen Monat noch, und es kann Schnee geben. In zwei Monaten ganz bestimmt. Dann wird die Schifffahrt auf dem See eingestellt, die Schiffe werden für den Winter vertäut, zwischen dem Ufer und dem offenen Wasser wird sich eine wilde Eislandschaft aufwerfen. Neil sagt, dass er nicht weiß, was er tun wird, wenn es mit der Arbeit am Strand vorbei ist. Vielleicht bleiben und sich um andere Arbeit bemühen. Vielleicht eine Zeitlang Arbeitslosengeld kassieren, sich ein Schneemobil anschaffen, den Winter genießen. Oder er könnte weggehen und anderswo Arbeit suchen, zu Freunden fahren. Er hat überall Freunde, auf dem ganzen nordamerikanischen Kontinent und darüber hinaus. Er hat Freunde in Peru.

»Und wie ging es weiter?«, fragt Brenda. »Hast du keine Ahnung, was aus Maria geworden ist?«

Neil sagt, nein, er hat keine Ahnung.

Die Geschichte lässt Brenda nicht los; sie bleibt wie ein Belag auf der Zunge, ein Geschmack im Mund.

»Vielleicht hat sie ja geheiratet«, sagt sie. »Nach ihrer Entlassung. Viele heiraten, auch wenn sie keine Schönheit sind. Das ist mal sicher. Oder sie hat abgenommen und ist vielleicht sogar ganz hübsch geworden.«

»Klar«, sagt Neil. »Und kann vielleicht von den Kerlen kassieren, statt umgekehrt.«

»Oder sie sitzt immer noch in so einem Heim. So einem Heim, in das man Leute steckt.«

Jetzt spürt sie einen Schmerz zwischen den Beinen. Nichts Ungewöhnliches nach einer solchen Nummer. Wenn sie in diesem Moment aufstünde, würde sie dort ein Pochen spüren, sie würde fühlen, wie das Blut wieder durch all die feinen Venen und Adern zu fließen beginnt, die zerdrückt und verletzt worden sind, sie würde ein Pochen in sich fühlen wie von einer dicken prallen Blase.

Sie nimmt einen großen Schluck und sagt: »Und wie viel Geld hast du aus ihr rausgeholt?«

»Gar keins«, sagt Neil. »Ich kannte bloß diese anderen Jungs. Mein Bruder Jonathan, der hat sie ausgenommen. Was der wohl sagen würde, wenn ich ihn jetzt darauf anspräche.«

»Die Älteren auch – du hast gesagt, die Älteren auch. Erzähl mir doch nicht, du hättest bloß dagesessen und nie was abgekriegt.«

»Genau das sag ich. Ich hab nie was bekommen.«

Brenda schnalzt mit der Zunge, tss-tss, leert ihr Glas und schiebt es auf dem Tisch herum und betrachtet skeptisch die nassen Ringe.

»Magst du noch einen?«, fragt Neil. Er nimmt ihr das Glas aus der Hand.

»Ich muss gehen«, sagt sie. »Bald.« Sich lieben kann man schnell, wenn es sein muss, aber für einen Streit braucht man Zeit. Steht das jetzt an? Ein Streit? Sie ist unruhig, aber glücklich. Ihr Glück ist eng und exklusiv, nicht von der Art, die überfließt und alles vernebelt und einen unbekümmert drauflos plappern lässt. Ganz im Gegenteil. Sie fühlt sich leicht und wach und losgelöst. Als Neil ihr ein volles Glas bringt, trinkt sie sofort einen Schluck, um sich dieses Gefühl zu bewahren.

»Du hast den gleichen Namen wie mein Mann«, sagt sie. »Komisch, dass mir das noch nie aufgefallen ist.«

Es ist ihr doch schon aufgefallen. Sie hat es bloß nicht erwähnt, weil sie wusste, dass Neil es nicht gern hören würde.

»Cornelius ist nicht das Gleiche wie Neil«, sagt er.

»Es ist holländisch. Manche Holländer machen Neil draus.«

»Ja, aber ich bin kein Holländer, und ich bin nicht Cornelius getauft, sondern nur Neil.«

»Trotzdem, wenn man seinen abkürzen würde, hättet ihr den gleichen Namen.«

»Er wird aber nicht abgekürzt.«

»Das habe ich auch nicht behauptet. Ich hab nur gesagt, wenn.«

»Wozu denn, wenn es gar nicht der Fall ist?«

Er muss das Gleiche spüren wie sie – das langsame, aber unwiderstehliche Entstehen einer neuen Erregung, das Bedürfnis, Hässlichkeiten zu sagen und zu hören. Was für eine scharfe, erlösende Freude doch im ersten Schlag liegt, und was für eine überwältigende Versuchung nun lockt – Zerstörung. Man hält nicht inne, um darüber nachzudenken, warum man die Zerstörung will. Man will sie einfach.

»Warum müssen wir jedes Mal trinken?«, sagt Neil plötzlich. »Wollen wir uns zu Alkoholikern machen, oder was?«

Brenda nippt noch rasch und schiebt das Glas fort. »Wer muss trinken?«, fragt sie.

Sie denkt, er meint, sie sollen Kaffee trinken oder Cola. Aber er steht auf und geht an die Kommode, in der er seine Kleidung hat, zieht eine Schublade auf und sagt: »Komm mal her.«

»Ich will das Zeug nicht sehen«, sagt sie.

»Du weißt ja nicht mal, was es ist.«

»Doch.«

Natürlich weiß sie es nicht – nicht genau.

»Hast du Angst, dass es beißt?«

Brenda nimmt noch einen Schluck und guckt weiter aus dem Fenster. Die Sonne steht schon tief, wirft ihr helles Licht über den Tisch und wärmt ihre Hände.

»Du hast was dagegen«, sagt Neil.

»Ich habe weder was dafür noch dagegen«, sagt sie und merkt, dass sie ein wenig Kontrolle verloren hat, nicht mehr so glücklich ist wie vorhin. »Es ist mir gleich, was du tust. Das bist du.«

»Ich hab weder was dafür noch dagegen«, sagt Neil mit gezierter Stimme. »Ist mir gleich, was du tust.«

Das ist das Zeichen, was von dem einen oder anderen kommen musste. Ein Funken Hass, pure Gehässigkeit, wie das Aufblitzen einer Schneide. Das Zeichen, dass der Streit ins Offene hinaus kann. Brenda trinkt einen großen Schluck, als hätte sie ihn sich schwer verdient. Sie spürt eine tieftraurige Befriedigung. Sie steht auf und sagt: »Wird Zeit, dass ich gehe.«

»Was ist, wenn ich noch nicht so weit bin?«, fragt Neil.

»Ich hab gesagt, ich, nicht du.«

»Ach. Hast du ein Auto draußen?«

»Ich kann laufen.«

»Bis zu deinem Wagen sind es fünf Meilen.«

»Es sind schon mehr Leute fünf Meilen gelaufen.«

»Mit solchen Schuhen?«, sagt Neil. Sie blicken beide auf ihre gelben Schuhe, die zu den applizierten Satin-Vögeln auf ihrem türkisfarbenen Pullover passen. Beides hat sie für ihn gekauft und getragen!

»Die Schuhe hast du nicht zum Laufen angezogen«, sagt er. »Du hast sie angezogen, damit jeder Schritt, den du machst, deinen fetten Arsch zur Geltung bringt.«

Sie geht die Uferstraße entlang, im Schotter, der sich durch ihre Sohlen bohrt und sie zwingt, auf jeden Schritt zu achten, damit sie nicht umknickt. Der Nachmittag ist jetzt zu kalt für nur einen Pullover. Der Wind vom See bläst seitlich, und jedes Mal wenn ein Fahrzeug vorbeifährt, bei Lastern vor allem, erfasst sie ein steifer Windstoß, und Split weht ihr ins Gesicht. Einige der Laster bremsen natürlich, wie einige Autos auch, und Männer rufen ihr aus dem Fenster etwas zu. Ein Auto schlittert auf den Schotterrand und hält vor ihr an. Sie bleibt stehen, etwas Besseres fällt ihr nicht ein, und nach einem Augenblick fährt es knirschend wieder auf die Straße, und sie geht weiter.

Das ist in Ordnung, sie ist nicht wirklich in Gefahr. Sie macht sich nicht einmal Sorgen, ob sie von jemandem gesehen werden könnte, der sie kennt. Sie fühlt sich zu frei, um besorgt zu sein. Sie denkt an das erste Mal, als Neil in die Möbelscheune kam, wie er Samson den Arm um den Hals legte und sagte: »Als Wachhund ist der nichts, Ma'am.« Das »Ma'am« fand sie dreist, aufgesetzt, aus irgendeinem alten Elvis-Presley-Film. Und seine nächste Bemerkung war noch schlimmer. Sie sah Samson an und sagte: »Nachts ist er besser.« Und Neil sagte: »Ich auch.« Unverschämt, großspurig, eingebildet, dachte sie. Und er ist nicht mehr so jung, dass er sich das erlauben kann. Ihre Meinung änderte sich auch beim zweiten Mal nicht wesentlich. Es zeigte sich dann aber, dass man sich einfach darüber hinwegsetzen konnte. Sie brauchte ihn nur merken zu lassen, dass er das nicht nötig hatte. Ihre Aufgabe war es, seine Geschenke ernst zu nehmen, so dass auch er ernst sein konnte, und ungezwungen und dankbar. Was hatte ihr so bald die Sicherheit gegeben, dass das, was sie an ihm nicht mochte, nicht echt war?

Im Lauf der zweiten Meile oder vielleicht schon in der zweiten Hälfte der ersten Meile holt der Mercury sie ein. Er hält auf dem Schotter an der anderen Straßenseite. Sie geht hin und steigt ein. Sie weiß nicht, warum sie es nicht tun sollte. Es bedeutet nicht, dass sie mit ihm reden oder länger mit ihm zusammen sein wird als die paar Minuten, die es dauert, über die Sumpfstraße zum Lieferwagen zu fahren. Seine Gegenwart braucht sie nicht mehr zu belasten als der aufgewirbelte Split am Straßenrand.

Sie kurbelt das Fenster ganz herunter, damit ein kalter Windstoß alles erfasst, was er womöglich zu sagen hat.

»Ich möchte mich für die anzügliche Bemerkung entschuldigen«, sagt er.

»Warum?«, fragt sie. »Es stimmt. Er ist fett.«

»Nein.«

»Doch«, sagt sie in einem Ton gelangweilter Entschiedenheit, der ganz aufrichtig ist. Das bringt ihn für einige Meilen zum Schweigen, bis sie in die Sumpfstraße eingebogen sind und in den Wald eintauchen.

»Wenn du glaubst, in der Schublade war eine Spritze, irrst du dich.«

»Es geht mich nichts an, was da war.«

»Da waren bloß ein paar Captagon und ein bisschen Speed und Hasch.«

Ihr fällt ein Streit mit Cornelius ein, einer, über dem ihre Verlobung fast geplatzt wäre. Es war nicht das Mal, als er sie für das Marihuana-Rauchen schlug. Da hatten sie sich schnell versöhnt. Dies hatte gar nichts mit ihnen selbst zu tun. Sie unterhielten sich über einen Mann, mit dem Cornelius im Salzwerk zusammenarbeitete, und seine Frau und ihr behindertes Kind. Das Kind vegetiere nur so vor sich hin, sagte Cornelius; es liege den ganzen Tag bloß in einer Art Stall in einer Ecke des Wohnzimmers und brabbele und mache die Hosen voll. Es war ungefähr sechs oder sieben und würde nie anders leben können. Cornelius sagte, seiner Meinung nach hätte jeder, der so ein Kind bekam, das Recht, es loszuwerden. Er würde das tun, sagte er. Gar keine Frage. Es gebe allerlei Mittel und Wege, wie man es machen könnte, ohne erwischt zu werden, und er gehe jede Wette ein, dass viele Leute genau das täten. Darüber stritten er und Brenda sich fürchterlich. Aber während der ganzen Zeit, in der sie sich zankten und stritten, hatte Brenda den Verdacht, dass Cornelius so etwas nicht wirklich tun würde. Er musste nur behaupten, dass er es tun würde. Ihr gegenüber. Ihr gegenüber musste er darauf beharren, dass er es tun würde. Und das machte sie noch wütender auf ihn, als wenn sie geglaubt hätte, dass er es vollkommen und ganz brutal ernst meinte. Er wollte, dass sie sich mit ihm über dieses Thema stritt. Er wollte ihren Protest hören, ihr Entsetzen, und warum? Männer wollten, dass eine Frau Theater machte, über das Loswerden von behinderten Babys oder über Drogen oder darüber, dass einer fuhr wie eine gesengte Sau, und wieso? Damit sie sich gegen ihre butterweiche, weibische Güte absetzen und mit ihrer eigenen Härte und Verruchtheit brüsten können? Damit sie zu guter Letzt knurrend einlenken können und nicht mehr so böse sein müssen? Was immer es war, man bekam es satt.

Beim Unfall im Salzbergwerk hätte Cornelius zu Tode gequetscht werden können. Er hatte Nachtschicht, als es passierte. In die großen Salzstöcke wird ein Schlitz geschnitten, dann werden Löcher für den Sprengstoff gebohrt und die Ladungen eingepasst; jede Nacht um fünf vor zwölf wird gesprengt. Die riesige Salzscheibe löst sich gleitend ab und wird auf den Weg an die Oberfläche gebracht. Cornelius wurde in einem Käfig am Ende eines Tragarmes hochgehoben. Seine Aufgabe war es, die losen Brocken an der Decke herauszubrechen und die Bolzen einzusetzen, die sie während der Sprengung festhielten. Irgendwie versagte die hydraulische Steuerung, die er bediente – er blieb stecken, versuchte mehr Gas zu geben und wurde mit einem Ruck so hochgehoben, dass er die Salzdecke auf sich zukommen sah wie ein Deckel. Er duckte sich, der Käfig hielt an, eine Salzspitze erwischte ihn im Rücken.

Er hatte bis dahin sieben Jahre in der Grube gearbeitet, ohne Brenda je viel davon zu erzählen, wie das war. Jetzt erzählt er davon. Es ist eine Welt für sich, sagt er – Höhlen und Säulen, meilenweit vom Ufer unter dem Grund des Sees. Wenn man in einen Gang gerät, in dem keine Maschinen die grauen Wände, die von Salzstaub getränkte Luft erleuchten, und die Grubenlampe ausmacht, kann man wahre Dunkelheit kennenlernen, eine Dunkelheit, die Menschen über Tage nie zu sehen bekommen. Die Maschinen bleiben immer unten. Manche werden unten zusammengebaut, in Einzelteilen hinuntergeschafft; alle werden dort repariert; und zuletzt werden sie nach brauchbaren Teilen ausgeschlachtet und dann in einen toten Schacht gepackt, der versiegelt wird – als Grab für diese unterirdischen Maschinen. Sie machen einen Höllenlärm, solange sie arbeiten; der Maschinenlärm und die Ventilatoren übertönen jede menschliche Stimme. Und jetzt gibt es eine neue Maschine, die das kann, was Cornelius oben in seinem Käfig machte. Sie kann es ganz allein, ganz unbemannt.

Brenda weiß nicht, ob ihm das Leben dort unten fehlt. Er sagt nein. Er sagt, er könne bloß nicht auf die Wasseroberfläche schauen, ohne das alles darunter zu sehen, was sich keiner, der es nicht gesehen hat, je vorstellen könne.

Neil und Brenda fahren durch die Bäume, wo man plötzlich den Wind kaum noch spürt.

»Außerdem hab ich doch Geld genommen«, sagt Neil. »Vierzig Dollar habe ich gekriegt, was verglichen mit dem, was einige abgesahnt haben, ein Klacks ist. Ich schwöre, das war alles, vierzig Dollar. Mehr hab ich nie gekriegt.«

Sie sagt nichts.

»Ich hatte nicht vor, ein Geständnis zu machen«, sagt er.

»Ich wollte nur drüber reden. Dann hab ich doch gelogen. Bescheuert.«

Jetzt wo sie seine Stimme besser hören kann, merkt sie, dass sie fast so tonlos und erschöpft klingt wie ihre eigene. Sie sieht seine Hände am Lenkrad und denkt, wie schwer es ihr fallen würde zu beschreiben, wie er aussieht. Von weitem – wenn er im Auto auf sie wartet – war er schon immer ein heller, verschwommener Fleck, seine Gegenwart erleichternd, eine Verheißung. Von nahem bestand er aus einzelnen Bereichen – seidige oder raue Haut, struppiges Haar oder rasierte Borsten, Gerüche, die ihm eigen sind oder die er mit anderen Männern gemein hat. Aber in erster Linie ist das, was sie in seinen stumpfen kurzen Fingern oder der gebräunten Rundung seiner Stirn sieht, eine Energie, eine ihm eigene Kraft. Und selbst die Bezeichnung Kraft trifft es nicht genau – es ist eher so etwas wie sein Lebenssaft, der aus den Wurzeln aufsteigt, ein klarer unablässiger Strom, der ihn bis zum Bersten füllt. Dem hat sie auf die Spur kommen wollen – diesem Saft, diesem Strom unter der Haut, als wäre dies das einzig Wahre.

Wenn sie sich jetzt zur Seite umdrehte, könnte sie ihn so sehen, wie er ist – die braungebrannte runde Stirn, die schütter werdenden braunen Locken, dichte Augenbrauen mit ein paar grauen Haaren, tiefliegende helle Augen, und ein Mund, der sich mag, ziemlich mürrisch und stolz. Ein jungenhafter Mann, der zu altern beginnt – obschon er sich auf ihr noch leicht und wild anfühlt verglichen mit dem massigen Cornelius, der sich besitzergreifend auf sie legt wie eine bleischwere Decke. Eine Verantwortung, so spürt Brenda es dann. Wird sie bei diesem das Gleiche empfinden?

Neil wendet, parkt das Auto so, dass er gleich weiterfahren kann, und für sie ist es Zeit, auszusteigen und zum Lieferwagen zu gehen. Er nimmt bei laufendem Motor die Hände vom Lenkrad, spreizt die Finger, krallt sie wieder um das

Lenkrad – so fest, dass man meint, er würde es zu Brei zerquetschen. »Herrje, steig noch nicht aus!«, sagt er. »Steig jetzt nicht aus!«

Sie hat noch nicht einmal die Tür angerührt, sie hat noch keinerlei Anstalten gemacht zu gehen. Merkt er nicht, was los ist? Vielleicht braucht es die Erfahrung aus vielen Ehekrächen, um es zu merken. Um zu merken, dass das, was man für das absolute Ende hält – auf das man zeitweilig sogar hofft –, sich lediglich als der Beginn eines neuen Stadiums erweist, einer Weiterführung. Das ist es, was gerade passiert, was gerade passiert ist. Er hat für sie einen Teil seines Glanzes verloren; es kann sein, dass der sich nie wieder herstellt. Wahrscheinlich gilt das umgekehrt genauso. Sie spürt seine Schwere, seinen Zorn und sein Erstaunen. Das alles spürt sie selbst auch. Sie denkt, bis jetzt war es einfach.

Meneseteung

I

Arme voll Blutwurz,
Monarde, Akelei
Pflücken wir selig
und singen dabei.

Offerings, Gaben, heißt das Buch. Goldbuchstaben auf einem mattblauen Umschlag. Darunter der vollständige Name der Verfasserin: Almeda Joynt Roth. In der Lokalzeitung *Vidette* nannte man sie »unsere Poetin«. Das klingt nach einer Mischung aus Respekt und Verachtung, für ihre Berufung wie für ihr Geschlecht – oder für das wenig überraschende Zusammentreffen beider. Vorne im Buch ist eine Fotografie, unten in einer Ecke der Name des Fotografen und das Datum 1865. Das Buch erschien später, 1873.

Die Poetin hat ein langes Gesicht; eine ziemlich lange Nase; große, ernste, dunkle Augen, die aussehen, als wollten sie ihr wie riesige Tränen über die Wangen rollen; volles dunkles Haar, das sie in schlaffen Korkenzieherlocken und Schlaufen ums Gesicht trägt. Eine deutlich sichtbare graue Strähne, obschon sie auf diesem Bild erst fünfundzwanzig ist. Kein hübsches Mädchen, sondern der Typ Frau, deren Aussehen mit dem Alter nicht leidet, die wahrscheinlich nicht dick wird. Sie trägt ein dunkles, mit Biesen und Zöpfen verziertes Kleid oder

Jackett, dessen tiefer V-Ausschnitt von einem seidigen, schlaffen weißen Stoffbausch – Rüschen oder eine Schleife – ausgefüllt ist. Sie trägt auch einen Hut, vielleicht aus Samt, dessen dunkle Farbe zum Kleid passt. Der formlose, unverzierte Hut, der einer weichen Baskenmütze ähnelt, bringt mich darauf, in dieser jungen Frau, deren langer Hals und vorgeneigtes Haupt auch zeigen, dass sie groß und schlank und ein wenig ungelenk ist, künstlerische Ambitionen zu erkennen oder zumindest eine schüchterne, beharrliche Exzentrizität. Von der Taille aufwärts gleicht sie einem jungen Edelmann aus einem anderen Jahrhundert. Aber vielleicht entsprach das der Mode.

»Im Jahre 1854«, schreibt sie im Vorwort zu ihrem Buch, »brachte mein Vater uns – meine Mutter, meine Schwester Catherine, meinen Bruder William und mich – in den (damals noch) wilden Westen Kanadas. Mein Vater war Sattler von Beruf, aber ein kultivierter Mann, der auswendig aus der Bibel, aus Shakespeare und den Schriften Edmund Burkes zitieren konnte. Ihm erging es gut in diesem neuerschlossenen Land, und er sah sich bald in der Lage, ein Lederwaren- und Sattler-Geschäft zu eröffnen und nach einem Jahr das komfortable Haus zu bauen, in welchem ich bis heute (allein) lebe. Ich war das älteste der Kinder, vierzehn, als wir in diesen Landstrich zogen, aus Kingston kommend, einer Stadt, deren hübsche Straßen ich nie wiedergesehen habe, an die ich aber oft zurückdenke. Meine Schwester war elf und mein Bruder neun. In unserem dritten Sommer erkrankten mein Bruder und meine Schwester an einem Fieber, das umging, und starben im Abstand von wenigen Tagen. Diesen Schicksalsschlag verwand meine liebe Mutter nicht. Sie kränkelte immer häufiger, und drei Jahre später verstarb auch sie. Von da an führte ich meinem Vater den Haushalt und bereitete ihm zwölf Jahre lang zufrieden ein Heim, bis er eines Morgens in seinem Geschäft plötzlich das Zeitliche segnete.

Die Kunst des Dichtens hat mich von frühester Kindheit an begeistert, ich habe mich in aller Unbeholfenheit häufig an eigenen Versen versucht – und damit so manches Mal meinen Kummer besänftigt, der, wie ich weiß, nicht größer war als jener, den jeder Erdenbürger zu erdulden hat. Im Übrigen waren meine Finger immer zu ungeschickt für Häkelarbeiten; und auch die zierlichen Stickereien, die man heute oft sieht – die überquellenden Obst- und Blumenkörbe, die kleinen Holländerknaben, die Mädchen mit Häubchen und Gießkanne –, erwiesen sich als zu schwierig für mich. Daher bringe ich an ihrer Stelle als Produkt meiner Mußestunden diese schlichten Denksprüche, diese Balladen, Couplets, Betrachtungen dar.«

Titel einiger Gedichte: »Kinder beim Spiel«, »Zigeunermarkt«, »Ein Besuch bei meiner Familie«, »Engel im Schnee«, »Champlain an der Mündung des Meneseteung«, »Das Verschwinden des alten Waldes« und »Ein Garten-Potpourri«. Außerdem weitere, kürzere Gedichte über Vögel, Wildblumen und Schneestürme. Ein lustig gemeinter Knittelvers darüber, woran Leute denken, während sie in der Kirche der Predigt lauschen.

»Kinder beim Spiel«: Die Verfasserin, ein Kind, spielt mit ihrem Bruder und ihrer Schwester – eines jener Spiele, bei denen Kinder auf verschiedenen Seiten versuchen, einander anzulocken und zu fangen. Sie spielt in der tiefer werdenden Abenddämmerung weiter, bis sie merkt, dass sie allein ist, und viele Jahre älter. Trotzdem hört sie die (geisterhaften) Stimmen ihrer Geschwister rufen. Komm rüber, komm rüber, Meda soll kommen. (Vielleicht hieß Almeda in der Familie Meda, oder vielleicht hat sie ihren Namen abgekürzt, damit er ins Versmaß passte.)

»Zigeunermarkt«: Die Zigeuner haben ein Lager in der Nähe der Stadt aufgeschlagen, einen »Markt«, wo sie Kleidung und billigen Schmuck verkaufen, und die Verfasserin schildert die Angst des Kindes, womöglich von ihnen geraubt, ihrer Familie entrissen zu werden. Stattdessen jedoch ist ihr die Familie entrissen worden, von Zigeunern geraubt, die sie nicht finden und mit denen sie nicht verhandeln kann.

»Ein Besuch bei meiner Familie«: Ein Besuch auf dem Friedhof, ein einseitiges Gespräch.

»Engel im Schnee«: Die Verfasserin hat ihren Geschwistern einst beigebracht, »Engel« zu zeichnen, indem man sich lang in den Schnee legt und die Arme auf und ab bewegt, so dass sich flügelförmige Spuren bilden. Ihr Bruder stand immer ungeschickt auf und hinterließ einen Engel mit einem verkrüppelten Flügel. Wird dieser im Himmel wieder geheilt werden, oder wird ihr Bruder dort mit seinem Behelfsflügel immer im Kreis fliegen müssen?

»Champlain an der Mündung des Meneseteung«: Das Gedicht zelebriert den beliebten, unzutreffenden Glauben, dass der Forschungsreisende am östlichen Ufer des Lake Huron entlanggesegelt und an der Mündung des Flusses gelandet war.

»Das Verschwinden des alten Waldes«: Eine Auflistung aller Bäume – ihrer Namen, Erscheinungs- und Nutzungsformen –, die in den kanadischen Urwäldern gefällt wurden, ergänzt durch eine allgemeine Beschreibung der Bären, Wölfe, Adler, Hirsche und Wasservögel.

»Ein Garten-Potpourri«: Womöglich als Gegenstück zum Waldgedicht gedacht. Ein Katalog der aus Europa mitgebrachten Pflanzen mit eingeflochtenen Episoden aus Geschichte und Sage, wobei aus dieser Mischung das Kanadatypische erwächst.

Die Gedichte sind in zwei- beziehungsweise vierzeiligen Strophen verfasst. Auch ein paar Sonette sind dabei, aber in der Regel ist das Reimschema einfach – a b a b oder a b c b.

Verwendet werden die früher sogenannten »männlichen« Reime (»Schnee«/»Klee«), nur gelegentlich sind sie »weiblich« (»liegen«/»fliegen«). Sind das noch vertraute Begriffe? Kein Gedicht ist ohne Reim.

II

Weiße Rosen kalt wie Schnee,
Blühen, wo »die Engel« liegen.
Ob sie wohl, hier unterm Klee,
Dort vor Gottes Antlitz fliegen?

1879 lebte Almeda Roth noch immer in dem Haus an der Ecke von Pearl und Dufferin Street, dem Haus, das ihr Vater für seine Familie gebaut hatte. Das Haus steht noch; heute bewohnt es der Filialleiter des Spirituosengeschäfts. Die Wände sind mit Aluminium verkleidet; ein geschlossener Wintergarten hat die Veranda ersetzt. Der Holzschuppen, der Zaun, die Gartentore, das Plumpsklosett, die Scheune – sie alle sind verschwunden. Auf einer Fotografie aus den 1880ern sind sie noch zu sehen. Haus und Zaun wirken ein bisschen schäbig, so als hätten sie einen Anstrich nötig, aber vielleicht liegt das nur an der ausgeblichenen, bräunlichen Fotografie. Die Fenster mit ihren Spitzengardinen sehen aus wie weiße Augen. Weit und breit ist kein großer, schattenspendender Baum zu sehen, und die hohen Ulmen, die dem Städtchen bis in die fünfziger Jahre Schatten spendeten wie heutzutage die Ahornbäume, haben noch ganz dünne junge Stämme mit groben Zäunen um sie herum, die sie vor den Kühen schützen sollen. Ohne den Blickschutz durch diese Bäume liegt vieles offen zutage – Hinterhöfe, Wäscheleinen, Holzstapel, ausgebesserte Schuppen und Scheunen und Plumpsklosetts –, und alles wirkt kahl, schutzlos und provisorisch. Die wenigsten Häuser hatten so etwas wie einen Rasen, höchstens eine Fläche mit Wegerich und Ameisenhaufen und geharkter Erde. Vielleicht Petunien in einem runden Kübel auf einem Baumstumpf. Nur die Hauptstraße ist gekiest; die anderen Straßen sind unbefestigt und je nach Jahreszeit matschig oder staubig. Gartenzäune müssen sein, um Tiere fernzuhalten. Kühe sind auf leeren Grundstücken angepflockt oder haben hinten auf den Grundstücken kleine Weiden, aber bisweilen reißen sie sich los. Auch Schweine reißen sich los, und Hunde streunen frei herum oder halten ein Nickerchen auf den hölzernen Bürgersteigen. Das Städtchen hat Wurzeln geschlagen, es wird nicht mehr verschwinden, doch vielerorts sieht es noch aus wie ein Lager. Und wie in einem Lager herrscht immer Betrieb – überall sind Menschen, die innerhalb des Ortes alle Wege zu Fuß erledigen; überall hinterlassen Tiere Pferdeäpfel, Kuhfladen und Hundekot, weshalb die Damen ihre Röcke schürzen müssen; der ganze Ort ist lärmerfüllt, von den Baustellen, von Kutschern, die ihre Pferde anschreien, und von den Zügen, die ein paar Mal am Tag halten.

Dieses Leben habe ich in der *Vidette* beschrieben gefunden.

Die Bevölkerung ist jünger als heute, jünger als sie je wieder sein wird. Leute über fünfzig kommen kaum an einen unfertigen, neuen Ort. Auf dem Friedhof liegen schon eine ganze Reihe Menschen, aber die meisten sind jung gestorben, bei Unfällen oder im Kindbett oder durch Epidemien. Auffällig sind die vielen Kinder und jungen Leute. Kinder – Jungs – ziehen in Banden durch die Straßen. Die Schulpflicht gilt nur vier Monate im Jahr, und es gibt viele Gelegenheitsarbeiten, für die schon Acht- bis Neunjährige taugen – Flachs hecheln, Pferde halten, Einkäufe austragen, den Bürgersteig vor den Läden fegen. Einen großen Teil ihrer Zeit verbringen sie auf der Suche nach Abenteuern. Eines Tages laufen sie einer alten

Frau nach, einer Trinkerin mit dem Spitznamen Queen Aggie. Sie laden sie auf eine Schubkarre, rumpeln mit ihr durch den ganzen Ort und kippen sie dann zum Ausnüchtern in einen Graben. Auch am Bahnhof verbringen sie viel Zeit. Sie springen auf rangierende Waggons auf und flitzen zwischen ihnen hindurch und fordern sich gegenseitig zu Mutproben heraus, die auch schon mal so übel ausgehen, dass sie verstümmelt werden oder tödlich verunglücken. Und sie halten nach allen Fremden Ausschau, die in den Ort kommen. Sie laufen ihnen nach, dienen sich als Kofferträger an und führen sie (für eine Fünfcentmünze) zu einem Hotel. Fremde, die weniger wohlhabend aussehen, werden verhöhnt und belästigt. Alle sind von Spekulationen umgeben – wie von einer Fliegenwolke. Sind sie in die Stadt gekommen, um ein neues Geschäft zu gründen, um Leute zu beschwatzen, ihr Geld in irgendein Projekt zu stecken, um Heilmittel oder Schnickschnack zu verkaufen, an Straßenecken Predigten zu halten? Das alles kann täglich vorkommen. Seien Sie auf der Hut, warnt die *Vidette* die Bürger. Wir leben in Zeiten großer Chancen und großer Gefahren. Landstreicher, Bauernfänger, fliegende Händler, Gauner, einfache Diebe sind auf den Landstraßen und vor allem mit der Eisenbahn unterwegs. Diebstähle werden gemeldet: Geld, das investiert und nie wiedergesehen wurde, eine Hose, die von der Wäscheleine, Holz, das vom Holzhaufen, Eier, die aus dem Hühnerstall gestohlen wurden. Vorfälle dieser Art häufen sich in der heißen Jahreszeit.

Bei heißem Wetter mehren sich auch die Unfälle. Dann reißen sich mehr Pferde los und werfen Wagen um. Hände geraten in die Wäschemangel, in der Sägemühle wird ein Mann entzwei gerissen, im Holzlager kommt ein Junge beim Umherspringen unter herabstürzenden Stämmen um. Niemand schläft gut. Kleinkinder gedeihen wegen der Sommerfieber schlecht, und wer dick ist, bekommt keine Luft. Tote müssen in aller Eile bestattet werden. Eines Tages geht ein Mann durch die Straßen, läutet eine Kuhglocke und ruft: »Tut Buße! Tut Buße!« Diesmal ist es kein Fremder, sondern ein junger Mann, der in der Metzgerei arbeitet. Man bringt ihn nach Haus, macht kalte, feuchte Umschläge, sieht zu, dass er im Bett bleibt, und betet um seinen Verstand. Wenn sein Zustand sich nicht bessert, muss er in die Anstalt.

Almeda Roths Haus liegt an der Dufferin Street, einer Straße von gutem Ruf. An dieser Straße haben Kaufleute, ein Mühlenbesitzer, der Inhaber einer Saline ihre Häuser. Aber die Pearl Street, die man von den hinteren Fenstern aus sieht und auf die man durch die hintere Gartentür hinaustritt, ist etwas anderes. An Almedas Grundstück grenzen Arbeiterhäuser. Kleine, aber adrette Reihenhäuschen – das ist in Ordnung. Schlimmer wird es zum Ende des Straßenblocks hin, und im nächsten, dem letzten Block, wird es trostlos. Dort unmittelbar am Rand des (mittlerweile trockengelegten) Sumpflochs mit dem Namen Pearl Street Swamp wohnen nur die Allerärmsten, die nichtswürdigen und ehrlosen Armen. Dort wuchert üppiges, buschiges Unkraut, man hat Behelfsheime aufgestellt, zwischen Haufen von Abfall und Schutt spielen Unmengen verdreckter Kinder, Schmutzwasser wird aus den Hauseingängen geschippt. Die Stadt versucht, diese Leute zu zwingen, Aborte zu bauen, aber sie gehen ebenso gern ins Gebüsch. Wenn sich eine Jungenbande auf Abenteuersuche dahin verirrt, müssen sie vermutlich mehr einstecken, als sie sich gedacht haben. Es heißt, selbst der Wachtmeister weigere sich, samstagabends in der Pearl Street auf Streife zu gehen. Almeda Roth ist noch nie weiter gegangen als bis zum Ende der Reihenhäuser. In einem davon wohnt die junge Annie, die ihr im Haushalt hilft. Als anständiges junges Mädchen ist sie nie bis zum letzten Block oder zum Sumpf vorgedrungen. Keine anständige Frau würde das tun.

Aber durch seine Lage östlich von Almeda Roths Haus bietet der nämliche Sumpf einen wunderhübschen Anblick in der Morgendämmerung. Almeda ist in demselben Schlafzimmer geblieben, das sie einst mit ihrer Schwester Catherine teilte – sie käme nicht im Traum auf die Idee, nach vorn in das große Schlafzimmer umzuziehen, in dem ihre Mutter früher den ganzen Tag im Bett verbrachte und das später zum einsamen Reich ihres Vaters wurde. Aus ihrem Fenster kann sie sehen, wie die Sonne aufgeht, der Dunst über dem Sumpf sich mit Licht füllt, die nahen wuchtigen Bäume vor dem Dunst schweben und die Bäume dahinter durchsichtig werden. Sumpfeichen, Ahorn, Lärchen, Hickorynuss.

III

Hier, wo die Flussflut, ihren blauen Rock
dem See entbreitend, aus den Wäldern strebt,
Denk ich an Vögel, Tiere, früh'res Volk,
das einst im Zelt an diesem Strand gelebt.

Einer von den Fremden, die ein paar Jahre zuvor am Bahnhof eingetroffen waren, hieß Jarvis Poulter. Er lebt inzwischen in dem Haus neben Almeda Roth – in der Dufferin Street, von dem ihren durch ein leeres Grundstück getrennt, das er ebenfalls erworben hat. Das Haus ist schlichter als das Haus der Roths und hat weder Obstbäume noch Blumen im Garten. Das liegt natürlich daran, dass Jarvis Poulter Witwer ist und allein lebt. Ein Mann mag sein Haus ordentlich instand halten, aber er wird nie viel tun, um es hübsch einzurichten – sofern er ein echter Mann ist. Die Ehe zwingt ihn, mehr Zierrat und mehr Gefühl in sein Leben hineinzunehmen, genauso wie sie ihn vor den äußersten Höhen und Tiefen seines Wesens schützt – vor eiskaltem Geiz oder übertriebener Faulheit, vor Verwahrlosung und vor zu viel Schlaf oder Lesen, Trinken, Rauchen oder freigeistigem Denken.

Aus Sparsamkeit, so glaubt man, schöpft ein gewisser, hochgeschätzter Bürger unserer Stadt fortwährend Wasser an der öffentlichen Pumpe und füllt seinen Brennstoffvorrat dadurch auf, dass er an den Eisenbahnschienen lose Kohlen sammelt. Ob er wohl vorhat, die Stadt oder die Eisenbahngesellschaft mit einer Gratislieferung Salz zu entschädigen?

So ist die *Vidette*, voll von schüchternen Witzen, versteckten Anspielungen, offenen Anklagen, die sich heute keine Zeitung mehr erlauben könnte. Die Rede ist von Jarvis Poulter, von dem man in anderen Zusammenhängen allerdings mit großer Hochachtung spricht – als Schiedsmann, Arbeitgeber, Mann der Kirche. Er ist knauserig, mehr nicht. Bis zu einem gewissen Grade exzentrisch. Was beides daran liegen mag, dass er alleinstehend ist, ein Witwer. Der sein Wasser aus der öffentlichen Pumpe holt und seinen Kohleneimer an den Bahnschienen füllt. Er ist ein anständiger, wohlhabender Bürger: ein großer – leicht korpulenter? – Mann im dunklen Anzug mit blankgeputzten Stiefeln. Bart? Schwarzes, graumeliertes Haar. Eine ernste, beherrschte Miene und eine große bleiche Warze in den buschigen Borsten der einen Augenbraue? Man erzählt sich von einer jungen, hübschen, über alles geliebten Frau, die im Kindbett oder bei einem schrecklichen Unfall, einem Hausbrand oder einem Eisenbahnunglück etwa, ums Leben gekommen sei. Das entbehrt zwar jeder Grundlage, macht ihn aber interessanter. Er hat lediglich erzählt, dass seine Frau verstorben ist.

In unsere Gegend kam er auf der Suche nach Öl. Südlich von hier in Lambton County wurde Mitte des neunzehnten

Jahrhunderts zum ersten Mal auf der Welt eine Ölquelle erschlossen. Als Jarvis Poulter nach Öl bohrte, stieß er auf Salz. Er änderte seine Pläne und ging ans Werk, um das meiste herauszuholen. Wenn er mit Almeda Roth von der Kirche heimgeht, erzählt er ihr von seinen Salzstöcken. Sie liegen fast vierhundert Meter tief. Man pumpt erhitztes Wasser hinein, welches das Salz auflöst. Dann pumpt man die Sole nach oben. Sie ergießt sich in große Verdunstungspfannen über kleinen, gleichmäßig brennenden Feuern; das Wasser verdampft, und übrig bleibt reinstes, feinstes Salz. Ein Produkt, nach dem die Nachfrage niemals versiegen wird.

»Das Salz der Erde«, sagt Almeda.

»Ja«, sagt er stirnrunzelnd. Er mag das für respektlos halten. Sie hat es nicht so gemeint. Er spricht über Konkurrenten aus anderen Orten, die sich seiner Methode bedienen und ihn vom Markt verdrängen wollen. Zum Glück haben sie weniger tief gebohrt, und ihre Verdampfungsanlagen sind weniger effizient. Salz liegt hier überall unter der Erde, aber die Gewinnung ist nicht so leicht, wie manche glauben.

Heißt das nicht, fragt Almeda, dass an dieser Stelle einst ein großes Meer lag?

Höchstwahrscheinlich, sagt Jarvis Poulter. Höchstwahrscheinlich. Er geht dazu über, ihr von seinen anderen Unternehmen zu erzählen, einer Ziegelei, einem Kalkbrennofen. Und er erklärt ihr, wie dieser funktioniert und wo guter Lehm zu finden ist. Auch zwei Farmen besitzt er, deren Waldland den Brennstoff für seine Betriebe liefert.

Unter den Paaren, die kürzlich an einem sonnigen Sabbatmorgen vom Gottesdienst nach Hause spazierten, bemerkten wir einen gewissen salzigen Herrn und eine literarische Dame, beide wohl nicht mehr in der ersten Blüte der Jugend, aber noch keineswegs vom Frost des Alters gezeichnet. Gibt es Anlass zu Mutmaßungen?

So etwas liest man ständig in der *Vidette*.

Gibt es Anlass zu Mutmaßungen, umwerben sie einander? Almeda Roth hat ein bisschen Geld, das sie von ihrem Vater geerbt hat, und sie hat ihr Haus. Sie ist nicht zu alt, um noch ein paar Kinder in die Welt zu setzen. Sie ist eine passable Hausfrau, mit einer Vorliebe für reichverzierte Zuckergusstorten und Obsttörtchen, wie man sie häufiger bei alten Jungfern findet. (Lobende Erwähnung beim Herbstmarkt.) An ihrem Aussehen ist nichts auszusetzen, und natürlich hat sie eine bessere Figur als die meisten verheirateten Frauen in ihrem Alter, da sie nicht mit Arbeit und Kindern belastet war. Aber warum ist sie früher, im heiratsfähigeren Alter übergangen worden – an einem Ort, der Frauen braucht, die sich an einen Partner binden und fruchtbar sind? Als junges Mädchen war sie ziemlich trübsinnig, das mag das Problem gewesen sein. Der Tod ihrer Geschwister und später ihrer Mutter, die zudem noch ein Jahr vor ihrem Tod den Verstand verlor und nur noch Unsinn redend im Bett lag – das alles lastete so auf ihr, dass sie keine muntere Gesellschaft bot. Und das viele Lesen und Gedichteschreiben wirkte sich bei einem jungen Mädchen eher nachteilig aus, wurde eher als Hindernis und Obsession gewertet als bei der Frau mittleren Alters, die ja schließlich etwas brauchte, mit dem sie ihre Zeit ausfüllen konnte. Im Übrigen sind seit der Veröffentlichung ihres Buches fünf Jahre vergangen, vielleicht ist sie darüber hinweg. Vielleicht war es überhaupt nur der stolze, bibliophile Vater, der sie dazu ermuntert hat?

Alle finden es selbstverständlich, dass Almeda Roth daran denkt, Jarvis Poulter zum Mann zu nehmen, und ja sagen würde, wenn er um ihre Hand anhielte. Und sie denkt tatsächlich an ihn. Sie will sich keine allzu großen Hoffnungen machen, sie will sich nicht lächerlich machen. Über ein Zeichen würde sie sich freuen. Wenn er sonntags am Abendgottesdienst teilnehmen würde, bestünde, zumindest einige Monate im Jahr, die Möglichkeit, im Dunkeln nach Hause zu gehen. Er würde eine Laterne dabeihaben. (Es gibt noch keine Straßenbeleuchtung im Ort.) Er würde die Laterne so halten, dass sie den Weg vor den Füßen der Dame erhellt, und dabei würde ihm auffallen, wie schmal und zierlich diese sind. Vielleicht würde er ihren Arm nehmen, wenn sie vom Bürgersteig treten. Aber er geht abends nicht in die Kirche.

Auch sonntagmorgens holt er sie nicht ab, um sie zur Kirche zu begleiten. Das wäre eine Willensäußerung. Er geleitet sie nach Hause, an seiner Gartentür vorbei bis zu ihrer; dann lüftet er den Hut und geht. Sie bittet ihn nicht hinein – für eine alleinlebende Frau ist so etwas undenkbar. Sobald ein Mann und eine Frau, fast gleichgültig welchen Alters, sich allein in einem Raum aufhalten, vermutet man, dass sich die wildesten Dinge abspielen können. Sofortiges Entbrennen, hemmungslose Unzucht, Explosion der Leidenschaft. Animalische Instinkte, Triumph der Sinne. Welche Möglichkeiten müssen Männer und Frauen ineinander sehen, um sich solche Gefahren auszudenken! Wie oft müssen sie, da sie an die Gefahren glauben, diese Möglichkeiten in Gedanken durchspielen.

Wenn sie nebeneinander hergehen, kann sie seine Rasierseife riechen, die Pomade, seinen Pfeifentabak, den Woll- und Leinen- und Ledergeruch seiner Männerkleider. Die korrekten, ordentlichen, schweren Kleider gleichen jenen, die sie früher für ihren Vater gebürstet und gestärkt und gebügelt hat. Diese Aufgabe fehlt ihr – die Dankbarkeit ihres Vaters, seine dunkle, freundliche Autorität. Jarvis Poulters Kleider, sein Geruch, seine Bewegungen lassen ihre Haut auf der ihm zugewandten Seite ihres Körpers hoffnungsvoll prickeln, und ein leises Schaudern macht ihr eine Gänsehaut auf den Armen. Ist das als Zeichen von Liebe zu werten? Sie stellt sich vor, wie er in Hut und langer Unterwäsche in ihr – gemeinsames – Schlafzimmer tritt. Sie weiß, dass dieser Aufzug lächerlich ist, aber in ihrer Phantasie ist das nicht so; Jarvis hat die stoische Unverfrorenheit einer Traumgestalt. Er kommt ins Zimmer und legt sich zu ihr aufs Bett, will sie in die Arme schließen. Er wird doch wohl den Hut abnehmen? Sie weiß es nicht, denn an diesem Punkt überwältigt sie freudige Unterwerfung, ihr entringt sich ein erstickter Seufzer. Ja, er würde ihr Ehemann sein.

Eines ist ihr an verheirateten Frauen aufgefallen, und das ist die Art, wie viele von ihnen sich ihre Männer erschaffen müssen. Wie sie ihnen Vorlieben, Ansichten, ein diktatorisches Wesen zuschreiben müssen. O ja, sagen sie, mein Mann ist sehr eigen. Er würde nie Steckrüben essen. Er mag kein gebratenes Fleisch. (Oder er mag sein Fleisch nur gebraten.) Am liebsten sieht er es, wenn ich nur blau (braun) trage. Orgelmusik kann er nicht ausstehen. Er mag es gar nicht, wenn Frauen ohne Kopfbedeckung ausgehen. Er würde mich umbringen, wenn ich einen Zug aus einer Pfeife nähme. Auf diese Weise werden Männer, die einem vor Verlegenheit nicht in die Augen sehen können, in Ehemänner und Haushaltsvorstände umgemodelt. Almeda Roth kann sich nicht vorstellen, dass sie so vorgehen würde. Sie will einen Mann, der nicht erst erschaffen werden muss, sondern schon gefestigt ist und ihr entschlossen und geheimnisvoll gegenübertritt. Kameradschaft sucht sie nicht. Männer – der eigene Vater ausgenommen – kommen ihr irgendwie mangelhaft vor, gleichgültig. Zweifellos ist das notwendig, damit sie das tun, was sie tun müssen. Würde sie, wenn sie wüsste, dass im Boden Salz ist, herausbekommen, wie es nach oben zu befördern und zu verkaufen ist? Wohl kaum. Sie würde mit ihren Gedanken dem uralten Meer nachhängen. Für solche Spekulationen hat Jarvis Poulter, sehr zu Recht, keine Zeit.

Anstatt auf sie zu warten und sie zur Kirche zu begleiten, könnte Jarvis Poulter sich auch auf andere, tollkühnere Weise erklären. Er könnte ein Pferd mieten und sie zu einer Fahrt über Land einladen. Wenn er das täte, wäre sie froh und traurig zugleich. Froh, neben ihm zu sitzen, von ihm kutschiert zu werden, vor aller Welt diese Aufmerksamkeit von ihm zu erfahren. Und traurig, der Landschaft entrückt zu werden – sie gleichsam durch den Schleier seiner Reden und Themen zu sehen. Die Landschaft, die sie in ihren Gedichten besungen hat, lässt sich nur durch Sorgfalt und Hingabe erschließen. Über manche Dinge muss man hinwegsehen. Misthaufen natürlich und sumpfige Äcker voll hoher, verkohlter Baumstümpfe und große Haufen Gestrüpp, die darauf warten, eines guten Tages verbrannt zu werden. Die mäandrierenden Bäche sind begradigt worden, in Gräben mit hohen, morastigen Uferwänden verwandelt. Einige Äcker und Weiden sind mit großen, unförmigen, entwurzelten Stümpfen umzäunt; andere sind von einem primitiven Flickwerk aus Bretterzäunen umgeben. Bis hinten an die Waldparzellen sind sämtliche Bäume abgeholzt. Und in den Waldparzellen stehen nur noch nachgewachsene Bäume. An den Straßen und Wegen und den Farmhäusern stehen keine Bäume, abgesehen von einigen neu angepflanzten, die jung und schmächtig wirken. Gruppenweise errichtete Scheunen aus rohen Stämmen – die großen Scheunen, die das Bild der Landschaft für die nächsten hundert Jahre prägen werden, kommen soeben in Mode – und armselige Blockhütten und alle vier bis fünf Meilen eine lumpige kleine Ortschaft mit einer Kirche und einer Schule und einem Laden und einer Schmiede. Eine raue, erst jüngst dem Wald entrissene Landschaft, die aber vor Menschen wimmelt. Alle hundert Morgen liegt eine Farm, auf jeder Farm lebt eine Familie, die meisten Familien haben zehn bis zwölf Kinder. (Dieser Landstrich wird immer neue Wellen von Siedlern aussenden – das hat schon angefangen –, in den Norden Ontarios und nach Westen.) Es stimmt zwar, dass man im Frühling in den Waldparzellen Wildblumen pflücken kann, aber dazu müsste man erst durch Herden von Rindern mit großen Hörnern hindurch.

IV

Die Zigeuner sind gefahren.
Ihr Platz ist wie geharkt.
O wie keck wollte ich jetzt handeln
Auf dem Zigeunermarkt.

Almeda leidet häufig unter Schlaflosigkeit, und der Doktor hat ihr Beruhigungsmittel und Nervenarznei verschrieben. Sie nimmt die Beruhigungsmittel, aber von den Tropfen hat sie so lebhaft und unruhig geträumt, dass sie die Flasche beiseite gestellt hat, für den Notfall. Sie hat dem Arzt gesagt, dass ihre Augen sich trocken anfühlten wie heißes Glas, und dass sie Gelenkschmerzen habe. Lesen Sie nicht so viel, hat er gesagt, verbringen Sie Ihre Zeit nicht mit Studieren; arbeiten Sie sich im Haushalt müde, verschaffen Sie sich Bewegung. Er glaubt, ihre Leiden würden verschwinden, wenn sie heiratete. Das glaubt er trotz der Tatsache, dass er seine Nervenarznei überwiegend verheirateten Frauen verschreibt.

Also putzt Almeda ihr Haus und hilft die Kirche saubermachen, sie fasst bei Freunden mit an, die tapezieren oder eine Hochzeit vorbereiten, sie backt einen ihrer berühmten Kuchen für das Picknick der Sonntagsschule. An einem heißen Samstag im August beschließt sie, Traubengelee zu kochen. Kleine Gläser Traubengelee sind schöne Weihnachtsgeschenke oder Gaben für die Kranken. Aber sie hat erst spät am Tag angefangen, und das Gelee ist bei Einbruch der

Dunkelheit noch nicht fertig. Sie hat es gerade geschafft, das heiße Fruchtfleisch in den Käseleinensack umzufüllen, um den Saft durchzuseihen. Almeda trinkt ein Tässchen Tee und isst ein Stück Kuchen mit Butter (eine ihrer kindischen Angewohnheiten), und das ist alles, was sie zum Abendbrot will. Sie wäscht sich am Waschbecken die Haare und rubbelt sich einmal von oben bis unten mit dem Schwamm ab, damit sie für den Sonntag sauber ist. Sie macht kein Licht. Sie legt sich bei weit geöffnetem Fenster auf das Bett und zieht sich bloß ein Laken bis zur Körpermitte hoch und fühlt sich ach so wunderbar müde. Sie spürt sogar eine leichte Brise.

Als sie aufwacht, ist die Nacht brennend heiß und voller Bedrohungen. Sie liegt schwitzend auf dem Bett, und sie hat den Eindruck, dass die Geräusche, die sie hört, von Messern und Sägen und Äxten kommen – lauter bösen Werkzeugen, die in ihrem Kopf hacken und stechen und bohren. Aber dem ist nicht so. Als sie wacher wird, erkennt sie eine Art von Lärm, den sie schon manchmal gehört hat – den Krawall einer Samstagnacht in der Pearl Street im Sommer. Normalerweise entsteht er durch Streit. Die Leute sind betrunken, sie protestieren laut oder feuern die Kämpfenden an, irgendjemand schreit: »Mord!« Einmal hat es einen Mord gegeben. Aber der geschah nicht im Streit. Ein alter Mann wurde in seinem Schuppen erstochen, vielleicht wegen ein paar Dollar, die er in der Matratze verwahrte.

Sie steigt aus dem Bett und geht ans Fenster. Der Nachthimmel ist klar, mondlos und sternenhell. Geradeaus über dem Sumpf hängt der Pegasus. Ihr Vater hat ihr das Sternbild gezeigt – automatisch zählt sie die Sterne nach. Jetzt kann sie einzelne Stimmen ausmachen, einzelne Beiträge zum Krach. Manche Leute sind offensichtlich wie sie aus dem Schlaf gerissen worden. »Ruhe!«, schreien sie. »Hört mit dem Radau auf, oder ich komm runter, und ihr kriegt alle den Arsch voll!«

Aber das zeigt keine Wirkung. Es ist, als rollte ein funkensprühender Feuerball die Pearl Street hinauf – mit dem Unterschied, dass das Feuer ein Aufruhr ist: Schreie und Gelächter und Kreischen und Fluchen, und die Funken sind Stimmen, die einzeln versprüht werden. Nach und nach treten zwei Stimmen deutlich hervor – ein auf- und abschwellendes Heulen und ein gleichmäßig dröhnender, tiefer Strom von Beschimpfungen, der sämtliche Wörter enthält, die Almeda mit Gefahr und Verworfenheit und üblen Gerüchen und widerwärtigen Anblicken verbindet. Irgendwer – die Person, die »Bring mich doch um! Bring mich um!« schreit – wird geschlagen. Eine Frau wird geschlagen. Sie schreit immer wieder: »Bring mich um! Bring mich doch um!«, und manchmal klingt die Stimme bluterstickt. Dennoch hat ihr Geheul etwas Höhnisches und Triumphierendes. Etwas Theatralisches. Und die Leute rundherum schreien aufgeregt: »Hör auf! Hör auf damit!« oder »Bring sie um! Bring sie um!«, wie im Theater oder beim Sport oder einem Boxwettkampf. Ja, denkt Almeda, das hat sie schon früher gemerkt – bei diesen Leuten läuft immer eine Art Affentheater ab; so etwas wie eine schwerfällige Parodie, eine Übertreibung, ein verpasster Anschluss. Als wäre alles, was sie machten – bis hin zum Mord –, etwas, das sie nicht ganz glauben, aber auch nicht verhindern konnten.

Jetzt hört es sich an, als würde etwas geworfen – ein Stuhl, ein Brett? – und als gäbe ein Holzhaufen oder ein Stück Zaun nach. Eine Menge neuerlich überraschter Aufschreie, Gerenne, Leute, die flüchten, und der Lärm ist viel näher gekommen. Almeda sieht eine gebeugte Gestalt in einem hellen Kleid vorüberrennen. Das wird die Frau sein. Sie hat einen Stock oder eine Dachpfanne oder Ähnliches in der Hand, und sie dreht sich um und schleudert es nach der dunkleren Gestalt, die hinter ihr herläuft.

»Los, auf sie!«, schreien die Stimmen. »Gib's ihr!«

Viele fallen jetzt zurück; nur die beiden Gestalten laufen weiter und kämpfen miteinander und reißen sich wieder los und stürzen schließlich an Almedas Zaun zu Boden. Die Geräusche, die sie von sich geben, werden sehr wirr – Würgen, Erbrechen, Stöhnen, hämmernde Fäuste. Dann ein lang anhaltendes, vibrierendes, ächzendes Geräusch, das nach Schmerz und Selbsterniedrigung, nach Selbstaufgabe klingt und von einer oder von beiden stammen könnte.

Almeda hat sich vom Fenster fortgeschlichen und aufs Bett gesetzt. Hat sie da einen Mord mit angehört? Was ist zu tun, was hat sie zu tun? Sie muss eine Laterne anzünden – sie muss in den Garten gehen, sie muss nach unten gehen. In den Garten. Die Laterne. Sie lässt sich auf dem Bett nach hinten sinken und zieht sich das Kissen übers Gesicht. Noch einen Augenblick. Die Treppe, die Laterne. Sie sieht sich bereits dort unten im hinteren Flur den Riegel an der Hintertür öffnen. Sie schläft ein.

Im frühen Morgenlicht schreckt sie auf. Sie denkt, auf ihrem Fensterbrett sitzt eine dicke Krähe, die missbilligend, aber ohne Verwunderung über die Ereignisse der vergangenen Nacht spricht. »Wach auf und nimm die Schubkarre!«, schimpft die Krähe, und Almeda versteht, dass sie mit »Schubkarre« etwas anderes meint – etwas Abscheuliches und Trauriges. Dann wird sie wach und sieht, dass da gar kein Vogel ist. Sie steht unverzüglich auf und sieht aus dem Fenster.

Unten an den Zaun gepresst liegt ein blasser Klumpen – eine Leiche.

Schubkarre.

Sie zieht sich einen Morgenmantel über das Nachthemd und geht nach unten. Die Zimmer zur Straße liegen noch im

Schatten, in der Küche sind die Jalousien unten. Irgendetwas macht gemächlich, tadelnd plapp, plapp und erinnert sie an die Worte der Krähe. Es ist nur der Traubensaft, der über Nacht durchtropft. Sie schiebt den Riegel zurück und tritt aus der Hintertür. Während der Nacht haben Spinnen ihre Netze über den Eingang gesponnen, und die Stockrosen hängen tauschwer herab. Am Zaun teilt sie die klebrigen Stockrosen und schaut nach unten und kann erkennen, was dort liegt.

Ein zusammengesackter Frauenkörper, auf der Seite liegend, das Gesicht auf den Boden gedrückt. Almeda kann das Gesicht nicht sehen. Aber da hängt eine nackte Brust heraus, die braune Brustwarze langgezogen wie die Zitze einer Kuh, und da ist eine Hüfte und ein Bein, beide nackt, und an der Hüfte ist ein sonnenblumengroßer Bluterguss. Die unverletzte Haut ist gräulich wie an einem gerupften, rohen Hähnchenschenkel. Die Frau trägt eine Art Nachthemd oder Allzweckkittel. Es riecht nach Erbrochenem. Urin, Alkohol, Erbrochenem.

Barfuß, im Nachthemd und dem dünnen Morgenmantel, läuft Almeda davon. Sie läuft zwischen den Apfelbäumen und der Veranda seitlich an ihrem Haus vorbei; sie öffnet die Gartenpforte und flieht die Dufferin Street entlang zu Jarvis Poulters Haus, das ihrem am nächsten liegt. Sie schlägt mit der flachen Hand immer wieder an die Tür.

»Da ist eine tote Frau«, sagt sie, als Jarvis Poulter endlich erscheint. Er hat seine dunkle Hose an, mit Hosenträgern, und sein Hemd ist erst halb zugeknöpft, das Gesicht unrasiert, die Haare stehen hoch. »Mr Poulter, entschuldigen Sie. Eine tote Frau. Hinten an meiner Gartentür.«

Er sieht sie mit grimmigem Blick an. »Tot?«

Sein Atem ist muffig, sein Gesicht zerfurcht, die Augen blutunterlaufen.

»Ja. Ich glaube, es war Mord«, sagt Almeda. Sie kann ein

kleines Stück seiner freudlosen Eingangsdiele sehen. Seinen Hut auf einem Stuhl. »Ich bin nachts aufgewacht. Unten in der Pearl Street war Radau«, sagt sie, darum ringend, ihre Stimme leise und beherrscht zu halten. »Ich konnte dieses – Paar hören. Ich hörte, wie ein Mann und eine Frau sich prügelten.«

Er nimmt seinen Hut und setzt ihn auf. Er macht die Haustür zu und schließt sie ab und steckt den Schlüssel in die Tasche. Sie gehen den Bürgersteig entlang, und ihr fällt auf, dass sie barfuß ist. Sie verkneift sich das, was als Nächstes aus ihr herauswill – dass sie schuld ist, sie hätte mit einer Laterne hinauslaufen können, sie hätte schreien können (aber wozu noch mehr Geschrei machen?), sie hätte den Mann in die Flucht schlagen können. Sie hätte gleich Hilfe holen können anstatt erst jetzt.

Sie biegen in die Pearl Street ein, gehen nicht durch den Roth'schen Garten. Natürlich liegt die Leiche noch da. Zusammengesackt, halb nackt, wie vorhin.

Jarvis Poulter überstürzt nichts, aber zögert auch nicht. Er geht geradewegs zur Leiche hin und mustert sie, stupst das Bein mit seiner Stiefelspitze an, wie man das bei einem Hund oder einem Schwein machen würde.

»He«, sagt er, nicht allzu laut, aber bestimmt und gibt ihr noch einen Stups.

Almeda schmeckt Galle im Mund.

»Die lebt noch«, sagt Jarvis Poulter, und die Frau bestätigt das. Sie rührt sich, sie stöhnt schwach.

Almeda sagt: »Ich hole den Arzt.« Wenn sie die Frau berührt hätte, wenn sie sich gezwungen hätte, sie anzufassen, wäre ihr ein solcher Fehler nicht passiert.

»Warten Sie«, sagt Jarvis Poulter. »Warten Sie. Wir wollen mal sehen, ob sie aufstehen kann.«

»Steh auf«, sagt er zu der Frau. »Nur zu. Hoch. Los jetzt, hoch.«

Da geschieht etwas Erstaunliches. Der Körper hievt sich auf alle viere, der Kopf hebt sich – das Haar vollkommen mit Blut und Erbrochenem verklebt –, und die Frau beginnt, den Kopf fest und rhythmisch gegen Almeda Roths Lattenzaun zu schlagen. Mit den Schlägen findet sie ihre Stimme wieder, öffnet weit den Mund und lässt ein Jaulen heraus, voll von Kraft und einer Art gequälten Befriedigung.

»Alles andere als tot«, sagt Jarvis Poulter. »Und ich würde den Arzt nicht stören.«

»Das viele Blut«, sagt Almeda, als die Frau ihnen das beschmierte Gesicht zuwendet.

»Aus der Nase«, sagt er, »nicht frisch.« Er bückt sich und greift dicht an der Kopfhaut in das widerliche Haar, damit das Schlagen mit dem Kopf aufhört.

»Lass das«, sagt er. »Aufhören. Mach, dass du nach Haus kommst. Ab nach Haus, wo du hingehörst.« Der Ton aus dem Mund der Frau ist verstummt. Er schüttelt zur Warnung leicht ihren Kopf, ehe er das Haar loslässt. »Ab nach Hause!«

Solchermaßen befreit, macht die Frau einen Satz nach vorn, zieht sich hoch. Sie kann laufen. Sie schlingert und stolpert die Straße hinunter und gibt dabei gelegentlich vorsichtige Protestlaute von sich. Jarvis Poulter blickt ihr einen Augenblick nach, um sicher zu sein, dass sie wirklich geht. Dann sucht er sich ein großes Klettenblatt und wischt sich daran die Hand ab. Er sagt: »Da geht sie hin, Ihre Leiche!«

Da die hintere Gartentür abgeschlossen ist, gehen sie ums Haus herum nach vorne. Dort steht die Pforte offen. Almeda ist immer noch übel. Ihr Bauch ist aufgebläht; ihr ist heiß und schwindelig.

»Die Haustür ist abgeschlossen«, sagt sie leise. »Ich bin durch die Küchentür herausgekommen.« Wenn er nur ginge, dann könnte sie direkt zum Klosett gehen. Aber er folgt ihr. Er folgt ihr bis an die Hintertür und in den Flur. Er spricht in einem Ton rauer Herzlichkeit mit ihr, den sie noch nie bei ihm gehört hat. »Kein Grund zur Besorgnis«, sagt er. »Schuld ist nur der Alkohol. In schlechter Nachbarschaft sollte eine Dame nicht allein leben.« Er fasst sie knapp oberhalb des Ellbogens am Arm. Sie kann den Mund nicht aufmachen, um mit ihm zu sprechen, um sich zu bedanken. Wenn sie den Mund öffnete, müsste sie sich erbrechen.

Was Jarvis Poulter in diesem Augenblick für Almeda Roth empfindet, ist just das, was er sonst nicht empfunden hat, weder, wenn er sie voller Umsicht nach Hause begleitete, noch bei seinen vielen einsamen Erwägungen über ihren vermutlichen Wert, den unzweifelhaften Ruf, die hinreichende Attraktivität. Er hat sie sich nicht als Ehefrau vorstellen können. Jetzt kann er das. Er ist hinlänglich gerührt, von ihrem offenen Haar – zu früh ergraut, aber dicht und weich –, ihrem geröteten Gesicht, ihrer leichten Bekleidung, die niemand außer einem Ehemann zu sehen bekommen sollte. Und von ihrer Fehleinschätzung, ihrer Aufregung, ihrer Dummheit, ihrer Not?

»Ich komme später wieder«, sagt er. »Ich begleite Sie zur Kirche.«

Ecke Pearl und Dufferin Street wurde von einer Anwohnerin dortselbst der Körper einer gewissen Frau aus der Pearl Street aufgefunden und für tot gehalten, obgleich die Frau nur besinnungslos betrunken war. Aus ihrem himmlischen – oder anders gearteten – Vollrausch wurde sie sanft durch die feste Hand des Nachbarn und Schiedsmannes Mr Poulter geweckt, den die Anwohnerin herbeigeholt hatte. Die unangenehme Häufung dieser Art unschicklicher, lästiger Vorfälle in letzter Zeit macht unserer Stadt wenig Ehre.

V

Ich sitze im Grunde des Schlafs
Als säße ich unten am Meer.
Und bizarre Bewohner der Tiefsee
Grüßen voll Huld zu mir her.

Sobald Jarvis Poulter gegangen ist und sie die Pforte zuschlagen hört, läuft Almeda zum Plumpsklosett hinaus. Als ihr das keine vollständige Erleichterung bringt, merkt sie, dass die Schmerzen und die Schwere im Unterleib daher rühren, dass ihr Monatsfluss bevorsteht, aber noch nicht eingesetzt hat. Sie macht die Hintertür zu und schließt ab. Ihr fällt wieder ein, was Jarvis Poulter über den Kirchgang gesagt hat, und sie schreibt auf einen Zettel: »Mir ist nicht wohl, und ich möchte mich heute ausruhen.« Den Zettel klemmt sie gut am Außenrahmen des kleinen Fensters in der Haustür fest. Sie schließt auch diese Tür ab. Sie zittert wie nach einem großen Schock oder einer bösen Gefahr. Aber sie macht Feuer, damit sie Tee kochen kann. Sie setzt Wasser auf, misst die Teeblätter ab, brüht eine große Kanne Tee auf, und ihr wird vom Dampf und dem Geruch nur noch übler. Sie schenkt sich eine Tasse mit noch recht schwachem Tee ein und träufelt mehrere dunkle Tropfen Nervenarznei hinein. Sie lässt sich zum Trinken nieder, ohne die Jalousien hochzuziehen. Mitten auf dem Fußboden hängt der Sack aus Käseleinen an seinem Besenstiel zwischen zwei Stuhllehnen. Das Fruchtfleisch und der Traubensaft haben das wulstige Tuch dunkelviolett gefärbt. Plopp, plapp macht es in der darunter stehenden Schüssel. Sie kann den Anblick nicht ertragen. Sie nimmt ihre Tasse, die Teekanne und das Arzneifläschchen und geht hinüber ins Esszimmer.

Dort sitzt sie noch, als die Pferde auf ihrem Weg zur Kirche vorbeikommen und Staubwolken aufwirbeln. Wie glühende Asche werden die Straßen sein. Sie sitzt dort, als die Pforte aufgeht und die festen Schritte eines Mannes auf ihrer Veranda ertönen. Ihr Gehör ist so fein, dass es ihr vorkommt, als hörte sie, wie der Zettel aus dem Rahmen gezogen und aufgefaltet wird – beinahe so, als hörte sie ihn lesen, hörte die Worte in seinem Kopf. Dann gehen die Schritte in die andere Richtung, die Treppe hinunter. Die Pforte schließt sich. Vor ihren Augen entsteht ein Bild, Grabsteine – und sie muss lachen. Grabsteine marschieren auf kleinen beschuhten Füßen durch die Straße, die langen Leiber vorgebeugt, die Mienen gedankenverloren und streng. Die Kirchenglocken läuten.

Dann schlägt die Uhr im Flur zwölf, und eine Stunde ist vergangen.

Das Haus heizt sich auf. Sie trinkt mehr Tee und gibt mehr Arznei hinein. Sie merkt, dass die Arznei ihre Wirkung entfaltet. Sie ist es, die für ihre außergewöhnliche Apathie, ihre vollkommene Reglosigkeit, ihre widerstandslose Kapitulation vor ihrer Umgebung verantwortlich ist. Das ist gut so. Es scheint notwendig zu sein.

Ihre Umgebung im Esszimmer sieht, um sie nur teilweise aufzuzählen, wie folgt aus: Wände mit dunkelgrünen Girlandentapeten, Spitzengardinen und malvenfarbene Samtvorhänge vor den Fenstern, ein Tisch mit einer gehäkelten Decke und einer Obstschale mit Wachsfrüchten, ein grauer Teppich mit einem Stich ins Hellrot und Rosensträußen mit blauen und rosa Blüten, eine Anrichte mit bestickten Läufern, in der Teller mit verschiedenen Mustern und Krüge und das silberne Teeservice stehen. Jede Menge anzuschauen. Denn jedes einzelne dieser Muster und Ornamente wirkt, als wäre es voller Leben, bereit, sich zu bewegen, zu verfließen, sich zu verändern. Oder vielleicht zu explodieren. Almeda Roth bleibt den ganzen Tag hindurch damit beschäftigt, sie im Auge zu behalten. Nicht um zu verhindern, dass sie sich verändern, sondern um sie dabei zu erwischen – um die Veränderung zu begreifen, daran teilzuhaben. In diesem Zimmer geht so viel vor, dass es nicht nötig ist, es zu verlassen. Sie denkt nicht einen Augenblick daran, es zu verlassen.

Natürlich kommt Almeda bei ihren Beobachtungen nicht um Worte herum. Sie denkt vielleicht, dass es geht, aber es geht nicht. Schon bald beginnt dieses Leuchten und Anschwellen ihr Worte in den Mund zu legen – keine bestimmten Wörter, sondern eher eine Art Wortstrom, der sich ihr gleich, gleich mitteilen wird. Verse womöglich. Ja, wieder einmal Gedichte. Oder ein Gedicht. Wäre das nicht überhaupt die Lösung – das eine große Gedicht, das alles enthält, und, ach, neben dem alle anderen Gedichte, alle von ihr verfassten Gedichte belanglos werden, zu bloßen Zufällen, bloßem Flickwerk verblassen. Sterne und Vögel und Bäume und Engel im Schnee und tote Kinder in der Abenddämmerung – damit hat man nicht einmal die Hälfte gesagt. Man muss den widerlichen Krawall in der Pearl Street und Jarvis Poulters blankgeputzte Stiefelspitze und die gerupfte Hühnerhaut der Hüfte mit ihrer blauschwarzen Blume mit hineinnehmen. Almeda ist weit entfernt von menschlichem Mitgefühl oder Ängsten oder traulichen Hausfrauerwägungen. Sie denkt nicht darüber nach, was für die Frau getan werden könnte oder wie man für Jarvis Poulter am besten das Essen warm hält oder die langen Unterhosen auf der Leine trocknet. Die Schüssel mit dem Traubensaft ist übergelaufen, und der Saft fließt über den Fußboden und färbt die Dielen so ein, dass der Fleck nie wieder herausgeht.

Sie muss so vieles auf einmal bedenken – Champlain und die nackten Indianer und das Salz tief unter der Erde, aber mit dem Salz auch das Geld, die Absicht, Geld zu verdienen, die ständig in Köpfen wie dem von Jarvis Poulter gärt. Dazu die harten Winterstürme und die unbedarften Kurzschlusshandlungen in der Pearl Street. Wetterveränderungen sind oft brutal, und wenn man es recht bedenkt, gibt es Frieden nicht einmal auf den Sternen. Das alles ist nur zu ertragen, wenn es kanalisiert wird, in ein Gedicht, und das Wort »kanalisiert« passt gut, denn das Gedicht soll »Meneseteung« heißen. Der Titel des Gedichts ist der Name des Flusses. Nein, eigentlich ist der Fluss selbst, der Meneseteung, das Gedicht – der Meneseteung mit seinen tiefen Löchern und Stromschnellen und herrlichen Becken unter den Sommerbäumen und seinen alles verwüstenden Frühjahrsüberschwemmungen. Almeda sieht tief, tief in den Fluss ihres Denkens hinein und in das Tischtuch, und sie sieht die gehäkelten Rosen schwimmen. Wulstig und dumm sehen sie aus – Häkelrosen von ihrer Mutter –, gar nicht sehr wie echte Blumen. Aber ihr Wille, ihr losgelöstes Schwimmen, ihre Lust an ihrem nichtswürdigen Dasein kommen ihr doch so bewundernswert vor. Ein Zeichen der Hoffnung. *Meneseteung.*

Sie verlässt das Zimmer erst in der Abenddämmerung, als sie wieder zum Klosett hinausgeht und feststellt, dass sie blutet, dass ihr Monatsfluss eingesetzt hat. Sie wird eine Binde holen und befestigen, sich gut verpacken müssen. Noch nie hat sie einen ganzen Tag, ohne krank zu sein, im Nachthemd verbracht. Das bekümmert sie nicht sonderlich. Auf ihrem Weg durch die Küche geht sie durch die Traubensaftpfütze. Sie weiß, sie wird sie aufwischen müssen, aber noch nicht, und so geht sie, lila Fußabdrücke hinterlassend, nach oben. Sie riecht das ausfließende Blut und den Schweiß ihres Körpers, der den ganzen Tag im geschlossenen, heißen Zimmer gesessen hat.

Kein Grund zur Beunruhigung.

Denn sie hat nicht wirklich geglaubt, dass Häkelrosen wegschwimmen oder Grabsteine durch die Straße laufen können. Sie verwechselt das nicht mit der Realität, und sie verwechselt auch nichts anderes mit der Realität, und deswegen weiß sie, dass sie nicht verrückt ist.

VI

Nachts träume ich von euch,
Tags komm ich anhänglich.
Vater, Mutter,
Schwester, Bruder,
Habt ihr kein Wort für mich?

22. April 1903. Am vergangenen Dienstag zwischen drei und vier Uhr nachmittags verschied in ihrem Haus eine talentierte, verdiente Mitbürgerin, die einst unsere hiesige Literatur durch ein Bändchen sensibler, wohlgesetzter Gedichte aus ihrer Feder bereichert hat. Das Unglück wollte, dass diese bemerkenswerte Frau in späteren Jahren geistig leicht umnachtet war, was zur Folge hatte, dass ihr Verhalten zuweilen ein wenig unbedacht und auffällig war. Ihr Sinn für Sitte und Anstand und für Kleidung und die Pflege ihrer Person hatten so gelitten, dass sie für manch einen, der vergessen hatte, wie stolz und anmutig sie einst war, zu einer vertrauten Exzentrikerin oder bedauerlicherweise gar zur komischen Figur wurde. Doch jetzt löschen wir diese Verfehlungen aus dem Gedächtnis, und was uns bleibt, sind ihre trefflichen veröffentlichten Gedichte, ihre frühere Mitarbeit in der Sonntagsschule, die treue Pflege ihrer Eltern, ihr edles frauliches Wesen, ihre Wohltätigkeit, die Festigkeit ihres christlichen Glaubens. Ihre letzte Krankheit war gnädigerweise von kurzer Dauer. Sie erkältete sich, nachdem sie sich bei einem Ausflug in den Sumpf am Ende der Pearl Street gründlich nasse Füße geholt hatte. (Es heißt, sie sei von Straßenlümmeln ins Wasser getrieben worden. Und da nicht zu leugnen ist, wie unverschämt und grausam ein Teil unserer Jugend-

lichen ist, und man beobachtet hat, wie diese Mitbürgerin von ihnen verfolgt wurde, kann man die Geschichte nicht ohne weiteres abtun.) Die Erkältung wuchs sich zu einer Lungenentzündung aus, und sie starb, bis zuletzt betreut von einer ehemaligen Nachbarin, Mrs Bert (Annie) Friels, die auch bei ihr war, als sie ruhig und voll Gottvertrauen verschied.

Januar 1904. Vergangenen Montag wurde einer der Väter unserer Stadt, ein früher Gründer und Faiseur plötzlich aus unserer Mitte gerissen, während er im Kontor seiner Firma die Post erledigte. Mr Jarvis Poulter besaß einen starken, lebendigen Unternehmergeist und hat dieser Stadt nicht nur ein Industrieunternehmen beschert, sondern gleich mehrere, mitsamt den Segnungen von Arbeitsplätzen und Produktivität.

So salbadert die *Vidette* weiter, wortreich und selbstgefällig. Kaum ein Tod, der nicht beschrieben, kaum ein Leben, das nicht bewertet wird.

Ich habe Almeda Roth auf dem Friedhof gesucht. Gefunden habe ich den Stein der Familie. Es stand nur ein Name drauf – Roth. Dann bemerkte ich zwei bodennahe flache Steine, ein Stück – zwei Meter? – vom aufrecht stehenden entfernt. Auf dem einen stand »Papa«, auf dem anderen »Mama«. Noch weiter entfernt fand ich zwei weitere flache Steine mit den Namen William und Catherine. Ich musste etwas wucherndes Gras und Erde abkratzen, um Catherines vollen Namen lesen zu können. Weder Geburts- noch Todestage, kein Wort über die lieben Verstorbenen. Eine sehr private Art, der Toten zu gedenken, nicht für die Welt. Es waren auch keine Rosen da – keinerlei Anzeichen eines Rosenbuschs. Aber vielleicht hatte man ihn ausgegraben. Der Verwalter liebt so etwas nicht; es ist dem Rasenmäher im Weg; und wenn niemand mehr übrig ist, der Einwand erheben kann, kommt es weg.

Ich dachte mir, dass man Almeda wohl anderswo begraben hatte. Als dieses Grab gekauft wurde – beim Tod der beiden Kinder –, hatte man doch gewiss noch angenommen, dass sie heiraten und neben ihrem Mann zur letzten Ruhe gebettet würde. Möglicherweise hatte man keinen Platz für sie gelassen. Dann sah ich, dass die Steine im Boden fächerförmig von dem senkrechten Stein ausgingen. Erst die beiden für die Eltern, dann die beiden für die Kinder, aber diese waren so platziert, dass erst ein dritter den Fächer vervollständigte. Ich machte von »Catherine« aus die gleiche Anzahl Schritte, mit der ich von »Catherine« zu »William« gelangt war, und begann an dieser Stelle mit bloßen Händen Gras auszureißen und in der Erde zu wühlen. Schon bald fühlte ich den Stein und wusste, dass ich recht hatte. Ich machte weiter und legte den ganzen Stein frei und las den Namen »Meda«. Da war er: bei den anderen, und starrte in den Himmel.

Ich sah nach, ob ich bis an den Rand des Steins gekommen war. Das war der ganze Name – Meda. Also stimmte es, dass sie in der Familie so genannt wurde. Nicht nur im Gedicht. Oder vielleicht hatte sie sich ihren Namen nach dem Gedicht ausgesucht und ihn sich auf den Stein setzen lassen.

Ich dachte, es dürfte auf der Welt außer mir wohl niemand mehr am Leben sein, der das wissen, der die Verbindung ziehen würde. Vermutlich bin ich die Letzte, die das tut. Aber vielleicht trifft das nicht zu. Menschen sind neugierige Wesen. Jedenfalls einige. Sie fühlen sich getrieben, Dinge herauszubekommen, auch nichtige Dinge. Sie ziehen ihre Schlüsse. Man sieht sie mit Notizbüchern herumlaufen, die Erde von Grabsteinen kratzen, Mikrofilme lesen, alles in der schlichten Hoffnung, einen bestimmten Moment einzufangen, eine Verbindung zu ziehen, etwas aus dem Abfall zu retten.

Und trotzdem können sie dabei Fehler machen. Ich kann mich geirrt haben. Ich weiß nicht, ob sie je Laudanum genommen hat. Viele Frauen nahmen es. Ich weiß nicht, ob sie je Traubengelee gekocht hat.

Halt mich fest, lass mich nicht los

Ruinen von »Kirk of the Forest«. Alter Friedhof, hier wurde William Wallace 1298 zum Wächter von Schottland ernannt.

Gerichtsgebäude, in dem Sir Walter Scott 1799–1832 seine Urteile sprach.

Philiphaugh? 1945.

Graue Stadt. Eine Menge grauer alter Naturstein wie in Edinburgh. Außerdem graubrauner Putz, nicht besonders alt. Bücherei früher das Gefängnis.

Landschaft ringsum sehr hügelig, beinahe bergig. Farben Hellbraun, Lila, Grau. Ein paar dunkle Flecken, wie Kiefernwäldchen. Wiederaufforstung? Wälder am Stadtrand Eiche, Buchen, Birken, Stechpalmen. Herbstfärbung goldbraun. Sonnenschein, aber raue Winde und Feuchtigkeit, die vom Boden aufzusteigen scheint. Hübsches, sauberes Flüsschen.

Ein Grabstein tief eingesackt, schief, Name, Datum usw. alles weg, nur noch ein Totenkopf. Mädchen mit pinkfarbenen Haaren gehen rauchend vorbei.

Hazel strich »seine Urteile« aus und schrieb »Recht« hin. Dann strich sie »Lila« aus, es erschien ihr als Wort zu schwach, um die düsteren, schönen Hügel zu beschreiben. Sie wusste nicht, womit sie es ersetzen sollte.

Sie hatte auf den Knopf neben dem Kamin gedrückt, weil sie gern etwas zu trinken bestellt hätte, doch es war niemand gekommen.

Hazel fröstelte in diesem Zimmer. Als sie früher am Nachmittag im Royal Hotel eingecheckt hatte, hatte eine Frau mit aufgebauschtem Blondhaar und einem glatten, spitzen Gesicht sie kurz gemustert, ihr gesagt, wann es Abendessen gab, und ihr erklärt, dass im ersten Stock die Lounge sei, in der sie sitzen könne, und damit deutlich gemacht, dass sie im warmen, lauten Pub unten nicht erwünscht war. Hazel überlegte, ob weibliche Gäste als zu fein galten, um im Pub zu sitzen. Oder war sie nicht fein genug? Sie trug Cordhosen, Turnschuhe und Windjacke. Die goldblonde Frau trug ein adrettes blassblaues Kostüm mit Glitzerknöpfen, eine weiße Spitzenstrumpfhose und Stöckelschuhe, die Hazel keine halbe Stunde an den Füßen ertragen könnte. Als sie von ihrem mehrstündigen Spaziergang zurückkam, überlegte sie, ob sie ihr einziges Kleid anziehen sollte, beschloss dann aber, sich nicht einschüchtern zu lassen. Aber sie zog eine schwarze Samthose und eine Seidenbluse an, um zu zeigen, dass sie sich Mühe gab, und bürstete sich die Haare und steckte sie neu auf. Sie waren jetzt eher grau als blond und so fein, dass sie sich im Wind verfilzt hatten.

Hazel war Witwe. Sie war Mitte fünfzig, und sie unterrichtete Biologie an der Highschool in Walley, Ontario. In diesem Jahr hatte sie sich beurlauben lassen. An einer Frau wie ihr überraschte es nicht, dass sie allein in einem ihr wildfremden Winkel der Welt saß und in ihr Tagebuch schrieb, um mögliche Anflüge von Panik zu verhindern. Sie hatte festgestellt, dass sie morgens meistens optimistisch war, aber gegen Abend zu Panik neigte. Es war eine Art der Panik, die nichts mit Geld oder Fahrkarten oder Plänen zu tun hatte und auch nicht mit Gefahren, die ihr in der Fremde begegnen könnten. Sie hatte zu tun mit dem Wegfall von Zielen und der Frage, warum bin ich hier? Man könnte sich die gleiche Frage genauso gut zu Hause stellen, und manche Leute tun das auch, aber im Allgemeinen ist dort genug los, um sie auszublenden.

Jetzt fiel ihr auf, welche Jahreszahl sie neben »Philiphaugh« geschrieben hatte: 1945. Statt 1645. Sie meinte, dabei müsse sie wohl die Einrichtung dieses Zimmers beeinflusst haben. Glasbausteinfenster, dunkelroter Teppich mit einem Wirbelmuster, Cretonnevorhänge mit roten Blumen und grünen Blättern auf beigem Untergrund. Schwere, staubige, dunkle Polstermöbel. Stehlampen. Das hätte alles schon hier sein können, als Hazels Mann Jack im Krieg häufiger in diesem Hotel war. Damals hatte im Kamin gewiss ein Feuer gebrannt – in einem Gasofen oder auf einem echten Kohlenrost. Jetzt war nichts da. Und das Klavier war bestimmt frisch gestimmt gewesen, immer offen, zum Tanzen. Oder sie hatten ein Grammophon, mit 78er Schallplatten. Und das Zimmer war voll von Soldaten und Mädchen. Sie konnte die Mädchen vor sich sehen, mit ihrem dunklen Lippenstift und den aufgerollten Haaren und guten Crêpe-Kleidern mit herzförmigen Ausschnitten oder angeknöpften weißen Spitzenkragen. Die Uniformen der Männer mussten sich an den Armen und Wangen der Mädchen steif und kratzig angefühlt und säuerlich und aufregend nach Rauch gerochen haben. Hazel war bei Kriegsende fünfzehn gewesen, deshalb hatte sie nicht viele Feste dieser Art miterlebt. Und wenn doch, dann war sie zu jung gewesen, um ernst genommen zu werden, und hatte mit anderen Mädchen oder vielleicht mit dem älteren Bruder einer Freundin tanzen müssen. Den Geruch und das Gefühl einer Uniform an der Haut konnte sie eigentlich bloß aus der Einbildung kennen.

Walley ist eine Hafenstadt an einem See. Hazel war dort aufgewachsen und Jack ebenfalls, aber sie hatte ihn nicht gekannt, nicht einmal vom Sehen, bis er bei einem Tanz in der Highschool als Partner der Englischlehrerin auftauchte, die als Aufpasserin dabei war. Damals war Hazel schon siebzehn. Als Jack mit ihr tanzte, war sie so aufgeregt und nervös, dass sie zitterte. Er fragte sie, was mit ihr los sei, und sie musste sagen, sie bekomme wohl eine Grippe. Jack besprach sich mit der Englischlehrerin und brachte Hazel nach Hause.

Sie heirateten, als Hazel achtzehn war. In den ersten vier Jahren ihrer Ehe bekamen sie drei Kinder. Danach keine mehr. (Jack erzählte allen, Hazel habe entdeckt, was die Ursache war.) Jack hatte gleich nach seiner Entlassung aus der Air Force in einem Verkaufs- und Reparaturbetrieb für Haushaltsgeräte angefangen. Der Betrieb gehörte einem seiner Freunde, die nicht in Übersee eingesetzt gewesen waren. Bis zu dem Tag, an dem er starb, arbeitete Jack in dem Betrieb, mehr oder weniger auf dem gleichen Posten. Natürlich hatte er allerlei Neues lernen müssen, über Mikrowellengeräte zum Beispiel.

Als sie ungefähr fünfzehn Jahre verheiratet war, fing Hazel an, sich für Fernlehrgänge einzuschreiben. Später fuhr sie täglich in ein fünfzig Meilen entferntes College und absolvierte ein regelrechtes Studium. Sie machte ihr Diplom und wurde Lehrerin, wie sie es schon vor ihrer Heirat vorgehabt hatte.

Jack musste in diesem Zimmer gewesen sein. Er hatte höchstwahrscheinlich diese Vorhänge betrachtet, auf diesem Sessel gesessen.

Endlich kam ein Mann herein, um sie zu fragen, was sie zu trinken wünschte.

Scotch, sagte sie. Er musste lächeln.

»*Whisky* reicht.«

Natürlich. Man bestellte in Schottland nicht ausdrücklich schottischen Whisky.

Jack war in der Nähe von Wolverhampton stationiert gewesen, hatte seinen Urlaub aber häufig hier oben verbracht. Er kam hierher, um seine einzige ihm bekannte Verwandte in Großbritannien ausfindig zu machen, und wohnte dann später bei ihr – einer Cousine seiner Mutter namens Margaret

Dobie. Sie war unverheiratet, sie lebte allein; sie war damals mittleren Alters, würde heute also ziemlich alt sein, sofern sie überhaupt noch lebte. Jack hatte die Verbindung zu ihr abreißen lassen, nachdem er wieder in Kanada war – er war kein Briefeschreiber. Aber er erzählte von ihr, und Hazel fand ihren Namen und ihre Adresse, als sie seine Sachen ordnete. Sie schrieb Margaret Dobie einen Brief, nur um zu sagen, dass Jack gestorben war und dass er oft von seinen Besuchen in Schottland erzählt hatte. Sie bekam nie eine Antwort.

Jack und seine Tante schienen sich auf Anhieb gut verstanden zu haben. Er wohnte bei ihr in einem großen, kalten, heruntergekommenen Haus auf einer Farm in den Hügeln, wo sie mit ihren Hunden und Schafen lebte. Er lieh sich ihr Motorrad aus und fuhr damit in der Gegend herum. Er fuhr in die Stadt, in eben dieses Hotel, um zu trinken und Anschluss zu finden oder um sich mit anderen Soldaten herumzustreiten oder den Mädchen nachzustellen. Hier lernte er die Hotelierstochter Antoinette kennen.

Antoinette war sechzehn, zu jung, um auf Partys oder in die Bar gehen zu dürfen. Sie musste Jack heimlich hinter dem Hotel oder auf dem Weg unten am Fluss treffen. Ein entzückendes, argloses, weiches und impulsives Mädchen. *Die kleine Antoinette.* Jack erzählte in Hazels Gegenwart und Hazel selbst so freimütig von ihr, als hätte er sie nicht nur in einem anderen Land gekannt, sondern in einer anderen Welt. Dein blonder Wonneproppen, sagte Hazel immer. In ihrer Phantasie trug Antoinette eine Art pastellfarbenen, wolligen Strampelanzug, und sie dachte sich dazu seidiges, babyweiches Haar, einen zarten, wunden Mund.

Hazel war auch blond, als Jack sie kennenlernte, allerdings nicht impulsiv. Sie war schüchtern und prüde und intelligent. Die Schüchternheit und die Prüderie bezwang Jack ohne jede Mühe, und von der Intelligenz war er nicht so irritiert wie die meisten Männer damals. Er behandelte sie wie eine Art Witz.

Jetzt war der Mann wieder da, mit einem Tablett. Auf dem Tablett standen zwei Whisky und ein Krug mit Wasser.

Er reichte Hazel ein Glas und nahm sich selbst das andere. Er ließ sich im Sessel gegenüber nieder.

Er war also nicht der Barkeeper. Er war ein Fremder, der ihr einen ausgegeben hatte. Sie setzte zum Widerspruch an.

»Ich habe geklingelt«, sagte sie. »Ich dachte, Sie wären auf mein Klingeln hin gekommen.«

»Der Klingelknopf funktioniert nicht«, sagte er befriedigt. »Nein. Antoinette hat mir gesagt, dass sie Sie hier oben hingesetzt hat, da dachte ich, ich komme mal fragen, ob Sie etwas trinken möchten.«

Antoinette.

»Antoinette«, sagte Hazel. »Ist das die Dame, mit der ich mich heute Nachmittag unterhalten habe?« In ihrem Innern spürte sie ein Plumpsen: ihr Herz oder ihr Magen oder ihr Mut – eben das, was da plumpsen kann.

»Antoinette«, sagte er. »Das ist sie.«

»Und ist sie die Managerin des Hotels?«

»Sie ist die Eigentümerin des Hotels.«

Das war genau das Gegenteil von dem, was sie erwartet hatte. Das Problem bestand nicht darin, dass die Leute fortgezogen und die Gebäude verschwunden waren und keine Spuren hinterlassen hatten. Ganz im Gegenteil. Der allererste Mensch, mit dem sie am Nachmittag gesprochen hatte, war Antoinette gewesen.

Sie hätte es allerdings wissen müssen – sie hätte wissen müssen, dass eine so penible Frau wie Antoinette diesen Mann nicht zum Barkeeper machen würde. Man brauchte sich nur seine ausgebeulte braune Hose und das Brandloch auf der Brust seines V-Ausschnittpullovers anzusehen. Unter dem

Pullover ein schäbiges Hemd und eine Krawatte. Aber er wirkte nicht ungepflegt oder resigniert. Nein, er sah aus wie ein Mann, der so von sich eingenommen war, dass er sich ein wenig Nachlässigkeit leisten konnte. Er hatte eine untersetzte, kräftige Statur, ein breites, gerötetes Gesicht, flauschiges weißes, um die Stirn munter aufspringendes Haar. Es gefiel ihm, dass sie ihn für den Barkeeper gehalten hatte, so als wäre es ihm geglückt, ihr einen Streich zu spielen. Im Klassenzimmer hätte sie in ihm einen potentiellen Störenfried erkannt, keinen Rowdy oder Clown und auch keinen von der Sorte, die höhnisch grinst und ihrer Empörung deutlich Luft macht, sondern einen von den Intelligenten, die sich in der letzten Reihe räkeln und Bemerkungen machen, die man nicht richtig einordnen kann. Leise, gewitzte, entschlossene Unterminierung – etwas, das in einer Klasse nur sehr schwer auszurotten war. Was Sie tun müssen – dies hatte Hazel jüngeren Kolleginnen gesagt oder solchen, die sich leichter entmutigen ließen als sie –, Sie müssen ein Mittel finden, ihre Intelligenz anzufeuern. Damit sie sie als Werkzeug nutzen, und nicht als Spielzeug. Die Intelligenz von solchen Kindern ist unterfordert.

Wieso machte sie sich überhaupt Gedanken über diesen Mann? Die Welt ist kein Klassenzimmer. Ich sehe, was du für einer bist, sagte sie sich; aber ich brauche nicht zu reagieren.

Sie dachte über ihn nach, um sich von Antoinette abzulenken.

Er sagte ihr, sein Name sei Dudley Brown und er sei Anwalt. Er lebe hier (sie fasste es so auf, dass er ein Zimmer im Hotel hatte), und sein Büro sei gleich nebenan. Ein Dauergast – ein Witwer also oder ein Junggeselle. Sie nahm an, ein Junggeselle. Seine Art schalkhafter, gespannter Selbstzufriedenheit überstand üblicherweise kein Eheleben.

Zu jung, trotz der weißen Haare ein paar Jahre zu jung, um im Krieg gewesen zu sein.

»Sie sind also hier auf der Suche nach Ihren Wurzeln?«, fragte er mit übertrieben amerikanischem Akzent.

»Ich bin Kanadierin«, erwiderte Hazel freundlich. »Wir sprechen gar nicht so.«

»Oh, Verzeihung«, sagte er. »Ja, das machen wir leider. Wir schmeißen Sie gerne alle in einen Topf, Sie und die Amerikaner.«

Da begann sie ihm zu erzählen, weshalb sie hier war – warum auch nicht? Sie erzählte ihm, dass ihr Mann während des Krieges hier gewesen war und dass sie diese Reise immer gemeinsam unternehmen wollten, es aber nie geschafft hatten, und nun wo ihr Mann verstorben sei, habe sie sich allein auf den Weg gemacht. Das war nur die halbe Wahrheit. Sie hatte Jack immer wieder eine solche Reise vorgeschlagen, aber er hatte immer nein gesagt. Sie dachte, das liege an ihr – er wolle die Reise nicht mit ihr machen. Sie nahm die Dinge oft persönlicher als nötig, jedenfalls für lange Zeit. Wahrscheinlich meinte er bloß das, was er sagte. Er sagte: »Nein, es wäre nicht dasselbe.«

Er irrte sich, wenn er meinte, dass die Leute nicht mehr zu finden sein würden, am selben Ort, wo sie früher gewesen waren. Auch jetzt, als Dudley Brown nach dem Namen der Tante auf dem Lande fragte und Hazel Margaret Dobie sagte, Miss Dobie, aber die dürfte wohl längst tot sein, lachte der Mann bloß. Er lachte und schüttelte den Kopf und sagte: Nein, nein, keinesfalls, überhaupt nicht.

»Maggie Dobie ist keineswegs tot. Sie ist eine sehr alte Dame, gewiss, aber ich glaube nicht, dass sie auch nur im Leisesten ans Sterben denkt. Sie lebt immer noch auf demselben Stück Land, auf dem sie immer gelebt hat, nur in einem anderen Haus. Sie ist recht gut beieinander.«

»Auf meinen Brief hat sie nicht geantwortet.«

»Ach. Typisch.«

»Dann würde sie wohl auch keinen Wert auf Besuch legen?«

Sie wünschte sich beinahe, dass er das bejahen würde. Miss Dobie lebt sehr zurückgezogen, fürchte ich. *Nein, keine Besucher.* Warum, wo sie eigens die weite Reise gemacht hatte?

»Ja, wenn Sie allein hinfahren würden, weiß ich nicht, das wäre vielleicht heikel«, sagte Dudley Brown. »Ich weiß nicht, wie sie es aufnehmen würde. Aber wenn ich anriefe und ihr erklärte, wer Sie sind, und wir dann zusammen rausfahren würden, dann wären Sie bestimmt herzlich willkommen. Hätten Sie Lust? Es ist auch eine schöne Fahrt. Suchen Sie sich einen Tag aus, an dem es nicht regnet.«

»Das wäre sehr freundlich.«

»Ach, es ist nicht weit.«

Im Speisesaal aß Dudley Brown an einem kleinen Tisch und Hazel an einem anderen. Der Raum war hübsch, mit blauen Wänden und nah am Boden ansetzenden Fenstern, die auf den Marktplatz hinausgingen. Hazel spürte nichts von der Düsterkeit und Nachlässigkeit, die in der Lounge herrschten. Antoinette bediente sie. Sie reichte das Gemüse in silbernen Servierschüsseln mit ziemlich unhandlichem Besteck. Sie war äußerst korrekt, fast arrogant. Wenn sie nicht servierte, stand sie an der Anrichte, aufmerksam, aufrecht, das Haar steif in seinem Netz aus Spray, das Kostüm tadellos, die Füße schlank und nicht geschwollen in hochhackigen Schuhen.

Dudley verwahrte sich dagegen, den Fisch zu essen. Auch Hazel hatte abgelehnt.

»Siehst du, nicht mal die Amerikaner«, sagte Dudley. »Nicht mal die Amerikaner essen das gefrorene Zeug. Und dabei sollte man meinen, sie wären dran gewöhnt; bei denen wird doch alles eingefroren.«

»Ich bin Kanadierin«, sagte Hazel. Sie dachte, er würde sich entschuldigen und sich daran erinnern, dass sie ihm das schon einmal gesagt hatte. Aber weder er noch Antoinette beachteten sie. Sie hatten angefangen, sich in einem Ton zu streiten, der sich in seiner routinierten Schärfe anhörte, als wären sie verheiratet.

»Ich würde jedenfalls keinen anderen essen«, sagte Antoinette. »Ich würde keinen Fisch anrühren, der nicht gefroren war. Und ich würde ihn auch nicht auf die Karte nehmen. Früher mag das gegangen sein, als wir die ganzen Chemikalien und den ganzen Dreck noch nicht im Wasser hatten. Die Fische sind heutzutage so voller Gift, dass wir sie einfrieren müssen, um es unschädlich zu machen. So ist es doch, oder?«, sagte sie, sich nun auch Hazel zuwendend. »In Amerika weiß man das genau.«

»Ich wollte nur lieber Braten«, sagte Hazel.

»Sicher ist man nur bei gefrorenem Fisch«, sagte Antoinette, ohne sie zu beachten. »Und noch etwas: Sie nehmen die besten Fische zum Einfrieren. Zum frisch Verkaufen bleibt nur noch der Ausschuss.«

»Dann gib mir den Ausschuss«, sagte Dudley. »Die Chemikalien nehme ich in Kauf.«

»Wie kann man nur so dumm sein. Nicht einen Bissen frischen Fisch würde ich in den Mund nehmen.«

»Dazu hättest du auch gar keine Gelegenheit. Nicht hier in der Gegend.«

Während sie sich diesen dogmatischen Wettstreit über Fisch lieferten, fing Dudley Brown ein- oder zweimal Hazels Blick auf. Er verzog dabei keine Miene, und das verriet deutlicher als jedes Grinsen eine alt etablierte Mischung aus Zuneigung und Verachtung. Hazels Blick kehrte immer wieder zu Antoinettes Kostüm zurück. Antoinettes Kostüm erinnerte sie an Joan Crawford. Nicht der Schnitt des Kostüms, sondern seine Makellosigkeit. Sie hatte vor Jahren ein Interview mit Joan Crawford gelesen, in dem die vielen kleinen Tricks beschrieben wurden, mit denen Joan Crawford Frisur, Kleidung, Schuhwerk, Fingernägel stets perfekt in Ordnung hielt. Sie erinnerte sich noch an einen guten Tipp dafür, wie man Nähte bügeln sollte. Nähte nicht auseinanderbügeln. Antoinette sah aus wie eine Frau, die solche Dinge aus dem Effeff beherrschte.

Sie hatte schließlich nicht erwartet, noch eine babyhafte, übermütige, süße Antoinette vorzufinden. Weit gefehlt. Hazel hatte sich – nicht ohne Befriedigung – eine pummelige Frau mit Gebiss vorgestellt. (Jack hatte gern davon erzählt, wie Antoinette sich zwischen ihren Küssen Karamellbonbons in den Mund schob und ihn dann warten ließ, bis sie die Süße aus dem letzten Fitzelchen gesaugt hatte.) Eine gute Seele, schwatzhaft, langweilig, eine watschelnde kleine Oma – das würde, so hatte sie geglaubt, von Antoinette übrig sein. Und hier war diese abgemagerte, wachsame, dummschlaue Person, eingesprüht und angemalt und konserviert, bis fast nichts Eigenes mehr übrig war. Und groß war sie. Kaum vorstellbar, dass sie jemals ein knuddeliger Wonneproppen gewesen war, auch nicht mit sechzehn.

Aber wie viel würde man in Hazel noch von dem Mädchen finden, das Jack vom Tanz nach Hause begleitet hatte? Wie viel von Hazel Joudry, dem blassen Mädchen mit piepsiger Stimme, das sich das blonde Haar mit zwei rosa Zelluloidschleifen zurückgebunden hatte, in der heutigen Hazel Curtis? Hazel war ebenfalls dünn – drahtig, nicht zerbrechlich wie Antoinette. Sie hatte Muskeln von der Gartenarbeit und vom Wandern und Skilanglauf. Bei diesen Aktivitäten war ihre Haut auch ausgetrocknet und faltig und rauer geworden, und an irgendeinem Punkt hatte sie aufgehört, sich damit herumzuplagen. Sie warf die ganzen getönten Cremes und Stifte und

Zaubersalben, die sie in Augenblicken gespielter Tapferkeit oder Verzweiflung gekauft hatte, in den Müll. Sie ließ ihr Haar in der Farbe nachwachsen, die es eben hatte, und steckte es am Hinterkopf hoch. Sie zerbrach die Hülle ihrer zunehmend fragwürdigen und kostspieligen Schönheit; sie trat heraus. Das machte sie schon Jahre vor Jacks Tod. Es hatte etwas damit zu tun, wie sie ihr Leben in die Hand nahm. Irgendwann, sagt und denkt sie oft, kam die Zeit, als sie ihr Leben selbst in die Hand nehmen musste, und sie hat anderen geraten, es ihr gleichzutun. Sie drängt auf Taten, Bewegung, Richtung. Es macht ihr nichts aus, davon zu erzählen, dass sie mit Mitte dreißig das hatte, was man früher einen Nervenzusammenbruch nannte. Fast zwei Monate lang war sie nicht in der Lage, aus dem Haus zu gehen. Sie blieb die meiste Zeit im Bett. Sie malte mit Wachskreiden die Bilder in Kindermalbüchern aus. Das war alles, was sie tun konnte, um ihre Angst und ihren ungerichteten Kummer in Schach zu halten. Dann bekam sie sich in den Griff. Sie ließ sich Vorlesungsverzeichnisse von Hochschulen schicken. Was hat sie wieder in Gang gebracht? Sie weiß es nicht. Sie muss zugeben, dass sie es nicht weiß. Vielleicht wurde ihr bloß langweilig, muss sie zugeben. Vielleicht wurde ihr bloß langweilig, nach ihrem Zusammenbruch.

Sie wusste (und das ist das, was sie verschweigt), dass sie einen Teil von sich zurückließ, als sie wieder aufstand. Sie vermutete, dass es der Teil war, der mit Jack zu tun hatte. Damals hatte sie allerdings nicht gedacht, dass jede Preisgabe etwas Endgültiges hatte. Trotzdem, es war nicht anders gegangen.

Als Dudley seinen Braten und das Gemüse aufgegessen hatte, stand er unvermittelt auf. Er nickte Hazel zu und sagte zu Antoinette: »Ich bin jetzt weg, mein Lamm.« Hatte er wirklich »Lamm« gesagt? Was auch immer, es hatte den satirischen Ton, den ein Kosewort zwischen ihm und Antoinette annehmen musste. Vielleicht hatte er »lass« gesagt. Das sagten die Leute hier wirklich. Der Fahrer im Bus von Edinburgh hatte es nachmittags sogar zu Hazel gesagt.

Antoinette brachte Hazel ein Stück Aprikosenkuchen und fing prompt an, sie über Dudley ins Bild zu setzen. Angeblich sollten Briten doch reserviert sein – zu dieser Überzeugung war Hazel jedenfalls gelangt, durch ihre Lektüre, wenn nicht sogar durch Jack –, aber das schien nicht immer der Fall zu sein.

»Er ist zu seiner Mutter, bevor sie ins Bett gebracht wird«, sagte Antoinette. »Sonntags geht er immer früh nach Hause.«

»Ach, er wohnt nicht hier?«, fragte Hazel. »Ich meine, im Hotel?«

»Das hat er doch nicht gesagt, oder?«, sagte Antoinette. »Ich bin sicher, das hat er nicht gesagt. Er hat ein eigenes Haus. Ein schönes Haus. Er wohnt dort mit seiner Mutter. Sie ist jetzt bettlägerig – sie ist eine von denen, die nichts mehr ohne Hilfe können. Er hat eine Tagesschwester für sie engagiert und auch eine Nachtschwester. Aber sonntagabends schaut er immer herein und erzählt ihr was, auch wenn sie ihn nicht mehr von Adam unterscheiden kann. Er muss gemeint haben, dass er hier seine Mahlzeiten einnimmt. Es wäre von der Schwester zu viel verlangt, auch noch für ihn zu kochen. Das würde sie sowieso nicht tun. Die machen heutzutage gar nichts mehr außer der Reihe. Sie wollen genau wissen, was ihre Aufgaben sind, und machen dann keinen Handschlag mehr. Mit denen, die ich hier bekomme, ist es genau das Gleiche. Wenn ich sage ›Fegen Sie aus‹, und nicht sage, ›hängen Sie den Besen weg, wenn Sie fertig sind‹, dann lassen sie den Besen einfach liegen.«

Jetzt ist der richtige Moment, dachte Hazel. Sie würde es gar nicht sagen können, wenn sie es weiter vor sich herschob.

»Mein Mann war früher manchmal hier«, sagte sie. »Im Krieg.«

»Das ist aber lange her, nicht? Möchten Sie jetzt Ihren Kaffee?«

»Bitte«, sagte Hazel. »Anfangs kam er wegen einer Verwandten her. Einer Miss Dobie. Mr Brown scheint sie zu kennen.«

»Sie ist schon ziemlich alt«, sagte Antoinette – missbilligend, wie Hazel fand. »Sie lebt weit draußen im Tal.«

»Mein Mann hieß Jack.« Hazel wartete, aber es kam keine Reaktion. Der Kaffee war schlecht, erstaunlich, da doch der Rest der Mahlzeit so gut geschmeckt hatte.

»Jack Curtis«, sagte sie. »Seine Mutter war eine Dobie. Er kam her, wenn er Urlaub hatte, und wohnte bei seiner Tante, und abends kam er in die Stadt. Hierher, ins Royal Hotel.«

»Hier war im Krieg immer was los«, sagte Antoinette. »Jedenfalls habe ich das gehört.«

»Er hat oft vom Royal Hotel erzählt und dabei auch Sie erwähnt«, sagte Hazel. »Ich war überrascht, als ich Ihren Namen hörte. Ich hätte nicht gedacht, dass Sie noch hier sein würden.«

»Ich war nicht die ganze Zeit hier«, sagte Antoinette – als wäre es beleidigend, das von ihr zu vermuten. »Während meiner Ehe habe ich in England gelebt. Deshalb spreche ich nicht so wie die Leute von hier.«

»Mein Mann ist tot«, sagte Hazel. »Er hat Sie erwähnt. Er hat erzählt, dass das Hotel Ihrem Vater gehörte. Er hat erzählt, dass Sie blond waren.«

»Das bin ich noch«, sagte Antoinette. »Mein Haar hat immer noch dieselbe Farbe wie früher; ich habe nie etwas damit anstellen müssen. An die Kriegsjahre habe ich kaum Erinnerungen. Ich war damals noch so klein. Ich glaube, ich war noch gar nicht geboren, als der Krieg ausbrach. Wann fing der Krieg an? Ich bin 1940 geboren.«

Zwei Lügen in einer Rede, fast ohne Zweifel. Krasse, absichtliche, eigennützige, mit unbewegtem Gesicht vorgebrachte Lügen. Aber woran sollte Hazel erkennen, ob Antoinette log, wenn sie sagte, dass sie Jack nicht gekannt hatte? Antoinette hatte doch gar keine andere Wahl, als das zu behaupten, wo sie doch offenbar schon lange log, was ihr Alter betraf.

Die nächsten drei Tage regnete es mit Unterbrechungen. Wenn es nicht regnete, ging Hazel in der Stadt spazieren, betrachtete die ins Kraut geschossenen Kohlköpfe in den Küchengärten, die ungesäumten Blumenvorhänge und sogar solche Dinge wie eine Schale mit Wachsfrüchten auf dem Tisch eines vollgestopften, auf Hochglanz polierten Esszimmers. Sie musste meinen, sie wäre unsichtbar, so wie sie ihren Schritt verlangsamte und schaute. Sie gewöhnte sich daran, dass alle Häuser aneinandergereiht waren. An der Straßenecke öffnete sich manchmal plötzlich ein Blick auf die verhangenen, bezaubernden Hügel. Sie ging am Fluss spazieren und geriet in ein Wäldchen ganz aus Buchen mit Rinde wie Elefantenhaut und Höckern, die aussahen wie verquollene Augen. Sie gaben der Luft um sie herum eine Art graues Licht.

Wenn es regnete, hielt sie sich in der Bücherei auf und las Geschichtsbücher. Sie las von den alten Klöstern, die es einst hier in Selkirk County gegeben hatte, und den Königen mit ihrem Königlichen Forst und den zahlreichen Schlachten gegen die Engländer. Flodden Field. Einiges wusste sie schon von ihrer Lektüre der Encyclopaedia Britannica vor ihrer Abreise von zu Hause. Sie kannte den Namen William Wallace und wusste, dass Macbeth Duncan auf dem Schlachtfeld getötet und nicht im Bett ermordet hatte.

Dudley und Hazel tranken jetzt allabendlich vor dem Essen einen Whisky in der Lounge. Ein elektrischer Heizofen war aufgetaucht und vor dem Kamin aufgestellt worden. Nach dem Essen setzte sich Antoinette zu ihnen. Sie tranken gemeinsam ihren Kaffee. Später am Abend tranken Dudley und Hazel noch einen Whisky. Antoinette sah fern.

»Was für eine lange Geschichte«, sagte Hazel höflich. Sie erzählte Dudley ein bisschen von dem, was sie gelesen und nachgeschlagen hatte. »Als ich zum ersten Mal den Namen Philiphaugh am Haus gegenüber las, wusste ich nichts damit anzufangen.«

»Bei Philiphaugh der Kampf hob an«, sagte Dudley offensichtlich zitierend. »Wissen Sie jetzt mehr?«

»Die Covenanters«, sagte Hazel.

»Wissen Sie, was nach der Schlacht von Philiphaugh geschah? Die Covenanters hängten alle ihre Gefangenen auf. Gleich da auf dem Marktplatz vor den Fenstern unseres Speisesaals. Dann massakrierten sie alle Frauen und Kinder auf dem Feld. Mit dem Heer von Montrose reisten jede Menge Familien, weil so viele der Soldaten irische Söldner waren. Katholiken natürlich. Nein, alle massakrierten sie nicht. Einige ließen sie Richtung Edinburgh marschieren. Aber unterwegs beschlossen sie dann, sie von einer Brücke marschieren zu lassen.«

Er erzählte das lächelnd mit ausgesprochen freundlicher Stimme. Hazel war dieses Lächeln schon vorher begegnet, und sie hatte nie gewusst, was es heißen sollte. Wollte ein Mann, der auf diese Weise lächelte, einen herausfordern, nicht zu glauben, nicht anzuerkennen, nicht einverstanden zu sein, dass sich die Dinge ein für alle Mal so gehörten?

Jack war ein Mensch, mit dem man sich nicht gut streiten konnte. Er nahm allen möglichen Unsinn hin – von Kunden, von den Kindern, von Hazel wohl auch. Aber jedes Jahr am Volkstrauertag bekam er einen Wutanfall, weil die Stadtzeitung irgendeine wehmütige Kriegsgeschichte abdruckte.

»IM KRIEG GIBT ES KEINE GEWINNER« war die Überschrift einer solchen Geschichte. Jack schleuderte die Zeitung zu Boden.

»Herrgott nochmal! Glauben die, es käme aufs Gleiche raus, wenn Hitler gewonnen hätte?«

Er wurde auch wütend, wenn er die Friedensdemonstranten im Fernsehen sah, obwohl er gewöhnlich nichts sagte, sondern bloß beherrscht, aber voll Überdruss in Richtung Bildschirm zischte. Soweit Hazel beurteilen konnte, meinte er, dass ein Haufen Leute – Frauen natürlich, aber mit der Zeit auch immer mehr Männer – entschlossen waren, das Bild von den besten Jahren seines Lebens zu zerstören. Sie zerstörten es mit frommem Bedauern und Vorwürfen und einigen ausgemachten Lügen. Keiner von ihnen mochte eingestehen, dass am Krieg auch irgendetwas Spaß gemacht hatte. Selbst im Frontkämpferclub musste man ein langes Gesicht machen; man durfte nicht mehr sagen, dass man die Jahre um nichts in der Welt hätte missen mögen.

Als sie frisch verheiratet waren, gingen Jack und Hazel oft tanzen oder in den Club, oder sie besuchten einfach andere Ehepaare, und früher oder später fingen die Männer unweigerlich an, ihre Kriegsgeschichten zu erzählen. Jack erzählte weder die meisten noch die längsten Geschichten, und seine waren weder voller Heldentaten noch Toten, die einem ins Gesicht starrten. Gewöhnlich erzählte er von lustigen Begebenheiten. Aber er war damals auch gut dran, weil er Bomberpilot gewesen war, und viel höher konnte ein Mann im Ansehen kaum steigen. Er hatte zwei volle Einsätze geflogen (»Tours of Operations« oder »Ops« – sogar die Frauen redeten von »Ops«). Das heißt, er hatte fünfzig Bombenangriffe geflogen.

Hazel saß damals mit den anderen jungen Frauen zusammen und hörte zu, bescheiden und stolz und – zumindest in ihrem Fall – durch die Begierde abgelenkt. Vom bewiesenen Mut gestrafft, so kamen diese Männer zu ihnen. Hazel bedauerte Frauen, die sich an geringere Männer verschenkt hatten.

Zehn oder fünfzehn Jahre später saßen dieselben Frauen mit angespannter Miene da oder warfen einander Blicke zu oder gingen weg (wie Hazel zuweilen), wenn die Geschichten erzählt wurden. Der Trupp der Männer, die diese Geschichten erzählten, war geschrumpft und schrumpfte weiter. Aber Jack war immer noch mittendrin. Seine Beschreibungen wurden ausführlicher, nachdenklicher, manche würden sagen, langatmig. Er schwelgte nun in Erinnerungen an das Brummen der Flugzeuge auf dem amerikanischen Fliegerhorst nebenan, das mächtige Dröhnen, wenn sie im Morgengrauen die Motoren aufwärmten und dann abhoben, immer zu dritt in ihren großen Verbänden auf die Nordsee hinausflogen. Die Fliegenden Festungen. Die Amerikaner machten ihre Bombenangriffe tagsüber, und ihre Maschinen flogen nie allein. Warum nicht?

»Sie konnten nicht navigieren«, sagte Jack. »Na ja, sie konnten es schon, aber nicht so wie wir.« Er war stolz auf eine besondere Kunst oder Tollkühnheit, über die er sich nicht weiter auslassen wollte. Er erzählte, wie die Maschinen der Royal Air Force einander fast gleich nach dem Start aus den Augen verloren und sechs bis sieben Stunden allein flogen. Manchmal war die Stimme, die sie über Funk lenkte, eine deutsche Stimme mit einer lupenreinen englischen Aussprache, die ihnen falsche, tödliche Informationen lieferte. Er erzählte von Flugzeugen, die aus dem Nichts auftauchten und über oder unter einem vorüberglitten, und davon, wie Flugzeuge in traumähnlichen Lichtblitzen vergingen. Mit Kino war das nicht zu vergleichen – es war viel weniger konzentriert und geordnet – es war alles unbegreiflich. Manchmal hatte er viele

Stimmen oder Instrumentalmusik zu hören geglaubt, unheimlich und doch vertraut, eben hinter dem Motorengeräusch oder mittendrin.

Dann schien er – auf mehr als eine Weise – wieder auf den Boden zurückzukommen und erzählte seine Geschichten vom Urlaub und von Betrunkenen, von Prügeleien draußen in den verdunkelten Kneipen und von Streichen in den Kasernen.

Am dritten Abend fand Hazel, dass es an der Zeit sei, Dudley auf den Ausflug zu Miss Dobie anzusprechen. Die Woche verging, und nun, da sie sich ein wenig eingewöhnt hatte, war die Vorstellung, sie zu besuchen, nicht mehr so erschreckend.

»Ich rufe morgen früh an«, sagte Dudley. Er schien sich zu freuen, dass sie ihn daran erinnert hatte. »Ich frage, ob es ihr passt. Das Wetter könnte auch aufklaren. Morgen oder übermorgen fahren wir.«

Antoinette sah gerade eine Fernsehshow, in der zwei Menschen einander mit Hilfe eines komplizierten Rituals für ein Blind Date auswählten und dann in der darauffolgenden Woche wiederkamen, um zu erzählen, wie alles gelaufen war. Sie lachte laut über verheerende Bekenntnisse.

Zu ihren Rendezvous mit Jack war Antoinette früher nur im Nachthemd unter dem Mantel hinausgerannt. Ihr Vater hätte sie versohlt, meinte Jack. Er hätte uns beide versohlt.

»Ich fahre Sie also zu Miss Dobie«, sagte Antoinette beim Frühstück zu Hazel. »Dudley hat zu viel zu tun.«

Hazel sagte: »Nein, nein, es muss nicht sein, wenn Dudley keine Zeit hat.«

»Es ist schon alles geregelt«, sagte Antoinette. »Aber wir fahren ein bisschen früher, als Dudley es vorhatte. Ich dachte heute am späten Vormittag, vor dem Mittagessen. Ich habe nur noch ein paar Kleinigkeiten zu erledigen.«

So fuhren sie gegen halb zwölf mit Antoinettes Wagen los. Es regnete nicht mehr, die Wolken waren heller, von den Eichen und Buchen tropfte bei jeder Regung der goldenen und rostbraunen Blätter das Regenwasser der letzten Nacht. Die Straße führte zwischen niedrigen Mauern hindurch. Sie überquerten das klare, reißende Flüsschen.

»Miss Dobie hat ein schönes Haus«, sagte Antoinette. »Einen hübschen kleinen Bungalow. Er liegt auf einer Ecke der alten Farm. Als sie die Farm verkauft hat, hat sie für sich eine Ecke abgeteilt und darauf einen kleinen Bungalow gebaut. Ihr anderes altes Haus war vollkommen hinüber.«

Hazel hatte von jenem anderen alten Haus ein klares Bild im Kopf. Sie konnte die große Küche sehen, mit ihrem rauen Putz und den gardinenlosen Fenstern. Den Fliegenschrank, den Herd, das blankgewetzte Rosshaarsofa. Jede Menge Eimer und Geräte und Gewehre, Angeln, Ölkannen, Laternen, Körbe. Ein Batterie-Radio. Auf einem Hocker eine große, stämmige Frau in Hosen, die dasaß und ein Gewehr schmierte oder Saatkartoffeln kleinschnitt oder einen Fisch ausnahm. Es gab nichts, was sie nicht selber konnte, hatte Jack gesagt, als er Hazel dieses Bild vermittelte. Sich selbst setzte er auch hinein. Er hatte auf den Stufen vor der Küchentür gesessen, an so lichten, diesigen Tagen wie heute – nur das Gras und die Bäume waren grün gewesen – und stundenlang mit den Hunden gespielt oder versucht, den Lehm von den Schuhen zu kratzen, die er sich von seiner Gastgeberin geborgt hatte.

»Jack hat sich mal Miss Dobies Schuhe ausgeborgt«, sagte sie zu Antoinette. »Anscheinend hatte sie große Füße. Sie trug immer Herrenschuhe. Ich weiß nicht, was mit seinen war. Vielleicht hatte er nur Stiefel. Jedenfalls ging er mit ihren Schuhen tanzen und hinterher an den Fluss, wozu weiß ich nicht« – natürlich um ein Mädchen zu treffen, wahrscheinlich Antoinette –, »und versank mit den Schuhen in Wasser und Matsch. Er war so betrunken, dass er sich nicht auszog, als er zu Bett ging, sondern gleich oben auf der Steppdecke einschlief. Miss Dobie verlor darüber kein Wort. In der nächsten Nacht kam er wieder spät nach Hause und als er im Dunkeln ins Bett kroch, kriegte er einen Eimer kaltes Wasser ins Gesicht! Sie hatte mit Gewichten und Seilen eine Konstruktion gebaut, die den Eimer kippte, als die Bettfedern unter ihm einsanken, so dass er mit Wasser überschüttet wurde, als gerechte Strafe.«

»Da hat sie anscheinend keine Mühe gescheut«, sagte Antoinette. Dann teilte sie mit, dass sie zum Essen irgendwo anhalten würden. Hazel hatte gedacht, sie wären so früh aufgebrochen, um den Besuch möglichst schnell hinter sich zu bringen, weil Antoinettes Zeit knapp war. Aber jetzt vermieden sie es anscheinend sorgfältig, zu früh zu kommen.

Sie hielten vor einem Pub mit einem berühmten Namen. Hazel hatte von einem dort ausgefochtenen Duell gelesen; es war in einer alten Ballade erwähnt. Aber der Pub wirkte jetzt ganz gewöhnlich und wurde von einem Engländer betrieben, der ihn gerade renovierte. Er machte ihre Sandwiches in der Mikrowelle warm.

»Ich will so'n Ding nicht im Haus haben«, sagte Antoinette. »Die kontaminieren das Essen.«

Sie fing an, von Miss Dobie zu erzählen und von dem Mädchen, das Miss Dobie zu ihrer Pflege eingestellt hatte.

»Mädchen kann man eigentlich nicht mehr sagen. Sie heißt Judy Armstrong. Sie war ein – wie heißt es noch – ein Waisenkind. Sie hat zuerst für Dudleys Mutter gearbeitet. Dort ist sie eine Zeitlang geblieben und hat sich dann was eingebrockt. Mit der Folge, dass sie ein Kind kriegte. Wie das bei denen so oft geht. Danach konnte sie nicht gut in der Stadt bleiben, deshalb war es ein Glück, dass Miss Dobie gerade jemanden suchte, der ihr den Haushalt machte. Judy zog mit ihrem Kind zu ihr, und es erwies sich rundum als die beste Lösung.«

Sie blieben so lange im Pub, bis Antoinette meinte, dass Judy und Miss Dobie für sie bereit wären.

Das Tal wurde enger. Miss Dobies Haus lag dicht an der Straße, dahinter stiegen die Hänge steil an. Vor dem Haus wuchsen eine glänzende Lorbeerhecke und einige nasse Büsche, alle rot belaubt oder mit Beeren schwer behangen. Das Haus war verputzt, und hier und da waren Steine eingelassen wie bei einem rustikalen Vorortbungalow.

In der Tür stand eine junge Frau. Ihr Haar war wunderschön – ein welliger Fächer roter Haare, der glänzend über ihre Schultern fiel. Sie trug ein für die Tageszeit recht merkwürdiges Kleid – eine Art Partykleid aus einem dünnen, seidig-braunen, mit goldenen Metallfäden durchwebten Stoff. Ihr musste darin kalt sein – sie hatte die Arme eng um die Brust geschlungen.

»Da sind wir also, Judy«, sagte Antoinette laut und munter, als redete sie mit einer schwerhörigen oder etwas aufsässigen Person. »Dudley konnte nicht kommen. Er hatte zu viel zu tun. Dies ist die Frau, von der er dir am Telefon erzählt hat.«

Judy errötete, als sie ihnen die Hand schüttelte. Ihre Augenbrauen waren sehr hell, beinahe unsichtbar, und ließen ihre dunkelbraunen Augen wehrlos erscheinen. Sie wirkte irgendwie bestürzt – lag es an den Gästen oder nur an ihrer wallenden Haarpracht? Aber sie war doch diejenige, die es gebürstet hatte, bis es so leuchtete, und sich so auffallend frisiert hatte.

Antoinette fragte sie, ob Miss Dobie wohlauf sei.

Ein Kloß im Hals machte Judy das Antworten schwer. Sie

räusperte sich und sagte: »Miss Dobie hat sich schon das ganze Jahr über gut gehalten.«

Als sie ihre Mäntel ablegen wollten, entstand ein peinliches Hin und Her – Judy wusste nicht recht, wann sie nach ihnen greifen oder wie sie Antoinette und Hazel zeigen sollte, wohin es ging. Doch da übernahm Antoinette die Führung und leitete sie durch den Flur ins Wohnzimmer, das mit gemusterten Polstermöbeln, Messing und Porzellan, Pampasgras, Pfauenfedern, getrockneten Blumen, Uhren und Bildern und Kissen vollgestopft war. Mittendrin saß eine alte Frau in einem Sessel mit hoher Rückenlehne vor den hellen Fenstern und erwartete sie. Sie war zwar alt, aber kaum runzelig. Sie hatte kräftige Arme und Beine und einen buschigen Heiligenschein aus weißem Haar. Ihre Haut war braun wie die Schale von Boskopäpfeln, und sie hatte dicke, bläuliche Tränensäcke unter den Augen. Aber die Augen selbst waren hell und unstet, als ob eine Intelligenz darin sich nur dann zeigte, wenn sie es wollte – hinter diesem schweren, verwarzten, dunklen alten Gesicht sprang etwas hin und her, das so flink und unbekümmert war wie ein Eichhörnchen.

»Sie sind also die Dame aus Kanada«, sagte sie zu Antoinette. Sie hatte eine kräftige Stimme. Auf ihren Lippen saßen Flecken wie schwarzblaue Trauben.

»Nein, das bin ich nicht«, sagte Antoinette. »Ich bin aus dem Royal Hotel, und Sie kennen mich. Ich bin die Freundin von Dudley Brown.« Sie holte eine Flasche Wein – einen Madeira – aus ihrer Tasche und überreichte sie als Erkennungszeichen. »Das ist doch die Sorte, die Sie mögen, nicht?«

»Den weiten Weg aus Kanada«, sagte Miss Dobie, als sie die Flasche entgegennahm. Sie trug immer noch Herrenschuhe – sie hatte auch jetzt welche an den Füßen, nicht zugeschnürt.

Antoinette wiederholte, was sie schon einmal gesagt hatte, mit lauterer Stimme und stellte Hazel vor.

»Judy! Judy, du weißt doch, wo die Gläser stehen!«, sagte Miss Dobie. Judy trat gerade mit einem Tablett ein. Darauf standen ein Stapel Tassen und Untertassen, eine Teekanne, ein Teller mit aufgeschnittenem Fruitcake, Milch und Zucker. Die Frage nach den Gläsern schien sie aus der Bahn zu werfen, und sie sah sich verwirrt um. Antoinette nahm ihr das Tablett ab.

»Ich glaube, sie möchte erst mal den Wein probieren, Judy«, sagte Antoinette. »Das ist aber hübsch! Hast du den Kuchen selbst gebacken? Darf ich Dudley ein Stück mitnehmen, wenn wir fahren? Er hat Fruitcake so gern. Er wird meinen, er wäre extra für ihn gebacken worden. Das kann zwar nicht sein, weil er erst heute Morgen angerufen hat und Fruitcake viel länger braucht, nicht? Aber das wird er bestimmt nicht merken.«

»Jetzt weiß ich, wer Sie sind«, sagte Miss Dobie. »Sie sind die Frau aus dem Royal Hotel. Haben Sie und Dudley inzwischen geheiratet?«

»Ich bin schon verheiratet«, sagte Antoinette gereizt. »Ich würde mich gern scheiden lassen, aber ich weiß nicht, wo mein Mann ist.« Ihre Stimme fing sich schnell wieder, so dass es am Ende klang, als ginge sie beruhigend auf Miss Dobie ein. »Vielleicht irgendwann.«

»Deshalb sind Sie also nach Kanada gegangen«, sagte Miss Dobie.

Judy trat mit Weingläsern ein. Es war deutlich, dass ihr die Hände zu sehr zitterten, um den Wein einzuschenken. Antoinette entwand Miss Dobie die Flasche und hielt ein Weinglas ans Licht.

»Bring mir bitte eine Serviette, Judy«, sagte Antoinette. »Oder ein sauberes Geschirrtuch. Achte drauf, dass es sauber ist!«

»Mein Mann Jack«, meldete sich Hazel energisch und

wandte sich Miss Dobie zu – »mein Mann Jack Curtis war bei der Air Force und hat Sie im Krieg manchmal besucht.«

Das kam sofort bei Miss Dobie an.

»Warum sollte Ihr Mann mich besuchen?«

»Damals war er noch nicht mein Mann. Er war noch ziemlich jung. Er war ein Neffe von Ihnen. Jack Curtis, Curtis. Aber vielleicht haben viele Verwandte Sie besucht, über die Jahre.«

»Zu uns kam nie Besuch. Wir waren zu weit ab vom Schuss«, sagte Miss Dobie bestimmt. »Ich habe zu Hause bei Mutter und Vater gelebt, und dann habe ich mit Mutter zusammengelebt, und dann habe ich allein gelebt. Ich habe die Schafe aufgegeben und bin in die Stadt arbeiten gegangen. Bei der Post.«

»Stimmt, so war das«, sagte Antoinette nachdenklich, während sie die Weingläser austeilte.

»Aber ich habe nie in der Stadt gewohnt«, sagte Miss Dobie mit eigenartigem, bitter klingendem Stolz. »Nein. Ich bin jeden Tag reingefahren, die ganze Strecke mit dem Motorrad.«

»Ihr Motorrad hat Jack erwähnt«, sagte Hazel, um ihr auf die Sprünge zu helfen.

»Da wohnte ich noch im alten Haus. Jetzt wohnen da schreckliche Leute.«

Sie hielt ihr Glas zum Nachschenken hin.

»Jack hat sich öfter mal Ihr Motorrad geborgt«, sagte Hazel. »Und er war mit Ihnen angeln, und wenn Sie den Fisch ausgenommen haben, haben die Hunde die Köpfe gefressen.«

»Igitt«, sagte Antoinette.

»Ich bin dankbar, dass ich es von hier aus nicht sehen kann«, sagte Miss Dobie.

»Das Haus«, erklärte Antoinette mit einem bedauernden Unterton. »Das Paar, das da wohnt, ist nicht verheiratet. Sie haben es wieder auf Vordermann gebracht, aber sie sind nicht verheiratet.« Und zu Judy sagte sie, als fühlte sie sich unwillkürlich erinnert: »Was macht Tania?«

»Es geht ihr gut«, sagte Judy, die keinen Wein mittrank. Sie nahm den Kuchenteller in die Hand und setzte ihn wieder ab. »Sie geht jetzt in den Kindergarten.«

»Sie fährt mit dem Bus«, sagte Miss Dobie. »Der Bus kommt und holt sie direkt vor der Tür ab.«

»Wie praktisch«, sagte Antoinette.

»Und er bringt sie auch zurück«, fuhr Miss Dobie nachdrücklich fort. »Er liefert sie direkt vor der Tür wieder ab.«

»Jack hat erzählt, dass Sie einen Hund hatten, der gern Porridge fraß«, sagte Hazel. »Und dass er sich einmal Ihre Schuhe ausgeliehen hat. Jack, meine ich. Mein Mann.«

Miss Dobie schien das einen Augenblick im Kopf zu bewegen. Dann sagte sie: »Tania hat die roten Haare.«

»Sie hat das Haar ihrer Mutter«, sagte Antoinette. »Und die braunen Augen ihrer Mutter. Sie ist Judy in klein.«

»Sie ist unehelich«, sagte Miss Dobie mit einer Miene, als fegte sie damit eine Menge Nonsens vom Tisch. »Aber Judy ist eine gute Mutter. Judy ist fleißig. Ich freue mich, dass sie ein Zuhause haben. Es sind sowieso immer die Unschuldigen, die es erwischt.«

Hazel erwartete, dass dies Judy vollends den Rest geben würde und dass sie nun in die Küche rennen würde. Stattdessen schien sie einen Entschluss zu fassen. Sie stand auf und reichte den Kuchen herum. Die hektische Röte war ihr weder von Gesicht und Hals noch von dem Teil des Brustkorbs gewichen, den das Partykleid freiließ. Ihre Haut brannte, als hätte sie Schläge bekommen, und als sie sich mit dem Teller einzeln zu ihnen hinunterbeugte, war ihr Gesichtsausdruck der eines Kindes, das wütend, verbittert, verächtlich sein Schreien zurückhält. Miss Dobie wandte sich Hazel zu: »Können Sie rezitieren?«

Hazel musste einen Augenblick überlegen, was rezitieren war. Dann sagte sie nein.

»Ich sage etwas auf, wenn Sie mögen«, sagte Miss Dobie.

Sie stellte ihr leeres Glas ab, setzte sich aufrecht hin und stellte die Füße nebeneinander.

»Entschuldigen Sie, dass ich nicht aufstehe«, sagte sie.

Sie hob mit einer Stimme an, die zunächst angestrengt und stockend klang, aber schon bald zäh und konzentriert. Ihr schottischer Akzent wurde stärker. Sie verwandte weniger Aufmerksamkeit auf den Inhalt des Gedichts als auf die Marathon-Anstrengung, es in der richtigen Reihenfolge aufzusagen – Wort für Wort, Vers für Vers, Strophe für Strophe. Ihr Gesicht wurde vor Anspannung noch dunkler. Doch der Vortrag war nicht gänzlich ausdruckslos; er war anders als jene einschläfernden Präsentationen von Auswendiggelerntem, an die sich Hazel aus ihrer Schulzeit erinnerte. Er glich eher einer Vorführung des besten Schülers beim Schulkonzert, einer Art freiwilligem öffentlichem Martyrium, bei dem jede Betonung, jede Geste vorher genau festgelegt und geprobt wird.

Hazel bekam hier und da eine Zeile mit. Irgendein Hokuspokus um Elfen, einen Jungen, der Gefangener der Elfen ist, und ein Mädchen, Fair Jennet, das sich in ihn verliebt. Fair Jennet gab ihrem Vater Widerworte, hüllte sich in ihren grünen Schal und machte sich auf den Weg zu ihrem Geliebten. Dann war irgendwie Halloween und Geisterstunde, und eine große Elfenhorde kam zu Pferd herbei. Keine süßen kleinen Elfen, ganz im Gegenteil, eine wilde Gesellschaft, die mit fürchterlichem Radau durch die Nacht ritt.

»Fair Jennet stand auf düstrer Heid
Mit unerschrockner Ruh,
Und lauter, lauter schwoll der Ton,
Schon ritten sie herzu!«

Judy saß mit dem Kuchenteller auf dem Schoß da und vertilgte ein großes Stück Fruitcake. Dann aß sie noch eins – immer noch mit einem feuerroten, unversöhnlichen Gesicht. Als sie sich vorgebeugt hatte, um den Kuchen anzubieten, hatte Hazel ihren Körper gerochen, kein schlechter Geruch, aber doch einer, den Waschen und Deodorant irgendwie eigen gemacht hatten. Er strömte heiß zwischen den Brüsten des Mädchens hervor.

Antoinette, die sich keine besondere Mühe gab, leise zu sein, nahm sich einen winzigen Messingaschenbecher, fischte ihre Zigaretten aus der Handtasche und steckte sich eine an. (Sie sagte, sie genehmige sich drei Zigaretten am Tag.)

»Erst kam der Rappe rabenschwarz,
Dann kam das braune Pferd,
Dann kam der Schimmel: sie griff zu,
Der Reiter fiel zur Erd.«

Hazel überlegte, dass es wohl keinen Sinn mehr hatte, nach Jack zu fragen. Irgendwer in der Gegend erinnerte sich bestimmt an ihn – irgendwer, der ihn mit dem Motorrad auf der Straße gesehen oder eines Abends mit ihm im Pub geredet hatte. Aber wie sollte sie denjenigen finden? Wahrscheinlich stimmte es, dass Antoinette ihn vergessen hatte. Antoinette hatte genug im Kopf mit dem, was jetzt war. Was Miss Dobie dagegen im Kopf hatte, schien ganz nach Lust und Laune aus der Luft gegriffen zu sein. In ihrem leiernden Vortrag ging es jetzt um einen Elfenmann.

»Sie hexten ihn in Jennets Arm
Zur Itsche, Echse, Natter.
Sie hielt ihn fest in jeder Form,
Hielt ihrem Kind den Vater.«

Ein dumpf befriedigter Ton in Miss Dobies Stimme deutete an, dass das Ende in Sicht sein könnte. Was war eine Itschechse? Egal, Jennet wickelte ihren Geliebten in ihren grünen Schal, als »mutternackten Mann«, und die Elfenkönigin weinte über den Verlust, und gerade an dem Punkt, wo das Publikum befürchten konnte, dass womöglich eine neue Wendung drohte – weil Miss Dobies Stimme wieder resigniert klang und ein bisschen schneller wurde, wie im Anlauf zu einer langen Strecke –, war das Gedicht zu Ende.

»Mein Gott«, sagte Antoinette, als sie sicher sein konnte. »Wie behalten Sie das bloß alles im Kopf? Dudley kann das auch. Sie und Dudley, Sie sind schon so zwei!«

Judy begann mit Tassen und Tellern zu klappern und sie zu verteilen. Sie fing an, Tee einzuschenken. Antoinette ließ sie so weit gewähren und meldete sich dann.

»Der wird jetzt ein bisschen zu stark sein, nicht, meine Liebe?«, sagte Antoinette. »Für mich ist er leider zu stark. Wir müssen uns ohnehin wieder auf den Weg machen. Miss Dobie wird sich hinlegen wollen, nach dieser Anstrengung.«

Judy nahm ohne Widerrede das Tablett und kehrte in die Küche zurück. Hazel ging hinterher, mit dem Kuchenteller.

»Ich glaube, Mr Brown hatte vor mitzukommen«, sagte sie leise zu Judy. »Ich glaube, er wusste nicht, dass wir so früh aufbrechen wollten.«

»Oh. Ja«, sagte das bittere, rosige Kind und goss den eingeschenkten Tee in den Ausguss.

»Wenn Sie bitte meine Handtasche aufmachen und mir noch eine Zigarette herausholen könnten?«, sagte Antoinette. »Ich muss unbedingt noch eine rauchen. Wenn ich nach unten gucke, um sie selber zu suchen, wird mir schlecht. Ich fühle Kopfschmerzen im Anmarsch, von dem ganzen Geleier.«

Der Himmel hatte sich wieder verdunkelt, und sie fuhren durch leichten Regen.

»Es muss ein einsames Leben für sie sein«, sagte Hazel. »Für Judy.«

»Sie hat Tania.«

Als Allerletztes vor dem Weggehen hatte Antoinette Judy ein paar Münzen in die Hand gedrückt.

»Für Tania«, hatte sie gesagt.

»Sie möchte doch vielleicht heiraten«, sagte Hazel. »Aber könnte sie da draußen jemanden zum Heiraten kennenlernen?«

»Ich weiß nicht, wie leicht es ihr fiele, überhaupt irgendwo jemanden kennenzulernen«, sagte Antoinette. »In ihrer Situation.«

»Das ist heute doch nicht mehr so schlimm«, sagte Hazel. »Junge Mädchen kriegen erst Kinder und heiraten später. Filmstars, aber auch ganz gewöhnliche Mädchen. Immerzu. Es macht nichts.«

»Hier schon, würde ich sagen«, entgegnete Antoinette. »Wir sind hier keine Filmstars. Ein Mann würde sich das gründlich überlegen müssen. Er müsste an seine Familie denken. Für seine Mutter wäre es eine Beleidigung. Auch dann noch, wenn sie längst nichts mehr davon mitbekäme. Und wenn man seinen Lebensunterhalt durch den Umgang mit anderen Menschen verdient, muss man auch darauf Rücksicht nehmen.«

Sie brachte das Auto am Straßenrand zum Stehen. Sie sagte: »Verzeihung«, stieg aus und ging an die Mauer. Sie beugte sich vor. Weinte sie? Nein, sie übergab sich. Ihre Schultern krümmten sich und bebten. Sie übergab sich elegant über das Mäuerchen auf das gefallene Laub des Eichenwaldes. Hazel öffnete die Autotür und wollte ihr zu Hilfe kommen, aber Antoinette winkte sie mit einer Hand zurück.

Das hilflose, intime Würgegeräusch in der Stille der Landschaft, der Nieselregen.

Antoinette stand gebückt da und hielt sich einen Augenblick an der Mauer fest. Dann richtete sie sich auf und kam wieder zum Auto und wischte sich mit Papiertüchern zittrig, aber gründlich ab.

»Das passiert«, sagte sie, »durch die Kopfschmerzen, die ich bekomme.«

Hazel sagte: »Möchten Sie, dass ich fahre?«

»Sie sind diese Straßenseite nicht gewöhnt.«

»Ich werde vorsichtig fahren.«

Sie tauschten die Plätze – Hazel war einigermaßen erstaunt, dass Antoinette sich darauf einließ –, und Hazel fuhr langsam, während Antoinette die meiste Zeit über mit geschlossenen Augen dasaß und die Hände vor den Mund presste. Ihre Haut schimmerte grau durch das rosige Make-up. Aber kurz vorm Stadtrand schlug sie die Augen auf und ließ die Hände sinken und sagte so etwas wie »Hier ist Cathaw«.

Sie fuhren gerade an einem tiefliegenden Acker am Fluss vorbei. »Wo in dem Gedicht« – Antoinette sprach schnell, wie eine, die befürchtet, sich wieder übergeben zu müssen – »das Mädchen hingeht und ihre Jungfräulichkeit verliert und so weiter.«

Der Acker war braun und nass und von Häusern umgeben, die nach sozialem Wohnungsbau aussahen.

Zu Hazels Überraschung fiel ihr jetzt eine ganze Strophe ein. Sie konnte Miss Dobies Stimme hören, die sie voll Inbrunst rezitierte.

»Den Goldring könnt ihr kaufen, Jungfern,
Den grünen Schal euch weben,
Doch die verlorne Jungfernschaft
Gibt's nimmermehr im Leben.«

Tonnenweise Worte hatte Miss Dobie, unter denen man alles begraben konnte.

»Antoinette geht es nicht gut«, sagte Hazel zu Dudley Brown, als sie abends in die Lounge kam. »Sie hat Kopfschmerzen und ihr ist übel. Wir waren heute draußen bei Miss Dobie.«

»Sie hat mir eine entsprechende Nachricht hinterlassen«, erwiderte Dudley, während er Whisky und Wasser bereitstellte.

Antoinette lag im Bett. Hazel hatte ihr hineingeholfen, weil ihr zu schwindelig war, um allein zurechtzukommen. Antoinette stieg im Unterkleid ins Bett und bat um einen Waschlappen, um sich die Überreste ihrer Schminke abzuwischen und den Kissenbezug nicht dreckig zu machen. Dann bat sie um ein Handtuch, für den Fall, dass sie sich wieder übergeben müsse. Sie sagte Hazel, wie sie das Kostüm – immer noch dasselbe, immer noch auf wundersame Weise fleckenlos – auf den wattierten Bügel hängen sollte. Ihr Schlafzimmer war ärmlich und schmal. Aus dem Fenster sah man die verputzte Mauer der Bank nebenan. Sie schlief auf einem Bett mit Metallrahmen. Auf der Frisierkommode stand offen das ganze Zeug herum, das sie zum Haarefärben benutzte. Würde es sie ärgern, wenn ihr aufging, dass Hazel es gesehen haben musste? Wahrscheinlich nicht. Vermutlich hatte sie die Lüge schon vergessen. Oder sie war bereit, trotzdem weiter zu lügen – wie eine Königin, die alles, was sie sagt, zur Wahrheit macht.

»Sie hat die Frau aus der Küche zu sich nach oben gerufen, um das Essen zu besprechen«, sagte Hazel. »Es wird auf das Buffet gestellt, und wir sollen uns selbst bedienen.«

»Erst mal genehmigen wir uns hier einen«, sagte Dudley. Er hatte die Whiskyflasche geholt.

»Miss Dobie konnte sich an meinen Mann nicht erinnern.«

»Nein?«

»Es war ein Mädchen da. Eher eine junge Frau. Die sich um Miss Dobie kümmert.«

»Judy Armstrong«, sagte Dudley.

Sie wartete ab, ob er es über sich bringen konnte, nicht weiter zu fragen, ob er sich zwingen konnte, das Thema zu wechseln. Es gelang ihm nicht. »Hat sie immer noch so wunderschönes rotes Haar?«

»Ja«, sagte Hazel. »Dachten Sie, sie könnte es abrasiert haben?«

»Mädchen machen schreckliche Sachen mit ihrem Haar. So was kriege ich jeden Tag zu sehen. Aber so eine ist Judy nicht.«

»Sie hatte einen sehr leckeren dunklen Fruitcake gedeckt«, sagte Hazel. »Antoinette meinte, wir sollten Ihnen ein Stück mitbringen. Aber ich glaube, sie hat es vergessen. Ich glaube, es ging ihr schon nicht mehr gut, als wir wegfuhren.«

»Vielleicht war der Kuchen vergiftet«, sagte Dudley. »Wie so oft im Märchen.«

»Judy hat selbst zwei Stücke gegessen, und ich habe welchen gegessen, und Miss Dobie hat welchen gegessen, also glaube ich das nicht.«

»Vielleicht nur der von Antoinette.«

»Antoinette hat keinen genommen. Nur einen Schluck Wein und eine Zigarette.«

Es war einen Moment still, dann sagte Dudley: »Womit hat Miss Dobie Sie unterhalten?«

»Sie hat ein langes Gedicht aufgesagt.«

»Ja, das ist typisch. Ballade heißt es richtig, nicht Gedicht. Wissen Sie noch, welche?«

Die Zeilen, die Hazel in den Sinn kamen, waren die mit der Jungfräulichkeit. Doch die verwarf sie als zu offensichtlich böse und suchte nach anderen.

»Erst tunk mich in ein Schaff mit Milch?«, sagte sie vorsichtig. »Dann in ein Schaff mit Wasser ein?«

»Doch halt mich fest, lass mich nicht los«, rief Dudley hochzufrieden. »Will deinem Kind der Vater sein!«

Genauso taktlos wie die ersten Zeilen, die ihr eingefallen waren, aber das schien ihn nicht zu berühren. Ja, er warf sich wie befreit in seinem Sessel zurück und hob den Kopf und fing an zu rezitieren – das gleiche Gedicht wie Miss Dobie, diesmal aber ruhig und lustvoll vorgetragen, mit einer warmen, traurigen, herrlichen Männerstimme. Sein Dialekt wurde breiter, aber da sie den Inhalt des Gedichts schon einmal, fast wider Willen, zu einem großen Teil aufgenommen hatte, verstand Hazel jedes Wort. Der von den Elfen gefangene Bursche, der ein Leben voller Abenteuer und Vorzüge genießt – ohne Schmerzempfinden zum Beispiel –, der aber mit wachsendem Alter argwöhnisch wird, sich davor fürchtet, an die Hölle Tribut zahlen zu müssen, und sich nach menschlicher Umgebung sehnt, weswegen er ein mutiges Mädchen verführt, dem er erklärt, wie sie ihn befreien kann. Sie muss ihn festhalten, in ihren Armen festhalten, durch sämtliche grausigen Verwandlungen hindurch, die sich die Elfen einfallen lassen, bis diese mit ihrer Kunst am Ende sind und ihn fahren lassen. Natürlich war Dudleys Stil altmodisch, natürlich nahm er sich selbst ein bisschen auf den Arm. Aber das war nur oberflächlich. Sein Vortrag war wie Gesang. Man konnte die eigene Sehnsucht zur Schau stellen ohne Angst davor, sich zum Narren zu machen.

»Sie hexten ihn zu allerletzt
Zum mutternackten Mann,
Sie schlug in ihren grünen Schal
Den Liebsten und gewann!«

Sie und Miss Dobie, Sie sind schon so zwei.

»Wir haben die Stelle gesehen, an der sie sich mit ihm getroffen hat«, sagte Hazel. »Auf dem Rückweg, Antoinette hat sie mir gezeigt. Unten am Fluss.« Sie empfand es wie ein Wunder, hier zu sein, mitten im Leben dieser Leute, und das zu sehen, was sie von ihren Intrigen, ihren Verletzungen gesehen hatte. Jack war nicht hier. Jack war nun doch nicht hier, dafür aber sie.

»Carterhaugh?«, sagte Dudley spöttisch und zugleich erregt. »Das liegt nicht unten am Fluss! Antoinette hat keine Ahnung! Das ist die hohe Wiese mit Blick über den Fluss. Da waren die Hexenringe. Pilze. Wenn der Mond herauskäme, könnten wir heute Abend hinfahren, um sie uns anzusehen.«

Hazel bekam ein Gefühl, als wäre ihr eine Katze auf den Schoß gesprungen. Sex. Sie spürte, wie ihre Augen sich weiteten, ihre Haut sich straffte, ihre Glieder sich wachsam regten. Aber der Mond würde nicht herauskommen – das war das andere, was sein Ton deutlich machte. Er schenkte mehr Whisky ein, und das nicht als Mittel zum Zweck. Das Zutrauen und die Energie, die Geschicklichkeit, die Achtlosigkeit, all das, was er braucht, um nur die kleinste Affäre zu meistern – Hazel wusste Bescheid, weil sie zwei kleine Seitensprünge begangen hatte, einen auf dem College und einen bei einem Lehrerkongress –, all das lag ihnen in diesem Moment fern. Sie würden die Anziehung über sich hinwegschwemmen und abfließen lassen. Antoinette hätte nichts dagegen gehabt, dessen war sich Hazel sicher. Antoinette hätte eine Frau geduldet, die wieder wegfuhr, die nicht wirklich zählte, die nur so eine Art Amerikanerin war. Auch das half ihrem Rückzug und seinem – Antoinettes Billigung. Die reichte, um sie nachdenklich und kritisch zu stimmen.

»Die Kleine?«, fragte Dudley mit leiserer Stimme. »War sie da?«

»Nein. Sie ist im Kindergarten.« Hazel dachte, wie wenig

es doch brauchte – ein Gedicht –, um sie vom Sticheln zum Trösten zu bringen.

»Ach so? Was hat das Kind nur für einen Namen. Tania.«

»Das ist kein besonders komischer Name«, sagte Hazel. »Heutzutage nicht mehr.«

»Ich weiß. Alle haben ausgefallene internationale Namen, wie Tania und Natascha und Erin und Solange und Carmen. Keiner hat Namen aus der Familie. Die Mädchen mit der Hahnenkammfrisur, die ich auf der Straße sehe, die suchen die Namen aus. Die sind die Mütter.«

»Ich habe eine Enkeltochter, die Brittany heißt«, sagte Hazel. »Und ich habe von einem kleinen Mädchen gehört, das Cappuccino heißt.«

»Cappuccino! Also wirklich! Warum nicht gleich Cassoulet? Fettucini? Elsass-Lothringen?«

»Gibt's wahrscheinlich.«

»Schleswig-Holstein! Das ist mal ein schöner Name!«

»Aber wann haben Sie sie zuletzt gesehen?«, fragte Hazel. »Tania?«

»Ich sehe sie nie«, sagte Dudley. »Ich fahre nie da raus. Wir regeln unsere Geldangelegenheiten, aber ich fahre nicht raus.«

Das sollten Sie aber, hätte sie beinahe gesagt. Sie müssen hinfahren und keine dummen Verabredungen treffen, bei denen Antoinette dazwischenfunken kann, wie heute. Doch er war derjenige, der zuerst etwas sagte. Er beugte sich zu ihr vor und sprach mit leicht betrunkener Aufrichtigkeit.

»Was soll ich tun? Ich kann nicht zwei Frauen glücklich machen.«

Ein Satz, den man für albern, eingebildet, ausweichend halten könnte.

Und doch enthielt er die Wahrheit. Hazel stockte. Es war wirklich wahr. Auf den ersten Blick schien alles für Judy zu sprechen, wegen ihres Kindes und ihrer Einsamkeit und ihrer hübschen Haare. Aber warum sollte Antoinette leer ausgehen, bloß weil sie schon so lange im Rennen war, weil sie rechnen konnte, Seitensprünge zu überstehen, und ihr Aussehen zu manipulieren verstand? Antoinette war bestimmt nützlich und treu und im Privaten vielleicht zärtlich. Und sie verlangte nicht einmal das ganze Herz eines Mannes. Vielleicht würde sie sogar dann und wann die Augen vor einem heimlichen Besuch verschließen. (Ihr würde nur schlecht werden; sie würde den Kopf abwenden und sich übergeben müssen.) Judy würde sich das nicht gefallen lassen. Sie würde balladenhafte Glut versprühen, Treueschwüre und Verwünschungen. Er würde solches Leiden, solche Vorwürfe nicht ertragen. Hatte Antoinette ihn heute also zu seinem eigenen Wohl ausgebootet? Sie würde es bestimmt so sehen – er vielleicht auch, nach einer gewissen Zeit. Vielleicht schon jetzt – jetzt, da die Ballade ihn gerührt hatte und sein Herz erleichtert war.

Jack hatte einmal etwas Ähnliches gesagt. Nicht über zwei Frauen, sondern darüber, wie er eine Frau – Hazel eben – glücklich machen wollte. Sie rief sich seine Worte ins Gedächtnis. *Ich könnte dich sehr glücklich machen.* Damit meinte er, dass er ihr einen Orgasmus verschaffen konnte. So etwas hatten Männer damals gesagt, wenn sie versuchten, eine Frau rumzukriegen, und sie meinten es genauso. Vielleicht sagten sie es immer noch. Wahrscheinlich waren sie heute nicht so indirekt. Und er hatte mit seinem Versprechen auch ganz recht gehabt. Aber damals hatte das noch niemand zu Hazel gesagt, und sie war bestürzt gewesen und hatte das Versprechen für bare Münze genommen. Es erschien ihr unbedacht und sehr umfassend; verwirrend schön, aber vermessen. Sie hatte damals versucht, sich selbst als jemanden zu sehen, den man *glücklich machen* könnte. Das ganze bange, ringende, komplizierte Wesen Hazel – war das etwas, das einfach aufgehoben und *glücklich gemacht* werden konnte?

Eines Tages, ungefähr zwanzig Jahre später, fuhr sie auf der Hauptstraße von Walley und sah Jack. Er blickte aus dem Schaufenster der Eisenwarenhandlung. Er guckte nicht in ihre Richtung, er sah ihren Wagen nicht. Das war während ihrer Collegejahre. Sie hatte Besorgungen zu erledigen, Kurse zu besuchen, Seminararbeiten, Praktika, Hausarbeiten. Ihr konnten Dinge nur auffallen, wenn sie gezwungen war, einen Augenblick lang innezuhalten, wie jetzt an der Ampel. Jack fiel ihr auf – wie schlank und jugendlich er wirkte, in Hose und Pullover – wie grau und unwirklich. Sie hatte ganz und gar keine Vorahnung, dass er dort im Laden sterben würde. (Er war tatsächlich dort gestorben; er war zusammengesackt, während er mit einem Kunden sprach – aber das war Jahre später.) Sie nahm nicht plötzlich wahr, was aus seinem Leben geworden war – zwei bis drei Abende in der Woche bei seinen Veteranen, die anderen Abende vom Essen bis zum Schlafengehen auf dem Sofa vor dem Fernseher liegend, trinkend. Drei, vier Drinks. Nie ordinär, nie laut, nie besinnungslos betrunken. Er spülte sein Glas im Spülstein aus, bevor er ins Bett ging. Ein Leben aus Pflichten, Routinen, Jahreszeiten, Floskeln. Was sie sah, war die Stille, die ihn umgab, einen Blick, den man als gespenstisch bezeichnen mochte. Sie sah, dass sein stattliches Aussehen – eine typische Zweite-Weltkriegs-Stattlichkeit, fand sie, mit einer gewissen Vorwitzigkeit und einer stolzen Passivität – noch fast unverändert war, doch kraftlos wirkte. Eine gespenstische Liebheit, das war es, was er ihr durch die Scheibe zeigte.

Sie könnte auf ihn zugehen, heute genauso wie damals. Voll schädlicher Hoffnungen und Leidenschaft und Anschuldigungen. Damals gab sie dem nicht nach – sie dachte an ein Examen oder ans Einkaufen. Und wenn sie es jetzt zuließe, wäre das, als wollte sie probieren, ob ein amputiertes Bein noch Schmerz empfand. Ein rascher Versuch, ein reißender Schmerz, der die ganze Form in der Luft entstehen ließe. Das würde reichen.

Sie war mittlerweile selbst ein wenig angetrunken und ihr kam der Gedanke, Dudley Brown zu sagen, dass er vielleicht doch beide Frauen glücklich machte. Was konnte sie damit meinen? Vielleicht, dass er ihnen etwas gab, auf das sie sich konzentrieren konnten. Eine harte Grenze, die man eines Tages möglicherweise durchbrechen konnte, ein Knoten in seinem Hirn, den man auflösen, eine Stille in ihm, aus der man ihn vielleicht aufrütteln, oder eine Leere, die er mit etwas Hilfe bedauern könnte – so etwas macht eine Frau hellwach, auch dann, wenn sie meint, sie hätte längst gelernt, auf so etwas nichts zu geben. Könnte man sagen, dass es sie glücklich macht?

Aber was macht einen Mann glücklich?

Es muss etwas ganz anderes sein.

Äpfel und Birnen

»Ich habe eine ganz Hübsche draußen aus Shawtown eingestellt«, sagte Murrays Vater. »Sie ist eine Delaney, aber bis jetzt scheint sie keine schlimmen Angewohnheiten zu haben. Ich hab sie in die Herrenabteilung gesteckt.«

Das war im Frühjahr 1955. Murray war gerade mit dem College fertig geworden. Er hatte gleich bei der Heimkehr erkannt, welches Schicksal ihn erwartete. Das konnte jeder sehen, es stand seinem Vater ins dunkle, eingefallene Gesicht geschrieben, wuchs fast täglich in dessen Bauch weiter – der harte Knoten, der ihm noch vor dem Winter den Tod bringen würde. In sechs Monaten würde Murray die Leitung übernommen haben und in seinem kleinen Glaskastenbüro sitzen, das wie ein Käfig hinten im Laden hing, über den Linoleumauslagen.

Zeigler's hieß damals noch Zeigler's Department Store. Es war ungefähr so alt wie die Stadt. Das jetzige Gebäude – drei Stockwerke hoch, rotes Mauerwerk, der Name in schrägen Lettern aus grauen Ziegelsteinen, die Murray immer als verwirrend schwungvoll und orientalisch empfunden hatte – war 1880 an der Stelle eines älteren Holzhauses errichtet worden. Sie handelten nicht mehr mit Lebensmitteln oder Eisenwaren, aber sie führten immer noch Herren-, Damen- und Kinderbekleidung, Kurzwaren, Schuhe und Stiefel, Stoffe, Haushaltswaren, Möbel.

Murray schlenderte vorbei, um sich die Hübsche anzusehen. Er fand sie eingepfercht hinter langen Reihen von zellophanverpackten Hemden. Barbara. Sie war groß und gut gebaut, wie sein Vater das mit gesenkter und bedauernder Stimme mitgeteilt hatte. Ihr dichtes schwarzes Haar war weder gelockt, noch lag es glatt – es sprang über der breiten weißen Stirn auf wie ein Kamm. Auch ihre Augenbrauen waren dicht und schwarz und glänzten. Murray entdeckte später, dass sie sie mit Vaseline einschmierte und sich die Härchen auszupfte, die über ihrer Nase zusammengewachsen wären.

Barbaras Mutter hatte dafür gesorgt, dass sie eine abgelegene Farm halten konnten. Als sie starb, zog die Familie nach Shawtown, einer verschrienen halbländlichen Siedlung am Stadtrand von Walley. Barbaras Vater machte Gelegenheitsarbeiten, und ihre beiden Brüder waren wegen Autodiebstählen und Einbrüchen mit dem Gesetz in Konflikt geraten. Einer verschwand später. Der andere heiratete eine Frau, die die Hosen anhatte, und führte ein geregelteres Leben. Dieser Bruder war es, der damals ständig ins Kaufhaus kam und dort unter dem Vorwand herumlungerte, Barbara besuchen zu wollen.

»Nehmt euch vor ihm in Acht«, warnte Barbara die anderen Verkäufer. »Er ist ein Trottel, aber er hat geschickte lange Finger.«

Als er das hörte, war Murray von ihrem Mangel an Familiengefühl beeindruckt. Er war ein Einzelkind, das zwar nicht verwöhnt war, es aber in vielem gut gehabt hatte, und er fühlte sich durch allerlei Verpflichtungen, Anstand und Liebe gebunden. Sobald er aus dem College zurück war, musste er allen, die im Geschäft arbeiteten und die er zum größten Teil von Kindheit auf kannte, guten Tag sagen. Er musste auf Walleys Straßen plaudern und lächeln wie ein leutseliger Kronprinz.

Barbaras Bruder wurde mit einem Paar Socken in der einen

und einem Päckchen Gardinenröllchen in der anderen Tasche erwischt.

»Was meinen Sie, wofür brauchte er die Gardinenröllchen?«, fragte Murray Barbara. Er war darauf bedacht, aus der Sache einen Witz zu machen, ihr deutlich zu zeigen, dass man ihr das Verhalten ihres Bruders nicht zur Last legte.

»Woher soll ich das wissen?«, sagte Barbara.

»Vielleicht sollte man ihn zur Beratung schicken«, sagte Murray. Er hatte ein paar Soziologiekurse belegt, weil er einmal gehofft hatte, Pfarrer der United Church zu werden.

Barbara sagte: »Vielleicht sollte man ihn aufhängen.«

Das war der Moment, in dem Murray sich in sie verliebte, wenn er sich denn nicht schon längst verliebt hatte. Sie ist ein rechtschaffenes Mädchen, dachte er. Eine unerschrockene, schwarz-weiße Lilie aus den irischen Sümpfen – Lorna Doone mit einer schärferen Zunge und einem stärkeren Rückgrat. Mutter wird sie nicht gefallen, dachte er. (Damit hatte er vollkommen recht.) Er fühlte sich glücklicher als jemals, seit er seinen Glauben verloren hatte. (Das war eine unglückliche Art es auszudrücken. Es war eher so gewesen, als hätte er ein abgeriegeltes Zimmer betreten oder eine Schublade aufgezogen und festgestellt, dass sein Glaube eingetrocknet dort lag, verfallen zu einem Häufchen Staub in einer Ecke.)

Er sagte immer, er sei sofort entschlossen gewesen, Barbara zu erobern, aber er bediente sich abgesehen von offen zur Schau getragener Verehrung keinerlei Taktik. Eine besondere Fähigkeit zur Verehrung war an ihm schon zu Schulzeiten aufgefallen, neben seiner Gutmütigkeit und einer Neigung, sich mit Außenseitern anzufreunden. Doch war er stabil genug – hatte genügend eigene Vorzüge –, um dadurch nicht ernstlich gefährdet zu sein. Kleinere blaue Flecken konnte er verwinden.

Barbara weigerte sich, sich von den Geschäftsleuten der Innenstadt zur Wahl der Königin der Nationaltagsparade aufstellen zu lassen und auf einem Festwagen mitzufahren.

»Ich gebe dir absolut recht«, sagte Murray. »Schönheitswettbewerbe sind erniedrigend.«

»Es ist wegen der Papierblumen«, sagte Barbara. »Ich muss davon niesen.«

Heute wohnen Murray und Barbara gut fünfundzwanzig Meilen nordwestlich von Walley in Zeiglers Ferienanlage. Hier draußen ist das Land unwegsam und hügelig. Die Bauern gaben es um die Jahrhundertwende auf und ließen es wieder verwildern. Murrays Vater hatte zweihundert Morgen davon gekauft und eine einfache Hütte draufgesetzt. Er nannte es sein Jagdrevier. Als Murray das Kaufhaus in Walley verlor und das große Haus und das kleine Haus und das Grundstück hinter dem Kaufhaus, zog er mit Barbara und den beiden kleinen Kindern hierher. Er fuhr einen Schulbus, um ein bisschen Geld zu verdienen, und arbeitete ansonsten unentwegt daran, acht neue Hütten zu errichten und die vorhandene als Verwaltungsgebäude und Bleibe für seine Familie auszubauen. Er lernte zimmern, mauern, verrichtete Klempner- und Elektroarbeiten. Er fällte Bäume und staute den Bach und baggerte das Bachbett aus und karrte mit einem Laster Sand an, um einen Badeteich und einen Strand anzulegen. Aus offensichtlichen Gründen (so sagt er) war Barbara für das Geld zuständig.

Murray sagt, seine Geschichte sei etwas ganz Übliches. Könnte man sie als klassisch bezeichnen? »Mein Urgroßvater hat das Geschäft gegründet. Mein Großvater hat es zu einem glänzenden Unternehmen ausgebaut. Mein Vater hat es erhalten. Und ich habe es verloren.«

Es macht ihm nichts aus, darüber zu reden. Nicht dass er Leute damit überfällt und ihnen sofort sein Herz ausschüttet.

Die Gäste sind es gewohnt, ihn immer bei der Arbeit zu sehen. Wie er den Steg repariert, das Ruderboot anstreicht, Lebensmittel anschleppt, Abflussrinnen gräbt. Bei allem wirkt er so kompetent und tatkräftig, seiner Arbeit so zugetan, dass sie meinen, er wäre ein Farmer, der sich darauf verlegt hat, eine Ferienanlage zu unterhalten. Er hat die entsprechende Geduld und unaufdringliche Freundlichkeit, den nicht athletischen, aber durchtrainierten Körper, das gebräunte Gesicht, die alternde Jungenhaftigkeit, die sie von einem Mann vom Land erwarten mögen. Aber wenn Gäste Jahr für Jahr wiederkommen, werden sie manchmal zu Freunden, die an ihrem letzten Abend zum Essen mit der Familie eingeladen werden. (Es gilt bei den Stammgästen als Leistung, sich mit der unnahbaren Barbara anzufreunden. Manche schaffen es nie.) Bei dem Anlass kann es dann sein, dass sie Murrays Geschichte zu hören bekommen.

»Mein Großvater stellte sich früher oben auf das Dach unseres Kaufhauses in Walley«, erzählt Murray. »Er stieg aufs Dach und warf Geld hinunter. Jeden Samstagnachmittag. Vierteldollar, Zehner und Fünfer – Fünfcentstücke sagte man damals wohl. Die Leute kamen scharenweise. Die Männer, die Walley aufgebaut haben, waren tolle Burschen. Sie waren nicht gebildet. Sie waren nicht fein. Sie dachten, sie gründeten hier eine Art Chicago.«

Doch dann passierte etwas anderes, sagt er. Es kamen die Frauen, die Pfarrer und die Oberschule. Die Saloons verschwanden, und Gartenpartys wurden modern. Murrays Vater war Kirchenältester in St. Andrew; er stritt für die Konservative Partei.

»Komisch, wir sagten früher ›streiten‹ statt ›kandidieren‹. Damals war das Kaufhaus längst eine Institution. Jahrzehntelang veränderte es sich überhaupt nicht. Die alten Vitrinen mit den gewölbten Glasdeckeln und das Kleingeld, das sich klingelnd oben in den Metallzylindern sortierte. Die ganze Stadt war so, bis in die fünfziger Jahre hinein. Die Ulmen waren noch nicht gestorben. Sie wurden gerade krank. Im Sommer sah man überall um den Marktplatz herum die alten Stoffplanen.«

Als Murray den Entschluss fasste zu modernisieren, ging er aufs Ganze. Das war 1965. Er ließ das Gebäude komplett weiß verputzen, die Fenster einfassen. Zur Straße hin blieben nur kleine, exklusive Fenster auf Augenhöhe, als wären sie gedacht, die Kronjuwelen auszustellen. Der Name Zeigler's – nichts weiter – hing wie mit schwungvoller Handschrift geschrieben als pinkfarbene Neonröhre an der weißen Wand. Er warf die halbhohen Tresen hinaus und verlegte Teppich auf den blanken Dielen und installierte indirekte Beleuchtung und jede Menge Spiegel. Ein riesengroßes Oberlicht über der Treppe. (Es leckte, musste repariert werden und wurde schon vor dem zweiten Winter wieder ausgebaut.) Echte Bäume in den Verkaufsräumen und kleine Wasserbecken und eine Art Springbrunnen in der Damentoilette.

Irrsinn.

Unterdessen hatte südlich der Stadt das Einkaufszentrum aufgemacht. Hätte Murray dahin umziehen sollen? Er war zu hoch verschuldet, um daran zu denken. Außerdem hatte er angefangen, sich für die Belebung der Innenstadt starkzumachen. Er hatte nicht nur das Image von Zeigler's verändert, er hatte auch sich selbst verändert und war zu einem umtriebigen Großmaul in der Stadtpolitik geworden. Er saß in Ausschüssen. Er war im Bauausschuss. Dort stellte er fest, dass ein Mann aus Logan, ein Immobilienmakler, Staatsgelder für die Restaurierung von Altbauten kassierte, während er in Wirklichkeit die alten Gebäude abriss und nur einen verschwindenden Rest der Fundamente erhielt, die er in seine neuen, hässlichen, schlecht gebauten, gewinnträchtigen Wohnblocks integrierte.

»Jawohl – Korruption«, sagt Murray, wenn er daran zurückdenkt. »Das musste man an die große Glocke hängen! Ich schimpfte bei der Zeitung. Ich schimpfte praktisch an allen Straßenecken. Was dachte ich mir dabei? Dachte ich, dass die Leute wirklich nichts davon wussten? Es muss ein Todeswunsch gewesen sein. Es war ein Todeswunsch. Ich wurde zu einem solchen Wüterich, dass sich die Leute über mich lustig machten und man mich aus dem Ausschuss rausschmiss. Ich hatte meine Glaubwürdigkeit verloren. So hieß es. Ich hatte außerdem das Kaufhaus verloren. An die Bank. Dazu das große Haus, das mein Großvater gebaut hatte, und das kleine Haus auf dem Grundstück, in dem ich mit Barbara und den Kindern wohnte. Die Häuser waren eigentlich vor der Bank sicher, aber ich verkaufte sie, um einen Strich unter die Sache zu ziehen – ich wollte es so. Zum Glück starb meine Mutter, bevor alles zusammenbrach.«

Bisweilen entschuldigt sich Barbara, wenn Murray erzählt, und geht hinaus. Es könnte sein, dass sie mehr Kaffee kochen will und gleich wiederkommt. Oder sie schnappt sich Sadie, den Hund, und geht mit ihr am Teich spazieren, unten zwischen den bleichen Birkenstämmen und den Pappeln und den Hemlocks mit den hängenden Zweigen. Murray erklärt gar nicht erst, was sie wohl tut, aber er horcht, ohne es sich anmerken zu lassen, auf ihre Rückkehr. Alle, die ihre Freunde werden, müssen zu verstehen lernen, wie Barbara Anwesenheit und Abwesenheit für sich ausbalanciert, genauso wie sie zu verstehen lernen müssen, dass Barbara nichts *machen* will. Natürlich *macht* sie genug. Sie kocht, sie verwaltet die Ferienanlage. Aber wenn die Leute mitbekommen, wie viel sie gelesen hat, aber dass sie nie auf dem College war, dann schlagen sie manchmal vor, dass sie es nachholen soll, dass sie doch noch studieren soll.

»Wozu?«, fragt Barbara.

Und es stellt sich heraus, dass sie gar keine Lehrerin sein möchte, keine Wissenschaftlerin, keine Bibliothekarin und keine Lektorin, dass sie weder Fernsehdokumentationen machen noch Bücher rezensieren noch Artikel schreiben möchte. Die Liste der Dinge, die Barbara nicht machen möchte, ist ellenlang. Anscheinend möchte sie genau das tun, was sie macht – lesen, spazieren gehen, mit Genuss essen und trinken, ein wenig Besuch ertragen. Und nur wer das an ihr zu schätzen weiß – ihre Phasen des Rückzugs, ihre unglaubliche Trägheit (sie wirkt sogar dann noch träge, wenn sie ein ausgezeichnetes Mahl für dreißig Personen kocht) –, kann in den Kreis derer aufgenommen werden, die sie um sich duldet.

Als Murray damit beschäftigt war, zu modernisieren und Kredite aufzunehmen und Stadtpolitik zu machen, hat Barbara gelesen. Sie hatte schon immer gelesen, aber nun erlaubte sie sich, immer mehr Zeit damit zuzubringen. Die Kinder gingen jetzt in die Schule. An manchen Tagen verließ Barbara überhaupt nicht das Haus. An ihrem Sessel stand immer eine Kaffeetasse neben einem Stapel dicker, verstaubter Bücher aus der Leihbücherei, *Auf der Suche nach der verlorenen Zeit*, *Joseph und seine Brüder*, Bücher von unbedeutenderen Russen, von denen Murray nie etwas gehört hatte. Barbara hat eine richtige Lesewut, sagte seine Mutter – macht es ihr gar nichts aus, all diese ausgeliehenen Bücher ins Haus zu holen? Man weiß doch nie, wer sie schon in den Fingern gehabt hat.

Mit der Lektüre so dicker Bücher nahm auch Barbara selbst zu. Sie wurde nicht richtig dick, aber sie legte zwanzig bis fünfundzwanzig Pfund zu, gut verteilt über ihre hohe, ohnehin nicht besonders zierliche Gestalt. Auch ihr Gesicht veränderte sich – die entschlossenen Züge wurden fülliger, und das machte sie sanfter und auf gewisse Weise jünger. Ihre Wangen rundeten sich, und ihr Mund wirkte geheimnisvoller. Zuweilen hatte sie – hat sie bis heute – den Gesichtsausdruck eines in sich gekehrten, ziemlich eigensinnigen kleinen Mädchens. Mittlerweile liest sie magere Bändchen von Tschechen oder Japanern oder Rumänen, aber sie selbst ist rundlich geblieben. Auch ihr Haar ist immer noch lang und schwarz, nur ums Gesicht ist es weiß geworden, als hätte sich ein Stück Schleier darüber gelegt.

Murray und Barbara fahren aus den Hügeln, von gewundenen, bergauf, bergab führenden Straßen in das ebene, kurvenlose Raster der Feldlandschaft. Sie sind aus einem besonderen Grund auf dem Weg nach Walley. Vor zwei Wochen hat Barbara einen Knoten in einer ihrer Pobacken entdeckt. Sie war dabei, sich nach dem Schwimmen im Teich abzutrocknen – es war das letzte Bad, die letzte Schönwetterphase des Jahres. Der Knoten war ungefähr so groß wie eine Murmel. »Wenn ich nicht so dick wäre, hätte ich ihn wahrscheinlich längst bemerkt«, sagte sie ohne besonderes Bedauern, ohne Bangen. Sie und Murray behandelten den Knoten wie einen faulen Zahn – wie etwas Unerfreuliches, um das man sich kümmern musste. Sie ließ ihn im Krankenhaus in Walley herausoperieren. Anschließend gab es eine Biopsie.

»Kann man Gesäßkrebs bekommen?«, fragte sie den Arzt. »Wie würdelos.«

Der Arzt sagte, der Knoten könnte gewandert sein – bösartige Zellen, die von irgendwo im Körper stammten. Eine versiegelte Botschaft. Und sie könnten ein Rätsel bleiben – böse Zellen unerfindlichen Ursprungs. Wenn sie sich denn überhaupt als bösartig erwiesen. »Die Zukunft bleibt unklar, bis wir Bescheid wissen«, sagte der Arzt.

Gestern hatte die Sprechstundenhilfe des Arztes angerufen und gemeldet, dass die Ergebnisse gekommen seien. Sie hatte mit Barbara für den folgenden Nachmittag einen Termin mit dem Arzt in seiner Praxis in Walley gemacht.

»Ist das alles?«, fragte Murray.

»Was alles?«

»Ist das alles, was sie gesagt hat?«

»Sie ist bloß die Sprechstundenhilfe. Das ist alles, was sie sagen soll.«

Sie fahren zwischen Maiswänden dahin. Die Stängel sind zwei bis drei Meter hoch. Es kann sich nur noch um Tage handeln, bis die Farmer mit der Ernte beginnen. Die Sonne steht so tief, dass sie schon nachmittags durch die Maisstängel scheint und sie kupfergolden einfärbt. Sie fahren durch Sonnenstrahlen in Reih und Glied, Meile für Meile.

Gestern Abend sind sie lange aufgeblieben; sie haben sich einen ururalten Film angesehen, *Kampf in den Bergen*. Murray hatte ihn als Kind gesehen, im Roxy Kino in Walley. Das Einzige, woran er sich noch erinnert hatte, war die Szene, in der Buddy umgebracht wird und Henry Fonda den Kiefernholzsarg abschleift.

In Gedanken daran fängt er an zu singen. »›Oh, they cut down the old pine tree, and they hauled it away to the mill.‹ Ich hab immer gedacht«, sagt er, sein Singen unterbrechend, »dass das Lied aus dem Film stammt.«

Barbara singt weiter. »›To make a coffin of pine, for that sweetheart of mine.‹« Dann sagt sie: »Hab dich nicht so.«

»Wieso denn«, sagt Murray. »Ich hatte vergessen, wie es weitergeht.«

»Komm nicht mit ins Wartezimmer. Das ist furchtbar. Geh an den Strand und warte da auf mich. Ich komme an der Sonnenuntergangstreppe runter.«

Sie müssen an der Farm vorbei, wo Beatrice Sawicky früher Pferde hielt. Irgendwann hatte sie auch eine Reitschule. Die hatte sich nicht sehr lange gehalten. Danach nahm sie Pferde in Pflege, und davon konnte sie anscheinend leben, denn das behielt sie bei. Bis sie vor vier, fünf Jahren alles verkaufte und vermutlich wegzog. Sie wussten nicht, wohin sie gegangen war, sie hatten sie ein paar Mal in der Stadt gesehen, aber nie mit ihr gesprochen. Früher, wenn sie vorbeifuhren und die Pferde auf den Weiden sahen, hatte immer einer von ihnen gesagt: »Was wohl aus Victor geworden ist.« Nicht jedes Mal, wenn sie vorbeifuhren, aber ungefähr einmal im Jahr sagte einer von ihnen das, und der andere antwortete: »Weiß der Himmel« oder so ähnlich. Aber seitdem Beatrice und die Pferde nicht mehr da sind, sagen sie es nicht mehr.

Als Victor Sawicky zum ersten Mal in das Kaufhaus kam, trieb er – so sagte Murray zu Barbara – die Verkäuferinnen auseinander wie eine Katze einen Taubenschwarm. Tatsächlich sahen viele der Verkäuferinnen, die Murray mit dem Kaufhaus geerbt hatte, wie Tauben aus – es waren grauhaarige unverheiratete Frauen, die trotz ihres Altjungferndaseins füllig und vollbusig geworden waren. Es war leicht vorstellbar, wie ihnen bei Victors Anblick klammer Angstschweiß zwischen den Brüsten ausbrach. Eine der Frauen trippelte die Rampe zu Murrays kleinem Büro hinauf, um ihm mitzuteilen, dass da ein Ausländer sei und dass sie alle nicht daraus schlau würden, was er wollte.

Er wollte Arbeitskleidung kaufen. Es war gar nicht so schwer, ihn zu verstehen. (Schließlich hatte er einige Jahre in England gelebt.) Es war nicht Victors polnischer Akzent, der die Verkäuferinnen bei Zeigler's in Schrecken versetzt hatte, es war sein Aussehen. Murray steckte Victor sofort in dieselbe Kategorie Mensch wie Barbara, wobei Victor für ihn noch bei weitem aufregender und beunruhigender war. Barbara hatte er ansehen und denken können: So ein Mädchen findet man selten. Aber sie war ein Mädchen, und er wollte mit ihr schlafen. (Inzwischen war er sieben Jahre mit ihr verheiratet.) Victor zog seine Aufmerksamkeit auf sich wie vielleicht sonst ein geschmeidiges, edles Tier – sagen wir ein goldener Palominohengst, rassig, aber nervös, den das Aufsehen, das er erregt, eher scheu macht. Man würde versuchen, ihm tröstend, aber respektvoll zuzureden und seinen glänzenden Hals zu streicheln, wenn er das zuließe.

Murray sagte: »Arbeitskleidung.«

Victor war groß und schmal und sah aus wie frisch poliert. Im Café des British Exchange Hotel, wo er und Murray sich bald regelmäßig trafen, fragte ihn eines Tages eine Kellnerin: »Könnten Sie mir vielleicht helfen? Weil wir so eine Art Wette abgeschlossen haben. Wie groß sind Sie?«

»Ich bin eins achtundneunzig«, sagte Victor.

»Mehr nicht? Einige von uns waren schon bei zwei zehn.« Seine Haut war etwas dunkler, das Haar aschblond, die Augen strahlend hellblau. Er hatte leicht vorstehende Augen, über denen sich die Lider sich nie ganz hoben. Er hatte große Zähne, wie seine Finger vom Nikotin gelb gefärbt. Er war Kettenraucher. Er rauchte sogar, während er verwundert bei Zeigler's die Arbeitshosen durchschaute. Sie hatten alle zu kurze Beine.

Er erzählte, dass er und seine Frau, eine Engländerin, eine Farm gleich außerhalb der Stadt gekauft hatten. Murray wollte sich mit ihm unterhalten, ohne dass die Verkäuferinnen staunend danebenstanden, deshalb ging er mit ihm ins British Exchange in derselben Straße, zum ersten Mal. Er kannte die Farm, von der Victor sprach, und er hielt nicht viel von ihr. Aber Victor sagte, sie hätten nicht vor, das Land zu bewirtschaften. Sie wollten Pferde halten und eine Reitschule eröffnen. Victor fragte Murray, ob er meine, dass sie damit Erfolg haben könnten. Gab es in der Gegend genügend kleine reiche Mädchen? »Ich glaube, wenn man eine Reitschule unterhalten will, braucht man die kleinen reichen Mädchen. Das sind diejenigen, die reiten kommen.«

»Sie könnten Anzeigen in die großen Zeitungen setzen, damit sie in den Sommerferien kommen«, sagte Murray.

»Natürlich. Ins Feriencamp. Ins Reitlager. Hier und in den USA fährt im Sommer doch alle Welt ins Camp, nicht?«

Victor schien von der Idee begeistert zu sein. Ihm erschien alles absurd, alles akzeptabel. Die Winter – stimmt es, dass von Oktober bis Mai Frost herrscht? Reicht der Schnee wirklich bis an die Fensterbänke? Kann man das Brunnenwasser trinken, ohne es abzukochen, oder könnte man sich davon Typhus holen? Welche Baumarten geben als Brennholz die beste Wärme?

Murray wusste später nicht mehr, welche Fragen er am ersten Tag gestellt hatte und ob es jemals eine Grenze zwischen den praktischen und den allgemeineren oder persönlicheren Fragen gegeben hatte. Er glaubte, nicht – sie kamen alle gemischt. Wenn Victor etwas wissen wollte, fragte er. Wann wurden die Häuser da gebaut? Welcher Religion gehören die meisten Leute an, und warum nehmen sie sie so ernst? Wer ist der wichtig aussehende Mann dort, wer die traurig aussehende Frau? Was arbeiten die Leute? Gibt es Agitatoren, Freidenker, schwerreiche Leute, Kommunisten? Was für Verbrechen werden verübt, wann ist der letzte Mord passiert, ist Ehebruch in einem gewissen Maße üblich? Spielte Murray Golf, hatte er ein Boot, redeten seine Arbeitskräfte ihn mit »Sir« an? (Selten und nein und nein.) Victors blaue Augen blitzten munter weiter, ganz gleich bei welcher Frage, welcher Antwort. Er streckte seine langen Beine aus ihrer Nische im Café und verschränkte die Arme hinter dem Kopf. Er schwelgte, saugte alles in sich auf. Schon bald erzählte Murray ihm davon, wie sein Großvater die Münzen auf die Straße hinuntergeworfen hatte, und von den dunklen Anzügen und Westen mit Seidenrücken, die sein Vater getragen hatte, und von seiner eigenen Absicht, Pfarrer zu werden.

»Aber daraus wurde nichts?«

»Ich habe meinen Glauben verloren.« Murray hatte immer das Gefühl, grinsen zu müssen, wenn er das sagte. »Das heißt –«

»Ich weiß, was das heißt.«

Wenn er Murray im Geschäft aufsuchte, fragte Victor die Verkäuferinnen nicht, ob er ihn mal sprechen könnte, sondern spazierte geradewegs über die Rampe in sein Büro hinauf, in den kleinen Käfig. Er war von einem schmiedeeisernen Gitterwerk umgeben, das nicht ganz so hoch war wie Murray lang – etwa einsachtzig. Victor versuchte immer, sich unauffällig heranzupirschen, aber natürlich hatte seine Anwesenheit jedes Mal bereits Wellen von Unruhe, Aufmerksamkeit, Bestürzung und Aufregung ausgelöst. Murray, der für gewöhnlich mitbekam, dass er da war, tat so, als merkte er nichts. Dann legte Victor, um ihn zu überraschen, seinen schimmernden Kopf oben auf das Gitter, sodass sein Hals zwischen zwei der dekorativen Spitzen klemmte. Er grinste über den idiotischen Effekt.

Murray fühlte sich unsäglich geschmeichelt.

Victor hatte, natürlich, seine eigene Geschichte. Er war zehn Jahre älter als Murray; er war bei Kriegsausbruch neunzehn gewesen. Da hatte er in Warschau studiert. Er hatte schon Flugstunden genommen, aber besaß noch keinen Pilotenschein. Trotzdem begab er sich am Morgen des deutschen Überfalls auf Polen mit ein paar Freunden sozusagen zum Spaß auf den Flugplatz, wo die Maschinen der polnischen Luftwaffe standen – und dann starteten sie sozusagen zum Spaß ein paar Flugzeuge und flogen nach Schweden. Anschließend schlug er sich nach England durch und meldete sich zur Polnischen Luftwaffe, die der Royal Air Force unterstellt war. Er flog viele Einsätze und wurde über Frankreich abgeschossen. Er sprang ab, versteckte sich im Wald, ernährte sich von rohen Kartoffeln aus den Feldern; die französische Résistance nahm sich seiner an, und er schaffte es an die spanische Grenze. Dann schlug er sich wieder nach England durch. Und stellte dort zu seiner Enttäuschung fest, dass man ihm keine Flugerlaubnis mehr erteilen wollte. Er wusste zu viel. Für den Fall, dass er noch einmal abgeschossen und gefangen genommen und verhört würde, wusste er zu viel. Er war so enttäuscht, so rastlos, ging allen so auf die Nerven, dass man ihm einen neuen Auftrag gab – man schickte ihn in die Türkei, auf eine mehr oder weniger geheime Mission, wo er sich einem Netz zur Unterstützung von Polen und anderen anschließen sollte, die über die Balkanländer flohen.

Das alles hatte er gemacht, während Murray und seine Freunde Modellflugzeuge bastelten und im Fahrradschuppen der Schule eine Art Cockpit bauten, in dem sie spielen konnten, dass sie Bomben über Deutschland abwarfen.

»Glaubst du das ganze Zeug eigentlich?«, fragte Barbara.

»Es sind wirklich polnische Flugzeuge nach Schweden geflogen worden, bevor sie den Deutschen in die Hände fallen konnten«, beharrte Murray. »Und es sind Leute über Frankreich abgeschossen worden und davongekommen.«

»Meinst du, einer, der so auffällt wie Victor, könnte fliehen? Meinst du, einen, der so auffällt, würde man jemals in geheimer Mission losschicken? Da muss man eher wie Alec Guinness aussehen, um sich als Geheimnisträger zu eignen.«

»Vielleicht fällt er so auf, dass er schon wieder harmlos aussieht«, sagte Murray. »Vielleicht sieht er aus wie der Letzte, den man mit einem geheimen Auftrag losschicken würde, und gerade deshalb käme niemand drauf, ihn zu verdächtigen.«

Vielleicht zum ersten Mal empfand er Barbaras Zynismus als ärgerlichen Automatismus. Er wirkte wie eine Marotte von ihr, ein Tick.

Sie führten dieses Gespräch, nachdem Beatrice und Victor zum Essen bei ihnen gewesen waren. Murray war viel daran gelegen, dass Victor und Barbara sich kennenlernten. Er wollte sie einander vorstellen, beinahe vorführen. Doch als die Gelegenheit kam, waren sie nicht in Hochform. Beide wirkten arrogant, lau, nervös, ironisch.

Der Tag der Dinnerparty, Ende Mai, war für die Jahreszeit zu kalt und regnerisch gewesen. Die Kinder – Felicity war damals fünf und Adam drei – hatten den ganzen Tag drinnen gespielt, wo sie Barbara im Weg waren, sie hatten im Wohnzimmer, das sie gerade aufgeräumt hatte, wieder Unordnung gemacht, und als es Zeit war, ins Bett zu gehen, waren sie nicht müde genug, um zur Ruhe zu kommen. Der lange, helle Abend tat das Seine. Immer wieder riefen sie nach einem Schluck Wasser, klagten über Bauchschmerzen, beschwerten sich über einen Hund, der Felicity vor einer Woche beinahe gebissen hatte. Schließlich kam Adam, nur mit dem Pyjama-Oberteil bekleidet, ins Wohnzimmer gerannt und schrie: »Ich will ein Kek, ich will ein Kek!« »Kek« war Babysprache für »Keks«, und normalerweise sagte er das gar nicht mehr. Es erschien mehr als wahrscheinlich, dass er von Felicity zu diesem Auftritt angestiftet worden war und dass sie ihn mit ihm eingeübt hatte. Murray griff ihn sich rasch und gab ihm einen Klaps auf den einladend nackten Po. Dann gab er Felicity zur Sicherheit ebenfalls einen Klaps und kehrte händereibend den kernigen Zuchtmeister gebend – eine Rolle, die er verabscheute – ins Wohnzimmer zurück. Die Kinderzimmertür blieb geschlossen, konnte aber das langanhaltende rachedürstende Heulen nicht ausschalten.

Bei diesem Besuch war von Anfang an alles schiefgegangen. Murray hatte die Tür aufgemacht und sie mit großer Geste begrüßt: »Die Kastanie wirft ihre Kerzen ab, und vom Weißdorn fließen die Blüten auf dem Wind dahin!« – Er wollte auf das Wetter anspielen, und dachte, Beatrice würde sich über ein englisches Gedicht freuen. Victor fragte mit zerstreutem Lächeln: »Was? Was sagen Sie da?« Und Beatrice sagte: »Das ist ein Gedicht«, geradeso als hätte jemand gefragt »Was läuft denn da über die Straße?« und sie hätte erwidert: »Das ist ein Murmeltier.«

Victors Fröhlichkeit blieb gedämpft. Sein breites Grinsen, die strahlenden Augen, sein Lachen wirkten verfehlt und gezwungen, kraftlos. Selbst seine Haut welkte stumpf und fahl wie Fensterkitt. Er glich dem Standbild eines Prinzen aus einer Geschichte, an die Murray sich erinnerte, einer Kindergeschichte. Der Prinz lässt sich seine Edelstein-Augen auspicken, damit sie verkauft werden können, um den Armen zu helfen, und gibt schließlich seine ganze Blattgold-Haut für denselben Zweck. Eine kleine Schwalbe hilft ihm, als er blind ist, und bleibt seine einzige Freundin.

Das ganze Haus roch nach Essen. Barbara hatte Schweinebraten gemacht. Sie hatte die Kartoffeln nach einem neuen Rezept in Scheiben geschnitten und in einer mit Butter gefetteten Form im Ofen gegart. Murray schmeckten sie fettig, und nicht ganz durch. Das übrige Gemüse war zerkocht, weil sie in der Küche so oft von den Kindern gestört und abgelenkt worden war. Der Pecannuss-Pie war als Dessert nach diesem Essen zu schwer, und die Kruste war zu dunkel. Beatrice probierte ihn nicht einmal. Beatrice aß die Kartoffeln auf ihrem Teller nicht auf. Sie lachte nicht, als Adam seinen katastrophalen Abgang machte. Wahrscheinlich meinte sie, dass man Kinder genauso streng erziehen und an die Kandare nehmen müsse wie Pferde.

Murray überlegte, dass er noch keine Frau kennengelernt hatte, die Pferdenärrin war und die er mochte. Es waren oft engstirnige, selbstgerechte, humorlose Frauen, die gewöhnlich nicht gut aussahen. Beatrice hatte rosige, beinahe spröde wirkende Haut. Ihr Haar war stumpf und angegraut und der Schnitt ohne jeden Schick. Sie trug keinen Lippenstift – eine Eigenheit, die bei einer Frau damals entweder bedeutete, dass sie besonders religiös war oder dass sie unbekümmert ihre Verachtung für die Norm zeigte. Ihr lose gegürtetes champignonfarbenes Kleid zeigte, dass sie sich von dieser Dinnerparty nicht das Geringste versprach und deswegen keinerlei Zugeständnisse gemacht hatte.

Barbara hingegen trug einen Rock aus glänzender Baumwolle, der in Rot-, Orange- und Kupfertönen schillerte, einen enganliegenden schwarzen Gürtel, eine tiefausgeschnittene schwarze Bluse und große, billige Ringe an den Ohren. Eines der Dinge an Barbara, die Murray nicht verstand und auf die er nicht stolz war – im Gegensatz zu den Dingen, die er nicht verstand, auf die er jedoch stolz war –, war diese Vorliebe für ordinäre und aufreizende Kleidung. Tiefe Ausschnitte, breite enggeschnürte Ledergürtel, enganliegende Torero-Hosen. Sie flanierte durch die Straßen von Walley und zeigte ihre Figur, die üppig war, ganz im Stil der Zeit – beziehungsweise einem der Stile, nicht jenem von Audrey Hepburn, sondern von Tina Louise –, und Murray war das auf vielerlei Weise unaussprechlich peinlich. Für sein Gefühl machte sie damit etwas, das gar nicht zu ihrem Ernst und ihrer Unnahbarkeit, ihrem scharfen Ton passte. Sie verhielt sich so, wie seine Mutter es vorhergesehen hatte. (»Ich bin sicher, sie ist ein ganz reizendes Mädchen, aber ich bin mir nicht sicher, ob sie eine gute Erziehung genossen hat«, hatte seine Mutter gesagt, und selbst Murray begriff, dass sie damit weder die Bücher meinte, die Barbara gelesen haben mochte, noch ihre Schulnoten.) Noch mehr allerdings bekümmerte es ihn, dass sie sich auf eine Weise verhielt, die ihrer sexuellen Natur widersprach, oder jedenfalls dem, was Murray davon wusste – und er musste davon ausgehen, dass er alles wusste. Sie war nicht gerade leidenschaftlich. Manchmal hatte er den Eindruck, dass sie sich leidenschaftlicher gab als sie war. Das war das, woran ihre Art sich zu kleiden erinnerte, und weshalb es ihm unmöglich war, sie darauf anzusprechen. Ihre Kleidung hatte etwas Unsicheres, etwas Riskantes, Übertriebenes. Er war bereit einzusehen, dass an Barbara alles Mögliche schwierig war – ihre Hartherzigkeit vielleicht oder ihre Unnachgiebigkeit –, nicht aber, dass sie ein wenig dumm oder traurig wirken könnte.

Mitten auf dem Tisch stand ein Fliederstrauß. Er stand den Schüsseln im Weg, und die welken Blüten fielen auf das Tischtuch. Der Anblick ärgerte Murray mehr und mehr, und schließlich sagte er: »Barbara, müssen die Blumen wirklich auf dem Tisch stehen?« (Mit der Stimme eines guten Gatten, der die Nase voll hat.) »Wir können uns ja nicht mal sehen, wenn wir uns unterhalten wollen.«

Im Augenblick unterhielt sich niemand.

Barbara beugte sich vor, schamlos ihr Dekolleté zeigend. Sie nahm den Strauß wortlos hoch, und es regnete Fliederblüten auf Tischtuch und Fleischplatte. Einer ihrer Ohrringe löste sich und landete im Apfelmus.

An diesem Punkt hätten sie lachen sollen. Aber dazu war keiner in der Lage. Barbara warf Murray einen vernichtenden Blick zu. Er fand, dass sie jetzt wohl lieber aufstehen sollten, dass sie sich lieber vom Tisch erheben und das unerwünschte Essen und die schwerfälligen Gespräche hinter sich lassen sollten. Seinethalben konnten sie alle getrennte Wege gehen.

Victor fischte den Ohrring mit einem Löffel aus dem Apfelmus. Er wischte ihn mit seiner Serviette sauber und legte ihn mit einer leichten Verbeugung neben Barbaras Teller. Er sagte: »Ich überlege schon die ganze Zeit, an welche Heldin aus einem Roman Sie mich erinnern.«

Barbara klipste sich den Ohrring wieder ans Ohr. Beatrice betrachtete durch den Kopf ihres Mannes hindurch oder unmittelbar neben ihm die geschmackvolle, aber preiswerte Tapete – cremefarbene Medaillons auf Elfenbeingrund –, die Murrays Mutter für das Gärtnerhaus ausgesucht hatte.

»Es ist Katarina Iwanowna Werchowtsew«, sagte Victor. »Sie ist die Verlobte –«

»Ich kenne sie«, sagte Barbara. »Ich finde sie zum –.«

An ihrem Zögern erkannte Murray, dass sie drauf und dran gewesen war, »zum Kotzen« zu sagen.

»Beatrice ist schuld«, sagte Murray zu Barbara, als er ihr beim Spülen half. Er hatte sich wegen des Flieders entschuldigt. Beatrice habe ihn genervt, sagte er, ja sie hätte ihnen allen den ganzen Abend verdorben. »Mit ihr zusammen ist Victor nicht wie sonst«, sagte er. »Er hat sein Licht unter den Scheffel gestellt.« Er malte sich aus, wie Beatrice sich über Victor senkte, um ihn auszulöschen. Ihre spitzen Knochen. Ihre feuchten Röcke.

»Ich mag beide nicht«, sagte Barbara, und darauf folgte dann ihr Austausch über auffällige Gestalten und geheime Missionen. Aber am Ende tranken sie gemeinsam den Wein aus und lachten über die Schau, die Adam und Felicity abgezogen hatten.

Victor begann abends vorbeizukommen. Anscheinend hatte die Dinnerparty für ihn weder einen Bruch noch ein Problem in der Freundschaft bedeutet. Im Gegenteil, er schien durch sie ungezwungener geworden zu sein. Er konnte auf einmal von seiner Ehe erzählen – ohne Klagen oder Erklärungen, nur mit Bemerkungen wie »Beatrice will …« oder »Beatrice glaubt …« – und sicher sein, dass sich eine Menge von selbst verstand.

Und nach einer Weile sagte er mehr.

»Beatrice wird ungeduldig, weil ich die Scheune für die

Pferde noch nicht fertig habe, aber ich muss erst mal die Entwässerungsprobleme lösen, und die Fliesen sind noch nicht da. Deshalb ist die Stimmung auf der Farm nicht gerade bestens. Aber der Sommer wunderschön. Ich bin glücklich hier.«

Schließlich sagte er: »Beatrice hat das Geld. Weißt du? Deshalb muss sie die Pfeife tanzen lassen. Nein – das ist so nicht richtig, oder?«

Es war, wie Murray vermutet hatte.

»Er hat sie wegen des Geldes geheiratet, und jetzt muss er dafür arbeiten«, sagte Barbara. »Aber er kriegt frei, um Besuche zu machen.«

»Er kann nicht den ganzen Tag und den ganzen Abend arbeiten«, sagte Murray. »Tagsüber kommt er nie mehr auf einen Kaffee vorbei.«

In diesem Stil redeten sie von da an häufig über Victor – Barbara machte abfällige Bemerkungen, Murray nahm ihn in Schutz. Es wurde zu einem Spiel. Murray war erleichtert, dass Barbara Victor nicht das Gefühl gab, unwillkommen zu sein; sie wirkte nicht unangenehm berührt, wenn er abends aufkreuzte.

Meistens kam er ungefähr um die Zeit, wenn Murray den Rasenmäher wegstellte oder Kinderspielzeug einsammelte oder das Planschbecken ablaufen ließ oder den Sprinkler auf dem Rasen seiner Mutter ein Stück weitersetzte. (Seine Mutter verbrachte wie üblich einen Teil des Sommers weit weg, im Okanagan-Tal.) Victor versuchte sich nützlich zu machen, und ging wie ein sanfter, in sich gekehrter Roboter an die Arbeit. Hinterher stellten sich die Männer die beiden hölzernen Liegestühle mitten auf den Rasen und setzten sich. Sie konnten Barbara in der Küche werkeln hören, ohne Licht zu machen, weil es ihr, wie sie sagte, sonst zu heiß wurde. Wenn sie fertig war, duschte sie und kam dann in den Garten hinaus, barfuß, mit nackten Beinen, die langen Haare nass, nach Zitronenseife duftend. Murray ging hinein und machte drei Drinks, mit Gin und Tonic und Eis und Limonen. Meistens vergaß er, dass Barbara die Limonen nicht im Kühlschrank aufbewahrte, und musste nach draußen rufen, wo sie denn wären oder ob sie vergessen hätte, welche zu kaufen. Victor räumte seinen Liegestuhl und legte sich ins Gras, die Zigarette ein heller Punkt im Halbdunkel. Sie guckten in den Himmel und versuchten, einen Satelliten zu entdecken – noch immer eine bestaunenswerte Seltenheit. Sie konnten Sprinkler hören und gelegentlich entfernte Schreie, Polizeisirenen, Lachen. Das waren die Fernsehgeräusche, die aus den offenen Fenstern und Fliegentüren entlang der Straße drangen. Manchmal hörte man das Klatschen einer zufallenden Fliegentür, wenn Leute einen Augenblick vom Fernseher weggingen, und laute, aber fragende Stimmen, die in andere Gärten hinüberriefen, in denen Leute saßen und wie sie tranken oder in den Himmel guckten. Das Leben anderer Leute umgab sie hörbar, aber man blieb für sich, schwebte losgelöst von den anderen unter dem Dach der Buchen- und Ahornäste vor den Häusern und auf den freien Flächen dahinter, ähnlich wie Leute im selben Zimmer, im Gespräch, kurz vor dem Einschlafen in eigene Welten entschweben. Der Klang von Eiswürfeln, die ungesehen klimperten, war meditativ und tröstlich.

Ab und zu spielten sie zu dritt ein Spiel, das Barbara erfunden oder von irgendwoher übernommen hatte. Es hieß Äpfel und Birnen, und sie setzte es auf langen Autofahrten ein, um die Kinder zu beschäftigen. In dem Spiel musste man immer zwischen zwei Dingen wählen, und es begann mit ganz einfachen Alternativen und steigerte sich dann zu sehr schwierigen. Erdnussbutter oder Haferbrei wäre zum Beispiel so ein Anfang, und von da aus würde man zu Erdnussbutter oder Apfelmus weitergehen, was schon schwieriger war. Wirklich schwer wurde die Wahl, wenn es um zwei Dinge ging, die man sehr gern oder überhaupt nicht mochte, oder um zwei Dinge, die sich aus irgendeinem Grunde fast gar nicht vergleichen ließen. Man konnte nicht gewinnen. Der Spaß bestand darin, sich quälende Alternativen auszudenken, also in der Qual der Wahl, und das Spiel war erst zu Ende, wenn jemand ausrief: »Ich gebe auf. Ich halte es nicht aus. Es ist zu blöd. Ich will nicht mehr drüber nachdenken!«

Würdest du lieber frischen Mais essen oder selbstgemachtes Erdbeereis?

Würdest du lieber an einem furchtbar heißen Tag in einen kühlen See springen oder nach einer Moorwanderung bei Schneesturm in eine warme Küche kommen, in der frisches Brot gebacken wird?

Würdest du lieber mit Mrs Chruschtschow oder mit Mrs Eisenhower ins Bett gehen?

Würdest du lieber in kaltes Schweinefett beißen oder dir im Kiwanis Club eine Rede anhören?

Mit der Farm lief es schlecht. Das Brunnenwasser taugte nicht zum Trinken. Eine Dürre ließ die Kartoffelpflanzen verwelken. Allerlei Insekten fielen ins Haus ein, und die Kanalisation war immer noch nicht fertig. Aber offenbar war das alles nichts verglichen mit der menschlichen Niedertracht. Eines Abends, bevor Barbara zu ihnen herauskam, sagte Victor zu Murray: »Ich kann nicht mehr auf der Farm essen. Ich muss sämtliche Mahlzeiten im Café einnehmen.«

»Ist es so ungemütlich?«, fragte Murray.

»Nein, nein. Ungemütlich ist es immer, aber was ich jetzt entdeckt habe, ist schlimmer als die Ungemütlichkeit.«

Gift. Victor sagte, er habe eine Flasche Blausäure gefunden. Er wusste nicht, wie lange Beatrice sie schon hatte, aber er glaubte, noch nicht sehr lange. Es gab auf der Farm keine Verwendung dafür. Er konnte sich nur die eine Verwendung vorstellen.

»Bestimmt nicht«, sagte Murray. »Das würde sie nicht tun. Sie ist doch nicht verrückt. Sie sieht nicht aus wie eine, die zu Gift greift.«

»Aber du hast keine Ahnung. Du hast keine Ahnung, was für ein Mensch sie ist oder wozu sie imstande wäre. Du meinst, sie würde mich nicht vergiften, sie ist Engländerin. Aber England ist voll von Mördern, und oft sind es die feinen Leute und die Ehemänner und -frauen. Ich kann nicht in ihrem Haus essen. Ich bezweifle sogar, dass ich dort sicher schlafen kann. Letzte Nacht lag ich neben ihr wach, und im Schlaf war sie so kalt wie eine Schlange. Da bin ich aufgestanden und habe mich im Nebenzimmer auf den Boden gelegt.«

Murray fiel die schon viele Jahre leer stehende Hausmeisterwohnung ein. Sie lag im zweiten Stock des Kaufhausgebäudes, nach hinten hinaus.

»Ja, wenn du wirklich meinst«, sagte er. »Wenn du wirklich ausziehen willst ...« Und als Victor voll Überraschung, Erleichterung und Dankbarkeit angenommen hatte, sagte Murray: »Barbara wird sie für dich herrichten.«

Er kam zu jener Zeit nicht auf den Gedanken, dass er selbst oder Victor in der Lage sein könnten, ein paar eingestaubte Zimmer auszufegen und zu putzen. Auf den Gedanken kam auch Barbara nicht. Sie putzte am nächsten Tag die Wohnung und stattete sie mit Bettlaken und Handtüchern und ein paar Töpfen und Geschirr aus, obwohl sie natürlich Skepsis äußerte, was die Vergiftungsgefahr anging. »Was würde er ihr nützen, wenn er tot wäre?«

Victor fand sofort Arbeit. Er wurde Nachtwächter für die oberirdischen Anlagen des Salzbergwerks. Er arbeitete gern nachts. Er hatte kein Auto mehr zur Verfügung, also ging er um Mitternacht zu Fuß zur Arbeit und kehrte morgens in die

Wohnung zurück. Wenn Murray vor halb neun im Laden war, hörte er Victor die Hintertreppe hochsteigen. Wie schlief er bei hellem Tageslicht in dem kleinen Kabuff unter dem heißen Flachdach?

»Ich schlafe bestens«, sagte Victor. »Ich koche, ich esse, ich schlafe. Eine Wohltat. Plötzlich ist alles friedlich.«

Und eines Tages kam Murray am frühen Nachmittag unerwartet nach Hause.

Diese Worte formten sich hinterher in seinem Kopf. Sie waren so abgedroschen und düster. *Eines Tages kam ich unerwartet nach Hause* ... Gibt es auch nur eine Geschichte von einem Mann, der unerwartet nach Hause kommt und eine freudige Überraschung vorfindet?

Er kam unerwartet nach Hause, und er fand – nicht Barbara und Victor zusammen im Bett. Victor war gar nicht im Haus – es war niemand im Haus. Victor war nicht im Garten. Im Garten war Adam und spritzte im Planschbecken herum. Nicht weit vom Becken lag Barbara auf der ausgeblichenen, sonnenölverschmierten Steppdecke, die sie mitnahmen, wenn sie an den Strand fuhren. Sie trug ihren trägerlosen schwarzen Badeanzug, ein Kleidungsstück, das aussah wie ein Korsett und wenige Jahre später von niemandem mehr als schick empfunden wurde. Er schloss an den Schenkeln gerade ab und presste sie zusammen; er zwängte Taille und Bauch und Hüften ein und hob die Brüste so an, dass sie spitz wirkten und wie aus einem Material, das mindestens so fest war wie Styropor. Ihre Arme, Beine, Brust und Schultern schimmerten in der Sonne weiß, würden aber braun gebrannt aussehen, wenn sie hereinkam. Sie las nicht, aber hatte ein aufgeschlagenes Buch neben sich liegen. Sie lag auf dem Rücken, die Arme locker an den Seiten. Murray war drauf und dran, sie durch die Fliegentür zu rufen, aber dann tat er es nicht.

Warum nicht? Er sah, wie sie einen Arm schützend an die Augen hob. Dann hob sie ihre Hüften und veränderte leicht ihre Lage. Man hätte es für eine ganz natürliche, beiläufige Bewegung halten können, für eine der vielen unwillkürlichen Verlagerungen unseres Körpers. Was sagte Murray, dass das in diesem Fall anders war? Ein Zögern oder etwas Vorsätzliches, eine Befangenheit, etwas an der Art, wie ihr Fleisch sich leise regte, machte ihm – einem Mann, der den Körper dieser Frau kannte – deutlich, dass die Frau nicht allein war. Wenigstens in ihren Gedanken nicht allein.

Murray ging zum Fenster über dem Spülbecken. Der Garten war von der hinteren Zufahrt und der Lieferantenplattform am Hintereingang des Kaufhauses durch eine hohe Zedernhecke abgeschirmt. Aber man konnte den Garten – jenen Teil des Gartens, in dem Barbara lag – vom Fenster der Wohnung im zweiten Stock einsehen. Barbara hatte in der Wohnung keine Gardinen aufgehängt. Und dort sah Murray Victor. Victor hatte sich einen Stuhl ans Fenster geholt, damit er in Ruhe sitzen und herausschauen konnte. Sein Gesicht wirkte irgendwie komisch, beinahe als trüge er eine Gasmaske.

Murray ging ins Schlafzimmer und holte das Fernglas, das er vor kurzem gekauft hatte. (Er hatte es für Spaziergänge auf dem Lande gedacht, weil er den Kindern die verschiedenen Vogelarten zeigen wollte.) Er schlich ganz leise durchs Haus. Adam machte draußen genug Radau, um von ihm abzulenken.

Als er Victor durch sein Fernglas betrachtete, sah er ein Gesicht wie sein eigenes – ein Gesicht, das zum Teil von einem Fernglas verdeckt war. Victor hatte ebenfalls eins. Victor betrachtete Barbara durch ein Fernglas.

Er schien nackt zu sein – zumindest war das, was man von ihm sehen konnte, nackt – auf einem Küchenstuhl am Fenster in seinem heißen Zimmer. Murray konnte die Hitze des

Zimmers spüren und die schweißnasse harte Sitzfläche des Stuhls und die mächtige, aber kontrollierte und konzentrierte Erregung des Mannes. Und wenn er Barbara ansah, konnte er das warme Glühen an der Hautoberfläche spüren, konnte fühlen, wie sich ihre ganze Energie in der Haut sammelte, während sie sich diesem Übergriff hingab. Sie lag nicht ganz still – ein ständiger Schauer durchrieselte sie, mit kleinen Kräuselungen und Zuckungen, Verschiebungen, Drehungen. Es war unerträglich, das mitanzusehen. In Gegenwart ihres Kindes, am helllichten Tag in ihrem eigenen Garten, lag sie auf dem Gras und lud ihn ein. Versprach – nein, schenkte ihm bereits – die schönste Kooperation. Es war obszön und fesselnd und nicht auszuhalten.

Murray konnte sich selbst sehen – ein Mann mit Fernglas, der einen Mann mit Fernglas beobachtet, der eine Frau beobachtet. Eine Szene aus einem Film. Einem lustigen Film.

Er wusste nicht, wohin mit sich. Er konnte nicht in den Garten gehen und der Sache ein Ende bereiten. Er konnte nicht wieder ins Kaufhaus gehen und genau wissen, was über seinem Kopf vorging. Er verließ das Haus und holte das Auto heraus, das in der Garage seiner Mutter stand, und fuhr los. Dabei kam ihm ein zweiter Satz, als Ergänzung zum ersten: *Eines Tages kam ich unerwartet nach Hause: Ich begriff, dass mein Leben sich verändert hatte.*

Doch er verstand es nicht. Er sagte, mein Leben hat sich verändert, mein Leben ist verändert worden, aber er verstand das ganz und gar nicht.

Er fuhr durch die Nebenstraßen von Walley und über einen Bahnübergang hinaus aufs Land. Alles sah aus wie immer und zugleich wie ein Spottbild seiner selbst. Er fuhr mit offenen Fenstern, um den Fahrtwind zu spüren, aber sein Tempo war zu langsam. Er fuhr außerhalb der Orte mit Ortsgeschwindigkeit. Ein Lastwagen hupte und überholte ihn. Das war vor der

Ziegelei. Das Geräusch der Lastwagenhupe und das grelle Sonnenlicht auf den Backsteinen trafen ihn gleichzeitig wie ein Schlag auf den Kopf, so dass er wimmerte, als hätte er einen Kater.

Der Alltag ging weiter, von Katastrophe umringt wie von einem frohlockenden Feuerkranz. Er hatte das Gefühl, sein Haus sei durchsichtig, sein Leben durchsichtig – aber noch intakt –, er selbst ein Fremder, ein lautloser und arglistiger Beobachter. Was würde noch an den Tag kommen? Beim Abendessen sagte seine Tochter: »Mama, wieso gehen wir diesen Sommer eigentlich nie an den Strand?«, und es fiel ihm schwer, zu glauben, dass sie nicht alles wusste.

»Du bist doch oft am Strand«, sagte Barbara. »Du fährst mit Heathers Mutter.«

»Aber wieso gehst du nicht mit Adam und mir?«

»Adam und ich bleiben lieber hier.« Sehr selbstzufrieden und sicher klingt Barbara – sahnig. »Ich habe es satt, mich mit andern Müttern zu unterhalten.«

»Magst du Heathers Mutter nicht?«

»Doch.«

»Du magst sie nicht.«

»Doch. Ich bin bloß faul, Felicity. Ich bin ungesellig.«

»Du magst sie nicht«, stellte Felicity befriedigt fest. Sie stand vom Tisch auf, und Barbara fing wie zu Murrays Unterhaltung an, das Strandlager zu beschreiben, das die anderen Mütter sich bauten. Ihre Klappstühle und Schirme, die aufblasbaren Spielsachen und Luftmatratzen, Handtücher, Ersatzhosen und -hemden, Cremes, Sonnenöle, Desinfektionsmittel, Pflaster, Sonnenhüte, Limonaden, bunte Säfte, selbstgemachtes Wassereis am Stiel und gesunde Naschereien. »Die dafür sorgen sollen, dass die lieben Kleinen nicht rumquengeln, weil sie Pommes frites wollen«, sagte Barbara. »Sie würdigen den See keines Blickes oder höchstens, wenn eins ihrer Kinder badet. Sie reden über das Asthma ihrer Kinder oder darüber, wo es die billigsten T-Shirts gibt.«

Victor kam weiter abends zu ihnen herunter. Sie saßen weiter im Garten und tranken Gin. Murray kam es vor, als ob Victor und Barbara sich ihm unterordneten bei den Spielen und in den ziellosen Gesprächen, anerkennend lachten, jeden Witz und jede von ihm entdeckte Sternschnuppe feierten. Er ließ sie oft zusammen allein. Er ging in die Küche, um mehr Gin oder Eiswürfel zu holen; er ging nach den Kindern sehen und tat, als hätte er eins von ihnen rufen gehört. Dann stellte er sich vor, wie Victors langer, nackter Fuß aus der Sandale glitt und Barbaras dargebotene Wade, ihren ausgestreckten Schenkel erst streifte, dann knetete. Wie ihre Hände über alle Körperteile wanderten, an die sie herankamen. Wie sich vielleicht einen riskanten Augenblick lang ihre Zungen berührten. Aber wenn er mit Geklapper herauskam, saßen sie stets sittsam getrennt da und redeten irgendwelches trügerisch belangloses Zeug.

Victor musste eher aufbrechen als früher, um zur Arbeit im Salzbergwerk zu gehen. »Ab ins Salzbergwerk«, sagte er dann – mit denselben Worten wie so viele Leute in der Gegend, dem buchstäblich wahren Witz.

Das war die Zeit, wenn Murray mit Barbara schlief. Nie war er so grob, so frei mit ihr gewesen. Verzweiflung und Verderbtheit waren die Gefühle, die ihn antrieben. Dies ist die Zerstörung, dachte er. Noch so ein Satz in seinem Kopf: *Dies ist die Zerstörung der Liebe.* Er schlief sofort ein und wachte auf und nahm sie wieder. Sie war von einer neuen Fügsamkeit und Passivität, und sie gab ihm beim Frühstück einen Abschiedskuss, wie ihm schien, mit einer seltsamen, neuen, funkelnden Teilnahme. Tag für Tag schien die Sonne und brannte ihm vor allem morgens in den Augen. Abends tranken sie jetzt mehr – drei oder vier Drinks statt wie früher zwei –, und er tat mehr Gin hinein.

Jeden Nachmittag kam ein Zeitpunkt, an dem er es nicht mehr im Geschäft aushielt, und dann fuhr er aufs Land. Er fuhr landeinwärts durch die Städte – Logan, Carstairs, Dalby Hill. Manchmal fuhr er bis ins Jagdrevier, das seinem Vater gehört hatte und jetzt sein Eigentum war. Dort stieg er aus und ging spazieren oder setzte sich auf die Stufen vor der heruntergekommenen, mit Brettern vernagelten Hütte. Manchmal spürte er in seinem ganzen Kummer einen schrecklichen Überschwang. Er wurde beraubt. Er wurde von seinem Leben befreit.

Wie in anderen Sommern kam auch in diesem ein Sonntag, an dem sie an der Landstraße Brombeeren pflückten. Murray und Barbara und Adam und Felicity pflückten Brombeeren, und auf dem Heimweg kauften sie Zuckermais an einem Straßenstand. Barbara bereitete das alljährliche Abendessen aus dem ersten Mais, der vom Kolben gegessen wurde, und buk den ersten frischen Brombeerkuchen. Das Wetter war noch beim Beerenpflücken umgeschlagen, und als sie den Mais kauften, war die Farmersfrau gerade dabei, an ihrem Stand die Läden zuzuklappen und alles, was sie nicht verkauft hatte, hinten auf den Laster zu laden. Sie waren ihre letzten Kunden. Die Wolken waren dunkel, und ein Wind, wie sie ihn seit Monaten nicht erlebt hatten, zerrte an den Ästen der Bäume und riss die trockenen Blätter ab. Ein paar Regentropfen klatschten an die Windschutzscheibe, und als sie endlich in Walley ankamen, fuhren sie durch einen ausgewachsenen Sturm. Im Haus war es so kalt, dass Murray die Heizung anstellte, und mit der ersten Heizungsluft trieb Kellergeruch durch das Haus – der vergessene Höhlengeruch nach Wurzeln, Erde, feuchtem Beton.

Murray ging in den Regen hinaus und sammelte den Sprinkler und das Planschbecken ein. Er schob die Liegestühle unters Vordach.

»Ist unser Sommer vorbei?«, sagte er zu Barbara, als er sich den Regen aus den Haaren schüttelte.

Die Kinder guckten »Walt Disney«, und vom Maiskochen beschlugen die Fenster. Sie aßen. Barbara spülte, während Murray die Kinder ins Bett brachte. Als er ihre Tür zumachte und in die Küche hinauskam, fand er Barbara am Tisch im Halbdunkel sitzend vor, mit einer Tasse Kaffee. Sie trug einen Pullover vom letzten Winter.

»Was ist mit Victor?«, fragte Murray. Er knipste das Licht an. »Hast du ihm Decken dagelassen, drüben in der Wohnung?«

»Nein«, sagte Barbara.

»Dann wird er heute Nacht frieren. Das Haus ist nicht geheizt.«

»Er kann kommen und sich Decken holen, wenn ihm kalt ist«, sagte Barbara.

»Er würde nicht von sich aus kommen«, sagte Murray.

»Warum nicht?«

»So ist er eben.«

Murray ging an den Wandschrank im Flur und holte zwei dicke Decken. Er brachte sie in die Küche.

»Meinst du nicht, du solltest ihm die bringen?« Er legte sie vor ihr auf den Tisch.

»Warum nicht du?«, sagte Barbara. »Woher weißt du überhaupt, ob er da ist?«

Murray ging ans Fenster über der Spüle. »Bei ihm brennt Licht. Er ist da.«

Barbara erhob sich steif. Sie schauderte, als ob sie sich gerade aufgewärmt hätte und jetzt fröstelte.

»Ist der Pullover warm genug?«, fragte Murray. »Willst du

nicht lieber einen Mantel überziehen? Willst du dir nicht die Haare kämmen?«

Sie ging ins Schlafzimmer. Als sie wieder herauskam, trug sie ihre weiße Satinbluse und schwarze Hosen. Sie hatte sich gekämmt und einen neuen, sehr blassen Lippenstift aufgelegt. Ihr Mund wirkte wie ausgeblichen, unnatürlich in ihrem sommerbraunen Gesicht.

Murray sagte: »Keinen Mantel?«

»Ich bin doch nur ganz kurz weg, da wird mir schon nicht kalt.«

Er legte ihr die Decken auf die Arme. Er hielt ihr die Tür auf.

»Es ist Sonntag«, sagte sie. »Die Türen werden abgeschlossen sein.«

»Stimmt«, sagte Murray und nahm die Ersatzschlüssel vom Küchenhaken. Er versicherte sich, dass sie wusste, welcher in die Seitentür passte.

Er blickte ihrer schimmernden Bluse nach, bis sie verschwand, und dann lief er mit schnellen Schritten durch das ganze Haus und atmete laut dazu. Im Schlafzimmer machte er halt und hob die Kleider auf, die sie ausgezogen hatte. Ihre Jeans und ihr Hemd und ihren Pullover. Er hielt sie ans Gesicht und roch daran und dachte: Ich komme mir vor wie in einem Theaterstück. Er wollte sehen, ob sie die Unterhose gewechselt hatte. Er schüttelte ihre Jeans aus, aber die Unterhose fand sich nicht. Er sah im Wäschekorb nach, aber dort fand er sie auch nicht. Konnte sie so raffiniert gewesen sein, sie unter die Wäsche der Kinder zu schieben? Wozu sollte das jetzt noch gut sein?

Ihre Jeans rochen, wie Jeans riechen, wenn sie eine Weile getragen werden, ohne dass man sie zwischendurch wäscht – ein Geruch nicht nur nach Körper, sondern nach getaner Arbeit. Er konnte Scheuerpulver riechen und alte Kochdünste.

Und da war das Mehl, das sie heute Abend an den Hosenbeinen abgewischt hatte, vom Teig für den Kuchen. Das T-Shirt roch nach Seife und Schweiß und vielleicht nach Rauch. War es Rauch – war es Zigarettenrauch? Er war, als er abermals schnupperte, gar nicht sicher, ob es Rauch war. Er dachte daran, dass seine Mutter gesagt hatte, Barbara habe keine gute Erziehung genossen. Die Kleider seiner Mutter würden nie so riechen, nach ihrem Körper und ihrem Leben. Sie hatte gemeint, dass Barbara keine guten Umgangsformen hatte, aber konnte sie nicht auch gemeint haben, dass sie – von loser Moral war? Ein loses Mädchen. Bei dem Ausdruck hatte er immer an eine aufgeknöpfte Bluse gedacht und an Kleider, die vom Körper glitten, um Appetit und Verfügbarkeit anzuzeigen. Jetzt dachte er, es könnte genau das bedeuten – lose. Eine Frau, bei der es passieren konnte, dass sie sich löste, die keine feste Bindung hatte, die nicht zuverlässig war, die davonrollen konnte.

Sie hatte sich von ihrer eigenen Familie gelöst. Sie hatte sie ganz und gar verlassen. Hätte er daraus nicht schließen müssen, dass sie auch ihn verlassen könnte?

Hatte er es nicht die ganze Zeit gewusst?

Er hatte gewusst, dass es Überraschungen geben würde.

Er ging wieder in die Küche. (Er *taumelt* in die Küche.) Er schenkte sich ein halbes Glas Gin ein, ohne Tonic oder Eiswürfel. (*Er schenkt sich ein halbes Glas Gin ein.*) Ihm geisterten weitere Demütigungen durch den Kopf. Seine Mutter würde noch einmal aufleben. Sie würde die Kinder zu sich holen. Er würde mit den Kindern ins Haus seiner Mutter ziehen. Oder vielleicht würden die Kinder umziehen, und er würde hier bleiben und Gin trinken. Barbara und Victor würden ihn vielleicht besuchen und gute Freunde sein wollen. Sie könnten zusammen in ein Haus ziehen und ihn abends zu sich einladen, und vielleicht würde er hingehen.

Nein. Sie würden nicht an ihn denken. Sie würden jeden Gedanken an ihn verbannen, sie würden fortgehen.

Als Kind hatte Murray sich selten an Prügeleien beteiligt. Er war diplomatisch und gutmütig gewesen. Aber eines Tages hatte er sich doch geprügelt und war im Schulhof von Walley zu Boden gegangen und wohl eine halbe Minute k. o. gewesen. Da hatte er benommen auf dem Rücken gelegen und zugesehen, wie sich die Blätter an einem Zweig über ihm in Vögel verwandelten – schwarz, dann hell, als die Sonne durchbrach und der Wind in ihnen spielte. Er war mit einem Schlag an einen freien, luftigen Ort gelangt, wo alle Formen leicht und wandelbar waren, und er gleich mit. Er hatte dagelegen und gedacht: *Es ist passiert.*

Die achtundsiebzig Stufen lange Treppe vom Strand hinauf zum Park oben auf den Klippen heißt Sonnenuntergangstreppe. Am Fuß dieser Treppe steht eine Tafel, an der von Anfang Juni bis Ende September täglich die Sonnenuntergangszeit angeschlagen wird. »Erleben Sie den Sonnenuntergang zweimal«, steht auf dem Schild, und ein Pfeil zeigt die Treppe hinauf. Wer nämlich die Treppe sehr schnell hinaufläuft, kann den letzten Rand der Sonne ein zweites Mal verschwinden sehen. Touristen halten diese Idee und die Sitte mit dem Aushängen der Sonnenuntergangszeit für eine alte Walley'sche Tradition. Tatsächlich ist es eine neue Sitte, erfunden von der Handelskammer.

Auch die Uferpromenade ist neu. Der altmodische Musikpavillon im Park ist neu. Vorher hatte dort nie ein Pavillon gestanden. Dieser ganze Charme und die vielen neuen Ideen gefallen den Besuchern der Stadt – Murray kann wohl kaum etwas dagegen haben; er ist selbst in der Tourismusbranche –, und heutzutage sind sogar die Bewohner der Stadt dafür. Während jenes Sommers in den Sechzigern, als Murray so viel durch die Gegend fuhr, sah es aus, als ob alles aus früheren Zeiten abgerissen, hinweggefegt, dem Verfall überlassen, geringgeschätzt wurde. Die neuen Maschinen machten die Struktur der alten Farmen kaputt, Bäume fielen breiteren Straßen zum Opfer, in den Dörfern wurden Schulen, Läden und Häuser aufgegeben. Alle Welt schien sich nach Parkplätzen und Einkaufszentren zu sehnen und nach Vorortrasen, die so kurz rasiert waren, dass sie aussahen wie gemalt. Murray hatte einsehen müssen, dass er da nicht mitkam und Dinge für unumstößlich gehalten hatte, die nur zufällig und vorläufig waren.

Eine solche Einsicht war ohne Zweifel der Auslöser der Zerstörungs- und Renovierungsorgie, die ein paar Monate später von ihm Besitz ergriff.

Und jetzt sieht es aus, als hätte die Welt sich auf Murrays alte Denkungsart besonnen. Die Leute restaurieren alte Häuser und bauen neue mit Veranden im alten Stil. Es fällt schwer, jemanden zu finden, der nicht für Chausseebäume und kleine Kaufläden, Wasserpumpen, Scheunen, Schaukeln, verschachtelte Ecken und Winkel ist. Doch Murray kann sich seiner Freude an diesen Dingen nicht mehr so recht entsinnen und auch keine rechte Geborgenheit finden.

Als er am Ende der Uferpromenade an der Stelle ankommt, wo sich die Zedern dicht an den Strand drängen, setzt er sich auf einen Fels. Zunächst war ihm aufgefallen, was für ein seltsamer, schöner Fels es war, mit einer durchgehenden Linie, so als wäre er diagonal gespalten und die beiden Hälften wären nicht exakt wieder zusammengefügt worden – die Linie war gezackt. Er kannte sich in Geologie gut genug aus, um zu wissen, dass es sich bei der Linie um einen Bruch handelte und dass der Fels vom präkambrischen Schild stammen musste, der hundert Meilen entfernt lag. Der Stein hatte sich vor der letzten Eiszeit gebildet; er war weit älter als das Ufer, an dem er lag. Erstaunlich, wie er gepresst und gespalten worden war – die obere Schicht war in Wellen erhärtet, wie schwappende Sahne.

Er ließ den Fels Fels sein und setzte sich obendrauf. Jetzt sitzt er da und schaut auf den See. Eine türkisblaue Linie am Horizont, fein wie mit türkisfarbener Tinte gezeichnet, dann klares Blau bis in die Uferzone, übergehend in grünsilbern Wellen, die sich auf dem Sand brechen. La Mer Douce hatten die Franzosen diesen See genannt. Aber natürlich konnte er seine Farbe binnen einer Stunde ändern; konnte je nach Wind und dem, was von unten aufgewirbelt wurde, hässlich werden.

Menschen sitzen da und gucken über den See, wie sie nie über eine Wiese oder ein wogendes Kornfeld schauen würden. Warum ist das so – wo doch die Bewegung nicht anders ist? Es muss das Fortspülen sein, das Wegschwemmen, was sie fasziniert. Das immer und immer wiederkehrende Wasser – das am Ufer nagt und es verändert.

Etwas Ähnliches geschieht mit einem Menschen, der einen solchen Tod stirbt. Er hat es bei seinem Vater gesehen, er hat es bei anderen gesehen. Ein Abtragen, ein Schwinden – Schicht für Schicht bis auf die leicht gewordenen Knochen.

Er schaut nicht in die Richtung, aber er spürt es, als Barbara sich nähert. Er dreht sich um und sieht sie oben an der Treppe. Die große Barbara in ihrem Herbstumhang aus handgewebter weizenfarbener Wolle, sie macht sich ohne besondere Eile, ohne Zögern an den Abstieg, hält sich nicht am Geländer fest – auf ihre übliche entschlossene und doch gleichgültige Weise. An ihrem Gang kann er nichts ablesen.

Als Barbara die Hintertür öffnete, war ihr Haar regennass – strähnig – und ihre Satinbluse von Flecken ruiniert.

»Was machst du da?«, fragte sie. »Was trinkst du? Ist das Gin pur?«

Da sagte Murray das, was sie beide nie wieder erwähnten oder vergaßen. »Wollte er dich nicht?«

Barbara trat an den Tisch und zog seinen Kopf an den nassen Satin und die grausamen kleinen Knöpfe, drückte ihn gnadenlos an ihre harten Brüste. »Wir werden nie darüber sprechen«, sagte sie. »Niemals. Okay?« Er konnte jetzt den Zigarettenrauch an ihr riechen, und den Geruch fremder Haut. Sie hielt ihn fest, bis er es wiederholte.

»Okay.«

Und sie hielt sich an ihre Worte, auch als er ihr erzählte, dass Victor mit dem Morgenbus abgereist war und einen Brief hinterlassen hatte, der an sie beide adressiert war. Sie bat nicht darum, den Brief lesen oder berühren zu dürfen, sie fragte nicht nach dem Inhalt.

(»Ich danke euch sehr, und jetzt habe ich genug Geld, so dass ich denke, es wird Zeit, mein Leben woanders fortzusetzen. Ich werde wohl nach Montreal gehen, wo ich auch endlich wieder Französisch sprechen kann.«)

Unten an der Treppe bückt sich Barbara und hebt etwas Weißes auf. Sie und Murray gehen über die Promenade aufeinander zu, und einen Augenblick später kann Murray erkennen, was es ist: ein weißer Ballon, schon etwas schwach und verschrumpelt.

»Sieh dir das an«, sagt Barbara, als sie ihn erreicht. Sie liest ihm eine Karte vor, die am Bindfaden des Ballons befestigt ist. »›Anthony Burler. Zwölf Jahre. Hauptschule Joliet. Crompton, Illinois. 15. Oktober.‹ Das war vor drei Tagen. Kann er in nur drei Tagen so weit geflogen sein?

Ich bin gesund«, sagt sie dann. »Es war nichts. Es war nichts Bösartiges. Wir brauchen uns keine Sorgen zu machen.«

»Nein«, sagt Murray. Er nimmt ihre Arme, er atmet den Laubgeruch, den Küchenduft ihrer schwarz-weißen Haare ein.

»Zitterst du?«, sagt sie.

Er glaubt nicht, dass er zittert.

Leicht, ohne Schuldgefühle, wie das bei alten Eheleuten geht, löscht er die Botschaft aus, die vor ihm aufgeblitzt ist, als er sie oben an der Treppe erblickt hat: *Enttäusche mich nicht wieder.*

Er schaut auf die Karte in ihrer Hand und sagt: »Da steht noch mehr. ›Lieblingsbuch – *Der letzte Mohikaner.*‹«

»Ach, das steht bloß für die Lehrerin da«, sagt Barbara, mit dem vertrauten kleinen Lachen in der Stimme, abschließend und vielversprechend. »Das ist gelogen.«

Bilder vom Eis

Drei Wochen vor seinem Tod – er ertrank bei einem Bootsunglück in einem See, dessen Namen er zuvor nie jemandem gegenüber erwähnt hatte – stand Austin Cobbett tief versunken vor einem dreiteiligen Spiegel bei Crawford's Men's Wear und betrachtete sich in einem burgunderroten Sporthemd zu einer beige, braun und burgunderrot karierten Hose. Beides bügelfrei.

»Hör auf mich«, sagte Jerry Crawford zu ihm. »Mit dem dunkleren Hemd zur helleren Hose kannst du nichts falsch machen. Das ist jugendlich.«

Austin stieß ein meckerndes Lachen aus. »Hast du schon mal den Spruch gehört ›Schaf auf Lamm getrimmt‹?«

»Nur wenn's um Frauen geht«, sagte Jerry. »Heutzutage ist das sowieso alles anders. Es gibt gar keine Bekleidung für ältere Herren oder ältere Damen mehr. Die Mode ist für alle da.«

Sobald Austin sich an die neuen Sachen gewöhnt hatte, wollte Jerry ihn zu einem Schal in Komplementärfarben und einem beigen Pullover überreden. Austin musste so viel Haut bedecken wie möglich. Seit seine Frau vor ungefähr einem Jahr gestorben war und sie endlich einen neuen Pfarrer für die United Church eingestellt hatten (Austin war mit seinen über siebzig zwar offiziell im Ruhestand, war jedoch während des langen Hin und Hers über einen neuen Mann und die Höhe seiner Bezahlung ersatzweise im Amt geblieben), hatte er abgenommen, seine Muskeln waren geschrumpft, und er hatte nun die Figur eines alten Mannes mit vorgewölbtem Bauch und eingefallenem Brustkorb. An seinem Hals standen die Adern hervor, seine Nase war länger, und die Wangen erschlafft. Er war ein sehniger alter Gockel – sehnig, aber zäh, und noch so vital, dass er ein zweites Mal heiraten wollte.

»Die Hose muss enger gemacht werden«, sagte Jerry. »Dazu ist doch noch Zeit, oder? Wann soll denn der glückliche Tag sein?«

Austin wollte auf Hawaii heiraten, wo seine Frau, seine zukünftige Frau, wohnte. Er nannte ein Datum in ein paar Wochen.

In dem Augenblick kam Phil Stadelman von der Toronto Dominion Bank herein und erkannte Austin von hinten nicht, obwohl Austin früher sein Pfarrer gewesen war. Er hatte ihn noch nie in solchen Sachen gesehen.

Phil erzählte seinen Aids-Witz – Jerry konnte ihn nicht davon abhalten.

Warum tragen die Männer in Neufundland nur Hemd und Hose zur Hochzeit?

Weil sie Angst haben, dass Aids im Anzug ist.

An der Stelle drehte Austin sich um, und anstatt zu sagen: »Na, ich weiß nicht, wie ihr das seht, aber für mich ist Aids nichts zum Lachen«, oder »Ich frage mich, was für Witze man sich in Neufundland über die Leute aus Huron County erzählt«, sagte er: »Der ist gut.« Er lachte.

Der ist gut. Dann fragte er Phil nach dessen Meinung zu seinem Outfit.

»Glaubst du, damit werden sie mich auf Hawaii auslachen?«

Karin hörte die Geschichte, als sie nach ihrem nachmittäglichen Dienst als Schülerlotsin auf eine Tasse Kaffee beim Doughnut-Bäcker hereinschaute. Sie saß an der Theke und hörte die Männer an einem Tisch hinter sich reden. Sie drehte sich auf dem Hocker um und sagte: »Hört zu, ich hätte es euch sagen können, er hat sich verändert. Ich sehe ihn jeden Tag, und ich hätte es euch sagen können.«

Karin ist eine große, magere Frau mit rauer Haut und heiserer Stimme und langem blondem Haar, das an den Wurzeln ein paar Zentimeter nachgedunkelt ist. Sie lässt es dunkel nachwachsen, und es ist jetzt an dem Punkt, an dem sie sich eine Kurzhaarfrisur machen könnte, aber sie tut es nicht. Früher war sie ein schlaksiges blondes Mädchen, schüchtern und hübsch, das bei seinem Mann hinten auf dem Motorrad mitfuhr. Sie ist ein bisschen seltsam geworden – nicht allzu sehr, sonst wäre sie keine Schülerlotsin, auch nicht mit Austin Cobbetts Empfehlung. Sie mischt sich in Gespräche ein. Sie scheint nie etwas anderes anzuhaben als ihre Jeans und einen alten marineblauen Dufflecoat. Ihr Gesicht wirkt hart und misstrauisch, und sie trägt ihren Groll gegen ihren Exmann öffentlich aus. Sie schmiert ihm Sachen ans Auto, mit dem Finger: Falscher Christ, Arschkriecher, Brent Dupry ist eine Schlange. Dass sie Lazarus stinkt geschrieben hat, weiß niemand, denn sie ist zurückgegangen (sie macht das abends) und hat es mit dem Ärmel wieder abgewischt. Warum? Es kam ihr gefährlich vor, als könnte sie deswegen Ärger bekommen – wobei sie sich irgendwie übernatürlichen Ärger vorstellt, nicht bloß ein Gespräch mit dem Polizeichef –, und sie hat nichts gegen den Lazarus aus der Bibel, nur gegen das Lazarus-Haus, dessen Leiter Brent ist und wo er jetzt wohnt.

Karin wohnt dort, wo sie und Brent die letzten paar Monate zusammen gewohnt haben – oben über der Eisenwarenhandlung, nach hinten raus, in einem großen Zimmer mit einem Alkoven (für das Baby) und einer Kochnische am einen Ende. Sie verbringt einen großen Teil ihrer Zeit drüben bei Austin, wo sie sein Haus ausräumt und alles für seine Abreise nach Hawaii vorbereitet. Das Haus, in dem er noch wohnt, ist das alte Pastorat in der Pondicherry Street. Die Kirche hat für den neuen Pfarrer ein neues Haus gebaut, ein ziemlich schönes, mit Terrasse und Doppelgarage – Pfarrersfrauen arbeiten heutzutage oft; es ist eine große Hilfe, wenn sie eine Stelle als Krankenschwester oder Lehrerin finden können, und für den Fall braucht man zwei Wagen. Das alte Pastorat ist ein schmutzig weißes Backsteinhaus mit blau gestrichenen Zierleisten an der Veranda und an den Giebeln. Da muss eine Menge Arbeit hineingesteckt werden. Isolierung, Sandstrahlen, neue Farbe, neue Fensterrahmen, neue Fliesen im Bad. Wenn Karin abends in ihre eigene Wohnung zurückgeht, spielt sie manchmal in Gedanken durch, was sie tun würde, wenn das Haus ihr gehörte und sie das nötige Geld hätte.

Austin zeigt ihr ein Bild von Sheila Brothers, der Frau, die er heiraten wird. Eigentlich ist es ein Bild von allen dreien – Austin, seiner Frau und Sheila Brothers vor einem Blockhaus und einigen Kiefern. Ein Kurort, wo er – wo sie beide – Sheila kennengelernt haben. Austin trägt sein schwarzes Amtshemd mit Stehkragen; sein entschuldigendes Pfarrerlächeln wirkt unsicher. Seine Frau hat den Blick von ihm abgewandt, aber ein Ende ihres mit einer großen Schleife gebundenen geblümten Schals flattert bis an seinen Hals. Duftiges weißes Haar, schlanke Figur. Schick. Sheila Brothers – Mrs Brothers, eine Witwe – guckt geradeaus, und sie ist die Einzige, die wirklich vergnügt wirkt. Kurzes blondes Haar, pragmatisch ums Gesicht gekämmt, braune Hose, weißes Sweatshirt, die ziemlich großen Ausbeulungen von Brüsten und Bauch gut sichtbar, blickt sie geradewegs in die Kamera und scheint sich keine Sorgen darüber zu machen, wie sie auf dem Bild wohl aussehen wird.

»Sie sieht glücklich aus«, sagt Karin.

»Na ja, damals hat sie ja auch noch nicht gewusst, dass sie mich heiraten würde.«

Er zeigt ihr eine Ansichtskarte des Ortes, in dem Sheila lebt. Des Ortes, in dem er auf Hawaii leben wird. Außerdem ein Foto von ihrem Haus. Eine Palmenreihe steht in der Mitte der Hauptstraße des Ortes, man sieht niedrige weiße oder rosa getönte Gebäude, Laternenmasten mit üppigen Blumenkörben, und über allem einen Himmel von tiefem leuchtendem Türkis, in den mit seidenbandartig fließenden Buchstaben der Name des Ortes geschrieben ist – ein hawaiianischer Name, den man unmöglich aussprechen oder behalten kann. Der am Himmel schwebende Name wirkt genauso möglich wie alles andere auf dem Bild. Vom Haus selbst ist auf dem Foto hingegen kaum etwas zu erkennen – nur ein Stückchen Balkon zwischen den rot und rosa und golden blühenden Bäumen und Sträuchern. Aber davor liegt ein Strand, cremeweißer Sand, an dem sich die kristallklaren Wellen brechen. An dem Austin Cobbet mit der freundlichen Sheila spazieren wird. Kein Wunder, dass er sich komplett neu einkleiden muss.

Austin möchte, dass Karin alles ausräumt. Sogar seine Bücher, seine alte Schreibmaschine, die Bilder von seiner Frau und den Kindern. Sein Sohn lebt in Denver, seine Tochter in Montreal. Er hat ihnen geschrieben, er hat mit ihnen telefoniert, er hat sie gebeten zu sagen, was sie haben wollen. Sein Sohn möchte die Esszimmermöbel haben, eine Spedition wird sie nächste Woche abholen. Seine Tochter hat gesagt, sie will gar nichts haben. (Karin glaubt, dass sie es sich noch anders überlegen wird; irgendetwas wollen die Leute doch immer haben.) Das gesamte Mobiliar, alle Bücher, Bilder, Gardinen, Teppiche, das Geschirr, die Töpfe und Pfannen sollen an die Auktionsscheune gehen. Auch Austins Auto soll versteigert werden, ebenso der Motormäher und die Schneefräse, die ihm sein Sohn letztes Jahr zu Weihnachten geschenkt hat. Diese Sachen werden erst verkauft, wenn Austin nach Hawaii abgereist ist, und das Geld soll an das Lazarus-Haus gehen. Austin hat das Lazarus gegründet, als er Pfarrer war. Nur hatte er einen anderen Namen dafür; bei ihm hieß es Haus der Umkehr. Doch mittlerweile hat man beschlossen – Brent hat beschlossen –, dass es besser wäre, einen religiöseren, christlicheren Namen zu nehmen.

Zuerst wollte Austin ihnen einfach die ganzen Sachen zum Gebrauch in Haus und Garten überlassen. Dann überlegte er sich, dass es von mehr Achtung zeugen würde, ihnen das Geld zu geben, das sie dann nach Belieben für Dinge ausgeben konnten, die ihnen gefielen, anstatt vom Geschirr seiner Frau zu essen und auf dem Chintzsofa seiner Frau zu sitzen.

»Und wenn sie das Geld nehmen und dafür Lotterielose kaufen?«, fragt Karin ihn. »Meinen Sie nicht, dass es sie in große Versuchung führen wird?«

»Ohne Versuchungen kommt man im Leben nicht voran«, sagt Austin mit seinem unerträglichen kleinen Lächeln. »Was ist, wenn sie in der Lotterie gewinnen?«

»Brent Duprey ist eine Schlange.«

Brent hat im Lazarus-Haus ganz und gar die Führung übernommen, obwohl Austin es gegründet hat. Es war ein Heim für Leute, die das Trinken aufgeben oder andere Lebensgewohnheiten ablegen wollten; jetzt ist es einer dieser Jesusläden, in denen man nächtelang sitzt und betet und singt und stöhnt und beichtet. So hat Brent es für sich erobert – indem er religiöser wurde als Austin. Austin hatte Brent geholfen, das Trinken aufzugeben; er hatte nicht lockergelassen, bis er Brent aus seinem bisherigen Leben herausgelockt hatte und in ein neues Leben als Geschäftsführer des Hauses befördert hatte, wo er Gelder von Staat und Kirche verwaltete, aber er hatte sich schwer getäuscht, als er meinte, das würde für Brent reichen. Kaum war er auf dem Weg des Heils, schoss Brent an Austin vorbei; er ließ Austins stille behutsame Form des Glaubens in Nullkommanichts hinter sich und stach ihn bei den Leuten seiner eigenen Gemeinde aus, die sich eine strengere, intensivere Art von Christlichkeit wünschten. Austin wurde fast gleichzeitig aus dem Lazarus-Haus und der Kirche verdrängt, und Brent kommandierte den neuen Pfarrer ohne Schwierigkeiten herum. Und trotz allem, oder gerade deswegen will Austin dem Lazarus-Haus das Geld schenken.

»Wer kann schon entscheiden, ob Brents Weg nicht näher bei Gott ist als meiner«, sagt er.

Karin nimmt jetzt nur noch selten ein Blatt vor den Mund. Sie sagt zu Austin: »Mir kommt's gleich hoch.«

Austin sagt, sie soll sich ihre Zeiten genau aufschreiben, damit sie für diese ganze Arbeit bezahlt wird, und wenn sie hier irgendetwas sieht, das sie besonders gern hätte, dann soll sie es ihm sagen, damit sie drüber reden können.

»In bestimmten Grenzen«, sagt er. »Wenn du sagen würdest, du hättest gern das Auto oder die Schneefräse, dann müsste ich wohl nein sagen, weil das die Leute drüben im Lazarus-Haus um ihr Geld bringen würde. Wie wär's mit dem Staubsauger?«

Sieht er sie etwa so – als eine, die nichts als Putzen im Kopf hat? Und außerdem hat der Staubsauger schon so was wie Altertumswert.

»Ich wette, ich weiß, was Brent gesagt hat, als Sie ihm erzählt haben, dass ich die Sache hier in die Hand nehme«, sagt sie. »Ich wette, er hat gesagt: ›Nehmen Sie sich einen Anwalt, der ihr auf die Finger guckt.‹ Das hat er doch gesagt! Oder?«

Anstatt darauf zu antworten, sagt Austin: »Warum sollte ich einem Anwalt mehr trauen als dir?«

»Haben Sie das zu ihm gesagt?«

»Ich sage es zu dir. Meiner Ansicht nach hat man Vertrauen, oder man hat keins. Wenn man beschließt, Vertrauen zu haben, muss man dort anfangen, wo man ist.«

Austin spricht selten direkt von Gott. Dennoch spürt man förmlich, wie Gottes Name über Sätzen wie diesen schwebt, und das erfüllt einen mit einer solchen Unruhe – Karin kribbelt es dann an der Wirbelsäule –, dass man sich wünscht, er würde es aussprechen und dann gut sein lassen.

Vor vier Jahren waren Karin und Brent noch verheiratet, sie hatten das Kind noch nicht bekommen und waren noch nicht in ihre Wohnung über dem Eisenwarenladen gezogen. Sie wohnten im alten Schlachthof. Das war ein billiges Mietshaus, das Morris Fordyce gehörte, aber es war wirklich früher mal ein Schlachthof gewesen. Bei feuchtem Wetter roch es nach Schwein, und auch sonst roch Karin etwas, das sie für Blut hielt. Brent beschnüffelte die Wände und ging auf alle viere, um den Fußboden zu beschnüffeln, aber er konnte das, was sie roch, nicht riechen. Wie sollte er überhaupt etwas riechen können außer dem Alkoholdunst, der aus seinem eigenen Verdauungstrakt aufstieg? Brent war damals ein Säufer, aber nicht einer von der Sorte, die ständig sinnlos betrunken waren. Er spielte Hockey in der Seniorenmannschaft (bei den über Dreißigjährigen) – er war ein ganzes Stück älter als Karin –, und er behauptete, noch nie nüchtern gespielt zu haben. Eine Zeitlang arbeitete er bei der Fordyce Baufirma, und dann arbeitete er für die Stadt und zersägte Bäume. Er trank bei der Arbeit, wenn das ging, und hinterher trank er im Fish-and-Game-Club oder in der Bar des Green Haven Motel, das auch Greasy Heaven, Fettparadies, genannt wurde. Eines Abends warf er einen Bulldozer an, der draußen vor dem Greasy Heaven stand, und fuhr ihn quer durch die Stadt zum Fish-and-Game-Club. Natürlich wurde er erwischt und für Trunkenheit am Steuer eines Bulldozers bestraft, worüber sich die ganze Stadt totlachte. Allerdings kam niemand, der über den Witz lachte, vorbei, um die Strafe zu zahlen. Und Brent drehte bloß immer mehr durch. Eines Nachts baute er die Treppe zu ihrer Wohnung ab. Er zertrümmerte die Stufen nicht etwa vor Wut; er baute sie sorgfältig und methodisch auseinander, eine Stufe und Stütze nach der anderen, und ging dabei rückwärts treppab, während er Karin fluchend oben stehen ließ. Zuerst lachte sie noch über ihn – sie hatte zu dem Zeitpunkt selbst auch ein paar Bier getrunken –, aber dann, als ihr klar wurde, dass er Ernst machte und sie da oben festsaß, fing sie an, ihn zu beschimpfen. Feige Nachbarn linsten hinter ihm aus den Türen.

Als Brent am nächsten Nachmittag nach Hause kam, staunte er oder tat jedenfalls so. »Wo ist denn die Treppe hin?«, brüllte er. Er trampelte im Korridor auf und ab, es arbeitete in seinem faltigen, erschöpften, aufgeregten Gesicht, die blauen Augen blitzten, sein Lächeln war unschuldig und hinterhältig. »Dieser verfluchte Morris! Da ist die verfluchte Treppe eingestürzt. Den zerr ich vors Gericht. Dieser gottverfluchte Scheißkerl!« Karin saß oben mit nichts im Haus als einer halben Schachtel Rice Krispies ohne Milch und einer Dose Wachsbohnen. Sie hatte daran gedacht, jemanden anzurufen und um eine Leiter zu bitten, aber sie war zu wütend und zu stur. Wenn Brent sie aushungern wollte, dann würde sie es ihm zeigen. Sie würde wirklich verhungern.

Das war im Grunde der Anfang vom Ende, die Wende. Brent ging zu Morris Fordyce, um ihn zusammenzuschlagen und ihm mitzuteilen, wie er ihn vor Gericht zu zerren gedachte, und Morris redete vernünftig und ernüchternd auf ihn ein, bis Brent beschloss, weder Morris anzuzeigen noch ihn zusammenzuschlagen, sondern stattdessen Selbstmord zu begehen. Und Morris rief Austin Cobbett an, weil Austin im Ruf stand, gut mit Leuten umgehen zu können, die nicht mehr ein noch aus wussten. Austin redete Brent damals nicht das Trinken aus und führte ihn nicht an die Kirche heran, sondern redete ihm nur den Selbstmord aus. Als dann zwei Jahre später das Kind starb, war Austin der einzige Pfarrer, den sie sich anzurufen trauten. Als er sie schließlich besuchen kam, um über die Beerdigung zu reden, hatte Brent alles getrunken, was im Haus war, und war losgelaufen, um anderswo weiterzutrinken. Austin folgte ihm und blieb die nächsten fünf Tage – mit einer kurzen Pause für die Beisetzung des Kindes – bei der Sauftour an seiner Seite. Die darauffolgende Woche brachte er damit zu, ihn und seinen Kater zu pflegen, und dann einen ganzen Monat, mit ihm zu reden oder bei ihm zu sitzen, bis Brent beschloss, nie mehr einen Tropfen Alkohol zu trinken, weil er zu Gott gefunden hatte. Austin sagte, damit meine Brent, er habe zur Fülle seines eigenen Lebens und der Kraft seines innersten Ich gefunden. Brent sagte, das sei nie und nimmer sein Ich; es sei Gott.

Karin ging eine Zeitlang mit Brent zu Austin in die Kirche; dagegen hatte sie nichts. Doch erkannte sie gleich, dass Brent dort nicht genug Halt finden würde. Sie sah, wie er aufsprang, um die Lieder zu singen, wie er die Arme schwang, die Fäuste ballte, am ganzen Körper bebte. Genauso wie nach drei oder vier Bier, wenn er keine Möglichkeit mehr hatte, sich zu bremsen. Es ging mit ihm durch. Und schon bald brach er aus Austins Kreis aus und nahm einen beträchtlichen Teil der Gemeinde mit. Viele hatten diese Loslösung gewollt, mehr Lärm und Gebete und Gesang und nicht so viel leises überzeugendes Gerede; sie hatten es schon lange gewollt.

Das alles war für Karin keine Überraschung. Es überraschte sie nicht, dass Brent lernte, Formulare auszufüllen und den richtigen Eindruck zu machen und Geld vom Staat zu bekommen; dass er das Haus der Umkehr übernahm, in das Austin ihn geholt hatte, und Austin vor die Tür setzte. Er hatte immer voller Möglichkeiten gesteckt. Im Grunde überraschte es sie auch nicht, dass er jetzt, wenn sie ein Bier trank und eine Zigarette rauchte, genauso böse auf sie wurde wie früher, wenn sie nachts um zwei mit Feiern aufhören und ins Bett wollte. Er sagte, er würde ihr eine Woche geben, um sich zu entscheiden. Kein Alkohol mehr, keine Zigaretten, Jesus Christus als ihre Rettung. Eine Woche. Karin sagte, die Woche kannst du vergessen. Als Brent sie verlassen hatte, gab sie das Rauchen auf, trank fast nichts mehr und ging auch nicht mehr zu Austin in die Kirche. Sie gab fast alles auf, außer einem schleichenden, schwelenden Groll gegen Brent, der sich immer weiter steigerte. Eines Tages hielt Austin sie auf der Straße an, und sie dachte, er wolle ihr irgendetwas Sanftes, Persönliches und Verurteilendes über ihren Groll oder ihr Wegbleiben aus der Kirche sagen, aber er bat sie bloß, zu kommen und ihm bei der Pflege seiner Frau zu helfen, die im Lauf der Woche aus dem Krankenhaus entlassen wurde.

Austin spricht am Telefon mit seiner Tochter in Montreal. Sie heißt Megan. Sie ist um die dreißig, unverheiratet, Fernsehproduzentin.

»Das Leben hält eine Menge Überraschungen bereit«, sagt Austin. »Du weißt, dass dies nichts mit deiner Mutter zu tun hat. Dies ist ein ganz neues Leben. Aber ich bereue … Nein, nein. Ich meine bloß, man kann Gott auf mehr als eine Art lieben, und an seiner Welt Freude zu haben ist ganz gewiss eine. Das ist eine Offenbarung, die mir ziemlich spät zuteil geworden ist. Zu spät, um deiner Mutter noch etwas zu nützen … Nein. Schuldgefühle sind eine Sünde und ein Irrweg. Das habe ich so mancher armen Seele gesagt, die sich in ihrer Schuld suhlen wollte. Mit Reue ist das etwas anderes. Wie könnte man der ein Leben lang entkommen?«

Ich hatte recht, denkt Karin; Megan will doch etwas. Aber

nach einer kurzen Fortführung des Gesprächs – Austin erzählt, er wolle vielleicht anfangen, Golf zu spielen, lach nicht, und Sheila gehöre einem Club an, in dem man Theaterstücke lese, und da würde er wohl glänzen nach seinen vielen Predigten von der Kanzel – kommen sie zum Schluss. Austin kommt in die Küche – das Telefon steht in der Eingangsdiele; dies ist ein altmodisches Haus – und schaut zu Karin hoch, die dabei ist, die oberen Schränke auszuräumen.

»Eltern und Kinder, Karin«, sagt er seufzend, und seufzt gleich noch einmal mit amüsiertem Gesicht. »Ach, was knüpfen wir doch für ein verworrenes Netz, anfangs wenn wir – Kinder haben. Und dann wollen sie, dass wir immer gleich bleiben, wollen, dass wir Eltern sind – es erschüttert sie fürchterlich, wenn wir irgendwas tun, das sie nicht für möglich gehalten haben. Fürchterlich.«

»Ich denke, sie wird sich daran gewöhnen«, sagt Karin ohne viel Mitgefühl.

»Oh, ja, das wird sie schon. Arme Megan.«

Dann verkündet er, er werde jetzt in die Stadt gehen, um sich die Haare schneiden zu lassen. Er will nicht länger damit warten, weil er sich mit frisch geschnittenem Haar immer so unwohl fühlt. Seine Mundwinkel verziehen sich nach unten, wenn er lächelt – erst nach oben, dann nach unten. Dieses Abrutschen ist überall an ihm zu beobachten – das Gesicht sackt in die Kehllappen, der ausgehöhlte Brustkorb wölbt sich weiter unten zu diesem merkwürdig abrupten kleinen Bauch. Das Absacken hat trockene Rinnen, tiefe Furchen hinterlassen. Gleichwohl spricht Austin – eigentümlicherweise – wie aus einem Körper, der leicht und funktionstüchtig ist und den man gern mit sich herumträgt.

Einen Augenblick später klingelt das Telefon erneut, und Karin muss von der Leiter steigen, um ranzugehen.

»Karin? Sind Sie es, Karin? Megan hier!«

»Ihr Vater ist gerade zum Friseur gegangen.«

»Gut. Gut. Freut mich. Das gibt mir Gelegenheit, mit Ihnen zu reden. Ich habe schon länger auf eine Gelegenheit gehofft.«

»Ach«, sagt Karin.

»Karin. Hören Sie mir mal zu. Ich weiß, dass ich mich genauso verhalte, wie es erwachsene Kinder in dieser Lage typischerweise tun. Es gefällt mir nicht. Ich gefalle mir dabei nicht. Aber ich kann nicht anders. Ich bin misstrauisch. Ich frage mich, was da vorgeht. Ist mit ihm alles in Ordnung? Was halten Sie davon? Was halten Sie von dieser Frau, die er heiraten will?«

»Ich kenne sie nur von einem Foto«, sagt Karin.

»Ich bin im Augenblick schrecklich beschäftigt, und ich kann nicht einfach alles hinschmeißen und nach Hause kommen und mich in Ruhe mit ihm aussprechen. Außerdem ist es so schwer, mit ihm zu reden. Er sagt immer das Richtige, gibt sich so offen, aber in Wirklichkeit ist er total verschlossen. Er ist nie ein Mensch gewesen, der irgendwie persönlich ist, wissen Sie, was ich meine? Er hat bis jetzt nie etwas aus persönlichen Gründen getan. Er hat immer für irgendwen gehandelt. Er hat sich immer gern Leute gesucht, die seine Hilfe brauchten, dauernd. Aber das wissen Sie ja. Selbst dass er Sie ins Haus geholt hat, um Mutter zu pflegen – das hat er ja nicht gerade für Mutter oder sich selbst getan.«

Karin kann Megan vor sich sehen – das lange, dunkle, über die Schultern fallende glatte Haar mit dem Mittelscheitel, die stark geschminkten Augen und die gebräunte Haut und den blassrosa geschminkten Mund, den gut gekleideten, fülligen Körper. Würde man sich nicht schon anhand der Stimme vorstellen, dass sie so aussieht, auch wenn man sie nie gesehen hätte? So glatt, so von aufrichtigem Ernst erfüllt. Jedes Wort fein poliert und dazwischen kleine, genüssliche Pausen. Sie spricht, als hörte sie sich selbst zu. Eigentlich etwas zu sehr so. Ist sie vielleicht betrunken?

»Seien wir ehrlich, Karin. Mutter war ein Snob.« (Ja, sie ist betrunken.) »Na, irgendwas musste sie ja haben. Von einem Kaff ins andere geschleppt, immer nur Gutes tun. Gute Werke waren gar nicht ihre Sache. Und ausgerechnet jetzt, *jetzt*, gibt er das alles auf, und setzt sich ab ins leichte Leben. Nach Hawaii! Das ist doch bizarr!«

»Bizarr.« Das Wort hat Karin schon im Fernsehen gehört und auch von Leuten, zumeist ganz jungen, und sie weiß, dass Megan nicht vom Kirchenbasar spricht. Trotzdem erinnert das Wort sie daran – an die Kirchenbasare, die Megans Mutter früher ausgerichtet hat und dabei immer bemüht war, ein wenig Stil und Abwechslung hineinzubringen. Gestreifte Schirme und ein Straßencafé im einen, Devonshire-Tee mit Kuchen und einer Rosenlaube im nächsten Jahr. Dann denkt sie an Megans Mutter auf dem Chintzsofa im Wohnzimmer, schwach und gelb nach ihrer Chemotherapie, mit einem bunten wattierten Tuch um den fast kahlen Kopf. Immer noch konnte sie Karin mit leichtem, förmlichem Erstaunen ansehen, wenn sie ins Zimmer trat: »Haben Sie etwas auf dem Herzen, Karin?« Sie fragte Karin das, was Karin sie fragen sollte.

Bizarr. Basar. Snob. Als Megan in diesen Ton verfiel, hätte Karin wenigstens sagen sollen: »Ich weiß.« Aber sie kommt nur darauf zu sagen: »Megan. Das wird ganz schön teuer für Sie.«

»Teuer, Karin! Wir reden über meinen Vater. Wir reden darüber, ob mein Vater noch ganz richtig tickt oder ob er übergeschnappt ist, Karin!«

Einen Tag später ein Anruf aus Denver. Don, Austins Sohn, ruft an, um seinem Vater mitzuteilen, dass sie die Sache mit den Esszimmermöbeln lieber vergessen sollen, die Transportkosten sind zu hoch. Austin stimmt ihm zu. Das Geld kann man besser verwenden. Was sind schon Möbel? Dann wird Austin gebeten zu erklären, was es mit diesem Auktionshaus auf sich hat, und was Karin tut.

»Klar, klar, kein Problem«, sagt Austin. »Sie machen eine Liste von allem, was sie bekommen, und für wie viel es weggegangen ist. Sie können dir ohne weiteres eine Kopie schicken. Sie haben einen Computer, glaube ich. Hier oben herrscht nicht mehr das finstere Mittelalter …«

Ja«, sagt Austin. »Ich hatte gehofft, dass du es mit dem Geld auch so sehen würdest. Es ist ein Projekt, das mir sehr am Herzen liegt. Und du und deine Schwester, ihr habt ein gutes Auskommen. Ich habe großes Glück mit meinen Kindern … Die Altersrente und meine Pension als Pfarrer«, sagt er. »Was brauche ich mehr? Und diese Frau, diese Frau, ich kann dir versichern, Sheila – sie ist nicht gerade arm, wenn ich das mal so ausdrücken darf …« Er lacht ein wenig verschmitzt über etwas, was sein Sohn sagt.

Als er aufgelegt hat, sagt er zu Karin: »Tja, mein Sohn sorgt sich um meine Finanzen, und meine Tochter macht sich Sorgen um meine geistige Verfassung. Meine geistig-emotionale Verfassung. Die männliche und die weibliche Art, die Dinge zu betrachten. Die männliche und die weibliche Art, ihrer Sorge Ausdruck zu verleihen. Im Grunde ist es dasselbe. Die alte Ordnung wandelt sich, macht Neuem Platz.«

Don würde sich ohnehin nicht an alles aus dem Haus erinnern. Wie sollte er? Er war am Tag der Beerdigung hier, und seine Frau war nicht mit; sie war hochschwanger und konnte nicht mehr reisen. Ihm würde ihr Gedächtnis als Stütze fehlen. Männer behalten solche Sachen nicht gut. Er hatte nur um die Liste gebeten, damit es so aussahe, als hätte er den Überblick, und niemand darauf käme, ihn übers Ohr zu hauen. Oder seinen Vater.

Einige Dinge würde Karin sich nehmen, und niemand brauchte zu wissen, woher sie gekommen waren. In ihre Wohnung kam ohnehin nie jemand. Ein Teller mit Weidenmotiv. Die blaugrau geblümten Vorhänge. Ein kleiner, runder rubinroter Glaskrug mit silbernem Deckel. Ein weißes Damasttuch, ein Tischtuch, das sie gebügelt hatte, bis es wie ein überfrorenes Schneefeld leuchtete, und die riesigen Servietten, die dazugehörten. Das Tischtuch allein wog so viel wie ein Kind, und die Servietten würden wie Lilien aus den Weingläsern ragen – wenn man Weingläser hatte. Nur so als Anfang hat sie schon mal sechs silberne Löffel in ihrer Manteltasche mitgehen lassen. Sie ist klug genug, weder das silberne Teeservice noch das gute Geschirr anzurühren. Aber ein paar Dessertschalen aus rosa Glas, mit langen Stielen, haben es ihr angetan. Sie sieht förmlich, wie diese Sachen ihre Wohnung verwandeln werden. Mehr noch, sie spürt die Ruhe und Zufriedenheit, die von ihnen auf sie übergehen werden. Wenn sie in einem Zimmer saß, das so eingerichtet war, würde sie gar nicht mehr ausgehen wollen. Sie würde nie mehr an Brent denken und sich Methoden ausdenken müssen, um ihn zu triezen. Wer in so einem Zimmer saß, konnte sich umdrehen und jeden sprachlos machen, der einen Fuß über die Schwelle setzte.

Haben Sie etwas auf dem Herzen?

Am Montag von Austins letzter Woche – er sollte Samstag nach Hawaii fliegen – brach der erste große Sturm des Winters los. Der Wind kam von Westen, über den See; den ganzen Tag und die ganze Nacht herrschte Schneetreiben. Montag und Dienstag blieben die Schulen geschlossen, so dass Karin keinen Lotsendienst hatte. Aber sie konnte es nicht ertragen, zu Hause zu bleiben; sie zog ihren Dufflecoat über und hüllte den Kopf und das halbe Gesicht in einen Wollschal und marschierte durch die schneebedeckten Straßen zum Pastorat.

Das Haus ist kalt, der Wind dringt durch die Türen und Fenster ein. Im Küchenschrank an der Westwand ist das Geschirr eiskalt. Austin ist angezogen, hat sich aber aufs Sofa im Wohnzimmer gelegt und in mehrere Steppdecken und Wolldecken gewickelt. Er liest nicht und sieht nicht fern und döst nicht, soweit sie es beurteilen kann – er stiert nur vor sich hin. Sie macht ihm eine Tasse Pulverkaffee.

»Glauben Sie, dass es bis Samstag vorbei ist?«, fragt sie. Sie hat das Gefühl, wenn er am Samstag nicht abreist, wird er vielleicht überhaupt nicht fahren. Die ganze Geschichte könnte abgeblasen werden, alle Pläne könnten scheitern.

»Das wird rechtzeitig vorbei sein«, sagt er. »Ich mache mir keine Sorgen.«

Karins Kind ist während eines Schneesturms gestorben. Am Nachmittag, während Brent mit seinem Freund Rob vor dem Fernseher saß und trank. Karin hatte ihm gesagt, dass der Kleine krank war und sie Geld für ein Taxi brauchte, um mit ihm ins Krankenhaus zu fahren. Brent sagte, sie solle sich verpissen. Er dachte, sie wollte ihn bloß nerven. Und damit hatte er nicht ganz unrecht – der Kleine hatte nur einmal gebrochen und wimmerte und schien kein sehr hohes Fieber zu haben. Um die Abendbrotzeit, als Rob weg war, wollte Brent den Kleinen hochnehmen und mit ihm spielen. Er hatte vergessen, dass er krank war. »Dieses Kind glüht wie heiße Kohle!«, brüllte er Karin an und wollte wissen, warum sie keinen Arzt geholt hatte, warum sie nicht mit dem Kind ins Krankenhaus gefahren war. »Sag du mir, warum«, sagte Karin, und sie fingen an, sich zu streiten. »Du hast gesagt, es wäre nicht nötig«, sagte Karin. »Also war es offensichtlich nicht nötig.« Brent rief das Taxi-Unternehmen an, und die Taxen fuhren nicht, wegen des Sturms, von dem bis dahin weder er noch Karin etwas gemerkt hatte. Er rief im Krankenhaus an und fragte, was sie tun sollten, und man sagte ihnen, sie sollten das Fieber senken, indem sie das Kind in nasse Handtücher wickelten. Das machten sie, und um Mitternacht hatte sich der Sturm gelegt, und die Schneepflüge konnten fahren, und sie brachten den Kleinen ins Krankenhaus. Aber er starb. Wahrscheinlich wäre er auch gestorben, wenn sie alles Mögliche unternommen hätten; er hatte eine Hirnhautentzündung. Selbst wenn er ein heißgeliebtes, verhätscheltes kleines Baby in einer Familie gewesen wäre, in der sich der Vater nicht betrank und die Mutter und der Vater sich nicht stritten, wäre er vermutlich gestorben; er wäre wahrscheinlich sowieso gestorben.

Aber Brent wollte die Schuld auf sich nehmen. Manchmal wollte er, dass sie beide schuld waren. Wie Zucker schlecken war es für ihn, dieses Geständnis. Karin sagte, halt den Mund, sie sagte, *halt's Maul.*

Sie sagte: »Er wäre sowieso gestorben.«

Sobald der Sturm vorüber ist, am Dienstagnachmittag, zieht Karin den Mantel an, geht nach draußen und schaufelt den Weg vor dem Pastorat frei. Das Thermometer scheint noch zu fallen; der Himmel ist klar. Austin sagt, er will mit ihr zum See hinuntergehen, um sich das Eis anzusehen. Wenn es ziemlich früh im Jahr einen solchen Sturm gibt, treibt der Wind die Wellen aufs Ufer, und dort gefrieren sie. Dann ist überall Eis, in den unglaublichsten Formationen. Die Leute machen Fotos davon. Häufig druckt die Zeitung die besten ab. Auch Austin möchte ein paar Aufnahmen machen. Er sagt, das ist was für die Leute auf Hawaii. Also schaufelt Karin auch das Auto frei, und auf geht's. Austin fährt sehr vorsichtig. Und dort unten ist außer ihnen niemand. Es ist zu kalt. Austin hält sich an Karin fest, und gemeinsam quälen sie sich über die hölzerne Uferpromenade – oder die Stelle, wo sie die Uferpromenade vermuten, unter dem Schnee. Ganze Eisplatten fallen von den schweren Zweigen der Weiden, und die Sonne scheint von Westen durch sie hindurch; sie sind wie Wände aus Perlmutt. Eis hat sich durch den Draht im hohen Zaun gewoben, so dass er aussieht wie eine Honigwabe. Wellen sind gefroren, als sie an das Ufer schlugen. Sie bilden Berge und Täler, eine verrückte Landschaft bis hinaus an den Rand des offenen Wassers. Und sämtliche Spielgeräte, die Kinderschaukeln und Klettergerüste, sind durch das Eis verwandelt, mit Orgelpfeifen behängt oder unter Skulpturen begraben, die wie halbfertig geschnitzt aussehen, unfertige Eisgestalten, die Menschen sein könnten, Tiere, Engel, Ungeheuer.

Karin wird unruhig, als Austin sich allein hinstellt, um zu fotografieren. Er wirkt so wackelig – was ist, wenn er fällt? Er könnte sich ein Bein brechen, eine Hüfte. Alte Leute brechen sich eine Hüfte, und dann ist es aus mit ihnen. Es erscheint ihr sogar riskant, dass er die Handschuhe auszieht, um mit der Kamera zu hantieren. Erfrierungen am Daumen könnten schon reichen, um ihn hier zu halten, seinen Abflug zu vermasseln.

Wieder im Auto, muss er sich tatsächlich die Hände reiben und warm blasen. Er lässt sie fahren. Wenn ihm etwas zustieße, ob dann wohl Sheila Brothers kommen und seine Pflege übernehmen würde, ob sie sich im Pastorat niederlassen und seine Anordnungen widerrufen würde?

»Komisches Wetter ist das«, sagt er. »Oben in Nord-Ontario ist es mild, selbst die kleinen Seen sind noch offen, Temperaturen über dem Gefrierpunkt. Und hier haben uns Eis und Wind direkt von der Prärie fest im Griff.«

»Wenn Sie erst in Hawaii sind, kann Ihnen das ganz egal sein«, sagt Karin entschieden. »Nord-Ontario oder die Prärie oder hier, Sie werden froh sein, nichts mehr damit zu tun zu haben. Ruft sie eigentlich nie an?«

»Wer?«, fragt Austin.

»Sie. Mrs Brothers.«

»Ach, Sheila. Sie ruft mich abends spät an. Es ist so viel früher auf Hawaii.«

An dem Morgen, bevor Austin abreisen soll, klingelt das Telefon, als Karin allein im Haus ist. Eine Männerstimme, sie klingt unsicher und verdrießlich.

»Er ist im Moment nicht da«, sagt Karin. Austin ist zur Bank gegangen. »Ich könnte ihn bitten, Sie zurückzurufen, wenn er wiederkommt.«

»Nun, es ist ein Ferngespräch«, sagt der Mann. »Nach Shaft Lake.«

»Shaft Lake«, wiederholt Karin und tastet auf dem Telefonregal nach einem Bleistift.

»Wir waren nur unsicher. Wollten eigentlich nur mal nachfragen. Dass wir die richtige Ankunftszeit haben. Es muss ja jemand runterfahren, um ihn abzuholen. Er kommt also um drei Uhr in Thunder Bay an, stimmt das?«

Karin hat ihre Suche nach einem Bleistift aufgegeben. Schließlich sagt sie: »Ich nehme an, das stimmt. Soweit ich weiß. Wenn Sie gegen Mittag noch mal anrufen, ist er bestimmt da.«

»Ich weiß nicht genau, ob ich gegen Mittag telefonieren kann. Ich bin hier im Hotel, aber bis dahin muss ich woanders sein. Ich würde ihm lieber nur die Nachricht hinterlassen. Jemand kommt ihn morgen um drei Uhr am Flughafen in Thunder Bay abholen. Okay?«

»Okay«, sagt Karin.

»Sie könnten ihm auch sagen, dass wir was zum Wohnen für ihn gefunden haben.«

»Ach. Gut.«

»Einen Trailer. Er hat gemeint, es würde ihm nichts ausmachen, in einem Trailer zu wohnen. Wir haben hier nämlich lange keinen Pfarrer mehr gehabt.«

»Ach so«, sagt Karin. »Gut. Ja. Ich sag's ihm.«

Sobald sie eingehängt hat, sucht sie Megans Nummer auf der Liste über dem Telefon und wählt sie. Es klingelt drei, vier Mal, und dann ertönt Megans Stimme. Sie ist forscher als beim letzten Mal, als Karin sie gehört hat. Forsch, aber kokett.

»Die Dame des Hauses bedauert, Ihren Anruf im Augenblick nicht entgegennehmen zu können, aber wenn Sie Ihren Namen, eine Nachricht und Ihre Telefonnummer hinterlassen wollen, ruft sie so bald wie möglich zurück.«

Karin hat schon angefangen zu sagen, es tue ihr leid, aber dies sei wichtig, als ein Pfeifton sie unterbricht und ihr klar wird, dass es einer von diesen Apparaten ist. Sie fängt nochmal von vorne an und spricht nach einem tiefen Luftholen schnell, aber deutlich.

»Ich wollte Ihnen bloß sagen. Sie sollten bloß wissen, Ihrem Vater geht es gut. Er ist kerngesund, und geistig ist er auch auf der Höhe und alles. Sie brauchen sich also keine Sorgen zu machen. Morgen fliegt er nach Hawaii. Ich dachte nur gerade – ich dachte nur gerade an unser Telefongespräch. Deshalb dachte ich, ich sage es Ihnen, dass Sie sich keine Sorgen machen sollen. Hier spricht übrigens Karin.«

Und sie ist alles genau rechtzeitig losgeworden, als sie Austin an der Tür hört. Ehe er fragen oder sich wundern kann, was sie in der Diele macht, empfängt sie ihn mit einem Haufen Fragen. War er in der Bank? Tut ihm die Lunge von der Kälte weh? Wann sollte der Lastwagen vom Auktionshaus noch kommen? Wann wollten die Leute vom Vorstand die Schlüssel zum Pastorat haben? Wollte er Don und Megan noch vor seiner Abreise anrufen oder nach der Ankunft oder was?

Ja. Nein. Der Lastwagen Montag. Die Schlüssel Dienstag,

aber das habe keine Eile – wenn sie nicht fertig sei, würde Mittwoch reichen. Keine Anrufe mehr. Er und seine Kinder hätten sich alles gesagt, was sie sich zu sagen haben. Sobald er da ist, wird er ihnen schreiben. Wird beiden einen Brief schreiben.

»Nach der Hochzeit?«

Ja. Na ja. Vielleicht auch schon davor.

Er hat seinen Mantel über das Treppengeländer gelegt. Dann sieht sie, wie er eine Hand ausstreckt, um sich am Geländer festzuhalten. Er tut so, als ob er mit seinem Mantel beschäftigt ist.

»Ist alles in Ordnung?«, fragt sie. »Möchten Sie eine Tasse Kaffee?«

Einen Moment lang sagt er gar nichts. Sein Blick gleitet an ihr vorbei. Wie kann auch nur ein Mensch glauben, dass dieser tatterige alte Mann, dessen Körper aussieht, als fiele er mit jedem Tag mehr in sich zusammen, auf dem Weg ist, eine Trost spendende Witwe zu heiraten, und seine Tage von nun an mit Spaziergängen zu einem sonnigen Strand zu verbringen? Das wäre überhaupt nicht seine Art, niemals. Er hat vor, sich selbst fertigzumachen, ganz schnell und mit Leuten, die so undankbar sind wie möglich, so undankbar wie Brent. Während er allen weismacht, er sei ein anderer geworden. Sonst könnte ihn womöglich jemand aufhalten. Er wird ihnen entkommen und freut sich daran, wie er sie zum Narren hält.

Aber er sucht wirklich etwas in seinem Mantel. Er kramt eine kleine Flasche Whisky hervor.

»Gieß mir ein bisschen davon in ein Glas«, sagt er. »Lass den Kaffee weg. Bloß zur Vorsicht. Gegen die Schwäche. Wegen der Kälte.«

Er sitzt auf der Treppe, als sie ihm den Whisky bringt. Er trinkt ihn zitterig. Er schüttelt den Kopf, als versuchte er, ihn klar zu kriegen. Er steht auf. »Viel besser«, sagt er. »Oh, sehr viel besser. Jetzt zu diesen Bildern vom Eis, Karin. Könntest du sie vielleicht nächste Woche abholen? Wenn ich dir Geld daließe? Sie sind noch nicht fertig.«

Obwohl er gerade aus der Kälte kommt, ist er weiß. Wenn man eine Kerze hinter sein Gesicht stellte, würde das Licht hindurch scheinen, als wäre er aus Wachs oder dünnem Porzellan.

»Sie werden mir Ihre Adresse dalassen müssen«, sagte sie. »Wo ich sie hinschicken soll.«

»Behalte sie einfach, bis ich dir schreibe. Das wäre das Beste.«

Und so sitzt sie nun da mit einem ganzen Film mit Bildern vom Eis, neben all den anderen Sachen, auf die sie ein Auge geworfen hatte. Die Bilder zeigen einen Himmel, der viel zu blau ist, aber das Gewebe im Zaun, die Form der Orgelpfeifen sind nicht so gut zu sehen. Man bräuchte auch einen Menschen darauf, zum Größenvergleich. Sie hätte die Kamera nehmen und Austin fotografieren sollen – denn der ist verschwunden. Er ist so vollständig verschwunden wie das Eis, es sei denn, dass sein Körper im Frühjahr angespült wird. Einmal Tauwetter, einmal Ertrinken, und beide sind weg. Karin betrachtet diese Bilder der blassen, monströsen Eisklumpen, diese Bilder, die Austin gemacht hat, so oft, dass sie das Gefühl bekommt, er sei doch darauf zu sehen. Er ist ein blinder Fleck darauf, aber sehr hell.

Sie glaubt inzwischen, dass er es gewusst hat. Ganz zum Schluss hat er gemerkt, dass sie ihm auf die Schliche gekommen war, dass sie begriffen hatte, was er vorhatte. Ganz egal wie allein man ist, ganz egal wie listig und entschlossen, muss man nicht einen Menschen haben, der um einen weiß? Vielleicht war sie für ihn dieser eine. Sie wussten beide, was der andere vorhatte, und ließen sich nichts anmerken, und das war eine Verbindung, die über das Übliche hinausging. Jedes Mal wenn sie daran denkt, spürt sie Anerkennung – etwas vollkommen Unerwartetes.

Sie steckt eines der Bilder in einen Umschlag und schickt es an Megan. (Sie hat die Liste mit den Adressen und Telefonnummern von der Wand gerissen, für alle Fälle). Ein weiteres schickt sie an Don. Und noch eines mit Briefmarke und Adresse ans andere Ende der Stadt, an Brent. Sie schreibt nichts auf die Bilder und legt auch keine Nachricht dazu. Sie wird diese Leute nie wieder behelligen. Denn es wird nicht mehr lange dauern, bis sie hier weggeht.

Sie möchte nur, dass sie sich wundern.

Güte und Barmherzigkeit

Bugs nahm Abschied vom schwindenden Land, einem dunkelblauen Finger von Labrador. Das Schiff passierte die Straße von Belle Isle am dritten Tag nach der Abreise aus Montreal.

»Jetzt muss ich bis zu den weißen Felsen von Dover durchhalten«, sagte sie. Sie schnitt eine Grimasse, indem sie die Augen und ihren kleinen beweglichen Mund, ihren Sängerinnenmund, rund machte, als müsse sie sich mit einem Ärgernis abfinden. »Sonst heißt es über Bord und den Fischen zum Fraß.«

Mit Bugs ging es zu Ende, aber da sie schon vorher eine sehr schlanke, weißhäutige Frau gewesen war, war der Unterschied nicht allzu erschreckend. Ihre Tochter Averill hatte ihr das leuchtend silberne Haar geschickt zu einem weichen Pagenkopf geschnitten. Ihre Blässe war keineswegs hässlich, und die weiten Blusen und Kaftane, die Averill ihr genäht hatte, kaschierten den Zustand ihrer Arme und ihres Oberkörpers. Gelegentliche Müdigkeits- und Leidensäußerungen harmonierten mit einem Gesichtsausdruck von früher – einer humorvollen, abgehärteten Leidensmiene. Sie sah gar nicht schlecht aus, und ihren Husten hatte sie im Griff.

»Das ist ein Witz«, sagte sie zu Averill, die die Reise bezahlte, vom geerbten Geld ihres Vaters, den sie nie gesehen hatte, jedenfalls hatte sie keine Erinnerung daran. Als sie buchten, hatten sie nicht gewusst, was kommen würde – und schon gar nicht, dass es so bald kommen würde, wie es jetzt schien.

»Eigentlich habe ich vor, dir noch jahrelang das Leben zu vermiesen«, sagte Bugs. »Ich sehe besser aus, findest du nicht? Jedenfalls morgens. Ich esse gut. Ich dachte, ich fange mal an, ein bisschen spazieren zu gehen. Gestern bin ich bis an die Reling gegangen, als du nicht da warst.«

Sie hatten eine Kabine auf dem Bootsdeck, mit einem Liegestuhl für Bugs vor der Tür. Unter dem Kabinenfenster stand eine Bank, die jetzt von Averill besetzt war und morgens immer von dem Professor von der University of Toronto, den Bugs als ihren Verehrer bezeichnete oder als den »trotteligen Professor«.

Dies alles geschah in den späten siebziger Jahren, im Monat Juli, auf einem norwegischen Passagier-Frachter. Während der gesamten Reise über den Nordatlantik war das Wetter sonnig, die See ruhig und glatt wie ein Spiegel.

In Wirklichkeit hieß Bugs natürlich June. Ihr richtiger Name war June Rodgers, und so hieß sie auch als Sängerin. Seit eineinviertel Jahren hatte sie nicht mehr öffentlich gesungen. Seit acht Monaten hatte sie keinen Unterricht mehr im Konservatorium gegeben. Ein paar Studenten ließ sie in ihre Wohnung in der Huron Street kommen, immer abends und samstags, damit Averill sie auf dem Klavier begleiten konnte. Averill arbeitete am Konservatorium, im Büro. Sie fuhr täglich mit dem Fahrrad zum Mittagessen nach Hause, um nachzusehen, wie es Bugs ging. Sie sagte nicht, dass sie es deshalb tat. Als Ausrede diente ihre besondere Diät – Magermilch, Weizenkeime und eine Banane, im Mixer verrührt. Averill war meistens bestrebt, abzunehmen.

Bugs hatte bei Hochzeiten gesungen, sie war die bezahlte Solistin bei Kirchenkonzerten gewesen, sie hatte im Messias gesungen und in der Matthäuspassion und in den Opern von Gilbert und Sullivan. Sie hatte bei Inszenierungen der Oper von Toronto mit berühmten internationalen Stars die Nebenrollen gesungen. In den fünfziger Jahren hatte sie eine Zeitlang eine regelmäßige Sendung im Radio gehabt, zusammen mit einem beliebten, versoffenen Tenor, der sie schließlich beide die Stelle gekostet hatte. June Rodgers war in der Zeit, als Averill heranwuchs, stets ein bekannter Name gewesen. Er war immer noch recht bekannt, zumindest bei den Leuten, unter denen Averill sich meistens bewegte. Für Averill war es, mehr noch als für Bugs, eine Überraschung, auf Leute zu treffen, die ihn nicht kannten.

Auf dem Schiff hatte man ihren Namen nicht gekannt. Ungefähr die Hälfte der etwa dreißig Passagiere waren Kanadier, die meisten aus der Gegend um Toronto, aber sie hatten den Namen nicht erkannt. »Meine Mutter hat die Zerlina gesungen«, sagte Averill während ihrer ersten Unterhaltung mit dem Professor. »In *Don Giovanni*, 1964.« Sie war damals zehn gewesen und erinnerte sich daran als einen Moment von Seligkeit. Lampenfieber, Aufregung, Krise – Halsweh, das sich durch Yoga kurieren ließ. Ein Bauernkostüm mit einem rosa- und goldfarbenen Rüschenrock über zahllosen Petticoats. Seligkeit.

»Schätzchen, die Zerlina ist nicht jedem ein Begriff«, sagte Bugs hinterher zu ihr. »Außerdem sind Professoren dumm. Sie sind dümmer als Normalsterbliche. Ich könnte nett sein und sagen, dass sie über Dinge Bescheid wissen, von denen wir keine Ahnung haben, aber für mein Gefühl haben sie keinen blassen Schimmer.«

Doch sie ließ den Professor neben ihr Platz nehmen und ihr jeden Morgen Geschichten von sich erzählen. Hinterher berichtete sie Averill von dem, was sie erfahren hatte. Er ging vor dem Frühstück eine Stunde an Deck spazieren. Zu Hause wanderte er sechs Meilen am Tag. Er hatte vor einigen Jahren an seiner Universität für einen gewissen Skandal gesorgt, indem er eine junge Frau heiratete, die Leslie hieß (seine dusselige Frau, sagte Bugs). Er hatte sich durch seine Liebschaft und die anschließende Scheidung von seiner Frau und die Heirat mit diesem Mädchen, das ein Jahr jünger war als sein ältestes Kind, Feinde gemacht und unter den Kollegen Neid und Missgunst geschürt. Von da an hatten gewisse Leute es auf ihn abgesehen und ihn schließlich abgesägt. Er war Biologe, aber er hatte eine Art allgemeinen naturwissenschaftlichen Einführungskurs für Studierende der Geisteswissenschaften entwickelt: einen lebendigen, anspruchslosen Kurs, von dem er sich einen bescheidenen Durchbruch erhoffte. Er fand die Zustimmung der oberen Gremien, aber der Kurs wurde von den Angehörigen seines eigenen Instituts torpediert, die sich alle möglichen umständlichen, dummen Voraussetzungen und Anforderungen ausdachten. Deswegen ließ er sich vorzeitig pensionieren.

»Ich glaube, das war's«, sagte Bugs. »Ich konnte mich nicht konzentrieren. Außerdem können junge Frauen für ältere Männer sehr frustrierende Partnerinnen sein. Jugend kann auf die Dauer langweilig sein. Oh, ja. Bei einer älteren Frau kann ein Mann sich entspannen. Der Rhythmus ihrer Gedanken und Erinnerungen – ja, der Rhythmus ihrer Gedanken und Erinnerungen ist eher im Einklang mit seinem. Was für ein Quatsch!«

Weiter hinten auf dem Deck saß die junge Frau, Leslie, und arbeitete an einem Petit-Point-Bezug für einen Esszimmerstuhl. Es war ihr dritter Bezug. Sie brauchte im Ganzen sechs. Die beiden Frauen, die bei ihr saßen, bewunderten bereitwillig ihr Muster – es hieß Tudor Rose – und erzählten von Petit-Point-Bezügen, die sie gestickt hatten. Sie beschrieben, wie sie zu den Möbeln in ihren Häusern passten. Leslie saß zwischen ihnen, gewissermaßen geschützt. Sie war ein sanftes, rosahäutiges, braunhaariges Mädchen, dessen Jugend allmählich verblasste. Man musste zu ihr freundlich sein, aber

Bugs hatte sich nicht sehr freundlich gezeigt, als Leslie die Stickerei aus ihrer Tasche gefischt hatte.

»Oje«, sagte Bugs. Sie warf die Hände in die Luft und wackelte mit ihren dürren Fingern. »Diese Hände«, sagte sie und überwand einen Hustenanfall – »diese Hände haben eine Menge angefasst, worauf ich nicht stolz bin, aber ich kann immerhin sagen, dass ich nie eine Stricknadel oder eine Sticknadel oder eine Häkelnadel in die Hand genommen oder auch nur einen Knopf angenäht habe, wenn eine Sicherheitsnadel zur Hand war. Ich bin also kaum die Richtige, um Ihre Arbeit zu würdigen, meine Liebe.«

Leslies Mann lachte.

Averill dachte, dass Bugs nicht ganz die Wahrheit gesagt hatte. Immerhin hatte Bugs ihr das Nähen beigebracht. Bugs und Averill interessierten sich beide für Kleidung und gehorchten der Mode auf spielerische, unbefangene Art. Einige ihrer schönsten gemeinsamen Stunden hatten sie damit verbracht, Stoff zuzuschneiden, zusammenzustecken, sich Dinge einfallen zu lassen.

Die Kaftane, die weiten Blusen, die Bugs an Bord trug, waren aus Seide und Samt und buntgemustertem Baumwollstoff und Häkelspitze zusammengesetzt – lauter Flicken aus alten Kleidern und Gardinen und Tischtüchern, die Averill in Secondhand-Läden gefunden hatte. Diese Kreationen wurden sehr von Jeanine bewundert, einer Amerikanerin auf dem Schiff, die sich emsig um Anschluss bemühte.

»Woher haben Sie diese wunderschönen Sachen?«, fragte Jeanine, und Bugs sagte: »Averill, Averill hat sie genäht. Ist sie nicht begabt?«

»Sie ist ein Genie«, entgegnete Jeanine. »Sie sind ein Genie, Averill.«

»Sie sollte Kostümbildnerin werden«, sagte Bugs. »Ich habe ihr das schon hundertmal gesagt.«

»Ja, warum nicht?«, sagte Jeanine.

Averill wurde rot und ihr fiel nichts ein, keine Antwort, um Bugs und Jeanine, die sie beide anlächelten, zu beschwichtigen.

Bugs sagte: »Ich bin aber auch froh, dass sie es nicht geworden ist. Ich bin froh, dass sie hier ist. Averill ist mein Schatz.«

Außer Hörweite von Bugs, auf dem Deck spazierend, fragte Jeanine Averill: »Wollen Sie mir sagen, wie alt Sie sind?«

Averill sagte dreiundzwanzig, und Jeanine seufzte. Sie sei zweiundvierzig. Sie hatte einen Mann, aber er war nicht mit an Bord. Ihr Gesicht war lang und braungebrannt, mit glänzenden altrosa Lippen, und ihr schulterlanges Haar war dick und glatt wie eine Eichenplanke. Man sage ihr oft, dass sie wie eine Kalifornierin aussehe, sagte sie, dabei sei sie aus Wisconsin. Sie stammte aus einer Kleinstadt in Wisconsin und war dort Moderatorin einer Radiosendung mit Höreranrufen gewesen. Sie hatte eine tiefe, angenehme Stimme, in der auch dann noch Befriedigung mitschwang, wenn sie ein Problem, eine Kümmernis, eine Schande enthüllte.

Sie sagte: »Ihre Mutter ist bezaubernd.«

Averill sagte: »Ja, entweder fliegen die Leute auf sie oder sie können sie nicht leiden.«

»Ist sie schon lange krank?«

»Sie ist auf dem Weg der Besserung«, sagte Averill. »Sie hatte im Frühjahr eine Lungenentzündung.« Das war die Version, auf die sie sich geeinigt hatten.

Jeanine war eifriger darauf bedacht, sich mit Bugs anzufreunden als umgekehrt. Trotzdem rutschte Bugs in ihre altgewohnte Distanzlosigkeit, vertraute ihr einiges über den Professor an und verriet ihr den Namen, den sie sich für ihn ausgedacht hatte: Dr. Faustus. Seine Frau hieß Tudor Rose. Jeanine fand diese Namen passend und lustig. Oh, wie köstlich, sagte sie.

Sie wusste nicht, welchen Namen Bugs ihr zugedacht hatte. Glamourmieze.

Averill spazierte an Deck herum und lauschte den Gesprächen anderer. Sie dachte darüber nach, dass Seereisen angeblich dazu gut waren, von allem einmal wegzukommen, und dass »von allem« vermutlich hieß vom eigenen Leben, von der Art, wie man lebte, der Art Mensch, die man zu Hause war. Doch in allen mitangehörten Unterhaltungen machten die Leute gerade das Gegenteil. Sie wiesen sich aus, indem sie von ihren Berufen erzählten und von ihren Kindern und ihren Gärten und ihren Esszimmern. Rezepte wurden ausgetauscht – für Fruitcakes und Komposthaufen. Außerdem Methoden zum Umgang mit Schwiegertöchtern und Geldanlagen. Geschichten über Krankheiten, Ehebruch, Immobilien. *Ich habe gesagt. Ich mache immer. Ich glaube. Ich weiß ja nicht, wie das bei Ihnen ist, aber ich.*

Averill, die vorüberging und das Gesicht dem Meer zuwandte, fragte sich, wie man so wurde. Wie lernte man, so stur und hartnäckig zu werden und darauf zu bestehen, dass man an der Reihe war?

Letzten Herbst habe ich es dann gleich noch mal gemacht, in Blau und Austernweiß.

Ich fürchte, ich habe nie begriffen, was an einer Oper dran sein soll.

Letzteres war der Professor, der meinte, Bugs einen Dämpfer aufsetzen zu können. Und wieso sagte er fürchten?

Averill durfte nicht lange spazieren gehen. Sie hatte einen Bewunderer, der sich anschlich und sie an der Reling abfing. Er war Künstler, ein kanadischer Künstler aus Montreal, der ihr im Speisesaal gegenübersaß. Als er bei der ersten Mahlzeit gefragt wurde, was für Bilder er male, sagte er, sein letztes Werk sei eine knapp drei Meter hohe, von Kopf bis Fuß in Verbände gehüllte Figur, die mit Zitaten aus der amerikanischen Unabhängigkeitserklärung beschriftet war. Wie interessant, sagten einige höfliche Amerikaner, und der Bildhauer sagte mit einem verkniffenen Grinsen: Das freut mich.

»Aber warum«, fragte Jeanine, die seine Feindseligkeit mit der Geschicklichkeit einer Reporterin parierte (einer besonders freundlichen Stimme, einem Lächeln, aus dem noch mehr Aufmerksamkeit und Interesse sprach), »warum haben Sie keine kanadischen Zitate verwendet?«

»Ja, das habe ich mich auch gerade gefragt«, sagte Averill. Manchmal versuchte sie, auf diese Weise an Gesprächen teilzunehmen, und bemühte sich, Dinge, die von anderen gesagt wurden, wieder aufzugreifen oder zu ergänzen. Meistens brachte das nicht sehr viel.

Kanadische Zitate erwiesen sich als heikles Thema für den Künstler. Kritiker hatten ihn deshalb bereits ins Gebet genommen, ihm mangelndes Nationalgefühl vorgeworfen und damit gerade das nicht begriffen, was er bezweckte. Er ignorierte Jeanine, aber folgte Averill, als sie den Tisch verließ, und hielt eine, wie ihr schien, stundenlange leidenschaftliche Rede, in deren Verlauf er sich glühend in sie verliebte. Am nächsten Morgen wartete er vor dem Frühstück auf sie, um sie zu begleiten, und fragte sie hinterher, ob sie schon jemals Modell gestanden habe.

»Ich?«, fragte Averill. »Ich bin viel zu dick.«

Er sagte, er habe nicht bekleidet gemeint. Wenn er ein Künstler anderer Art wäre, sagte er (seinem Ton entnahm sie, dass es sich dabei um die Art handelte, die er verachtete), hätte er sie sich sofort zum Modell gewählt. Ihre prallen, goldenen Schenkel (sie trug an dem Morgen Shorts, die sie nie wieder anzog), ihre langen Haare wie karamellisierter Zucker, ihre geraden Schultern und volle Taille. Die Figur einer Göttin, die Farben einer Göttin, einer Erntegöttin. Er sagte, wenn sie böse schaute, sehe sie aus wie ein unschuldiges Kind.

Averill nahm sich vor, nicht zu vergessen, dass sie immer lächeln sollte.

Er war ein untersetzter, ständig gereizt wirkender Mann von leicht dunkler Hautfarbe. Bugs nannte ihn Toulouse-Lautrec.

Es war nicht das erste Mal, dass sich Männer in Averill verliebten. Zweimal hatte sie bereits die Ehe versprochen und anschließend sehen müssen, wie sie da wieder rauskam. Sie hatte mit den Männern geschlafen, mit denen sie verlobt war, und außerdem noch mit zwei oder drei anderen. Genau gesagt vier anderen. Sie hatte eine Abtreibung hinter sich. Sie war nicht frigide – so meinte sie jedenfalls –, aber ihre Beteiligung am Sex hatte immer etwas Höfliches und etwas Erschrecktes, und es war jedes Mal eine Wohltat, wenn sie losgelassen wurde.

Mit dem Künstler wurde sie fertig, indem sie ihm morgens früh ein Gespräch gönnte, wenn sie sich stark und beinahe leichtherzig fühlte. Sie setzte sich nirgends mit ihm hin und hielt ihn nachmittags und abends auf Abstand. Als Teil ihrer Strategie freundete sie sich mit Jeanine an. Das war erträglich, solange Jeanine aus ihrem eigenen Leben erzählte und Averill nicht bedrängte, von sich zu berichten.

»Ihre Mutter ist eine mutige, sehr charmante Frau«, sagte Jeanine. »Aber charmante Leute können manipulativ sein. Sie wohnen bei ihr, nicht wahr?«

Averill bestätigte das, und Jeanine sagte: »Ach, das tut mir leid. Ich hoffe, ich bin Ihnen nicht zu nahe getreten? Ich hoffe, ich habe Sie nicht gekränkt?«

Averill war eigentlich nur verblüfft, auf eine ihr wohlbekannte Weise. Woraus schlossen die Leute so rasch, dass sie dumm war?

»Wissen Sie, ich bin es so sehr gewohnt, Leute zu interviewen«, sagte Jeanine, »dass ich mich kaum noch normal unterhalten kann. Ich habe vergessen, wie man außerberuflich miteinander kommuniziert. Ich falle zu sehr mit der Tür ins Haus, und ich bin zu *interessiert.* Ich muss da irgendwie rauskommen.«

Der ganze Sinn dieser Reise, sagte sie, lag darin, sich wieder in die normale Wirklichkeit einzufinden und wiederzuentdecken, wer sie war, wenn sie nicht gerade in ein Mikro quakte. Und herauszufinden, wer sie außerhalb ihrer Ehe war. Sie habe eine Abmachung mit ihrem Mann, erzählte sie, dass sie dann und wann kleine Reisen allein unternähmen, um die Grenzen ihrer Beziehung auszutesten.

Averill hörte förmlich, was Bugs dazu sagen würde. »Die Grenzen ihrer Beziehung austesten«, würde Bugs sagen. »Damit meint sie, auf dem Schiff rumzuvögeln.«

Jeanine sagte, sie schließe eine Romanze an Bord nicht von vornherein aus. Beziehungsweise sie habe sie nicht ausgeschlossen, bis sie einen Blick auf die in Frage kommenden Männer geworfen habe. Ein Blick, und sie hatte resigniert. Wer sollte es sein? Der Künstler war klein und hässlich und amerikafeindlich. Das allein machte ihn ihr zwar nicht völlig unsympathisch, aber er war in Averill vernarrt. Der Professor hatte seine Frau an Bord – Jeanine hatte nicht vor, sich in Wäscheschränken herumzudrücken, um mit irgendwem zu schlafen. Außerdem redete er so umständlich daher, hatte kleine, körnige Warzen auf den Lidern und war vollauf mit Bugs beschäftigt. Auch gegen alle anderen Männer sprach irgendetwas – sie hatten ihre Frauen dabei, oder sie waren zu alt, um ihr zu gefallen, oder zu jung, als dass sie ihnen noch gefallen könnte, oder sie interessierten sich in erster Linie füreinander oder für die Mitglieder der Besatzung. Sie würde die Zeit darauf verwenden müssen, eine gründliche Hautkur zu machen und endlich mal wieder ein ganzes Buch zu lesen.

»Aber wen würden Sie denn nehmen«, fragte sie Averill, »wenn Sie an meiner Stelle wären?«

»Wie wär's mit dem Kapitän?«, schlug Averill vor.

»Genial«, sagte Jeanine. »Ziemlich aussichtslos, aber genial.«

Sie fand heraus, dass das Alter des Kapitäns passte – er war vierundfünfzig. Er war verheiratet, aber seine Frau war zu Hause in Bergen. Er hatte drei Kinder, die schon erwachsen waren oder jedenfalls fast. Er selbst war kein Norweger, sondern Schotte, in Edinburgh geboren. Er war mit sechzehn zur Seefahrt gekommen und seit zehn Jahren Kapitän auf diesem Frachter. Das alles erkundete Jeanine, indem sie ihn fragte. Sie sagte ihm, sie wolle einen Artikel für eine Zeitschrift schreiben, über Passagier-Frachter. (Das hatte sie unter Umständen wirklich vor.) Er führte sie durch das ganze Schiff und zeigte ihr sogar seine Kabine. Das hielt sie für ein gutes Zeichen.

Seine Kabine war blitzsauber. Er hatte ein Foto von einer großen, sympathisch wirkenden Frau in einem dicken Pullover aufgestellt. Das Buch, das er gerade las, war von John le Carré.

»Der wird sie nicht flachlegen«, sagte Bugs. »Er ist zu schlau für sie. Ein schlauer Schotte.«

Averill hatte nicht gezögert, Jeanines Vertraulichkeiten weiterzugeben, wenn es denn Vertraulichkeiten waren. Sie war es gewöhnt, alle Informationen, alle belebenden Leckerbissen mit nach Hause in die Wohnung in der Huron Street, in die Kabine auf dem Bootsdeck, zu Bugs zu bringen. Alles in den brodelnden Topf einzurühren. Bugs selbst konnte andere wunderbar ausquetschen – sie bekam aus den seltsamsten Quellen lange verwickelte Enthüllungen zu hören. Soweit Averill wusste, hatte sie nie welche geheim gehalten.

Bugs sagte, Jeanine sei der Typ Mensch, dem sie schon häufiger begegnet war. Eine glänzende Fassade und dahinter eine einzige Katastrophe. Es wäre ein Fehler, mahnte sie Averill, sich zu eng mit ihr anzufreunden, aber Bugs selbst machte weiter auf eng. Sie erzählte Jeanine Geschichten, die Averill schon kannte.

Sie erzählte von Averills Vater, den sie weder als Idiot noch Bewunderer beschrieb, sondern als feigen alten Hund. Für ihr Empfinden alt – über vierzig. Er war Arzt, in New York. Bugs lebte dort; sie war eine junge Sängerin, die sich um ihren Einstieg bemühte. Sie ging mit Halsschmerzen zu ihm, denn Halsschmerzen hatten sie ein Leben lang geplagt.

»Ein Hals-, Nasen- und Ohrenmensch«, sagte Bugs. »Wie sollte ich ahnen, dass er da nicht haltmachen würde?«

Er hatte Familie. Natürlich. Er war einmal nach Toronto gekommen, zu einem Ärztekongress. Da hatte er Averill gesehen.

»Sie stand in ihrem Bettchen, und als sie ihn sah, schrie sie wie am Spieß. Ich fragte ihn, findest du, sie hat meine Stimme? Aber er war nicht zu Späßen aufgelegt. Sie hat ihn abgeschreckt. So ein feiger alter Hund. Ich glaube, er hat sich wirklich nur dieses Mal bei uns blicken lassen.

Ich habe schon immer ordinäre Ausdrücke benutzt«, sagte Bugs. »Ich mag das. Ich hab es schon gemocht, bevor es so üblich wurde. Als Averill gerade in die Schule gekommen war, rief die Lehrerin an und lud mich zu einem Gespräch ein. Sie sagte, sie sei wegen einiger Ausdrücke besorgt, die sie von Averill höre. Wenn Averill ihren Bleistift abbrach oder so, dann sagte sie: Scheiße. Oder vielleicht: Fuck. Sie sagte das, was sie zu Hause von mir gewohnt war. Ich habe sie nie davon abgehalten. Ich dachte einfach, sie würde es schon mitbekommen. Aber wie? Arme Averill. Ich war eine schlechte Mutter. Und das ist noch nicht mal alles. Meinen Sie, ich hätte der Lehrerin gestanden, dass sie es von mir hatte? Kein Gedanke! Ich habe die feine Dame gespielt. Oje. Ich bin Ihnen ja so dankbar, dass Sie mir das erzählen. Oje. Ich bin ein schrecklicher Mensch. Averill hat das immer gewusst. Nicht wahr, Averill?«

Averill bejahte das.

Vom vierten Tag an ging Bugs nicht mehr zum Abendessen in den Speisesaal hinunter.

»Es fällt mir auf, dass ich um die Zeit schon ein wenig grau um die Kiemen bin«, sagte sie. »Ich möchte den Professor nicht vergraulen. Womöglich ist er gar nicht so auf alte Frauen aus, wie er tut.«

Sie sagte, Frühstück und Mittagessen würden ihr reichen. »Das Frühstück war schon immer meine Lieblingsmahlzeit. Und hier an Bord schlage ich richtig zu.«

Averill brachte vom Abendessen Brötchen und Obst mit. »Schön«, sagte Bugs. »Später.«

Zum Schlafen musste sie sich hochlagern.

»Vielleicht hat die Bordschwester Sauerstoff«, sagte Averill. Auf dem Schiff gab es keinen Arzt, aber eine Krankenschwester. Bugs wollte sie nicht haben. Sie wollte keinen Sauerstoff.

»Die sind nicht schlimm«, sagte sie von ihren Hustenanfällen. »Die sind nicht so schlimm, wie sie sich anhören. Nur kleine Anfälle. Ich überlege die ganze Zeit – wofür sie die Strafe sind. Wo ich doch nie geraucht habe. Ich dachte vielleicht – dafür, dass ich in der Kirche gesungen habe, ohne gläubig zu sein. Aber nein. Ich glaube, es war *Sound of Music*. Die Maria. So was kann Gott nicht leiden.«

Abends spielten Averill und Jeanine mit dem Künstler und dem norwegischen Ersten Offizier Poker. Averill ging zwischendurch immer mal aufs Bootsdeck, um nach Bugs zu sehen. Bugs schlief oder tat so, als ob, und das Obst und die Brötchen lagen unberührt an ihrem Bett. Averill zog sich früh vom Spiel zurück. Sie ging nicht gleich ins Bett, obwohl sie vorher laut betont hatte, sie sei so müde, dass sie kaum die Augen aufhalten könne. Sie schlich sich in die Kabine, um die nichtgegessenen Brötchen zu holen, und ging wieder an Deck. Sie setzte sich auf die Bank unter dem Fenster. Das Fenster war in der warmen, stillen Nacht immer weit geöffnet. Averill saß da und vertilgte die Brötchen so leise, wie es ging, biss ganz vorsichtig in die knusprige, köstliche Kruste. Die Seeluft machte so hungrig, wie es immer behauptet wurde. Oder es war der Umstand, dass jemand in sie verliebt war – die Spannung. Zu solchen Zeiten nahm sie auch sonst zu.

Sie konnte Bugs atmen hören. Kleine, abgehackte Stöße und Pausen, erratische Beschleunigungen, ein paar Aussetzer, Schnarcher und hin und wieder regelmäßige Züge. Sie bekam mit, wenn Bugs halb wach wurde und ihre Lage veränderte und nach Luft rang und sich auf den Kissen höher schob. Und sie konnte den Kapitän beobachten, wenn er zu seinem Spaziergang herauskam. Sie wusste nicht, ob er sie sah. Er zeigte es nie an. Er sah nie in ihre Richtung. Er schaute geradeaus. Er verschaffte sich seine Bewegung nachts, wenn die Gefahr, dass er sich unterhalten musste, am geringsten war. Auf und ab, auf und ab, dicht an der Reling. Averill hielt still – sie fühlte sich wie ein Fuchs im Unterholz. Ein Nachttier, das ihn beobachtete. Aber sie glaubte nicht, dass er sich erschrecken würde, wenn sie sich bewegte oder ihn anspräche. Er bemerkte doch bestimmt alles, was auf dem Schiff vorging. Er wusste, dass sie da war, konnte sie aber ignorieren, aus Höflichkeit oder weil es ihm selbst so lieb war.

Sie dachte über Jeanines Absichten mit ihm nach und war wie Bugs der Meinung, dass sie zum Scheitern verurteilt waren. Averill wäre enttäuscht, wenn sie nicht zum Scheitern verurteilt wären. Der Kapitän erschien ihr nicht wie ein Bedürftiger. Es war ihm kein Bedürfnis, zu stören, zu schmeicheln, zu provozieren oder einen hinterrücks zu überfallen.

Da gab es kein *schau mich an, hör mir zu, bewundere mich, gib mir.* Nichts dergleichen. Er hatte andere Dinge im Kopf. Das Schiff, das Meer, das Wetter, die Ladung, seine Besatzung, seine Aufgaben. Die Passagiere mussten für ihn ein alter Hut sein. Ladung einer anderen Art, die eine andere Art Aufmerksamkeit erforderte. Untätig oder krank, gutgelaunt oder bekümmert, neugierig, ungeduldig, schelmisch, zurückgezogen – er musste alles schon einmal gesehen haben. Er wusste bestimmt gleich alles Mögliche über sie, aber nie mehr, als er wissen musste. Er wusste bestimmt über Jeanine Bescheid. Ein alter Hut.

Wie entschied er, wann er wieder hineinging? Legte er eine Zeit fest, zählte er seine Schritte? Er hatte graues Haar und hielt sich gerade, und die Rundlichkeit seiner Bauchpartie machte nicht den Eindruck von Wohlleben, sondern von ruhiger Autorität. Bugs hatte sich für ihn keinen Namen ausgedacht. Sie hatte ihn als schlauen Schotten bezeichnet, aber weiter kein Interesse gezeigt. Es gab für ihn keine Etiketten, an denen Bugs sich hätte festhalten können, keine einladenden Angebereien, keine schillernden Fassaden, an denen man kratzen konnte. Er war ein vor langer Zeit ausgereifter Mann, keiner, der sich von Minute zu Minute erschuf und dazu jeden benutzte, den er finden konnte.

Eines Nachts bevor der Kapitän erschien, hörte Averill Singen. Sie hörte Bugs singen. Sie hörte, wie Bugs aufwachte und sich in Position brachte und zu singen begann.

In den letzten Monaten hatte Bugs manchmal während des Unterrichts eine Phrase gesungen, sie hatte leise, sehr vorsichtig gesungen, wenn es nötig war, etwas zu demonstrieren. So sang sie jetzt nicht. Sie sang leise, wie früher beim Üben, wenn sie ihre Kräfte für den Auftritt schonte. Aber sie sang natürlich und ausdrucksvoll, mit unvermindertem – oder fast unvermindertem – Schmelz.

»Vedrai carino«, sang Bugs, wie früher, wenn sie den Tisch deckte oder bei Regen aus dem Wohnungsfenster guckte, als leichte Skizze, die nach Belieben ausgeschmückt werden konnte. Es klang damals, als warte sie auf jemanden oder beschwöre schwer zu glaubendes Glück oder singe sich schlicht für ein Konzert ein.

»Vedrai carino,
Se sei buonino,
Che bel rimedio,
Ti voglio dar.«

Averills Kopf war hochgeschnellt, als der Gesang begann, ihr Körper hatte sich angespannt, wie in einer kritischen Situation. Aber es kam kein Ruf nach ihr; sie blieb, wo sie war. Nach dem ersten Aufschrecken empfand sie genau das Gleiche, das Gleiche wie immer, wenn ihre Mutter sang. Die Türen öffneten sich, mühelos, dahinter lag ein heller Raum, der Wärme und Ernst verhieß. Ersehnte, selige Freude und Ernst, umspielende Wärme, die nichts von einem forderte. Nichts als die Annahme dieser strahlenden Ordnung. Die alles veränderte und in dem Moment wieder verschwand, wenn Bugs zu singen aufhörte. Weg. Es war, als hätte Bugs selbst die Tür wieder zugemacht. Bugs konnte den Eindruck erwecken, dass es bloß ein Trick war, dass man ein bisschen dumm war, wenn man so viel Wirbel darum machte. Es war eine Gabe, die Bugs darbringen musste, allen.

Da. Das war's. Bitte sehr.

Nichts Besonderes.

Bugs verfügte über dieses Geheimnis, das sie offen zur Schau trug und anschließend perfekt wahrte – vor Averill, wie vor allen anderen auch.

Averill ist nicht besonders musikalisch, Gott sei Dank.

Der Kapitän kam an Deck, als Bugs die letzten Töne sang.

Möglicherweise hatte er das Ende mitbekommen oder diskret im Schatten gewartet, bis es vorüber war. Er ging vorbei, und Averill schaute zu, wie üblich.

Averill konnte im Kopf singen. Aber selbst im Kopf sang sie nie die Lieder, die sie mit Bugs assoziierte. Nicht Zerlinas Lieder, keine der Sopranpartien aus den Oratorien, nicht einmal »Farewell to Nova Scotia« oder andere Volkslieder, über die Bugs sich lustig machte, weil sie so rührselig waren, und die sie trotzdem engelhaft schön sang. Averill sang im Kopf ein Kirchenlied. Sie wusste nicht genau, woher sie es hatte. Von Bugs konnte sie es nicht gelernt haben. Bugs mochte generell keine Kirchenlieder. Averill musste es in der Kirche aufgeschnappt haben, als Kind, wenn sie mit Bugs da war, weil Bugs ein Solo zu singen hatte.

Es war das Kirchenlied, das mit dem Vers anfängt: »Der Herr ist mein Hirte, mir wird nichts mangeln.« Averill wusste nicht, dass es ursprünglich ein Psalm war – sie war nicht oft genug in der Kirche gewesen, um die Psalmen zu kennen. Aber sie kannte den ganzen Text des Liedes, das, wie sie zugeben musste, nur so strotzte von Egoismus und unverhohlenem Triumph und, vor allem in einer Strophe, von einer Art kindischer Schadenfreude:

Du bereitest vor mir einen Tisch
Im Angesicht meiner Feinde

Wie fröhlich und sicher und gedankenlos die Stimme in Averills Kopf diese Worte sang, während sie zusah, wie der Kapitän vor ihr auf und ab ging, und später, als sie selbst unbehelligt an die Reling trat:

Güte und Barmherzigkeit
Werden mir folgen mein Leben lang,
Und ich werde bleiben
Im Hause des HERRN immerdar.

Ihr stummer Gesang umrankte die Geschichte, die sie sich erzählte, die sie Nacht für Nacht an Deck weiterdichtete. (Averill erzählte sich oft Geschichten – es war etwas, das ihr so unvermeidlich erschien wie das Träumen.) Ihr Singen war eine Schranke, die zwischen der Welt in ihrem Kopf und der Außenwelt stand, zwischen ihrem Körper und dem Ansturm der Sterne, dem schwarzen Spiegel des Atlantiks.

Bugs ging nicht mehr zum Mittagessen hinunter. Sie erschien weiter zum Frühstück und war dann munter, wie auch danach noch etwa eine Stunde lang. Sie behauptete, es gehe ihr nicht schlechter, sie habe nur keine Lust mehr, zuzuhören und zu reden. Sie sang nicht wieder, jedenfalls nicht, wenn Averill sie hören konnte.

Am neunten Abend, dem letzten Abend auf See vor dem Anlegen in Tilbury, lud Jeanine zu einer Party in ihrer Kabine ein. Jeanine hatte die größte und schönste Kabine auf dem Bootsdeck. Sie spendierte Champagner, den sie zu diesem Zweck mit an Bord gebracht hatte, und Whisky und Wein, und dazu Kaviar, Trauben, haufenweise Räucherlachs und Beefsteak Tatar und Käse und Knäckebrot aus den ungeahnten Vorräten der Küche. »Ich geh in die Vollen«, verkündete sie. »Ich will noch einmal richtig genießen. Und danach wandere ich mit dem Rucksack durch Europa und klau mir Eier aus Hühnerställen. Das ist mir egal. Ich lasse mir von euch allen die Adressen geben, und wenn ich völlig abgebrannt bin, niste ich mich bei euch ein. Lacht nicht!«

Bugs hatte vorgehabt mitzufeiern. Sie war den ganzen Tag im Bett geblieben und nicht einmal zum Frühstück gegangen, um ihre Kräfte zu schonen. Sie stand auf und wusch sich und ließ sich dann wieder auf ihre Kissen sinken, um sich zu schminken. Sie machte sich wunderschön zurecht, die Augen und alles. Sie bürstete sich die Haare, toupierte und sprühte sie ein. Sie zog ihr Kleid für große Solo-Auftritte an, das Averill genäht hatte – ein fast gerade geschnittenes, aber locker fallendes langes Kleid aus tiefvioletter Seide, dessen weite Ärmel mit schillernder rosa-silberner Seide gefüttert waren.

»Aubergine«, sagte Bugs. Sie drehte sich, damit das Kleid sich bauschte. Von der Drehung wurde ihr schwindelig, und sie musste sich setzen.

»Ich sollte mir noch die Nägel lackieren«, sagte sie. »Aber ich warte einen Augenblick. Ich bin zu zittrig.«

»Ich könnte sie dir lackieren«, sagte Averill. Sie steckte sich gerade das Haar auf.

»Ja? Aber nein. Ich glaube, ich werde nicht hingehen. Nun doch nicht. Ich glaube, ich würde lieber einfach hier bleiben und mich ausruhen. Morgen muss ich fit sein. Wenn wir anlegen.«

Averill half ihr, das Kleid auszuziehen, sich das Gesicht zu waschen und das Nachthemd wieder überzuziehen. Sie half ihr ins Bett.

»Es ist zu schade um das Kleid«, sagte Bugs. »Wenn es nicht getragen wird. Es verdient, gesehen zu werden. Du solltest es tragen. Zieh du es an. Bitte.«

Averill fand nicht, dass Violett ihr stand, aber zog schließlich ihr grünes Kleid aus und streifte das von Bugs über. Sie ging den Gang hinunter zur Party und fühlte sich fremd, verwegen und verkehrt. Aber es war in Ordnung – alle hatten sich in Schale geworfen, einige sogar regelrecht aufgedonnert. Selbst die Männer hatten sich irgendwie herausgeputzt. Der

Künstler trug eine alte Smokingjacke zu seinen Jeans, und der Professor erschien in einem ziemlich weit geschnittenen weißen Anzug und sah aus wie ein Plantagendandy. Jeanines Kleid war schwarz und knapp, dazu trug sie schwarze Nahtstrümpfe und dicke Goldklunker. Leslie war in Taft gehüllt, mit roten und rosa Rosen auf cremeweißem Grund. Über ihrem runden Po war der Stoff zu einer gewaltigen Rose gerafft, deren Blütenblätter der Professor in einem fort tätschelte und zwickte und möglichst vorteilhaft zurechtzupfte. Es wirkte, als wäre er frisch von ihr hingerissen. Sie war erleichtert und stolz und scheu erblüht.

»Ihre Mutter kommt nicht?«, fragte der Professor Averill.

»Partys langweilen sie«, gab Averill zur Antwort.

»Ich bekomme allmählich den Eindruck, dass vieles sie langweilt«, sagte der Professor. »Das ist mir schon häufiger bei darstellenden Künstlern aufgefallen, und es ist auch verständlich. Sie müssen sich so sehr auf sich selbst konzentrieren.«

»Wen haben wir hier – die Freiheitsstatue?«, sagte der Künstler, die Seide von Averills Kleid streifend. »Steckt da überhaupt eine Frau drin?«

Averill wusste, dass er kürzlich mit Jeanine über sie gesprochen und sich erkundigt hatte, ob sie womöglich lesbisch und Bugs gar nicht ihre Mutter sei, sondern ihre reiche und eifersüchtige Geliebte.

»Ist das eine Frau oder ein Zementblock?«, fragte er und knetete die Seide an ihren Hüften.

Averill nahm es gleichmütig hin. Dies war der letzte Abend, an dem sie sich mit ihm abgeben musste. Und sie war nicht mehr nüchtern. Sie trank gern. Und Champagner trank sie besonders gern. Sie wurde davon nicht aufgekratzt, sondern weichgestimmt und versöhnlich.

Sie unterhielt sich mit dem Ersten Offizier, der mit einem

Mädchen aus den Bergen verlobt war und angenehm wenig Interesse an ihr als Liebesobjekt zeigte.

Sie unterhielt sich mit der Köchin, einer gutaussehenden Frau, die früher an norwegischen Gymnasien Englisch unterrichtet hatte und jetzt auf ein abenteuerlicheres Leben aus war. Jeanine hatte Averill erzählt, dass die Köchin und der Künstler angeblich miteinander schliefen, und eine gewisse herausfordernde, ironische Note in der Freundlichkeit der Köchin ließ Averill vermuten, dass da vielleicht etwas dran war.

Sie unterhielt sich mit Leslie, die erzählte, dass sie früher Harfenistin gewesen sei. Sie war eine junge Harfenistin gewesen, die in einem Hotel Tischmusik spielte, und der Professor hatte sie hinter den Farnen entdeckt. Sie war nicht seine Studentin gewesen, wie man allgemein dachte. Erst als sie zusammen waren, hatte der Professor dafür gesorgt, dass sie sich für ein paar Kurse einschrieb, um sich zu bilden. Sie kicherte in ihren Champagner hinein und meinte, das habe nichts genützt. Die Bildung sei spurlos an ihr vorübergegangen, aber das Harfespielen habe sie aufgegeben.

Jeanine sprach Averill mit ihrer leisesten und vertraulichsten Stimme an: »Wie werden Sie mit ihr zurechtkommen?«, fragte sie. »Was werden Sie in England machen? Wie soll sie eine Zugfahrt überstehen? Die Sache ist ernst.«

»Machen Sie sich keine Gedanken«, sagte Averill.

»Ich bin nicht offen zu Ihnen gewesen«, sagte Jeanine. »Ich gehe eben auf die Toilette. Aber wenn ich wiederkomme, möchte ich Ihnen etwas sagen.«

Averill hoffte, dass Jeanine nicht vorhatte, weitere Enthüllungen über den Künstler zu machen oder mehr Ratschläge wegen Bugs zu geben. Aber das war es nicht. Als Jeanine aus dem Bad kam, fing sie an, von sich zu reden. Sie sagte, sie sei nicht auf einer kleinen Urlaubsreise, wie sie behauptet hatte.

Sie sei rausgeschmissen worden. Von ihrem Mann, der sie wegen einer hirnlosen Sexbombe verlassen habe, die beim Sender als Empfangsdame arbeitete. Als Empfangsdame brauchte sie sich bloß die Nägel zu machen und gelegentlich ans Telefon zu gehen. Ihr Mann hatte gemeint, er und Jeanine könnten doch weiter Freunde bleiben. Er kam sie besuchen, trank ihren Wein und beschrieb ihr die hübschen Gewohnheiten seiner Liebsten. Wie sie nackt im Bett saß und – was sonst – sich die Nägel feilte. Er wollte, dass Jeanine sich mit ihm amüsierte und an seiner unbedachten, überwältigenden Liebe Anteil nahm. Und das tat sie – Jeanine tat das. Immer wieder ging sie auf seinen Wunsch ein und hörte seine Geschichten an und sah zu, wie ihr Wein schwand. Er sagte, er würde sie – Jeanine – lieben wie die Schwester, die er nie gehabt hatte. Aber jetzt wollte Jeanine ihn mit Stumpf und Stiel aus ihrem Leben reißen. Sie ging auf und davon. Sie wollte jetzt leben.

Sie hatte immer noch ein Auge auf den Kapitän geworfen, auch wenn es schon fünf vor zwölf war. Er hatte Champagner abgelehnt und trank Whisky.

Die Köchin hatte für alle, die nicht tranken oder zeitig wieder nüchtern werden wollten, ein Tablett mit Kaffee geholt. Als schließlich jemand eine Tasse probierte, stellte sich heraus, dass die Sahne flockte – wahrscheinlich weil sie eine Zeitlang im warmen Zimmer gestanden hatte. Gelassen nahm die Köchin sie mit und versprach, frische zu bringen. »Morgen früh auf den Pfannkuchen wird sie gut schmecken«, sagte sie. »Mit braunem Zucker, auf den Pfannkuchen.«

Jeanine sagte, ihr habe mal jemand erzählt, wenn Milch sauer werde, gebe es vermutlich eine Leiche auf dem Schiff.

»Ich hielt das für Aberglauben«, sagte Jeanine. »Aber er sagte, nein, es gibt eine Begründung. Das Eis. Weil man das ganze Eis zur Kühlung der Leiche braucht, wird die Milch sauer. So war das gewesen, auf einem Schiff in den Tropen, meinte er.«

Der Kapitän wurde lachend gefragt, ob es auf diesem Schiff auch so ein Problem gebe.

Er sagte, nicht dass er wüsste. »Außerdem haben wir reichlich Platz im Kühlraum«, sagte er.

»Sie bestatten sie doch sowieso auf See, oder?«, fragte Jeanine. »Sie dürfen doch auf See Ehen schließen und Beisetzungen vornehmen, nicht? Oder legen Sie sie wirklich auf Eis und schicken sie in die Heimat?«

»Das wird von Fall zu Fall entschieden«, sagte der Kapitän.

Aber ob es bei ihm schon vorgekommen sei, wurde er gefragt – habe man Leichen auf Eis legen müssen, habe es Seebestattungen gegeben?

»Einmal ist uns ein junger Bursche, ein Mitglied der Besatzung, an einer Blinddarmentzündung gestorben. Er hatte, soweit wir wussten, keine Familie; wir haben ihn auf See beerdigt.«

»Das ist ein komischer Ausdruck, wenn man drüber nachdenkt«, sagte Leslie, die über alles kicherte. »Auf See beerdigt.«

»Ein anderes Mal –« sagte der Kapitän. »Ein anderes Mal war es eine Dame.«

Dann erzählte er Jeanine und Averill und noch einigen, die in seiner Nähe standen, eine Geschichte. (Leslie nicht – ihr Mann brachte sie ins Bett.)

Einmal fuhren auf diesem Schiff, sagte der Kapitän, zwei Schwestern mit. Das war auf einer anderen Strecke, vor ein paar Jahren, im Südatlantik. Die Schwestern sahen aus, als lägen zwanzig Jahre zwischen ihnen, aber nur deshalb, weil die eine schwer krank war. Vielleicht war sie gar nicht so viel älter – es mag sogar sein, dass sie nicht einmal die Ältere war. Wahrscheinlich waren sie beide etwa Mitte dreißig. Beide waren nicht verheiratet. Und die, die nicht krank war, war sehr schön.

»Die schönste Frau, die ich in meinem Leben gesehen habe«, sagte der Kapitän so feierlich, als beschreibe er eine Aussicht oder ein Gebäude.

Sie war sehr schön, aber sie schenkte niemandem Beachtung außer ihrer Schwester, die an die Kabine gefesselt war, wahrscheinlich durch ein Herzleiden. Die andere verließ abends gewöhnlich die Kabine und setzte sich auf die Bank unter dem Fenster. Manchmal ging sie bis an die Reling und wieder zurück, aber sie entfernte sich nie sehr weit vom Fenster. Der Kapitän nahm an, sie bleibe in Hörweite für den Fall, dass ihre Schwester sie brauchte. (Damals war keinerlei Pflegepersonal an Bord.) Er konnte sie dort sitzen sehen, wenn er spätabends seinen Spaziergang machte, aber er tat so, als sähe er sie nicht, weil er den Eindruck hatte, dass sie nicht gesehen werden und sich nicht zum Grüßen verpflichtet fühlen wollte.

Doch eines Abends, als er vorbeispazierte, hörte er sie rufen. Sie rief ihn so leise, dass er sie kaum hörte. Er ging zur Bank, und sie sagte: Herr Kapitän, verzeihen Sie, meine Schwester ist soeben gestorben.

Verzeihen Sie, meine Schwester ist soeben gestorben.

Sie führte ihn in die Kabine, und sie hatte vollkommen recht. Ihre Schwester lag auf dem Bett neben der Tür. Ihre Augen waren halb geöffnet, sie war gerade eben gestorben.

»Es hatte ein kleines Malheur gegeben, wie manchmal bei solchen Angelegenheiten«, erzählte der Kapitän. »Und an ihrer Reaktion darauf erkannte ich, dass sie nicht in der Kabine gewesen war, als es passierte. Sie hatte draußen gesessen.«

Weder der Kapitän noch die Frau sagten ein Wort. Sie machten sich gemeinsam daran, das Bett neu zu beziehen, und sie wuschen die Leiche und legten sie richtig hin und drückten ihr die Augen zu. Als sie fertig waren, fragte der Kapitän, wen er benachrichtigen solle. Niemanden, sagte die Frau. Es gibt niemanden außer uns beiden, sagte sie. Wünschen Sie also, dass sie auf See bestattet wird, fragte sie der Kapitän, und sie sagte ja. Morgen, sagte er – morgen früh – und sie sagte: Warum müssen wir warten, könnten wir es nicht gleich tun?

Natürlich war das eine gute Idee, obwohl der Kapitän sie nicht von sich aus dazu genötigt hätte. Je weniger die anderen Passagiere und selbst die Besatzung von einem Sterbefall an Bord mitbekommen müssen, desto besser. Und es war heiß, Sommer auf dem Südatlantik. Sie hüllten den Leichnam in eines der Laken und hoben ihn gemeinsam aus dem Fenster, das zum Lüften weit offen stand. Die tote Schwester war leicht – aufgezehrt. Sie trugen sie an die Reling. Dann sagte der Kapitän, er wolle rasch ein Seil holen, um den Leichnam fest ins Laken zu binden, damit er nicht hinausfalle, wenn er über Bord gehe. Könnten wir nicht Schals nehmen, sagte sie und lief in die Kabine und kam mit einer Reihe Schals und Schärpen wieder, sehr hübschen Sachen. Damit schnürte er den Körper im Laken ein und sagte, jetzt werde er noch sein Buch holen, um die Totenmesse zu lesen. Die Frau lachte und sagte: Was nützt Ihnen hier Ihr Buch? Es ist zu dunkel, um daraus vorzulesen. Ihm wurde klar, dass sie Angst davor hatte, mit der Leiche allein gelassen zu werden. Außerdem hatte sie recht, es war zu dunkel zum Lesen. Er hätte eine Taschenlampe holen können. Er wusste nicht mehr, ob er daran überhaupt gedacht hatte. Er wollte sie wirklich nicht allein lassen; ihr Zustand gefiel ihm nicht.

Er fragte sie, was er stattdessen sagen solle. Einige Gebete vielleicht?

Wie Sie mögen, sagte sie, und er betete das Vaterunser – er erinnerte sich nicht daran, ob sie es mitgesprochen hatte – und anschließend so etwas wie: Lieber Herr Jesus, in deinem Namen vertrauen wir diese Frau den Tiefen des Meeres an; sei ihrer Seele gnädig. Irgend so etwas. Sie hoben den Leichnam hoch und kippten ihn über die Reling. Der Aufschlag war kaum zu hören.

Sie fragte, ob das alles sei, und er sagte ja. Er müsse nur noch ein paar Formulare ausfüllen und den Totenschein ausstellen. Woran ist sie gestorben, fragte er. War es ein Herzschlag? Er fragte sich verwundert, unter was für einem Bann er gestanden hatte, so dass er nicht eher danach gefragt hatte.

Oh, sagte sie, ich habe sie umgebracht.

»Ich wusste es!«, rief Jeanine aus. »Ich wusste, dass es Mord war!«

Der Kapitän geleitete die Frau zur Bank unter dem Kabinenfenster zurück – das jetzt weihnachtlich hell erleuchtet war – und fragte sie, was sie damit meine. Sie sagte, sie habe dagesessen, wo sie jetzt sei, und habe ihre Schwester rufen hören. Sie habe gewusst, dass ihre Schwester in Not war. Sie habe auch gewusst, warum – ihre Schwester brauchte eine Spritze. Sie habe sich nicht gerührt. Sie habe es versucht – das heißt, sie habe ständig gedacht, sie würde sich rühren. Sie habe sich in die Kabine gehen und die Nadel herausholen sehen, sie habe sich dabei gesehen, aber sie habe sich nicht von der Stelle gerührt. Sie habe sich mit aller Kraft bemüht, es zu tun, aber sie habe sich nicht gerührt. Wie ein Stein habe sie dagesessen. Sie habe sich genauso wenig rühren können wie in einem Traum, in dem man versucht, einer Gefahr zu entkommen. Sie habe dagesessen und gelauscht, bis sie wusste, dass ihre Schwester tot war. Dann sei der Kapitän gekommen, und sie habe ihn gerufen.

Der Kapitän versicherte ihr, dass sie ihre Schwester nicht umgebracht habe.

Wäre ihre Schwester nicht ohnehin gestorben?, fragte er. Wäre sie nicht sehr bald gestorben? Wenn nicht heute Abend, dann sehr bald? O ja, sagte sie. Wahrscheinlich. Nicht wahrscheinlich, sagte der Kapitän. Bestimmt. Nicht wahrscheinlich – bestimmt. Er werde Herzschlag auf den Totenschein schreiben und damit genug. Deswegen müssen Sie sich jetzt beruhigen, sagte er. Jetzt, wo Sie wissen, dass alles in Ordnung sein wird.

Ja, sagte die Frau, sie verstehe, dass der Teil der Sache in Ordnung sein würde. Es tut mir nicht leid, sagte sie. Aber ich glaube, man soll sich an das erinnern, was man getan hat.

»Dann trat sie an die Reling«, sagte der Kapitän, und ich ging natürlich mit, weil ich nicht ahnen konnte, was sie vorhatte, und sie sang ein Kirchenlied. Das war alles. Vermutlich war das ihr Beitrag zur Messe. Sie sang so leise, dass sie kaum zu hören war, aber es war ein Kirchenlied, das ich kannte. Ich weiß nicht mehr welches, aber ich kannte es gut.«

»Güte und Barmherzigkeit werden mir folgen mein Leben lang«, sang Averill da, leise, aber mit sicherer Stimme, so dass Jeanine sie um die Taille fasste und ausrief: »Du heiliger Bimbam!«

Der Kapitän zeigte sich einen Moment überrascht. Dann sagte er: »Ich glaube, das könnte es gewesen sein.« Es war, als hätte er Averill etwas – einen Zipfel seiner Geschichte – überantwortet. »Das könnte es gewesen sein.«

Averill sagte: »Es ist das einzige Kirchenlied, das ich kenne.«

»Aber ist das alles?«, fragte Jeanine. »Es ging nicht um ein Familienvermögen, und sie waren nicht beide in denselben Mann verliebt? Nein? Na ja, es war wohl kein Fernsehfilm.«

Der Kapitän sagte, nein, es war kein Fernsehen.

Averill glaubte, den Rest zu kennen. Wie denn auch nicht? Es war ihre Geschichte. Sie wusste, dass der Kapitän, als die Frau ihr Lied zu Ende gesungen hatte, ihre Hand von der Reling nahm. Er zog ihre Hand an den Mund und küsste sie. Er küsste sie auf den Handrücken, dann auf die Handfläche. Ihre Hand, die gerade erst der Toten den letzten Dienst erwiesen hatte.

In einigen Versionen der Geschichte ließ er es dabei bewenden, war es damit genug. In anderen Versionen war er nicht so schnell zufrieden. Und sie auch nicht. Sie ging mit ihm hinein, den Gang hinunter bis in die hell erleuchtete Kabine, und er liebte sie dort, auf eben dem Bett, das sie in seiner Geschichte gerade abgezogen und gesäubert hatten und dessen Inhaberin sie in einem der Laken auf den Meeresboden versenkt hatten. Sie landeten auf diesem Bett, weil sie nicht mehr bis zum anderen Bett unter dem Fenster warten konnten, weil sie es nicht abwarten konnten, sich ins Liebesspiel zu werfen, das sie bis zum Morgengrauen fortsetzten und das ihnen für den Rest ihres Lebens reichen musste.

Manchmal drehten sie das Licht aus, manchmal kümmerten sie sich nicht darum.

Der Kapitän hatte die Geschichte erzählt, als handelte es sich bei der Mutter und Tochter um Schwestern, er hatte das Schiff in den Südatlantik versetzt, und er hatte den Schluss weggelassen – und außerdem ein paar eigene Details eingeflochten –, aber Averill glaubte, dass er ihre Geschichte erzählt hatte. Es war die Geschichte, die sie sich Nacht für Nacht an Deck erzählt hatte, ihre ganz geheime Geschichte, die ihr wiedergeschenkt wurde. Sie hatte sie erfunden, und er hatte sie genommen und erzählt, ohne sie zu verraten.

Der Glaube daran, dass so etwas geschehen konnte, gab ihr das Gefühl, schwerelos und klar umgrenzt zu sein und zu leuchten wie ein Fisch, der im Wasser aufblitzt.

Bugs starb nicht in jener Nacht. Sie starb zwei Wochen später im Royal Infirmary, dem königlichen Krankenhaus in Edinburgh. Bis dahin hatte sie es mit dem Zug geschafft.

Averill war nicht bei ihr, als sie starb. Sie war ein paar Straßen weiter und aß eine gebackene Kartoffel von einem Imbissstand.

Eine ihrer letzten zusammenhängenden Bemerkungen machte Bugs über das Royal Infirmary. Sie sagte: »Klingt das nicht total nach Alter Welt?«

Als Averill zum Essen ging, nachdem sie den ganzen Tag im Krankenzimmer verbracht hatte, war sie überrascht, dass der Himmel noch so hell war und dass auf den Straßen so viele lebendige, bunt gekleidete Menschen herumliefen, die Deutsch und Englisch redeten und wahrscheinlich jede Menge andere Sprachen, die sie nicht kannte. Jedes Jahr um diese Zeit richtete die Heimatstadt des Kapitäns ein Festival aus.

Averill ließ Bugs' Leiche im Flugzeug nach Hause überführen, um sie in Toronto bei schöner Musik zu beerdigen. Im Flugzeug saß sie neben einem anderen Kanadier, der von Schottland nach Hause flog – einem jungen Mann, der in einem berühmten Golfturnier für Amateure mitgespielt und nicht so gut abgeschnitten hatte wie erwartet. Scheitern und Traurigkeit brachten sie einander nahe, und sie ließen sich leicht davon bezaubern, wie wenig der jeweils andere von der Welt des Sports und der Musik wusste. Da er in Toronto wohnte, war es dem jungen Mann ein Leichtes, bei der Beisetzung aufzukreuzen. Nach kurzer Zeit feierten er und Averill Hochzeit. Nach einer Weile wurden sie weniger nett und waren weniger verliebt, und Averill fing an zu glauben, dass sie ihren Mann vor allem ausgesucht hatte, weil Bugs die Wahl als abstrus empfunden hätte. Sie wurden geschieden.

Aber Averill lernte einen anderen Mann kennen, der ein gutes Stück älter war als sie, einen Regisseur und Schauspiellehrer an der Highschool. Sein Talent war beständiger als seine Freundlichkeit – er hatte eine lässige, unangenehm gedankenlose und ironische Art. Entweder bezauberte er die Leute, oder er erregte heftige Antipathie. Er hatte versucht, sich von Gefühlsverstrickungen frei zu halten.

Averills Schwangerschaft jedoch bewog sie zu heiraten. Sie hofften beide auf eine Tochter.

Von den Leuten, die auf dem Schiff gewesen waren, sah und hörte Averill nie wieder etwas.

Averill nimmt die Gabe des Kapitäns an. Sie ist losgelöst und glücklich. Wie der glitzernde Fisch gleitet sie in der Hülle ihres dunklen Seidenkleides dahin.

Sie und der Kapitän wünschen einander gute Nacht. Sie berühren sich feierlich an den Händen. Ihre Haut zuckt bei der Berührung.

Ach, wozu ...

I – Die Blindschleiche

Sie sitzen im Esszimmer. Der gebohnerte Fußboden ist, von dem Läufer vor dem Geschirrschrank abgesehen, nackt. Es stehen nicht viele Möbel herum – ein langer Tisch, ein paar Stühle, das Klavier, der Geschirrschrank. Die Fenster sind auf der Innenseite sämtlich mit hölzernen Läden verschlossen. Die Fensterläden sind matt blau oder vielmehr graublau lackiert. Ihre Farbe und auch die an den Fensterrahmen ist teilweise abgeblättert. Stellenweise hat Joan nachgeholfen, mit den Fingernägeln.

Es ist ein sehr heißer Tag in Logan. Die Welt jenseits der Fensterläden verschwimmt in gleißendem Licht; die Bäume und Hügel in der Ferne wirken durchsichtig; Hunde schleichen um die Pumpen herum und um die Pfützen bei den Trinkbrunnen.

Irgendeine Freundin ihrer Mutter ist da. Ist es die Lehrerin Gussie Toll oder die Frau des Bahnhofsvorstehers? Die Freundinnen ihrer Mutter sind lebendige, oft sprunghafte Frauen – wurzellos und unabhängig, zumindest, was ihre Einstellungen betrifft.

Auf dem Tisch unter dem Deckenventilator haben die Frauen ihre Karten ausgebreitet und lesen einander die Zukunft. Sie reden und lachen auf eine Art, die Joan verführerisch findet, verschwörerisch. Morris liegt auf dem Fußboden und schreibt in ein Heft. Er schreibt sich auf, wie viele Exemplare der Zeitschrift *New Liberty* er diese Woche verkauft hat, wer schon bezahlt hat und wer ihm noch Geld schuldet. Er ist ein stämmiger Bursche von etwa fünfzehn Jahren, freundlich, aber zurückhaltend, und er trägt eine Brille mit einem dunklen Glas.

Als Morris vier Jahre alt war, ist er am hinteren Ende des Gartens durch das hohe Gras am Bach gestromert und über einen Rechen gestolpert, den jemand dort mit den Zinken nach oben liegen gelassen hatte. Er ist gestolpert, auf die Zinken gefallen, hat Schnittwunden an Braue und Lid erlitten und sich den Augapfel verletzt. Solange Joan denken kann – sie war noch ein Baby, als es passierte –, hat er eine Narbe, ist auf einem Auge blind und trägt eine Brille mit einem getönten Glas.

Ein Landstreicher hatte den Rechen dort hingeworfen. So behauptet ihre Mutter. Sie hatte dem Landstreicher gesagt, sie würde ihm ein Brot machen, wenn er das Laub unter den Walnussbäumen zusammenharkte. Sie gab ihm den Rechen, und als sie das nächste Mal wieder hinsah, war er verschwunden. Sie nahm an, er habe vom Harken die Nase voll gehabt oder sei böse geworden, weil sie von ihm verlangt hatte, erst mal zu arbeiten. Sie vergaß, hinauszugehen und den Rechen zu suchen. Sie hatte keinen Mann zur Hilfe in Haus und Hof. Innerhalb von wenig mehr als einem halben Jahr hatte sie drei Dinge verkraften müssen: Joans Geburt, den Tod ihres Mannes durch einen Autounfall (er hatte getrunken, glaubte sie, ohne jedoch richtig betrunken zu sein) und Morris' Sturz auf den Rechen.

Sie war nie mit Morris nach Toronto zu einem Spezialisten gefahren, um die Narbe besser vernähen zu lassen oder sich wegen des Auges Rat zu holen. Sie hatte kein Geld. Aber hätte sie nicht welches borgen können (fragte sich Joan, als sie erwachsen war), hätte sie sich nicht an den Lions Club wenden und dort um Hilfe bitten können, wo der doch manchmal arme Leute in Not unterstützte? Nein. Nein, das konnte sie nicht. Sie glaubte nicht, dass sie und ihre Kinder auf dieselbe Weise arm waren wie die Leute, denen der Lions Club half. Sie wohnten in einem großen Haus. Sie waren Hausbesitzer und kassierten für drei kleine Häuser auf der anderen Straßenseite Miete. Ihnen gehörte immer noch das Holzlager, obwohl sie mitunter nur einen einzigen Angestellten beschäftigen konnten. (Ihre Mutter nannte sich gern Ma Fordyce, nach Ma Perkins, einer Witwe in einer Seifenoper im Radio, die ebenfalls ein Holzlager besaß.) Sie hatten nicht den Spielraum der Leute, die richtig arm waren.

Joan fällt es noch schwerer, zu begreifen, warum Morris selbst nie etwas unternommen hat. Morris schwimmt mittlerweile im Geld. Dabei wäre es nicht mal mehr eine Geldfrage. Morris zahlt seine Beiträge zur gesetzlichen Krankenversicherung wie jeder andere auch. Für Joans Empfinden hat er einige sehr rechtslastige Ansichten über Verzärtelung und persönliche Verantwortung und unberechtigte Steuern, aber er zahlt. Wäre es für ihn nicht sinnvoll, zu versuchen, etwas wiederzubekommen? Eine schönere Narbe am Lid? Eines von diesen neuen, echt aussehenden künstlichen Augen, die sich durch magische Sensoren mit dem anderen Auge mitbewegen? Dazu müsste er nur einmal in die Klinik gehen und ein paar kleine Unannehmlichkeiten, ein bisschen Frickelei in Kauf nehmen.

Dazu müsste Morris bloß zugeben, dass er eine Veränderung wünscht. Dass es keine Schande ist, wenn man versucht, sich des Wundmals zu entledigen, das einem ein Schicksalsschlag verpasst hat.

Ihre Mutter und die Freundin trinken Cola mit Rum. Im Haus herrscht eine Freizügigkeit, über die vermutlich die meisten von Joans und Morris' Schulkameraden staunen würden. Ihre Mutter raucht und trinkt an heißen Sommertagen Cola mit Rum, und sie hat Morris schon mit zwölf erlaubt, zu rauchen und Auto zu fahren. (Rum schmeckt ihm nicht.) Ihre Mutter spricht nicht von Schicksalsschlägen. Sie erzählt vom Landstreicher und dem Rechen, aber Morris' Auge könnte inzwischen auch schlicht eine besondere Auszeichnung sein. Sie gibt ihnen das Gefühl, zu einer besonderen Familie zu gehören. Nicht weil ihr Großvater das Holzlager aufgebaut hat – darüber lacht sie, sie sagt, er war bloß ein Holzarbeiter, der Dusel hatte, und sie selbst war ein Niemand, sie ist als Bankangestellte in die Stadt gekommen – und nicht, weil sie in diesem großen, kalten, unpraktischen Haus wohnen, sondern weil sie in ihrer kleinen Familie eine Eigenheit pflegen. Sie meint damit ihre Art, Witze zu machen und über andere Leute zu reden. Sie haben für fast alle Leute im Ort Spitznamen – die meisten hat sich ihre Mutter ausgedacht. Denn sie kennt jede Menge Gedichte aus der Schulzeit oder von woanders her. Also hängt sie den Leuten ein paar Zeilen an, die sie auf absurde und unvergessliche Weise charakterisieren. Sie guckt aus dem Fenster und zitiert einen Vers, und sie wissen, wer vorbeigegangen ist. Manchmal sagt sie ein paar Zeilen vor sich hin, während sie den Haferbrei umrührt, den sie dann und wann außer zum Frühstück auch zu Abend essen, weil er billig ist.

Morris' Spezialität sind Wortspiele. Er spult sie unablässig ab und schaut dabei schlau, und ihre Mutter tut so, als machte sie das wahnsinnig. Einmal hat sie ihm gesagt, wenn er nicht aufhörte, würde sie den Zuckertopf über seinem Kartoffelpüree auskippen. Er hat nicht aufgehört, und sie hat Wort gehalten.

Im Haus der Fordyces hängt ein Geruch, der von den Tapeten und dem Putz in den Zimmern stammt, die sie zugesperrt haben, und den toten Vögeln in den unbenutzten Schornsteinen oder den Mäusen, deren saatkornartigen Kot sie im Wäscheschrank finden. Die Holztüren im Durchgang zwischen Ess- und Wohnzimmer sind verschlossen, und sie benutzen nur das Esszimmer. Eine billige Trennwand teilt den Flur von der Eingangsdiele ab. Sie kaufen keine Kohlen und reparieren die marode Heizungsanlage nicht. Sie heizen die bewohnten Zimmer mit zwei Öfen, in denen sie Reste aus dem Holzlager verbrennen. Das ist alles nicht wichtig, keine ihrer Entbehrungen und Probleme und Sparmaßnahmen sind wichtig. Was ist wichtig? Witze und Glück. Sie haben Glück, die Produkte einer Ehe zu sein, die fünf Jahre lang glücklich war und dieses Glück auf Partys und Tanzfesten und durch wundervolle Eskapaden ausgelebt hat. Erinnerungen daran gibt es überall – Schallplatten und zarte, formlose Kleider aus Stoffen wie apricotfarbenem Georgette und smaragdgrüner Moiréseide und ein Picknickkorb mit einem silbernen Flachmann. Ein stilles Glück war es nicht; dazu gehörte, dass viel getrunken wurde und sie mit Freunden fein ausgingen, die größtenteils aus anderen Städten, sogar aus Toronto, stammten und die seither entschwunden und zum Teil ebenfalls von Tragödien getroffen worden waren, von der plötzlichen Armut jener Jahre und den damit einhergehenden Komplikationen.

Sie hören den Klopfer an der Eingangstür so laut, wie ihn keiner mit ordentlichen Manieren betätigen würde.

»Ich weiß, ich weiß, wer das ist«, sagt ihre Mutter. »Das ist bestimmt die irre Mrs Buttler, was wollt ihr wetten?« Sie schlüpft aus ihren Tennisschuhen und schiebt die Türen im Durchgang vorsichtig, ohne jedes Knarren auf. Sie schleicht auf Zehenspitzen an das vordere Fenster des nicht mehr benutzten Wohnzimmers, von wo aus sie durch die Fensterläden schielen und die Veranda vorm Haus einsehen kann. »Mist«, sagt sie. »Sie ist es.«

Mrs Buttler wohnt in einem der drei Betonsteinhäuser gegenüber. Sie ist eine ihrer Mieterinnen. Sie hat weißes Haar, aber sie schiebt es unter einen Turban aus verschiedenfarbigen Samtflicken. Sie trägt einen langen schwarzen Mantel. Sie hat die Angewohnheit, Kinder auf der Straße anzuhalten und auszufragen. Kommst du jetzt erst aus der Schule – musstest du nachsitzen? Weiß deine Mutter, dass du Kaugummi kaust? Hast du die Kronkorken in meinen Garten geworfen?

»Ach, Mist«, sagt ihre Mutter. »Es gibt niemanden, den ich weniger gern sehen würde.«

Mrs Buttler ist keine regelmäßige Besucherin. Sie kommt dann und wann mit irgendeiner ellenlangen Beschwerde, irgendeiner dringenden, fürchterlichen Neuigkeit. Vielen Lügen. Danach läuft sie wieder wochenlang ohne einen Blick am Haus vorbei, mit vorgeschobenem Kopf und langen schnellen Schritten, die ihrem schwarzen Aufzug alle Würde nehmen. Geistesabwesend und beleidigt murmelt sie vor sich hin.

Es klopft erneut, und ihre Mutter geht leise zur Tür in der Eingangsdiele. Dort bleibt sie stehen. An einer Seite der großen Haustür ist eine Buntglasscheibe, die so klein gemustert ist, dass man nur schwer hindurchsehen kann, und an der anderen, wo eine Buntglasscheibe entzweigegangen ist (eines Nachts, als wir es ein bisschen zu bunt getrieben haben, hat ihre Mutter erzählt), hängt ein Brett. Ihre Mutter stellt sich an die Tür und bellt. Kläff-kläff-kläff, bellt sie wie ein aufgebrachter kleiner Köter, der allein im Haus eingeschlossen ist. Mrs Buttlers Turban presst sich an die Scheibe, als sie versucht, drinnen etwas zu sehen. Nichts zu erkennen. Der kleine

Hund bellt lauter. Ein aufgebrachtes Bellkonzert – molto furioso –, in das ihre Mutter die Worte hau ab, hau ab, hau ab einarbeitet. Und irre Alte, irre Alte, irre Alte. Hau ab, irre Alte, hau ab.

Mrs Buttler bleibt eine Zeitlang draußen in der gleißenden Hitze stehen. Ihr Schatten fällt auf die Scheibe.

Bei ihrem nächsten Besuch sagt sie: »Ich wusste gar nicht, dass Sie einen Hund haben.«

»Haben wir auch nicht«, sagt ihre Mutter. »Wir haben nie einen Hund gehabt. Ich denke oft, dass ich gerne einen hätte. Aber wir haben nie einen gehabt.«

»Aber ich war neulich hier, als keiner zu Hause war. Keiner hat aufgemacht, und ich könnte schwören, dass ich einen Hund bellen hörte.«

»Vielleicht haben Sie was mit dem Mittelohr, Mrs Buttler«, entgegnet ihre Mutter darauf. »Sie sollten mal zum Arzt gehen.«

»Ich glaube, ich könnte mich ohne weiteres in einen Hund verwandeln«, sagt ihre Mutter später. »Ich glaube, ich würde Skippy heißen.«

Sie haben einen Namen für Mrs Buttler. Mrs Bunker, Mrs Runkel, schließlich Mrs Furunkel. Er passte zu ihr. Ohne genau zu wissen, was ein Furunkel ist, begriff Joan, wie gut der Name passte, weil er für das Knubblige, Abgestumpfte, Unbeholfene, Eigensinnige im Gesicht und Charakter ihrer Nachbarin ein einprägsames Wort bot.

Mrs Furunkel hatte eine Tochter, Matilda. Keinen Mann, nur diese Tochter. Wenn die Fordyces nach dem Abendessen draußen auf der Seitenveranda saßen – und die Mutter rauchte und Morris rauchte, wie der Mann im Haus –, sahen sie Matilda manchmal um die Ecke kommen, auf dem Weg zum Süßwarenladen, der abends lange geöffnet hatte, oder zur Bücherei, um sich noch kurz vor Feierabend ein Buch auszuleihen. Sie hatte nie eine Freundin dabei. Wer würde schon eine Freundin mit in ein Haus bringen, in dem Mrs Furunkel herrschte? Aber Matilda wirkte weder einsam noch schüchtern noch unglücklich. Sie war immer wunderschön angezogen. Mrs Furunkel konnte nähen – das war es auch, womit sie sich das bisschen Geld verdiente, was sie hatte, als Änderungsschneiderin für Gillespies Damen- und Herrenbekleidungsgeschäft. Für Matilda wählte sie blasse Farben, oft zu langen weißen Strümpfen.

»Rapunzel, Rapunzel, lass dein güldenes Haar herunter«, sagt ihre Mutter leise, wenn sie Matilda vorbeigehen sieht. »Wie kann sie nur die Tochter von der Furunkel sein? Sagt mir das!«

Ihre Mutter behauptet, da stimmt was nicht. Sie würde sich nicht wundern – sie würde sich überhaupt nicht wundern –, wenn sie erführe, dass Matilda in Wirklichkeit ein Kind reicher Leute war, oder das Kind einer außerehelichen Leidenschaft, das Mrs Furunkel gegen Bezahlung großzog. Oder vielleicht ist Matilda als Baby entführt worden und weiß gar nichts davon. »So was kommt vor«, sagt ihre Mutter.

Matilda – und das war der Grund für diese Mutmaßungen – war wirklich so schön wie eine gefangene Prinzessin. So schön wie eine Prinzessin im Kinderbuch. Langes, welliges, fließendes hellbraunes Haar mit goldenen Glanzlichtern, das man früher, als es noch nicht diese ganz und gar künstlichen Blondinen gab, blond genannt hätte. Rosig-weiße Haut, große, sanfte blaue Augen. »Die Milch der frommen Denkungsart« lautete ein Ausspruch, der sich Joan unwillkürlich aufdrängte, wenn sie an Matilda dachte. Und etwas Milchiges hatte das Blau von Matildas Augen tatsächlich, wie ihre Haut und ihr Aussehen überhaupt. Etwas Milchiges und Kühles und Gütiges – auch ein wenig Dummes vielleicht. Haben Bilderbuch-Prinzessinnen nicht alle so etwas zart Verschwommenes, einen Schleier der Dummheit über ihrer blonden Schönheit, etwas von einem ahnungslosen Opfer, hilfloser Gutmütigkeit? Diesen Eindruck machte Matilda seit sie zwölf, dreizehn Jahre alt war. Sie war so alt wie Morris, ging in dieselbe Klasse. Aber sie zeigte gute Leistungen, also war sie vermutlich gar nicht dumm. In Rechtschreibung war sie die Klassenbeste.

Joan sammelte jeden Fitzel Information über Matilda, den sie erhaschen konnte, und merkte sich alle Kleider, die Matilda trug. Sie bemühte sich, sie abzupassen, und weil sie im gleichen Straßenblock wohnten, glückte ihr das häufig. In ihrer Verliebtheit registrierte Joan jede Veränderung an Matildas Aussehen. Fiel ihr heute das Haar über die Schulter nach vorn, oder hatte sie es aus dem Gesicht nach hinten gestrichen? Trug sie farblosen Nagellack? Hatte sie die blassblaue Bluse aus Viskose an, mit der winzig kleinen Spitzenborte am Kragen, in der sie so sanft und verspielt aussah? Oder die gestärkte Baumwollbluse, die sie in eine brave Schülerin verwandelte? Matilda hatte eine Kette aus klaren rosa Glasperlen, und ihr Anblick an Matildas weißem Hals trieb Joan zarten Schweiß auf die Innenseite ihrer Arme.

Eine Zeitlang dachte sich Joan andere Namen für sie aus. Bei »Matilda« musste sie an schmuddelige Gardinen denken oder graue Zeltklappen und schlaffhäutige alte Frauen. Wie wäre es mit Sharon? Lilliane? Elizabeth? Dann machte, Joan wusste nicht wie, der Name Matilda eine Verwandlung durch. Er begann wie Silber zu glänzen. Das »il« in der Mitte war wie Silber. Aber nicht metallisch. In Joans Phantasie schimmerte der Name jetzt wie ein Satinstoff.

Die Frage der Begrüßung war von größter Bedeutung, und Joan schlug das Herz bis zum Hals, wenn sie wartete. Natürlich musste Matilda zuerst grüßen. Sie konnte »Hi« sagen und sich ungezwungen, kameradschaftlich geben, oder »Hallo«, was sanfter und persönlicher war. Ganz gelegentlich sagte sie »Hallo, Joan« und erwies ihr damit so viel Aufmerksamkeit und spöttische Zuwendung, dass Joan sofort die Tränen in die Augen schossen, weil es sie so beschämend, unverschämt glücklich machte.

Diese Liebe verging natürlich. Sie legte sich wie andere Probleme und Aufregungen, und Joans Interesse an Matilda Buttler fiel wieder auf ein normales Maß zurück. Auch Matilda veränderte sich. Als Joan auf die Highschool kam, arbeitete Matilda bereits. Sie fand eine Stelle in einer Anwaltskanzlei; sie war zweite Buchhalterin. Jetzt, wo sie ihr eigenes Geld verdiente und der Fuchtel ihrer Mutter ein Stück weit entronnen war – nur ein Stück weit, weil sie immer noch zu Hause wohnte –, kleidete sie sich anders. Es schien, als wollte sie viel weniger eine Prinzessin sein und viel mehr wie alle anderen auch. Sie ließ sich die Haare kurz schneiden und trug eine modische, adrette Frisur. Sie fing an, Make-up zu benutzen, knallroten Lippenstift, der ihren Mund härter machte. Sie kleidete sich wie andere junge Mädchen – trug lange, enge geschlitzte Röcke und Blusen mit lockeren Schleifen am Hals zu Ballerinas. Sie verlor ihre Blässe und Unnahbarkeit. Joan, die sich um ein Stipendium bewerben und an der Universität von Toronto Kunst und Archäologie studieren wollte, begegnete dieser Matilda mit Fassung. Und ihre Verehrung war endgültig dahin, als Matilda anfing, mit einem Freund aufzutauchen.

Der Freund war ein gutaussehender Mann, etwa zehn Jahre älter als Matilda. Er hatte schütter werdendes dunkles Haar und einen bleistiftdünnen Schnurrbart und ein ziemlich unfreundliches, misstrauisches, entschlossenes Gesicht. Er war sehr groß, und wenn sie durch die Straßen gingen, beugte er sich zu Matilda hinunter und legte ihr den Arm um die Mitte.

Sie gingen so viel spazieren, weil Mrs Furunkel ihn nicht leiden konnte und ihn nicht im Haus haben wollte. Anfangs hatte er kein Auto. Später dann doch. Es hieß, er sei entweder Pilot oder Kellner in einem vornehmen Restaurant, und niemand wusste, wo Matilda ihn kennengelernt hatte. Wenn sie spazieren gingen, lag sein Arm deutlich unterhalb von Matildas Taille – die gespreizten Finger ruhten sicher auf ihrer Hüfte. Joan schien es, als habe dieser kühne, feste Griff etwas mit seiner grimmigen, herausfordernden Miene zu tun.

Aber schon vorher, bevor Matilda zu arbeiten begann und sich die Haare abschnitt, geschah etwas, was Joan – die damals längst nicht mehr verliebt war – einen für sie unerwarteten Aspekt oder Effekt von Matildas Schönheit offenbarte. Sie erkannte, dass eine solche Schönheit – zumindest in Logan – einen Menschen genauso zeichnete wie ein Hinken oder ein Sprachfehler. Sie isolierte die betreffende Person – womöglich noch mehr als eine kleine Missbildung, weil sie als Vorwurf verstanden werden konnte. Als ihr das aufging, war Joan zwar noch enttäuscht, aber nicht sehr überrascht mitanzusehen, dass Matilda sich nach Kräften bemühte, ihre Schönheit so bald wie möglich loszuwerden oder zu tarnen.

Wenn Mrs Buttler, Mrs Furunkel, in ihre Küche eindringt, wie sie es in regelmäßigen Abständen tut, legt sie nie ihren schwarzen Mantel und den bunten Samtturban ab. Das macht sie, damit man die Hoffnung nicht aufgibt, sagt ihre Mutter. Die Hoffnung, dass sie gleich wieder gehen wird, dass man sie in weniger als drei Stunden los sein wird. Außerdem verdeckt sie damit die scheußlichen Klamotten, die sie drunter trägt. Weil sie den Mantel hat und willens ist, ihn das ganze Jahr tagein tagaus zu tragen, braucht Mrs Furunkel nie das Kleid zu wechseln. Sie strömt einen Geruch aus – nach Kampfer und Muff.

Schon beim Hereinkommen ist sie mitten in einer Geschichte und redet ununterbrochen weiter – über irgendwas, das ihr zugestoßen ist, jemanden, der sie empört hat, als gehe sie davon aus, dass man wüsste, um wen oder was es geht. Als berichteten die Nachrichten über ihr Leben und man hätte bloß die letzten paar Kommuniqués verpasst. Joan ist immer sehr darauf aus, die erste halbe Stunde oder so von diesem Bericht oder dieser Tirade mit anzuhören, am liebsten allerdings im Nebenzimmer, damit sie unbemerkt flüchten kann, wenn sich die Geschichte im Kreis zu drehen beginnt. Wenn man vor Mrs Furunkels Augen zu fliehen versucht, fragt sie gern in sarkastischem Ton, wohin man denn so eilig wolle, oder wirft einem vor, man würde ihr nicht glauben.

Genau das tut Joan gerade. Sie hört vom Esszimmer aus zu, während sie so tut, als übe sie ihr Klavierstück für das Weihnachtskonzert in der Schule. Joan ist gerade in der achten Klasse, und Matilda ist in ihrem letzten Highschool-Jahr. (Morris wird nach Weihnachten abgehen, um das Holzlager zu übernehmen.) Es ist ein Samstagmorgen Mitte Dezember – grauer Himmel und strenger Frost. Heute Abend soll der Weihnachtsball der Highschool, der einzige offizielle Ball im ganzen Jahr, in der Exerzierhalle stattfinden.

Diesmal ist es der Direktor der Highschool, über den sich Mrs Furunkel aufregt. Er ist ein ganz gewöhnlicher Mann namens Archibald Moore, der von seinen Schülern Archie Balls oder Archie Balls More oder Archie More Balls genannt wird. Mrs Furunkel sagt, er ist für seinen Posten nicht geeignet. Sie behauptet, er ist bestechlich, und alle würden das wissen; man würde nie die Abschlussprüfungen bestehen, wenn man ihm kein Geld zuschiebe.

»Aber die Prüfungen werden doch in Toronto zensiert«, sagt Joans Mutter, als wäre sie wirklich verblüfft. Es macht ihr Spaß, die Geschichte eine Weile mit vorsichtigen Einwürfen und Fragen voranzutreiben.

»Mit denen steckt er auch unter einer Decke«, sagt Mrs Furunkel. »Mit denen auch.« Dann behauptet sie, dass auch er kein Abschlusszeugnis bekommen hätte, wenn damals kein Geld geflossen wäre. So dumm ist er. Ein totaler Ignorant. Er kann weder die Aufgaben an der Tafel lösen noch Latein übersetzen. Er braucht ein Buch, in dem die englischen Vokabeln immer gleich oben drüber stehen. Außerdem hat er vor einigen Jahren eine Schülerin geschwängert.

»Ach, davon habe ich gar nichts gehört!«, sagt Joans Mutter übertrieben geziert.

»Es wurde vertuscht. Er musste zahlen.«

»Hat das den ganzen Profit aus den Prüfungen gefressen?«

»Auspeitschen hätte man ihn müssen.«

Joan spielt leise Klavier – ihr Stück heißt »Jesus, Joy of Man's Desiring« und ist äußerst schwierig –, weil sie darauf hofft, den Namen des Mädchens zu hören oder vielleicht, wie man das Baby losgeworden ist. (Einmal hat Mrs Furunkel beschrieben, wie ein gewisser Arzt im Ort die kleinen Kinder loswurde, die Früchte seiner zügellosen Ausschweifungen.) Aber Mrs Furunkel wendet sich der Wurzel ihres Kummers zu, und dabei scheint es irgendwie um den Ball zu gehen. Archibald Moore hat den Ball nicht richtig organisiert. Es wäre seine Pflicht, dafür zu sorgen, dass jeder den Namen einer Partnerin zieht und umgekehrt. Oder sonst müsste er dafür sorgen, dass alle ohne Partner gehen. Entweder das eine oder das andere. Auf die Weise könnte Matilda auch zum Ball. Matilda hat keinen Partner – kein Junge hat sie eingeladen –, und sie weigert sich, allein hinzugehen. Aber Mrs Furunkel sagt, sie muss. Sie sagt, sie wird sie zwingen. Der Grund dafür ist, dass ihr Kleid so teuer war. Mrs Furunkel zählt auf. Soundso viel der Tüll, der Taft, die Pailletten, die Korsettstäbchen im Oberteil (es ist schulterfrei), der fünfzig Zentimeter lange Reißverschluss. Sie hat das Kleid selbst genäht, in zahllosen

Arbeitsstunden, und Matilda hat es erst einmal getragen. Gestern Abend bei der Aufführung des Theaterstücks der Highschool auf der Bühne im Rathaus, und das ist alles. Sie sagt, sie wird es heute Abend nicht anziehen; sie wird nicht zum Ball gehen, weil niemand sie eingeladen hat. Schuld ist einzig und allein Archibald Moore, der krumme Hund, der Hurenbock, der Ignorant.

Joan und ihre Mutter haben Matilda gestern Abend gesehen. Morris war nicht dabei – er mag abends nicht mehr mit ihnen ausgehen. Er hört lieber Radio, oder er kritzelt Zahlen, die wahrscheinlich mit dem Holzlager zu tun haben, in ein besonderes Heft. Matilda hat ein Mannequin gespielt, in das sich ein junger Mann verliebt. Hinterher zu Hause hat ihre Mutter zu Morris gesagt, er habe gut daran getan, wegzubleiben – das Stück sei unendlich schwachsinnig gewesen. Matilda hatte natürlich keine Sprechrolle gehabt, aber sie hatte sehr lange stillgehalten und ihr hübsches Profil gezeigt. Das Kleid war wunderschön – eine Schneewolke, auf der silberne Pailletten wie Raureif glitzerten.

Mrs Furunkel hat Matilda gesagt, sie muss zum Ball gehen. Mit oder ohne Partner, sie muss. Sie muss ihr Kleid anziehen und einen Mantel darüber und spätestens um neun Uhr aus der Tür sein. Die Tür wird bis elf Uhr abgeschlossen sein, wenn Mrs Furunkel ins Bett geht.

Aber Matilda sagt immer noch, dass sie nicht hingehen wird. Sie sagt, sie wird sich einfach in den Kohlenschuppen hinten im Garten setzen. Es ist gar kein Kohlenschuppen mehr, nur noch ein Schuppen. Mrs Furunkel kann sich Kohlen ebenso wenig leisten wie Familie Fordyce.

»Da erfriert sie doch«, sagt Joans Mutter, zum ersten Mal in diesem Gespräch wirklich mit Anteilnahme.

»Geschieht ihr recht«, sagt Mrs Furunkel.

Joans Mutter wirft einen Blick auf die Uhr und sagt, es tut

ihr leid, unhöflich zu sein, aber ihr ist gerade eingefallen, dass sie in der Stadt noch einen Termin hat. Sie bekommt eine neue Zahnfüllung, und sie muss sich beeilen – sie muss sich leider entschuldigen.

Also wird Mrs Furunkel – die sich darüber auslässt, dass sie noch nie gehört habe, dass man sich an einem Samstag die Zähne plombieren ließe – hinauskomplimentiert, und Joans Mutter ruft sofort im Holzlager an, um Morris nach Hause zu beordern.

Darauf bekommt Joan den ersten Streit – den ersten richtigen Streit – zwischen Morris und ihrer Mutter zu hören. Morris sagt wieder und wieder nein. Was seine Mutter von ihm verlangt, wird er nicht tun. Er klingt, als gäbe es keine Möglichkeit, ihn zu überreden oder zu zwingen. Er klingt nicht wie ein Junge, der mit seiner Mutter spricht, sondern wie ein Mann, der mit einer Frau spricht. Ein Mann, der es besser weiß als sie und auf alle Tricks vorbereitet ist, die sie anwenden wird, um ihn zum Nachgeben zu bewegen.

»Ich finde, du bist sehr egoistisch«, sagt ihre Mutter. »Ich habe den Eindruck, du kannst nur an dich selber denken. Ich bin sehr von dir enttäuscht. Was wäre denn, wenn du das arme Mädchen mit der übergeschnappten Mutter wärst? Und im Kohlenschuppen sitzen müsstest? Es gibt Dinge, zu denen ein anständiger Mann verpflichtet ist. Dein Vater hätte gewusst, was er zu tun hat.«

Morris gibt keine Antwort.

»Das heißt doch nicht, dass du gleich um ihre Hand anhalten musst oder so. Was wird es denn kosten?«, fragt ihre Mutter verächtlich. »Zwei Dollar pro Nase?«

Morris sagt mit leiser Stimme, das sei es nicht.

»Bitte ich dich sehr oft, etwas zu tun, was du nicht tun willst? Nun? Ich behandele dich wie einen Erwachsenen. Du hast alle möglichen Freiheiten. Und jetzt bitte ich dich einmal, etwas zu tun, um zu zeigen, dass du dich wirklich wie ein Erwachsener benehmen kannst und deine Freiheit verdienst, und was kriege ich von dir zu hören?«

Das geht noch eine Weile so weiter, und Morris bleibt standhaft. Joan kann nicht erkennen, wie ihre Mutter gewinnen will, und fragt sich, warum sie nicht aufgibt. Doch das tut sie nicht.

»Du brauchst auch nicht zu versuchen, dich damit zu entschuldigen, dass du nicht tanzen kannst, weil du nämlich tanzen kannst, das habe ich dir selbst beigebracht. Du bist ein ausgezeichneter Tänzer!«

Ausgerechnet daraufhin scheint Morris eingeknickt zu sein, denn als Nächstes hört Joan, wie ihre Mutter sagt: »Geh dir einen sauberen Pullover anziehen.« Morris' Stiefel stapfen schwer über die Hintertreppe, und ihre Mutter ruft ihm nach: »Du wirst froh sein, dich überwunden zu haben! Es wird dir nicht leidtun!«

Sie öffnet die Esszimmertür und sagt zu Joan: »Ich höre hier drin nicht sonderlich viel Klavierspielen. Bist du schon so gut, dass du nicht mehr üben musst? Das letzte Mal, als du das Stück ganz gespielt hast, klang es noch schaurig.«

Joan fängt wieder von vorne an. Aber sie hört auf, als Morris die Treppe herunterkommt und die Tür zuknallt und ihre Mutter in der Küche das Radio anstellt, die Schränke öffnet und anfängt, das Mittagessen zuzubereiten. Joan steht vom Klavierschemel auf und geht leise durch das Esszimmer, durch die Tür in die Diele und bis an die Eingangstür. Sie presst ihr Gesicht an die Buntglasscheibe. Man kann durch die Scheibe nicht ins Haus sehen, weil die Diele dunkel ist, aber wenn man das Auge an die richtige Stelle legt, kann man hinaussehen. Das Fenster hat mehr Rot als alle anderen Farben, deshalb wählt sie einen roten Blick –, obwohl sie im Lauf der Zeit alle Farben durchgespielt hat – Blau und Gold und Grün;

selbst wo es nur das kleinste Blättchen davon gibt, ist es ihr gelungen, hindurchzulinsen.

Das graue Haus aus Betonstein gegenüber ist lila. Die Tür geht auf, und Joan kann nicht erkennen, wer sie aufgemacht hat. Ist es Matilda oder Mrs Furunkel? Die steifen, kahlen Bäume und der Fliederbusch an der Haustür sind dunkelrot, wie Blut. Morris' guter gelber Pullover ist ein rotgoldener Farbtupfer, ein Bremslicht an der Tür.

Weit hinten im Haus singt ihre Mutter zur Musik im Radio. Sie ist sich keiner Gefahr bewusst. Zwischen der Eingangstür, der Szene dort draußen und dem Gesang ihrer Mutter in der Küche spürt Joan das Dämmerlicht, die Kühle, die Zerbrechlichkeit und Unbeständigkeit dieser halbleeren Zimmer – ihres Hauses. Es ist nur ein Haus, das zu bewerten ist wie andere Häuser auch – nichts Besonderes. Es bietet keinen Schutz. Das spürt sie, weil ihr aufgegangen ist, dass ihre Mutter sich womöglich irrt. Sie kann sich in diesem Fall irren – sowie in allem, was sie glaubt und denkt.

Es ist Mrs Furunkel. Morris hat sich umgedreht und geht den Gartenweg hinunter, und sie kommt hinter ihm her. Morris nimmt die beiden Stufen zum Gehweg hinunter, er geht sehr schnell über die Straße, ohne sich umzusehen. Er läuft nicht, er lässt die Hände in den Taschen, und sein gerötetes Gesicht mit dem Narbenauge lächelt, um zu zeigen, dass ihn nichts von dem, was hier geschieht, unerwartet getroffen hat. Mrs Furunkel trägt ihr weites, zerlumptes, selten gesehenes Hauskleid, ihr rosarotes Haar ist wild wie bei einer Todesfee; auf der obersten Stufe bleibt sie stehen und schreit hinter ihm her, so laut, dass Joan sie durch die Tür hören kann: »Wir sind noch nicht so tief gesunken, dass meine Tochter sich von einer hergelaufenen Blindschleiche zum Ball bitten lassen muss!«

Joan findet, dass Morris wie der Hauswart aussieht, wenn er draußen vor dem Mietshaus den Rasen mäht. Er trägt eine mattgrüne Arbeitshose und ein kariertes Hemd und natürlich seine Brille mit dem dunklen Glas. Er sieht aus wie ein Mann, der Kompetenz besitzt und sogar Autorität, aber einem anderen untergeordnet ist. Wenn man ihn mit einem Trupp seiner Arbeiter sähe (er hat sein Geschäft erweitert und besitzt neben dem Holzlager jetzt auch eine Baufirma), würde man ihn wahrscheinlich für den Vorarbeiter halten – einen scharfsichtigen, gerechten Vorarbeiter mit solidem, aber begrenztem Ehrgeiz. Nicht für den Chef. Nicht für den Eigentümer des Mietshauses. Er hat ein rundes Gesicht und eine Halbglatze, ist frisch gebräunt und hat neue Sommersprossen vorne auf der Kopfhaut. Kräftig, aber mit runder werdenden Schultern, oder sieht es nur so aus, wenn er den Rasenmäher schiebt? Gibt es ein Aussehen, das Junggesellen annehmen, unverheiratete Söhne – unverheiratete Söhne, die sich um alte Eltern gekümmert haben, vor allem um Mütter? Ein in sich gekehrtes, geduldiges Aussehen, das an Demut grenzt? Ihr will es beinahe so scheinen, als käme sie einen Onkel besuchen.

Es ist 1972, und Joan selbst sieht jünger aus als vor zehn Jahren. Sie trägt ihr dunkles Haar lang, hinter die Ohren gesteckt; sie schminkt sich die Augen, aber nicht den Mund; sie kleidet sich in weite, weiche, bunte Baumwolle oder flotte kleine Tuniken, die nur ein kleines Stück über die Oberschenkel reichen. Sie kann sich das leisten – sie hofft, sich das leisten zu können –, weil sie eine große, schlanke Frau mit langen wohlgeformten Beinen ist.

Ihre Mutter ist tot. Morris hat ihr Haus verkauft und dieses sowie weitere Mietshäuser gebaut beziehungsweise umgebaut. Die Leute, die ihr Haus gekauft haben, bauen es gerade zu einem Pflegeheim um. Joan hat ihrem Mann erzählt, dass sie heimfahren will – das heißt nach Logan –, um Morris bei der Einrichtung seiner Wohnung zu helfen, aber sie weiß genau, dass er längst eingerichtet sein wird; mit seiner Art, alles im Griff zu haben, wirkte Morris immer schon eingerichtet. Joan soll ihm nur dabei helfen, ein paar Kisten und einen Schrankkoffer voll Kleidung, Bücher, Geschirr, Bilder, Vorhänge durchzusehen. Dinge, die er nicht haben will oder für die er keinen Platz hat und die er vorübergehend im Keller untergebracht hat.

Joan ist seit vielen Jahren verheiratet. Ihr Mann ist Journalist. Sie leben in Ottawa. Sein Name ist bekannt – die Leute wissen sogar, wie er aussieht oder wie er vor fünf Jahren ausgesehen hat, von seinem Foto über einer Kolumne im hinteren Teil einer Illustrierten. Joan ist es gewohnt, als seine Frau erkannt zu werden, hier und anderswo. Doch in Logan ist man besonders stolz darauf. Die meisten Leute hier schätzen die Ansichten und die Intelligenz des Journalisten nicht besonders, weil sie ihn für zynisch halten, aber sie freuen sich, dass ein Mädchen aus diesem Ort es geschafft hat, sich mit einem berühmten oder halbberühmten Mann zusammenzutun.

Sie hat ihrem Mann gesagt, dass sie eine Woche hier bleiben wird. Es ist Sonntagabend, als sie ankommt, ein Sonntag Ende Mai, und Morris mäht zum ersten Mal im Jahr den Rasen. Sie hat vor, Freitag wieder abzufahren und den Samstag und Sonntag in Toronto zu verbringen. Für den Fall, dass ihr Mann dahinterkommen sollte, dass sie nicht die ganze Woche bei Morris war, hat sie eine Geschichte parat: Sie habe, als Morris sie nicht mehr brauchte, beschlossen, eine Freundin zu besuchen, die sie noch vom College kennt. Vielleicht sollte sie die Geschichte auf jeden Fall erzählen – das wäre sicherer. Sie überlegt, ob sie die Freundin ins Vertrauen ziehen soll.

Es ist das erste Mal, dass sie etwas in dieser Art fertigbringt.

Das Mietshaus ragt weit in das Grundstück hinein, die Fenster gehen auf den Parkplatz oder auf die Baptistenkirche hinaus. Früher stand hier ein Pferdestall, in dem die Farmer ihre Pferde lassen konnten, wenn sie den Gottesdienst besuchten. Es ist ein rotes Backsteingebäude. Ohne Balkons. Schlicht, schlicht.

Joan umarmt Morris. Sie riecht Zigaretten, Benzin, sein weiches, abgetragenes, verschwitztes Hemd und frisch geschnittenes Gras. »Ach, Morris, weißt du, was du machen solltest?«, brüllt sie über den Lärm des Rasenmähers hinweg. »Du solltest dir eine Augenklappe besorgen. Dann würdest du aussehen wie Moshe Dayan!«

Jeden Morgen geht Joan zur Post. Sie wartet auf einen Brief von einem Mann aus Toronto, der John Brolier heißt. Sie hat ihm geschrieben und ihm gesagt, wie Morris heißt, dass er in Logan wohnt und welche Postfachnummer er hat. Logan ist zwar gewachsen, aber für einen Zustelldienst ist es noch immer zu klein.

Montagmorgen hegt sie kaum die Hoffnung auf einen Brief. Dienstag hofft sie bereits auf einen. Mittwoch meint sie, jede Berechtigung dazu zu haben. Jeden Tag wird sie enttäuscht. Mit jedem Tag steigt der Verdacht, dass sie sich lächerlich gemacht hat – das Gefühl, isoliert und nicht erwünscht zu sein –, näher an die Oberfläche. Sie hat einen Mann beim Wort genommen, der es nicht so gemeint hat. Er hat es sich anders überlegt.

Das Postamt, zu dem sie geht, ist ein neues, niedriges, rötliches Backsteingebäude. Das alte, das sie immer an ein Schloss erinnerte, ist abgerissen worden. Der Ort hat sich sehr verändert. Es sind nicht viele Häuser abgerissen worden, aber die meisten wurden modernisiert. Aluminiumverkleidungen, sandgestrahlte Ziegel, helle Dächer, große Thermopanefenster. Offene Veranden sind entweder abgerissen oder zu festen Wintergärten umgebaut worden. Und die weiten, wilden Gärten sind verschwunden – sie lagen auf sogenannten Doppelgrundstücken –, und die überschüssigen Hälften sind verkauft und bebaut worden. Neue Häuser drängen sich zwischen den alten. Es sind durchweg typische Vororthäuser, lange flache oder terrassierte Bungalows. Die Gärten sind ordentlich und sauber durchgeplant, mit Grüppchen von Ziersträuchern, runden und sichelförmigen Blumenbeeten. Die alte Sitte, Blumen wie Gemüse anzupflanzen, in einer Reihe neben Bohnen oder Kartoffeln, scheint vergessen zu sein. Viele der großen Laubbäume sind gefällt. Sie wurden vermutlich alt und gefährlich. Die schäbigen Häuser, das lange Gras, die Risse im Bürgersteig, die tiefen Schatten und ungepflasterten Straßen voller Staub oder Pfützen – all das, woran Joan sich erinnert, ist nicht mehr zu finden. Der Ort wirkt überfüllt, wie geschrumpft, mit seinen vielen geschniegelten Grundstücken, den wohlüberlegten Arrangements. Der Ort ihrer Kindheit – das planlose, verträumte Logan – war nur Logan in einer bestimmten Phase. Die schiefen Bretterzäune und die Wände, an denen die vom Sonnenlicht ausgeblichene Farbe Blasen warf, und das blühende Unkraut waren kein bleibender Ausdruck dessen, was den Ort ausmachte. Und Leute wie Mrs Buttler – mit ihrem komischen Aufzug und ihren fixen Ideen – schienen zum alten Ort zu gehören und heute nicht mehr möglich zu sein.

In Morris' Wohnung gibt es nur ein Schlafzimmer, und das hat er an Joan abgetreten. Er selbst schläft auf der Couch im Wohnzimmer. Eine Dreizimmerwohnung wäre für Besuch gewiss praktischer. Aber er hat wahrscheinlich nicht vor, viel Besuch zu haben, und auch nicht oft. Und er würde nicht auf die Miete für die größere Wohnung verzichten wollen. Vermutlich hat er überlegt, ob er nicht eine der Junggesellenwohnungen im Souterrain nehmen sollte, um dadurch auch die Miete für die Zweizimmerwohnung zu kassieren, doch wird dann entschieden haben, dass das zu weit ging. Es würde knauserig aussehen, es würde auffallen. Es wäre eine Form von Maßlosigkeit, die man besser vermied.

Die Möbel in der Wohnung stammen aus dem Haus, in dem Morris mit ihrer Mutter gelebt hat, aber nur wenige sind noch aus der Zeit, als Joan zu Hause lebte. Alles, was antik wirkte, ist verkauft und durch recht solide, einigermaßen bequeme Möbel ersetzt worden, die Morris in größeren Stückzahlen hat erwerben können. Joan erkennt einige Sachen wieder, die sie als Geschenke zu Geburtstagen oder zu Weihnachten geschickt hat. Sie passen nicht ganz so gut hinein und machen die Umgebung nicht so viel lebendiger, wie sie gehofft hatte.

Ein Bild der Kirche von St. Giles erinnert an das Jahr, das sie mit ihrem Mann in England verbracht hat – ihr peinliches jungmädchenhaftes Heimweh und transatlantisches Leiden. Und hier auf der Glasfläche des Couchtischs liegt höflicherweise an prominenter Stelle ein Buch, das sie Morris geschickt hat. Es ist eine Geschichte der technischen Geräte und enthält Skizzen von Maschinen und gezeichnete Entwürfe aus den Zeiten vor der Fotografie, aus dem alten Griechenland und Ägypten. Und vom neunzehnten Jahrhundert an bis in die Gegenwart gibt es Fotografien – von Straßenbaumaschinen, landwirtschaftlichen Geräten, Fabrikationsmaschinen, manchmal aus der Entfernung aufgenommen, manchmal am Horizont, manchmal in Nahaufnahme von tief unten. Einige Fotos konzentrieren sich auf die Arbeitsweise der Maschinen, im Kleinen wie im Staunenswerten; andere bemühen sich, die Maschinen so großartig erscheinen zu lassen wie Schlösser oder so aufregend wie Ungeheuer. »Was für ein wunderbares Buch für meinen Bruder!« Joan weiß noch, wie sie das zu der Freundin gesagt hat, die mit ihr im Buchladen war. »Mein Bruder interessiert sich wahnsinnig für Maschinen.« Interessiert sich wahnsinnig für Maschinen – das hat sie gesagt.

Jetzt fragt sie sich, was Morris wirklich von diesem Buch hielt. Ob es ihm überhaupt gefiel? Richtig missfallen würde es ihm nicht. Aber vielleicht fühlte er sich befremdet und ließ es unbeachtet. Denn es stimmte nicht, dass er sich wahnsinnig für Maschinen interessierte. Er benutzte Maschinen – dafür waren sie da.

Morris fährt mit ihr an den langen Frühlingsabenden spazieren. Er zeigt ihr den Ort und fährt mit ihr hinaus aufs Land, wo sie sehen kann, wie groß die Felder sind, welche unendlich langen Reihen Mais oder Bohnen oder Weizen oder Klee die Farmer mit Hilfe der Maschinen anpflanzen können, wie weit und parkartig die Rasen dank der Mähtraktoren geworden sind. Über den Kellern verlassener Farmgebäude blüht Fliedergestrüpp. Farmen sind zusammengelegt worden, erzählt Morris. Er kennt ihren Wert. Nicht nur die Häuser und Nebengebäude, sondern auch Felder und Bäume, Waldparzellen und Hügel erscheinen in seinem Kopf mit dem zugehörigen Geldwert und der Geschichte ihres Verkehrswertes, genau wie jede von ihm erwähnte Person unter dem Aspekt beschrieben wird, ob sie im Leben vorangekommen ist oder nicht. Diese Art, die Dinge zu sehen, kommt derzeit gar nicht gut an – man empfindet sie als phantasielos und altmodisch und herzlos und zerstörerisch. Morris ist sich dessen nicht bewusst, und sein Gerede vom Geld plätschert ruhig und munter weiter. Hier und dort flicht er ein Wortspiel ein. Er lacht leise zu seinen Berichten über riskante Transaktionen oder kostspielige Debakel.

Während Joan Morris zuhört und ab und zu einen Kommentar abgibt, lässt sie ihre Gedanken in einem vertrauten, unwiderstehlichen unterirdischen Strom treiben. Sie denkt an John Brolier. Er ist ein Geologe, der früher für eine Ölgesellschaft gearbeitet hat und jetzt an einer sogenannten alternativen Schule Naturwissenschaften und Schauspiel unterrichtet. Er war früher ein Mensch, der im Leben vorankam, und jetzt kommt er nicht mehr voran. Joan hat ihn vor ein paar Monaten bei einer Dinnerparty in Ottawa kennengelernt. Er war bei Freunden zu Besuch, die auch Freunde von ihr waren. Seine Frau war nicht dabei, aber er hatte zwei seiner Kinder mitgebracht. Zu Joan sagte er, wenn sie am nächsten Morgen früh genug aufstehe, würde er sie mitnehmen, um am Ottawa River etwas anzuschauen, was er Eisschlamm nannte.

Sie denkt an sein Gesicht und seine Stimme und fragt sich, was sie gerade jetzt dazu bringt, diesen Mann zu wollen. Mit ihrer Ehe scheint das nicht viel zu tun zu haben. Sie hat es sich in ihrer Ehe gut eingerichet – sie und ihr Mann sind miteinander verschlungen, sie haben eine gemeinsame Sprache entwickelt, eine Geschichte, eine Art, Dinge zu betrachten. Sie reden ständig miteinander. Aber sie lassen einander auch in Ruhe. Die Kümmernisse und Gehässigkeiten, die in den ersten Jahren aufkamen, sind weniger geworden und haben an Bedeutung verloren.

Was sie von John Brolier will, scheint etwas zu sein, das ein Mensch, der in ihrer Ehe nicht vorkommt und vielleicht in ihrem ganzen bisherigen Leben nicht vorgekommen ist, von ihr wollen könnte. Warum gerade er? Sie findet ihn nicht besonders intelligent, und sie ist sich nicht sicher, ob er zuverlässig ist. (Ihr Mann ist beides: intelligent und zuverlässig.) Er sieht nicht so gut aus wie ihr Mann, ist als Mann nicht so »attraktiv«. Und doch übt er eine Anziehung auf Joan aus, und sie hegt bereits den Verdacht, dass er diese auch auf andere Frauen ausgeübt hat. Durch seine Intensität, eine Art Strenge, einen tiefen Ernst – alles hat irgendwie mit Sex zu tun. Sein Interesse wird nicht allzu schnell befriedigt, allzu leicht abzuwenden sein. Das spürt sie, sie spürt die Verheißung darin, obwohl sie bisher gar nichts sicher weiß.

Ihr Mann war mit eingeladen, sich den Eisschlamm anzuschauen. Aber nur Joan stand auf und fuhr ans Flussufer. Dort traf sie John Brolier und seine beiden Kinder und die beiden Kinder seines Gastgebers in der eiskalten, rosigen, verschneiten Wintermorgendämmerung. Und er erzählte ihr tatsächlich von Eisschlamm, davon, wie sich an den Stromschnellen, wo das Eis keine Zeit hat, zur festen Masse zu gefrieren, zunächst feine Eisnadeln bilden, die sich anschließend, wenn sie über eine tiefe Stelle geschwemmt werden, sofort zu imposanten Gebilden verdichten. Er sagte, durch dieses Phänomen habe man entdeckt, wo die tiefen Löcher im Flussbett liegen. Und er sagte: »Hör mal, wenn du dich mal frei machen kannst – wenn das möglich ist –, würdest du mir dann Bescheid geben? Ich möchte dich wirklich gern sehen. Das weißt du. Ich möchte es sehr, sehr gern.«

Er gab ihr einen Zettel, den er schon vorbereitet haben musste. Darauf die Nummer eines Postfachs in einem Postamt in Toronto. Er berührte nicht einmal ihre Finger. Seine Kinder tollten um sie herum, um seine Aufmerksamkeit zu heischen. Wann können wir Schlittschuhlaufen gehen? Können wir ins Museum mit den Kampfflugzeugen? Können wir uns den Lancaster-Bomber ansehen? (Das merkte sich Joan, um es ihrem Mann zu erzählen. Er würde sich darüber amüsieren, weil John Brolier Pazifist war.)

Sie erzählte es wirklich ihrem Mann, und er neckte sie. »Ich glaube, der Idiot mit der Mönchsfrisur hat sich in dich verguckt«, sagte er. Wie sollte ihr Mann auch darauf kommen, dass sie sich in einen Mann verliebte, der sich einen Pony aus schütterem Haar in die Stirn kämmte, der ziemlich schmale

Schultern hatte und eine Lücke zwischen den Schneidezähnen, fünf Kinder von zwei Frauen, ein unzureichendes Einkommen, eine nervöse, pedantische Art zu reden und ein laut geäußertes Interesse an den Schriften von Alan Watts? (Selbst als die Zeit kam, als er es einsehen musste, wollte ihm das nicht gelingen.)

Als sie ihm schrieb, sprach sie von Essengehen, Kneipe, Kaffee. Und sagte ihm nicht, wie viel Zeit sie eingeplant hatte. Vielleicht würde das alles sein, was sie machten, denkt sie. Sie würde doch noch ihre Freundin besuchen. Sie hat sich, wenn auch verhalten, in die Hände dieses Mannes begeben. Auf dem Weg zur Post kontrolliert sie ihr Aussehen in den Schaufenstern und fühlt sich losgelöst, gefährdet. Sie hat es getan und weiß kaum, warum. Sie weiß nur, dass sie nicht in das Leben zurückkehren kann, das sie geführt hat; dass sie nicht mehr die Frau sein kann, die sie war, bevor sie an jenem Sonntagmorgen an den Fluss fuhr. Ihr Leben bestehend aus Einkaufen und Hausarbeit und ehelichem Sex und Teilzeitarbeit im Buchladen der Kunstgalerie und Dinnerpartys und Ferien und Skireisen nach Camp Fortune – sie kann es nicht als ihr einziges Leben akzeptieren, sie kann ohne ihr stützendes Geheimnis nicht weitermachen. Sie glaubt, dass sie vorhat, dieses Leben weiterzuführen, und um weitermachen zu können, muss sie dieses Andere haben. Dieses Andere was? Diese Sondierung – in ihren Gedanken stellt es sich noch als Sondierung dar.

So ausgedrückt, klingt ihr Vorhaben eher kaltherzig. Aber wie ist eine Frau kaltherzig zu nennen, die sich jeden Morgen so beklommen zur Post aufmacht, die zittert und die Luft anhält, während sie den Schlüssel im Schloss umdreht, und sich auf dem Rückweg zur Wohnung von Morris so ausgelaugt fühlt, so verwirrt und verlassen? Es sei denn, auch dies wäre Teil ihrer Sondierung?

Natürlich muss sie stehen bleiben und sich mit Leuten über ihren Sohn und ihre Tochter und ihren Mann und ihr Leben in Ottawa unterhalten. Sie muss Freunde aus der Highschool wiedererkennen und sich an ihre Kindheit erinnern, und das erscheint ihr alles langweilig und lästig. Sogar die Häuser, an denen sie vorbeigeht – mit ihren sauberen Gärten und bunt blühenden Mohnblumen und Pfingstrosen –, erscheinen ihr so langweilig, dass sie sich ekelt. Die Stimmen der Leute, die mit ihr reden, klingen in ihren Ohren hart und dumm und selbstgefällig. Sie fühlt sich in einen Winkel der Welt abgeschoben, in den das wirkliche Leben und Denken, der Aufruhr und die Energie der letzten Jahre überhaupt nicht vorgedrungen sind. Sie sind auch in Ottawa nicht wahnsinnig spürbar geworden, aber dort haben die Leute zumindest Gerüchte gehört, haben sich an Nachahmungen versucht, haben von den wichtigen wie den banalen Veränderungen der Mode Wind bekommen. (Wobei Joan und ihr Mann zu denen gehören, die sich über einige dieser Leute lustig machen: über diejenigen, die neue Trends demonstrativ übernehmen, in Selbsterfahrungsgruppen und zu Heilpraktikern gehen und nicht mehr trinken, sondern kiffen.) Hier hat man selbst von den banalen Veränderungen kaum gehört. Nächste Woche in Ottawa, wenn sie ihrem Mann besonders wohlwollend gegenübertreten und eifrig darauf bedacht sein wird, ihre gemeinsame Zeit mit Plaudern zu füllen, wird Joan sagen: »Ich hätte ein Dankgebet gesprochen, wenn mir jemand auch nur ein Sandwich mit Alfalfa-Sprossen angeboten hätte. Echt. So schlimm war das.«

»Nein, ich habe keinen Platz«, sagt Joan immer wieder, während sie und Morris die Kästen durchkramen. Es sind zwar Dinge dabei, von denen sie geglaubt hätte, dass sie sie haben möchte, aber sie will sie nicht. »Nein, ich weiß nicht, wohin damit.« Nein, sagt sie zu den Tanzkleidern ihrer Mutter, der zarten Seide und dem spinnwebenfeinen Georgette. Sie würden zerfallen, sowie jemand sie anzog, und Claire, ihre Tochter, wird sich nie für so etwas begeistern – sie will Pferde dressieren, wenn sie groß ist. Nein zu den fünf Weingläsern, die nicht zerbrochen sind, und nein zu den Kunstlederbänden von Lever und Lover, George Borrow, A. S. M. Hutchinson. »Ich hab jetzt schon zu viel Zeug«, sagt sie traurig, als Morris all diese Dinge auf den Haufen legt, der ins Auktionshaus gehen soll. Er schüttelt den kleinen Läufer aus, der früher auf dem Fußboden vor dem Geschirrschrank lag, wo keine Sonne hinkam, und auf den sie nicht treten sollten, weil er wertvoll war.

»Genauso einen hab ich vor ein paar Monaten gesehen«, sagt sie. »Er lag in einem Secondhandladen, nicht mal in einem Antiquitätengeschäft. Ich suchte da nach alten Comicheften und Plakaten für Rob zum Geburtstag. Es war genau der gleiche. Zuerst wusste ich gar nicht mehr, wo ich ihn schon mal gesehen hatte. Dann war ich ziemlich geschockt. Als ob es so einen nur einmal auf der Welt geben sollte.«

»Wie viel wollten sie dafür haben?«, fragt Morris.

»Ich weiß nicht. Er war besser erhalten.«

Sie begreift noch nicht, dass sie nichts mit nach Ottawa mitnehmen will, weil sie selbst nicht mehr allzu lange in dem Haus dort wohnen wird. Die Zeit der Anhäufung, der Anschaffungen und des Einrichtens, der Auspolsterung der Ecken und Winkel ihres Lebens ist zu Ende. (Sie wird viele Jahre später wiederkehren, und dann wird Joan sich wünschen, dass sie wenigstens die Weingläser behalten hätte.) In Ottawa, im September, wird ihr Mann sie fragen, ob sie immer noch Korbmöbel für den Wintergarten kaufen möchte und ob sie Lust hat, zum Korbladen zu fahren, wo Sommerschlussverkauf ist. Dann wird sie sich – bei dem bloßen Gedanken daran, Tische und Stühle auszusuchen, sie zu bezahlen, sie in dem Zimmer aufzustellen – innerlich vor Widerwillen schütteln, und endlich wissen, was mit ihr los ist.

Freitagmorgen liegt ein Brief im Fach, auf den Joans Name getippt ist. Sie schaut nicht auf den Poststempel; dankbar reißt sie den Umschlag auf, gierig wandern ihre Augen durch die Zeilen, und sie liest, ohne zu verstehen. Es scheint sich um einen Kettenbrief zu handeln. Die Parodie eines Kettenbriefs, einen Witz. Wenn sie die Kette unterbricht, steht da, wird FÜRCHTERLICHES UNHEIL über sie hereinbrechen. Ihre Fingernägel werden abfaulen, und auf ihren Zähnen wird Moos wachsen. An ihrem Kinn werden blumenkohlgroße Warzen sprießen, und ihre Freunde werden sie meiden. Was kann das sein, denkt Joan. Ein Code, den sich John Brolier für sie ausgedacht hat? Dann kommt ihr die Idee, auf den Poststempel zu gucken. Sie tut es und sieht, dass der Brief aus Ottawa kommt. Er stammt offensichtlich von ihrem Sohn. Rob liebt solche Witze. Sein Vater wird den Umschlag für ihn getippt haben.

Sie stellt sich die Begeisterung ihres Kindes vor, als es den Umschlag zugeklebt, und dagegen ihre Geistesverfassung, als sie ihn aufgerissen hat.

Treulosigkeit und Verwirrung.

Am späten Nachmittag desselben Tages öffnet sie mit Morris den Schrankkoffer, den sie sich als Letztes vornehmen wollten. Sie holt einen Abendanzug heraus – einen Männeranzug, noch in einer Plastikhülle, als wäre er seit der Reinigung nicht getragen worden. »Der muss von Vater sein«, sagt sie. »Guck mal, Vaters alter Abendanzug.«

»Nein, das ist meiner«, sagt Morris. Er nimmt den Anzug, streift die Plastikhülle ab, steht da und legt ihn sich über beide Arme. »Das ist mein alter Smoking – der sollte eigentlich im Schrank hängen.«

»Wofür hast du ihn gekauft?«, fragt Joan. »Eine Hochzeit?«

Morris' Arbeiter führen Leben, die sehr viel mehr hermachen als seines, und sie laden ihn zu großen Hochzeiten ein.

»Ja, dafür und manchmal, wenn ich mit Matilda ausgehen muss«, sagt Morris. »Zu Hausbällen, großen Sachen, wo Abendgarderobe verlangt ist.«

»Mit Matilda?«, sagt Joan. »Matilda *Buttler*?«

»Richtig. Sie benutzt ihren Ehenamen nicht.« Morris scheint auf eine etwas andere Frage zu antworten, nicht auf die, die Joan im Sinne hatte. »Streng genommen hat sie wohl gar keinen Ehenamen.«

Joan bekommt noch einmal die Geschichte zu hören, an die sie sich jetzt auf einmal auch wieder erinnert – sie kennt sie aus den langen, lebendigen Briefen ihrer Mutter. Matilda Buttler ist von zu Hause durchgebrannt, um ihren Freund zu heiraten. Das Wort »durchgebrannt« stammt von ihrer Mutter, und Morris scheint es mit unbewusster Emphase zu übernehmen, mit dem Respekt, der sich für einen Sohn gehört – als ob er nur mit den Formulierungen seiner Mutter richtig darüber reden oder sich überhaupt herausnehmen kann, darüber zu reden. Matilda brannte durch, um diesen Mann mit dem Schnurrbart zu heiraten, und es stellte sich heraus, dass der Argwohn ihrer Mutter, dass ihre extravaganten Beschuldigungen in diesem einen Fall berechtigt waren. Der Freund erwies sich als Bigamist. Er hatte eine Frau in England, seiner Heimat. Als er drei oder vier Jahre mit Matilda zusammengelebt hatte – zum Glück blieben sie kinderlos –, spürte die andere Frau, die richtige Frau, ihn auf. Die Ehe mit Matilda wurde annulliert; Matilda kehrte nach Logan zurück, zu ihrer Mutter, und fand Arbeit beim Gericht.

»Wie konnte sie bloß?«, fragt Joan. »Das ist ja wohl das Dümmste.«

»Na ja. Sie war jung«, sagt Morris mit einer Spur Halsstarrigkeit oder Unbehagen in der Stimme.

»Das meine ich nicht. Ich meine zurückkommen.«

»Na ja, sie hatte ihre Mutter hier«, sagt Morris anscheinend ohne jede Ironie. »Sie hatte wohl sonst niemanden.«

Wie er so groß neben Joan steht, mit seiner dunklen Brille, den Anzug wie einen Körper über die Arme gelegt, wirkt er düster und bekümmert. Sein Gesicht und Hals sind rot angelaufen, fleckig. Das Kinn zittert leicht, und er beißt sich auf die Unterlippe. Weiß er, dass sein Aussehen ihn verrät? Als er weiterredet, ist sein Tonfall vernünftig, erklärend. Er sagt, es sei Matilda wohl ziemlich egal gewesen, wo sie lebte. Sie habe gemeint, ihr Leben sei gewissermaßen vorbei. Und da kam dann er, Morris, ins Spiel. Weil Matilda sich dann und wann bei offiziellen Anlässen sehen lassen musste. Politischen Galadinners. Feierlichen Verabschiedungen. Empfängen. Das gehörte zu ihrem Job, und es wäre schlecht, wenn sie daran nicht teilnähme. Aber es war auch nicht gut, wenn sie allein ging – sie brauchte einen Begleiter. Und sie konnte nicht mit einem Mann gehen, der sich womöglich falsche Vorstellungen machte, weil er nicht wusste, wie die Dinge standen. Weil er nicht wusste, dass Matilda mit ihrem Leben, oder einem bestimmten Teil ihres Lebens, abgeschlossen hatte. Sie brauchte jemanden, der das alles verstand und keine Erklärungen verlangte. »Und das bin ich«, sagt Morris.

»Warum denkt sie so?«, fragt Joan. »Sie ist noch nicht so alt. Sie sieht bestimmt noch gut aus. Es war nicht ihre Schuld. Liebt sie ihn immer noch?«

»Ich glaube nicht, dass es mir ansteht, ihr solche Fragen zu stellen.«

»Ach, Morris!«, sagt Joan mit einer liebevoll wegwerfenden Stimme, die sie überrascht, weil sie der ihrer Mutter so ähnlich klingt. »Das wird es sein. Sie liebt ihn immer noch.«

Morris geht seinen Smoking in einen Schrank in der Wohnung aufhängen, wo er auf seinen nächsten Einsatz als Matildas Begleitung warten kann.

Abends im Bett liegt Joan wach, schaut auf das Licht der Straßenlaterne hinaus, das durch das frische Grün auf den viereckigen, kurzen Turm der Baptistenkirche scheint, und hat endlich etwas anderes, über das sie nachdenken kann, als ihre eigene Misere. (Wobei sie darüber natürlich auch nachdenkt.) Sie denkt an Morris und Matilda beim Tanzen. Sie sieht sie im Ballsaal des Holiday Inn, auf Tanzflächen im Golfclub, überall, wo man solche Veranstaltungen abhält. In ihrer altmodischen Gesellschaftsgarderobe, Matildas Haar perfekt toupiert und festgesprüht. Auf Morris' Gesicht Schweißperlen der Anstrengung, weil er sich so um Ritterlichkeit bemüht. Aber wahrscheinlich ist es gar keine Mühe; wahrscheinlich tanzen sie sehr schön zusammen. Sie sind so entsetzlich, so perfekt aufeinander abgestimmt, beide mit ihren Fehlern, an denen sie hartnäckig festhalten und die sie uneingeschränkt angenommen haben. Fehler, die sie leicht übergehen oder abstellen könnten. Aber das würden sie nie tun. Morris, der Matilda – auf seine ernste, unerfüllte, lebenslange Art – liebt, und sie, die – vom eigenen Irrtum und ihrer Schande besessen – verbissen ihren Bigamisten liebt. Joan sieht sie in ihrer Phantasie tanzen – beschaulich und skurril, romantisch. Wer hätte gedacht, dass ausgerechnet Morris mit seinem Kopf voll Hypotheken und Verträgen so ein Romantiker ist.

Sie beneidet ihn. Sie beneidet beide.

Sie hat sich daran gewöhnt, sich mit der Erinnerung an John Broliers Stimme in den Schlaf zu lullen – seine hastige, leise Stimme, mit der er sagte: »Ich möchte es sehr, sehr gern.« Oder sie stellt sich sein Gesicht vor; es war ein Gesicht aus dem Mittelalter, fand sie – lang und bleich und knochig, mit dem Lächeln, das sie als taktisch abtat, den nüchternen, glühenden, unvergesslichen dunklen Augen. Heute Abend will ihre Phantasie nicht mitmachen; sie will ihr nicht das Tor zu wolkigen, zarten Gefilden öffnen. Es gelingt ihr nicht, sich woanders hinzuversetzen, und sie bleibt hier hängen, auf dem harten, schmalen Bett in Morris' Wohnung – in ihrem wirklichen, offenkundigen Leben. Und nichts von dem, was für Morris und Matilda in Ordnung ist, wird für sie in Ordnung sein. Weder Selbstverleugnung noch das Hochgefühl des Siegs über Sehnsüchte noch anmaßende Hilflosigkeit. Sie ist auf diese Weise nicht zu befriedigen.

Sie weiß das, und sie weiß, was sie zu tun haben wird. Sie wendet ihre Gedanken der Zukunft zu – unzulässiger-, schändlicherweise wendet sie ihre Gedanken der Zukunft zu und tastet nach der Gestalt ihres nächsten Geliebten.

Das wird nicht nötig sein.

Was Joan vollkommen entfallen war, ist die Tatsache, dass die Post in kleinen Städten auch samstags kommt. Der Samstag ist hier kein postloser Tag. Morris ist losgegangen, um zu sehen, was in seinem Fach liegt; er bringt ihr den Brief. Im Brief steht eine Zeit und ein Treffpunkt. Er ist sehr knapp gehalten und nur mit John Broliers Initialen unterschrieben. Das ist natürlich weise. Die Kürze, die Vorsicht gefällt Joan nicht besonders, aber erleichtert, verwandelt wie sie ist, stört sie sich daran nicht.

Sie erzählt Morris die Geschichte, die sie ihm erzählt hätte, wenn der Brief eher gekommen wäre. Sie hat eine Einladung von ihrer Collegefreundin bekommen, die gehört hat, dass sie hier ist. Während sie sich die Haare wäscht und ihre Sachen packt, fährt Morris mit ihrem Auto zur Discount-Tankstelle nördlich des Ortes und tankt es voll.

Als sie Morris zum Abschied winkt, erkennt sie keinen Argwohn in seinem Gesicht. Höchstens ein wenig Enttäuschung. Er hat jetzt zwei Tage weniger, an denen er mit jemandem zusammen ist, zwei Tage mehr, an denen er allein ist. Er würde sich ein solches Gefühl nie eingestehen. Es kann sein, dass sie es sich einbildet. Sie denkt es sich, weil sie das Gefühl hat, auch ihrem Mann und ihren Kindern nachzuwinken, allen, die sie kennen, außer dem Mann, mit dem sie sich treffen wird. Alle, die sie so leicht, so einwandfrei getäuscht hat. Und sie spürt Gewissensbisse, das auf jeden Fall. Die Unschuld der anderen quält sie; sie erkennt, dass ihr Leben einen irreparablen Riss bekommen hat. Das ist echt – ihr Kummer und ihre Schuldgefühle in diesem Moment sind echt, und sie werden nie ganz schwinden. Aber sie werden ihr auch nicht im Weg sein. Sie ist mehr als froh; sie hat das Gefühl, dass sie keine andere Wahl hat, als Abschied zu nehmen.

III – Rose Matilda

Ruth Ann Leatherby ist mit Joan und Morris auf dem Weg zum Friedhof. Joan überrascht das ein wenig, aber Morris und Ruth Ann scheinen es selbstverständlich zu finden. Ruth Ann arbeitet bei Morris als Buchhalterin. Joan weiß seit Jahren von ihr und ist ihr womöglich auch schon begegnet. Ruth Ann ist die Art nett aussehende, mittelgroße, mittelalterliche Frau, an deren Aussehen man sich nicht erinnert. Zurzeit wohnt sie in einer der Junggesellenwohnungen im Souterrain von Morris' Haus. Sie ist verheiratet, aber ihr Mann hat sich schon lange nicht mehr blicken lassen. Sie ist katholisch, deshalb hat sie sich nicht scheiden lassen. In ihrer Vergangenheit gibt es irgendeine Tragödie – einen Hausbrand, ein Kind? –, aber die ist gründlich verarbeitet und wird nicht erwähnt.

Ruth Ann ist diejenige, die Hyazinthenzwiebeln gekauft hat, um sie auf das Grab von Joans und Morris' Eltern zu pflanzen. Sie hatte Morris sagen hören, dass es schön wäre, wenn dort etwas wachsen würde, und als sie die Zwiebeln im Supermarkt im Angebot sah, hat sie welche gekauft. Eine richtige Ehe-Frau denkt Joan, sie betrachtend. Ehe-Frauen sind aufmerksam, aber kontrolliert, sie sind engagiert, aber kühl. Wem oder was gilt ihr Engagement?

Joan lebt mittlerweile in Toronto. Sie ist seit zwölf Jahren geschieden. Sie hat eine Stelle als Geschäftsführerin in einem Buchladen, der auf Kunstbücher spezialisiert ist. Es ist ein angenehmer Job, auch wenn er nicht gut bezahlt ist; sie hat Glück gehabt. Sie hat außerdem Glück (sie weiß, dass die Leute sagen, dass sie Glück hat, für eine Frau in ihrem Alter), weil sie einen Geliebten hat, einen Freund und Geliebten – Geoffrey. Sie wohnen nicht zusammen; sie sehen sich am Wochenende und zwei bis drei Mal in der Woche. Geoffrey ist Schauspieler. Er ist begabt, lustig, anpassungsfähig, arm. Ein Wochenende im Monat verbringt er in Montreal bei einer Frau, mit der er früher zusammengelebt hat, und ihrem gemeinsamen Kind. An diesen Wochenenden fährt Joan zu ihren Kindern, die erwachsen sind und ihr vergeben haben. Ihr Sohn ist auch Schauspieler – durch ihn hat sie Geoffrey überhaupt kennengelernt. Ihre Tochter ist Journalistin, wie der Vater. Und was ist da zu vergeben? Viele Eltern ließen sich scheiden, die meisten erlitten ungefähr um die gleiche Zeit Schiffbruch durch Seitensprünge. Es scheint, als wären jede Menge Ehen, die in den fünfziger Jahren ohne Bedenken geschlossen worden waren oder zumindest ohne Bedenken, von denen irgendwer wissen konnte, in den frühen Siebzigern zerbrochen, vielfach mit spektakulären – und wie es heute scheint, unnötigen, übertriebenen – Komplikationen. An die Geschichte ihrer eigenen Liebe denkt Joan ohne Reue, aber mit einigem Staunen zurück. Es kommt ihr vor, als hätte sie damals den freien Fall proben wollen.

Und manchmal besucht sie Morris. Manchmal bringt sie

Morris dazu, gerade über die Dinge zu reden, die sie früher nicht verstand und langweilig und traurig fand. Dieses merkwürdige Gefüge aus Verdienst und Rente und Hypotheken und Darlehen und Investitionen und Erbschaften, das für Morris die Basis jedes menschlichen Lebens bildet – das interessiert sie jetzt. Es ist ihr immer noch mehr oder weniger unverständlich, aber sein Vorhandensein erscheint ihr nicht mehr wie ein trauriger Wahn. Es beruhigt sie irgendwie. Und es interessiert sie, wieso Leute daran glauben.

Joan, diese glückliche Frau, mit ihrem Job und ihrem Geliebten und ihrem blendenden Aussehen – das jetzt häufiger kommentiert wird als je zuvor in ihrem Leben (sie ist so schlank wie mit vierzehn und trägt eine Tolle, einen silbrigweißen Fuchsschwanz in ihrem sehr kurzen Haar) –, spürt eine neue Gefahr, eine Bedrohung, die sie sich als jüngere Frau nicht hätte vorstellen können. Selbst dann nicht, wenn jemand sie ihr beschrieben hätte. Und sie ist schwer zu beschreiben. Was droht, ist eine Veränderung, aber nicht die Art Veränderung, die einem vorausgesagt worden ist. Es ist nur so, dass Joan dann und wann unvermittelt das Wort *Schutthaufen* durch den Kopf schießt. Schutthaufen. Du kannst eine Straße hinunter schauen, und die Schatten, das Licht, die Ziegelmauern sehen, den Laster, der unter einem Baum steht, den Hund, der auf dem Gehweg liegt, die dunkle Sommermarkise oder die eingegraute Schneewehe – du kannst diese Dinge jeweils einzeln, in ihrer zeitweiligen Getrenntheit wahrnehmen, wie sie doch zugleich alle auf so beunruhigende, befriedigende, notwendige, unbeschreibliche Weise miteinander verbunden sind. Oder du kannst Schutthaufen sehen. Vorübergehende Zustände, eine nutzlose Auswahl vorübergehender Zustände. Schutthaufen.

Joan möchte sich diese Vorstellung vom Leib halten. Sie beobachtet jetzt immer, wie Leute das anzustellen scheinen, was für Methoden sie dazu anwenden. Eine hervorragende Möglichkeit ist so tun als ob – das hat sie aus ihrem Leben mit Geoffrey gelernt. Doch beim So-tun-als-ob bleiben Löcher. Bei Morris' Art zu leben und die Dinge zu sehen scheint weniger Risiko zu bestehen, dass plötzlich Löcher klaffen.

Während sie durch die Straßen fahren, fällt ihr auf, dass viele der alten Häuser wieder zum Vorschein kommen; Türen und Vordächer, die vor fünfzehn, zwanzig Jahren als vernünftige, moderne Umbauten galten, werden durch traditionelle Veranden und Oberlichter ersetzt. Gewiss eine gute Sache. Ruth Ann weist sie auf das eine oder andere Sehenswerte hin, und Joan gefällt alles, aber sie findet, dass irgendetwas hier aufgesetzt, gezwungen wirkt.

Morris hält den Wagen an einer Kreuzung an. Vor ihnen geht eine alte Frau mitten über die Straße. Sie überquert sie diagonal, ohne zu schauen, ob irgendwas kommt. Etwas Entschlossenes, Selbstvergessenes, ja Verächtliches an ihrem Gang wirkt irgendwie vertraut. Die alte Frau ist nicht in Gefahr; es ist weit und breit kein anderes Auto auf der Straße und kein anderer Fußgänger zu sehen, nur ein paar junge Mädchen auf Rädern. Die alte Frau ist eigentlich gar nicht so alt. Joan korrigiert im Augenblick laufend ihre Eindrücke davon, ob Leute alt sind oder noch gar nicht so alt. Diese Frau hat schulterlanges weißes Haar und trägt ein weites Hemd über einer grauen Hose. Kaum genug für das Wetter, denn es ist klar, aber kalt.

»Da geht Matilda«, sagt Ruth Ann. Die Art, wie sie »Matilda« sagt – ohne Familiennamen, mit einem toleranten, amüsierten und distanzierten Ton –, macht deutlich, dass Matilda ein Original ist.

»Matilda!«, sagt Joan und blickt Morris an. »Ist das Matilda? Was ist denn mit ihr passiert?«

Ruth Ann ist diejenige, die antwortet, vom Rücksitz. »Sie

wurde einfach irgendwann komisch. Wie lang ist das her? Ein, zwei Jahre? Es fing damit an, dass sie nicht mehr auf ihre Kleidung achtete und sich einbildete, bei der Arbeit würden ihr Sachen vom Schreibtisch geklaut. Und wenn man ganz normal mit ihr redete, wurde sie unflätig. Vielleicht sind ihre Zutaten schuld.«

»Ihre *Zutaten*?«, fragt Joan.

»Erbanlagen«, sagt Morris, und sie lachen.

»Ja, das meinte ich«, sagt Ruth Ann. »Ihre Mutter hat bis zu ihrem Tod lange Jahre drüben im Pflegeheim gelebt – sie war völlig übergeschnappt. Und auch schon vorher sah man sie in ihrem Garten lauern – sie sah das ganze Jahr aus wie Halloween. Also, Matilda hat eine kleine Rente, seit man sie beim Gericht entlassen hat. Sie läuft nur durch die Gegend. Manchmal redet sie ganz freundlich mit einem, manchmal sagt sie kein Wort. Und sie macht sich nie zurecht. Sie war früher so hübsch.«

Joan sollte nicht so überrascht, so betroffen sein. Menschen verändern sich. Sie verschwinden, und nicht alle müssen dazu erst sterben. Manche sterben – John Brolier ist gestorben. Als Joan davon erfuhr, einige Monate nach seinem Tod, spürte sie einen Stich, aber einen Stich, der weniger stark war als bei dem Mal, als sie eine Frau auf einer Party sagen hörte: »John Brolier, ach ja. War das nicht der, der immer versuchte, eine rumzukriegen, indem er sie zu irgendwelchen Naturwundern schleifte? Mein Gott, war das peinlich!«

»Das Haus gehört ihr«, sagte Morris. »Ich habe es ihr vor ungefähr fünf Jahren verkauft. Und sie hat ihre kleine Rente. Wenn sie bis fünfundsechzig durchhält, hat sie's geschafft.«

Morris gräbt den Boden vor dem Grabstein um, Joan und Ruth Ann pflanzen die Zwiebeln. Der Boden ist kalt, aber es hat noch keinen Frost gegeben. Lange, gerade Sonnenstrahlen fallen durch die beschnittenen Zedern und die raschelnden Pappeln, die noch viele goldene Blätter haben, auf das tiefgrüne Gras.

»Hört nur«, sagt Joan zu den Blättern aufschauend. »Hört sich an wie Wasser.«

»Alles freut sich«, sagt Morris, »über die Grabbelpuppe unter der Pappelgruppe.«

Joan und Ruth Ann stöhnen gemeinsam, und Joan sagt: »Ich wusste gar nicht, dass du das immer noch machst, Morris.« Ruth Ann sagt: »Er kann es einfach nicht lassen.«

Sie waschen sich die Hände an einem Wasserhahn im Freien und lesen ein paar Namen auf den Steinen.

»Rose Matilda«, sagt Morris.

Einen Augenblick denkt Joan, es ist bloß wieder ein Name, den er gelesen hat; dann geht ihr auf, dass er in Gedanken noch bei Matilda Buttler ist.

»Das Gedicht, das Mutter für sie hatte«, sagt er. »Rose Matilda.«

»Rapunzel«, sagt Joan. »Das war Mutters Name für sie. ›Rapunzel, Rapunzel, lass dein güldenes Haar herunter‹.«

»Ich weiß, dass sie das gesagt hat. Aber sie hat auch ›Rose Matilda‹ gesagt. Es war der Anfang von einem Gedicht.«

»Hört sich an wie eine Creme«, sagt Ruth Ann. »Heißt so nicht eine Hautcreme? Rosenbalsam?«

»›Ach, wozu«, sagt Morris entschieden. »Damit fing es an. ›Ach, wozu.‹«

»Ich kenne natürlich kaum Gedichte«, sagt Ruth Ann geschickt und unbefangen. Zu Joan sagt sie: »Kommt es dir bekannt vor?«

Sie hat wirklich hübsche Augen, denkt Joan – braune Augen, die gleichzeitig weich und klug wirken können.

»Ja«, sagt Joan. »Aber ich komme nicht drauf, wie's weitergeht.«

Morris hat sie alle ein bisschen betrogen, diese drei Frauen. Joan, Ruth Ann, Matilda. Morris ist in der Regel nicht unehrlich – so dumm ist er nicht –, doch er mogelt hin und wieder. Joan hat er vor langer Zeit übers Ohr gehauen, als das Haus verkauft wurde. Sie hat von ihm ungefähr tausend Dollar weniger bekommen, als ihr zustanden. Er dachte, sie würde das durch die Sachen wieder wettmachen, die sie sich für ihr Haus in Ottawa aussuchte. Und dann nahm sie gar nichts mit. Später, als sie und ihr Mann sich getrennt hatten und sie allein lebte, überlegte Morris, ob er ihr einen Scheck schicken und ihr erklären sollte, dass er sich verrechnet hatte. Aber sie fand Arbeit, sie schien nicht knapp bei Kasse zu sein. Sie hat ohnehin keine rechte Vorstellung, was mit Geld anzufangen ist – wie man es für sich arbeiten lässt. Er ließ die Idee fallen.

Komplizierter war die Art, wie er Ruth Ann bemogelt hatte. Es hatte damit zu tun, wie er sie überredete anzugeben, dass sie in Teilzeit bei ihm angestellt war, obgleich das gar nicht stimmte. Das ersparte ihm bestimmte Sozialabgaben für sie. Es würde ihn nicht überraschen, wenn sie das alles durchschaut hätte und die Sache ihrerseits mit ein paar kleinen Tricks zurechtrückte. Das wäre ihre Art zu reagieren – sie würde nichts sagen, sich nicht streiten, aber still dafür sorgen, dass sie zu ihrem Recht käme. Und solange sie nur für ihr Recht sorgte – es würde ihm bald auffallen, wenn sie weiterginge –, würde auch er nichts sagen. Sie und er glauben beide, wenn Leute nicht selbst für sich sorgen, dann sind sie selbst schuld an dem, was ihnen entgeht. Er hat ohnehin die Absicht, eines Tages für Ruth Ann zu sorgen.

Auch Joan würde wahrscheinlich nichts sagen, wenn sie herausbekäme, was er getan hat. Das Interessante für sie wäre nicht das Geld. Auf dem Gebiet fehlte ihr der Instinkt. Das Interessante wäre: warum? Das würde sie hin und her wälzen und daraus eine merkwürdige Befriedigung beziehen. Diese Wahrheit über ihren Bruder würde sich in ihrem Kopf wie ein harter Kristall festsetzen – ein seltsamer, kleiner, lichtbrechender Gegenstand, ein kostbarer Fremdkörper.

Matilda hat er nicht betrogen, als er ihr das Haus verkaufte. Das hat sie zu einem äußerst günstigen Preis bekommen. Aber er hat behauptet, der Wasserboiler, den er ungefähr ein Jahr zuvor eingebaut hatte, sei neu, und das war natürlich gelogen. Er kaufte niemals neue Geräte oder neue Baustoffe zur Reparatur der Häuser, die ihm gehörten. Und letzten Juni vor drei Jahren, bei einem Abendessen mit Tanz im Valhalla Inn, sagte Matilda zu ihm: »Mein Boiler hat den Geist aufgegeben. Ich musste ihn ersetzen.«

In dem Augenblick tanzten sie gerade nicht. Sie saßen mit einigen anderen Leuten an einem runden Tisch unter einem Dach aus schwebenden Luftballons. Sie tranken Whisky.

»Das hätte nicht passieren dürfen«, sagte Morris.

»Nicht, nachdem du erst einen neuen eingebaut hattest«, sagte Matilda lächelnd. »Weißt du, was ich glaube?«

Er sah sie weiter an und wartete.

»Ich glaube, wir sollten noch mal tanzen, bevor wir noch mehr trinken!«

Sie tanzten. Sie hatten immer mühelos zusammen getanzt, und oft mit besonderen Einlagen. Aber diesmal fand Morris Matildas Körper schwerer und steifer als sonst – ihre Reaktionen kamen verspätet und dann übertrieben. Es war seltsam, dass ihr Körper so widerwillig wirkte, wo sie doch lächelte und sich so angeregt mit ihm unterhielt und Kopf und Schultern einsetzte, um charmant mit ihm zu flirten. Auch das war neu – ganz anders als das Verhalten, das er sonst von ihr gewohnt war. Jahr um Jahr hatte sie sich mit traumtänzerischer Geschmeidigkeit und ernster Miene, fast ohne zu sprechen, mit ihm über die Tanzfläche bewegt. Und nach ein paar Drinks hatte sie ihm von ihren heimlichen Sorgen erzählt. Ihrer Sorge. Die immer dieselbe war. Und sich um Ron drehte, den Engländer. Sie hoffte darauf, von ihm zu hören. Sie blieb hier, sie war hierher zurückgekommen, damit er wusste, wo sie zu finden war. Sie hoffte, sie bezweifelte, dass er sich von seiner Frau scheiden lassen würde. Er hatte es versprochen, aber sie hatte kein Vertrauen zu ihm. Schließlich hörte sie von ihm. Er schrieb, er sei unterwegs, er werde sich wieder melden. Und er hielt Wort. Er kündigte einen Besuch bei ihr an. Die Briefe waren in Kanada abgestempelt, in verschiedenen, weit entfernten Städten. Dann hörte sie nichts mehr. Sie fragte sich, ob er noch lebte; sie dachte an Detekteien. Sie sagte, Morris sei der Einzige, dem sie davon erzählte. Ihre Liebe war ihr Gebrechen, das niemand anders sehen durfte.

Morris gab ihr nie Ratschläge; er legte ihr nie zum Trost eine Hand irgendwohin, außer zum Tanzen, wo es sich schickte. Er wusste genau, wie er das aufzunehmen hatte, was sie sagte. Er bemitleidete sie auch nicht. Er achtete alle Entscheidungen, die sie getroffen hatte.

Allerdings hatte der Ton sich bereits vor diesem Abend im Valhalla Inn verändert. Er hatte eine Schärfe, einen sarkastischen Beiklang angenommen, der ihm wehtat und zu ihr nicht passte. Doch dies war der Abend, an dem er merkte, dass alles zerbrochen war – ihr langanhaltendes Einvernehmen, die eingespielte Harmonie ihres Tanzes. Sie waren wie ein x-beliebiges Ehepaar mittleren Alters, das sich scheinbar mühelos und mit Lust bewegt und ängstlich darauf bedacht ist, die Stimmung nicht sinken zu lassen. Sie erwähnte Ron nicht, und Morris fragte natürlich nicht. In seinem Kopf regte sich die Vermutung, dass sie ihn endlich gesehen hatte. Sie hatte Ron gesehen oder gehört, dass er tot war. Wahrscheinlich eher gesehen.

»Ich weiß, wie du die Sache mit dem Boiler wiedergutmachen könntest«, neckte sie ihn. »Du könntest mir einen Rasen anlegen! Wann ist bei mir zuletzt richtiger Rasen eingesät worden? Er sieht furchtbar aus; er besteht doch nur noch aus Pfennigkraut. Ich hätte nichts gegen einen ordentlichen Rasen. Ich habe Lust, das Haus aufzumöbeln. Ich würde gern dunkelrote Fensterläden anbringen als Gegengewicht zu all dem Grau. Ich hätte gerne ein großes Fenster in der Seitenwand. Ich habe es satt, immer nur auf das Pflegeheim zu gucken. Ach, Morris, weißt du, dass sie eure Walnussbäume gefällt haben! Sie haben den Garten planiert, sie haben den Bach abgezäunt!«

Sie trug ein langes, raschelndes, pfauenblaues Kleid. An ihren Ohren baumelten blaue, in silberne Scheiben gefasste Steine. Ihr Haar war steif und farblos wie Toffeefäden. Die Haut an ihren Oberarmen hatte Dellen; sie roch nach Whisky. Aus ihrem Parfüm, ihrem Make-up und ihrem Lächeln las er Falschheit, Entschlossenheit und Kummer. Sie hatte das Interesse an ihrem Gebrechen verloren. Sie hatte die Kraft verloren, so weiterzumachen wie bisher. Und mit ihrer schlichten, überwältigenden Unbedarftheit hatte sie seine Liebe verspielt.

»Wenn du nächste Woche mit Rasensaat vorbeikommst und mir zeigst, wie man es macht, kriegst du einen Drink«, sagte sie. »Ich koche sogar was für dich. Es ist mir peinlich, wenn ich daran denke, dass du die ganzen Jahre nicht ein einziges Mal an meinem Tisch gesessen hast.«

»Man müsste ihn ganz umpflügen und neu anfangen.«

»Dann pflüg ihn um! Komm doch Mittwoch. Oder ist das dein Abend mit Ruth Ann Leatherby?«

Sie war betrunken. Ihr Kopf fiel an seine Schulter, und er spürte, wie der harte Stein ihres Ohrrings sich durch die Jacke und das Hemd in sein Fleisch bohrte.

In der folgenden Woche schickte er einen seiner Arbeiter

vorbei, um Matildas Rasen umzupflügen und neu einzusäen, kostenlos. Der Mann blieb nicht lange. Wie er sagte, war Matilda herausgekommen und hatte geschrien, er solle machen, dass er von ihrem Grundstück verschwinde, was er sich einbilde, sie könne sich selber um ihren Garten kümmern. Zieh Leine, hatte sie zu ihm gesagt.

»Zieh Leine.« Das war ein Ausdruck, an den sich Morris noch von seiner Mutter erinnerte. Auch Matildas Mutter hatte ihn benutzt, in den alten Zeiten, als sie noch Gift und Galle spie. Mrs Buttler, Mrs Furunkel. Zieh Leine. Du Blindschleiche.

Nach diesem Vorfall sah er Matilda längere Zeit nicht. Er lief ihr nicht über den Weg. Wenn etwas im Gericht zu erledigen war, schickte er Ruth Ann. Er hörte von Veränderungen, die vorgingen, und sie deuteten nicht in die Richtung von dunkelroten Fensterläden oder Hausrenovierung.

»Ach, wozu taugt das stolze Blut!«, sagt Joan mit einem Mal auf der Rückfahrt zur Wohnung. Und gleich nach der Ankunft geht sie zum Bücherschrank – es ist immer noch derselbe alte Bücherschrank mit den Glastüren. Den hat Morris nicht verkauft, obwohl er für dieses Wohnzimmer beinahe zu hoch ist. Sie findet die *Anthology of English Verse* von ihrer Mutter.

»Gedichtanfänge«, sagt sie und blättert im Buch nach hinten.

»Setz dich doch und mach es dir gemütlich«, sagt Ruth Ann, die mit den Fünf-Uhr-Drinks hereinkommt. Morris bekommt Whisky mit Wasser, Joan und Ruth Ann weißen Rum mit Soda. Die gemeinsame Vorliebe für dieses Getränk ist zu einem Witz, einem hoffnungsvollen Band zwischen den beiden Frauen geworden, denen klar ist, dass sie irgendetwas brauchen werden.

Joan sitzt zufrieden da und trinkt. Sie lässt ihren Finger über die Seite gleiten. »Ach, wozu, ach, wozu –« murmelt sie.

»Wozu der Schönheit Schein!«, sagt Morris mit einem tiefen Seufzer der Befriedigung über die wiedererwachte Erinnerung.

Man hatte ihnen beigebracht, dass sie etwas Besonderes seien, dachte Joan ohne sonderliches Bedauern. Die vertraute Gedichtzeile, der erste Schluck Alkohol, das späte Licht des Oktobernachmittags, das alles mag sie friedlich, nachsichtig stimmen. Man hatte ihnen ein feines, besonderes Selbstgefühl anerzogen, das sie veranlasste, sich im Leben das zu holen, was sie haben wollten, sei es Liebe oder Geld. Aber das war nicht die ganze Wahrheit, oder? Morris hat sich in der Liebe ziemlich diszipliniert und enthaltsam gezeigt. Wie sie mit dem Geld – in Geldangelegenheiten ist sie ungeschickt, jungfräulich geblieben.

Es gibt jedoch ein Problem, ihre unerwartete zufriedene Stimmung wird durch einen Umstand gestört. Sie kann die Zeile nicht finden. »Sie steht hier nicht«, sagt sie. »Wieso steht sie hier nicht drin? Hier stand doch alles, was Mutter kannte.« Sie trinkt beiläufig noch einen Schluck und starrt auf die Seite. Dann sagt sie: »Ich hab's! Ich habe es!« Und nach wenigen Augenblicken hat sie es aufgeschlagen; sie liest es ihnen vor, in gespielt gefühlvollem Ton:

»Ach, wozu taugt das stolze Blut,
Wozu der Schönheit Schein!
Was fromme Tugend, hoher Mut,
Rose Aylmer – Rose Matilda – dein, einst dein!«

Morris nimmt die Brille ab. Das macht er inzwischen vor Joan. Vielleicht macht er es schon länger vor Ruth Ann. Er reibt sich die Narbe, als ob sie juckt. Sein Auge ist dunkel, grau geädert. Es fällt nicht schwer, es anzusehen. Unter der vernarbten Haut ist es so harmlos wie eine Backpflaume oder ein Stein.

»Da haben wir's«, sagt Morris. »Also hatte ich doch recht.«

Anders

Georgia hatte einmal an einem Kurs für kreatives Schreiben teilgenommen, und der Dozent hatte ihr erklärt: Das ist alles zu viel. Es passiert zu viel auf einmal; und es gibt auch zu viele Figuren. Überlegen Sie, sagte er. Was ist das Wesentliche? Worauf wollen Sie die Aufmerksamkeit lenken? Überlegen Sie.

Schließlich schrieb sie eine Geschichte, die von ihrem Großvater erzählte, wie er Hühner schlachtete, und die schien dem Dozenten zu gefallen. Georgia selbst erschien sie künstlich. Sie machte eine lange Liste aller Dinge, die sie ausgelassen hatte, und reichte sie als Anhang zur Geschichte mit ein. Der Dozent sagte, sie erwarte zu viel, von sich und dem Schreiben, und das strenge ihn an.

Der Kurs erwies sich nicht als völlige Katastrophe, weil Georgia und der Dozent später zusammenzogen. Sie leben immer noch zusammen, in Ontario, auf einer Farm. Sie verkaufen Himbeeren und haben einen kleinen Verlag. Wenn Georgia das Geld zusammenkratzen kann, fährt sie nach Vancouver, um ihre Söhne zu besuchen. An diesem Sonnabend im Herbst hat sie mit der Fähre nach Victoria übergesetzt, wo sie früher gewohnt hat. Es ist eine spontane Idee gewesen, die ihr nicht ganz geheuer ist, und als sie am Nachmittag die Auffahrt zu dem prächtigen Steinhaus hinaufgeht, in dem sie früher Maya besucht hat, hat sie ihr Weg bereits über einigen unsicheren Boden geführt.

Als sie Raymond anrief, war sie nicht sicher, ob er sie zu sich nach Hause einladen würde. Sie war sich nicht einmal sicher, ob sie das Haus betreten wollte. Sie hatte keine Vorstellung davon, wie willkommen sie sein würde. Doch Raymond öffnet die Tür, noch bevor sie klingeln kann, und er umfasst ihre Schultern und küsst sie auf beide Wangen (das hat er doch früher nicht getan?) und stellt ihr seine Frau Anne vor. Er sagt, er habe ihr erzählt, was für gute Freunde sie waren, Georgia und Ben und er und Maya. Sehr gute Freunde.

Maya ist tot. Georgia und Ben sind lange geschieden.

Sie setzen sich in das Zimmer, das Maya in munter-trockenem Ton immer als das »Familienzimmer« bezeichnet hatte.

(Eines Abends hatte Raymond Ben und Georgia erzählt, dass es so aussehe, als würde Maya keine Kinder bekommen können. »Wir tun unser Bestes«, sagte er. »Wir benutzen Kissen und alles. Aber ohne Erfolg.«

»Mensch, mein Lieber, das macht man doch nicht mit Kissen«, sagte Ben übermütig. Sie waren alle ein wenig angetrunken. »Ich dachte, du wärst Fachmann für die betreffenden Gerätschaften, aber ich merke, dass wir zwei uns mal unter vier Augen unterhalten müssen.«

Raymond war Geburtshelfer und Gynäkologe.

Georgia wusste damals schon von der Abtreibung in Seattle, die von Mayas Liebhaber Harvey arrangiert worden war. Harvey war ebenfalls Arzt, Chirurg. Die düstere Wohnung in dem heruntergekommenen Haus, die missgelaunte alte Frau, die an einem Pullover strickte, der Arzt, der in Hemdsärmeln und mit einer braunen Papiertüte erschien, in der Maya, aufgelöst, wie sie war, sein Handwerkszeug vermutete. In Wirklichkeit enthielt sie sein Mittagsbrot – ein Sandwich mit Ei und Zwiebeln. Das musste Maya die ganze Zeit riechen, während er und Mme Defarge sich an ihr zu schaffen machten.

Maya und Georgia lächelten sich steif zu, während ihre Männer weiter ihre Späße trieben.)

Raymonds braune Locken sind zu silbrigem Flaum geworden, und im Gesicht hat er Falten. Aber er hat sich nicht schlimm verändert – er hat weder dicke Tränensäcke noch Hängebacken noch rote Äderchen vom Alkohol noch die bittere Geducktheit eines Besiegten. Er ist noch immer aufrecht und schlank, mit knochigen Schultern, er riecht noch immer frisch und ist wie aus dem Ei gepellt, gut und teuer gekleidet. Er wird einen zerbrechlichen, eleganten alten Mann abgeben, mit einem gewinnenden jungenhaften Lächeln. Die haben beide diese Ausstrahlung, sagte Maya einmal betrübt. Sie sprach von Raymond und Ben. Vielleicht sollten wir sie in Essig einlegen, sagte sie.

Das Zimmer hat sich stärker verändert als Raymond. Ein elfenbeinfarbenes Ledersofa hat Mayas Couch mit dem Gobelin-Überwurf ersetzt, und natürlich ist der ganze Opiumhöhlen-Krimskrams verschwunden – Mayas Polster und Pampasgras und der hinreißende bunte Elefant mit den aufgenähten Spiegelchen – alles weg. Das Zimmer ist in Beige und Elfenbein gehalten, glatt und zum Wohlfühlen wie die neue blonde Frau, die bei Raymond auf der Sessellehne sitzt und sich seinen Arm um die Hüften und seine Hand auf den Oberschenkel legt. Sie trägt eine geschniegelte weiße Hose und einen weißen Pullover mit cremefarbenen Applikationen zu goldenem Schmuck. Raymond klopft ihr ein paar Mal herzhaft und aufmunternd auf den Schenkel.

»Willst du los?«, fragt er. »Zum Einkaufen vielleicht?«

»Klaro«, sagt die Frau. »Alte Zeiten.« Sie lächelt Georgia zu. »Ist schon okay«, sagt sie. »Ich muss wirklich einkaufen.«

Als sie gegangen ist, schenkt Raymond sich und Georgia einen Drink ein. »Anne stellt sich mit Alkohol furchtbar an«, sagt er. »Bei ihr kommt kein Salz auf den Tisch. Sie hat im ganzen Haus die Gardinen abgenommen, um den Geruch von Mayas Zigaretten loszuwerden. Ich weiß, was du wahrscheinlich denkst: Raymond hat sich eine knackige Blondine geangelt. Aber sie ist ein sehr ernsthaftes Mädchen, und sehr zuverlässig. Ich hatte sie vor Mayas Tod schon eine ganze Weile im Büro, weißt du. Ich meine, sie arbeitete dort für mich. Ich meine das nicht so, wie es klingt! Sie ist auch nicht so jung, wie sie aussieht. Sie ist sechsunddreißig.«

Georgia hatte sie für vierzig gehalten. Sie hat bereits genug von dem Besuch, aber sie muss noch von sich erzählen. Nein, sie ist nicht verheiratet. Ja, sie arbeitet. Sie lebt mit jemandem zusammen, mit dem sie eine Farm und einen Verlag hat. Es geht gerade so, viel Geld haben sie nicht. Interessant. Ja, sie lebt mit einem Mann zusammen.

»Ben habe ich irgendwie ganz aus den Augen verloren«, sagt Raymond. »Das Letzte, was ich hörte, war, dass er auf einem Boot lebt.«

»Er und seine Frau segeln im Sommer immer an der Westküste«, berichtet Georgia. »Im Winter fahren sie nach Hawaii. Bei der Marine kann man sich früh pensionieren lassen.«

»Phantastisch«, sagt Raymond.

Beim Anblick von Raymond fällt Georgia ein, dass sie keine Ahnung hat, wie Ben jetzt aussieht. Sind seine Haare weiß geworden, hat er um die Hüften Speck angesetzt? Beides trifft auf sie zu – sie ist zu einer rundlichen Frau geworden, mit gesunder brauner Haut und einer weißen Mähne, und sie trägt weite und ziemlich ausgefallene Sachen. Wenn sie an Ben denkt, sieht sie ihn immer noch als stattlichen Marineoffizier vor sich, im perfekten Marine-Look – ernst und eifrig und zurückhaltend. Das Aussehen eines Mannes, der sich tapfer danach sehnte, Befehle zu erhalten. Ihre Söhne müssen Bilder von ihm im Haus haben – sie haben beide Kontakt mit ihm, sie verbringen Ferien auf seinem Boot. Vielleicht räumen sie die Bilder weg, wenn sie zu Besuch kommt. Vielleicht wollen sie die Bilder vor einer schützen, die ihm wehgetan hat.

Den Weg zu Mayas Haus – Raymonds Haus – wählte Georgia so, dass sie an einem anderen Haus vorbeikam, das sie leicht hätte meiden können. Einem Haus in Oak Bay, für das sie sogar einen Umweg machte, um es zu sehen.

Es war immer noch das Haus, das Ben in den Immobilien-Anzeigen des *Victoria Colonist* gefunden hatte. Geräumiger Bungalow unter malerischen Eichen. Erdbeerbäume, Hartriegel, eingebaute Fenstersitze, Kamin, rautenförmige Bleifenster, Charakter. Georgia stand vor dem Tor und verspürte einen absolut vorhersehbaren Stich. Hier hatte Ben den Rasen gemäht, hier hatten die Kinder ihre Wege und ihre Höhlen unter den Büschen gebaut und einen Friedhof für die Vögel und Schlangen angelegt, die von Domino, ihrer schwarzen Katze, erlegt worden waren. Sie wusste noch genau, wie das Haus von innen aussah – die Eichendielen, die Ben und sie mühselig abgeschliffen hatten, die Wände, die sie gestrichen hatten, das Zimmer, in dem sie elend und benommen gelegen hatte, nachdem sie sich die Weisheitszähne hatte ziehen lassen. Ben hatte ihr vorgelesen, aus den *Dubliners*. An den Titel der Geschichte erinnerte sie sich nicht. Sie handelte von einem schüchternen, romantischen jungen Mann mit einer bösen, hübschen Frau. Armes Schwein, sagte Ben, als er fertig gelesen hatte.

Ben las gern Erzählungen und Romane, was bei einem Mann, der gern Sport trieb und in der Schule beliebt gewesen war, eher überraschend schien.

Sie hätte sich von dieser Gegend fernhalten sollen. Überall wohin sie hier ging, unter den Kastanien mit ihren platten goldenen Blättern und den Erdbeerbäumen mit ihren roten Ästen und den hohen Oregon-Eichen, die an Märchen erinnerten, an europäische Wälder, Holzfäller, Hexen – überall machten ihre Schritte vorwurfsvoll *wozu, wozu, wozu*. Genau diesen Vorwurf hatte sie erwartet – sie hatte ihn geradezu herausgefordert –, und die ganze Unternehmung hatte etwas Billiges. Etwas Billiges und Unnützes. Sie wusste das. Und dennoch machten ihre dummen, tadelnden Füße *wozu, wozu, wozu, falsch und umsonst, falsch und umsonst.*

Raymond möchte, dass Georgia sich den Garten ansieht, weil er für Maya angelegt wurde, in den letzten Monaten ihres Lebens. Maya hatte ihn entworfen und sich dann auf die Couch mit dem Gobelin gelegt (und sie, wie Raymond sagt, zweimal in Brand gesteckt, weil sie mit brennender Zigarette einnickte), und auf diese Weise hatte sie zusehen können, wie er Gestalt annahm.

Georgia sieht einen Teich, einen mit Steinen eingefassten Teich mit einer Insel in der Mitte. Aus der Insel ragte ein steinerner, böse blickender Tierkopf – ein Ziegenbock? – als Wasserspeier. Um den Teich wuchern Shasta-Chrysanthemen, rosa und lila Cosmeen, Zwergpinien und -zypressen und noch ein Zwergbaum mit glänzend rotem Laub. Auf der Insel erkennt Georgia bei näherem Hinsehen bemooste Natursteinmauern – eine winzige Turmruine.

»Die Arbeit ließ sie von einem jungen Kerl machen«, erzählt Raymond. »Sie lag da und sah ihm zu. Den ganzen Sommer lang. Sie lag den ganzen Tag da und sah zu, wie er ihren Garten anlegte. Anschließend kam er herein, und sie tranken zusammen Tee und redeten darüber. Weißt du, Maya hat den Garten nicht bloß entworfen. Sie hat ihn imaginiert. Sie erzählte ihrem jungen Mann immer, was sie imaginiert hatte, und das führte er dann aus. Ich meine, es war für beide nicht bloß so ein Garten. Der Teich war ein See in einem Land, für das sie irgendeinen Namen hatten, und um den See herum lagen Wälder und Gebiete, in denen verschiedene Stämme und Völker lebten. Kannst du dir das vorstellen?«

»Ja«, sagte Georgia.

»Maya hatte eine unglaubliche Phantasie. Sie hätte Fantasy oder Science-Fiction schreiben können. Alles Mögliche. Sie war ein kreativer Mensch, da gibt es keinen Zweifel. Aber man konnte sie nicht dazu bewegen, ihre Kreativität ernsthaft zu nutzen. Der Ziegenbock war einer der Götter in ihrem Land, und die Insel war eine Art Heiligtum mit einem ehemaligen Tempel drauf. Du kannst die Ruine sehen. Sie hatten sich eine eigene Religion ausgedacht. Ach, und die Literatur, die Dichtung und die Legenden und die Geschichte – alles. Sie hatten ein Lied, das die Königin sang. Natürlich sollte es eine Übersetzung sein, aus dieser Sprache. Die hatten sie sich zum Teil auch ausgedacht. Es hatte einst eine Königin gegeben, die in der Ruine gefangen war. In dem Tempel. Ich habe vergessen warum. Wahrscheinlich sollte sie geopfert werden. Das Herz aus dem Leib gerissen bekommen oder so was Schauerliches. Es war alles sehr verwickelt und melodramatisch. Aber denk nur, wie viel Mühe sie da hineingesteckt haben. Wie viel Kreativität. Der junge Kerl war Künstler von Beruf. Ich glaube, er fühlte sich als Künstler. Eigentlich weiß ich gar nicht, wo sie ihn aufgetan hat. Sie kannte viele Leute. Er wird sich mit solchen Projekten seinen Unterhalt verdienen, nehme ich an. Er hat seine Sache gut gemacht. Hat die Leitungen gelegt und alles. Er war jeden Tag da. Und jeden Tag, wenn er fertig war, kam er herein und trank Tee und unterhielt sich mit ihr. Na ja, meiner Meinung nach haben sie nicht bloß Tee getrunken. Er brachte ein bisschen Stoff mit, und sie rauchten ein bisschen. Ich habe Maya gesagt, sie sollte das alles aufschreiben.

Aber weißt du, in dem Augenblick, wo er fertig war, ward er nicht mehr gesehen. Nicht ein einziges Mal mehr gesehen.

Ich weiß nicht. Vielleicht hatte er einen neuen Auftrag. Ich hatte nicht das Gefühl, dass es mir zustand, danach zu fragen. Aber ich fand schon, dass er sich auch mit neuer Stelle ab und an hätte bei ihr blicken lassen können. Oder wenn er auf Reisen gegangen war, hätte er Briefe schreiben können. Fand ich jedenfalls. Das hätte ich schon von ihm erwartet. Das hätte ihm doch keinen Zacken aus der Krone gebrochen. Finde ich wenigstens. Wäre doch nett von ihm gewesen, ihr den Eindruck zu geben, dass es nicht die ganze Zeit über nur ein Fall von – von gekaufter Freundschaft war.«

Raymond lächelt, er kann dieses Lächeln nicht abstellen, womöglich merkt er nicht einmal, dass er lächelt.

»Denn zu dem Schluss muss sie wohl gekommen sein«, sagt er. »Nach den vielen schönen gemeinsamen Stunden, in denen sie zusammen phantasiert und sich gegenseitig angestachelt hatten. Sie muss enttäuscht gewesen sein. Muss sie doch. Selbst in dem Stadium muss ihr so etwas noch eine Menge bedeutet haben. Du und ich wissen das, Georgia. Es hätte ihr was bedeutet. Er hätte sie etwas netter behandeln können. Es wäre ja nicht für sehr lange gewesen.«

Maya ist vor einem Jahr gestorben, im Herbst, aber Georgia hat es erst an Weihnachten erfahren. Sie hat die Neuigkeit in Hildas Weihnachtsbrief gelesen. Hilda, die früher mit Harvey verheiratet war, ist jetzt mit einem anderen Arzt verheiratet, in einer Stadt im Landesinneren von British Columbia. Vor ein paar Jahren sind sie und Georgia sich zufällig in Vancouver auf der Straße begegnet, als sie beide dort zu Besuch waren, und seitdem schreiben sie sich dann und wann.

»Du kanntest Maya natürlich unendlich viel besser als ich«, schrieb Hilda. »Aber ich staune doch, wie oft ich an sie denke. Ich habe in letzter Zeit über uns alle nachgedacht, darüber, wie wir vor fünfzehn Jahren oder so drauf waren, und ich glaube, wir waren in mancher Hinsicht genauso labil wie die jungen Leute mit ihren LSD-Trips und so weiter, die angeblich bleibende Schäden davontrugen. Irgendwas muss doch mit uns gewesen sein – dass wir damals alle unsere Ehen zerschlagen und das Abenteuer gesucht haben? Klar, Maya hat ihre Ehe nicht zerstört, ausgerechnet sie blieb, wo sie war, deshalb hält das, was ich sage, wahrscheinlich nicht stand. Aber Maya kam mir vor wie die Labilste von uns allen, so begabt und so zerbrechlich. Ich weiß noch, wie ich es kaum ertragen konnte, die Ader an ihrer Schläfe anzugucken, auf der Seite, wo ihr Scheitel saß.«

Was für ein sonderbarer Brief aus Hildas Feder das doch war, dachte Georgia. Sie dachte an Hildas teure, pastellfarben karierte Hemdblusenkleider, ihre adrette blonde Kurzhaarfrisur, ihre höflichen Umgangsformen. Meinte Hilda im Ernst, sie habe ihre Ehe unter dem Einfluss von Haschisch und Rockmusik und Revoluzzerklamotten aufs Spiel gesetzt, bloß weil ihr nach Abenteuern zumute war? Georgias Eindruck war, dass Hilda Harvey verlassen hatte, als sie – zumindest ein Stück weit – dahinter gekommen war, was er trieb, um dann in die Stadt im Binnenland zu ziehen, wo sie vernünftigerweise wieder in ihrem alten Beruf als Krankenschwester gearbeitet und nach einer Weile einen anderen, wahrscheinlich vertrauenswürdigeren Arzt geheiratet hatte. Maya und Georgia hatten Hilda nie für eine Frau von ihrem Schlag gehalten. Und Hilda und Maya hatten sich nicht nahe gestanden – mit gutem Grund nicht. Aber Hilda hatte sich auf dem Laufenden gehalten; sie wusste von Mayas Tod, sie schrieb diese großherzigen Worte. Ohne Hilda hätte Georgia nichts erfahren. Sie hätte immer noch gedacht, dass sie Maya vielleicht eines Tages schreiben würde, dass irgendwann die Zeit kommen würde, ihre Freundschaft zu flicken.

Als Ben und Georgia zum ersten Mal zu Maya kamen, waren auch Harvey und Hilda dort. Maya hatte zu einem Abendessen zu sechst geladen. Georgia und Ben waren erst kurz zuvor nach Victoria gezogen, und Ben hatte Raymond angerufen, der ein Schulfreund von ihm war. Seine Frau Maya kannte Ben nicht, aber er wusste Georgia zu berichten, dass sie als äußerst intelligent galt, und als verschroben. Das zumindest erzählten sich die Leute. Aber sie sei reich – eine Erbin –, und deshalb könne sie sich das leisten.

Georgia stöhnte, als sie erfuhr, dass Maya reich sei, und sie stöhnte erneut, als sie das Haus sah – ein großer Natursteinbau mit terrassenförmig angelegten Rasenflächen und beschnittenen Büschen und einer kreisrunden Auffahrt.

Georgia und Ben stammten aus derselben Kleinstadt in Ontario und aus der gleichen Art Familie. Ein glücklicher Zufall hatte Ben erlaubt, die Privatschule zu besuchen – das Geld stammte von einer Großtante. Schon als junges Mädchen, als sie stolz darauf war, Bens Freundin zu sein, und stolzer, als sie sich anmerken lassen wollte, darauf, zu den Tanzfesten in der Schule eingeladen zu werden, hatte Georgia keine hohe Meinung von den Mädchen, die sie dort kennenlernte. Sie fand reiche Mädchen verwöhnt und doof. Dumme Zicken hießen sie bei ihr. Sich selbst sah sie als ein Mädchen – und später als eine Frau –, die sich nicht viel aus anderen Mädchen und Frauen machte. Die anderen Marine-Frauen nannte sie »die Marine-Damen«. Ben amüsierte sich manchmal über ihre Ansichten, und andere Male fragte er, ob es wirklich nötig war, so kritisch zu sein.

Er habe so eine Ahnung, sagte er, dass sie Maya mögen werde. Das nahm Georgia nicht für Maya ein. Aber es stellte sich heraus, dass Ben recht hatte. Und er war sehr glücklich, dass er Georgia eine Frau wie Maya zu bieten gehabt und ein Paar gefunden hatte, mit dem sie beide gern zusammenkamen. »Wir können ein paar Freunde gebrauchen, die nichts mit der Marine zu tun haben«, sagte er später. »Eine Frau, mit der du dich gut verstehst und die nicht so konventionell ist. Als konventionell kannst du Maya wirklich nicht bezeichnen.«

Das konnte Georgia nicht. Das Haus entsprach mehr oder weniger ihren Erwartungen – schon bald erfuhr sie, dass Maya es als »die freundliche Festung um die Ecke« bezeichnete –, aber von Maya war sie überrascht. Sie kam selbst an die Tür, barfuß und in einem langen formlosen Gewand aus grob gewebtem braunem Stoff, der wie Sackleinen aussah. Ihr Haar trug sie lang und glatt, mit einem hohen Seitenscheitel. Es hatte beinahe den gleichen stumpfen Braunton wie das Gewand. Sie trug keinen Lippenstift, und ihre Haut war rau und blass, die Wangen hohl und von so etwas wie schwachen Vogelspuren gezeichnet. Der Mangel an Farben, das Unverfeinerte an ihr wirkte imponierend, wie eine Behauptung ihrer Besonderheit. Wie gleichgültig sie aussah, wie arrogant und gleichgültig mit ihren nackten Füßen, den unlackierten Fußnägeln, dem eigenartigen Gewand. Das Einzige, was sie in ihrem Gesicht geschminkt hatte, waren die Augenbrauen. Die hatte sie blau gemalt – sie hatte alle Haare der Augenbrauen ausgezupft und die Haut blau angemalt. Nicht mit einem gewölbten Strich – sondern bloß mit einem kleinen blauen Tupfer über jedem Auge, einer geschwollenen Ader gleich.

Georgia, deren dunkles Haar toupiert war, deren Augen im Stil der Zeit geschminkt waren, die ihren Busen modisch spitz trug, fand das alles beunruhigend und wundervoll.

Auch von Harveys Aussehen war Georgia beeindruckt. Er war ein kleiner Mann mit breiten Schultern, einem leichten Schmerbauch, verquollenen blauen Augen und streitlustiger Miene. Er stammte aus Lancashire. Sein graues Haar war oben dünn, aber an den Seiten trug er es lang – und hatte es so über die Ohren gekämmt, dass er eher wie ein Künstler als ein Chirurg aussah. »Ich finde, für einen Chirurg wirkt er irgendwie nicht sauber genug«, sagte Georgia hinterher zu Ben. »Würdest du ihn nicht eher für einen Bildhauer oder so was halten? Mit dunklen Rändern unter den Nägeln? Er sieht mir aus wie ein Mann, der Frauen schlecht behandelt.« Sie dachte daran, wie er auf ihren Busen gestarrt hatte. »Ganz anders als Raymond«, sagte sie. »Raymond betet Maya an. Und er ist ausgesprochen sauber.«

(Raymond ist der Typ Mann, auf den jede Mutter fliegt, sagte Maya mit ätzender Treffsicherheit ein paar Wochen später zu Georgia.)

Das Essen, das Maya ihnen vorsetzte, war in keiner Hinsicht besser als das, was man als alltägliches Abendessen erwarten würde, und die schweren Silbergabeln waren leicht angelaufen. Aber Raymond schenkte guten Wein aus, über den er gern geredet hätte. Er schaffte es nicht, Harvey zu unterbrechen, der Skandalgeschichten und allerlei Taktloses aus der Klinik erzählte und sich schockierend unverblümt über Nekrophilie und Masturbation ausließ. Später im Wohnzimmer wurde der Kaffee mit feierlichem Aufwand zubereitet und serviert. Raymond gewann die Aufmerksamkeit aller, als er die Bohnen in einer türkischen Handmühle mahlte. Er sprach über die Bedeutung der Aromastoffe. Mitten in einer Anekdote unterbrochen, sah Harvey mit unfreundlich süffisantem Lächeln, Hilda mit duldsam höflicher Aufmerksamkeit zu. Maya hingegen unterstützte strahlend ihren Mann und assistierte ihm wie ein Ministrant, demütig und würdevoll. Sie servierte den Kaffee in wunderhübschen Mokkatässchen, die sie und Raymond zusammen mit der Kaffeemühle in einem Laden in San Francisco gekauft hatten. Sie lauschte sittsam, während Raymond von dem Laden erzählte, als weilte sie in Erinnerung bei anderen Urlaubsfreuden.

Harvey und Hilda gingen als Erste. Maya hängte sich beim Abschied an Raymonds Schulter. Aber sobald sie fort waren, machte sie sich los, und legte ihre schlangenhafte Anmut und das Gattinnengehabe ab. Sie streckte sich bequem und unkleidsam auf der Couch aus und sagte: »Bitte geht noch nicht. Solange Harvey da ist, kommt keiner zu Wort – man muss sich hinterher unterhalten.«

Und Georgia sah, was los war. Sie sah, dass Maya hoffte, nicht mit ihrem Ehemann allein gelassen zu werden, den sie – zu welchem Zweck auch immer – mit ihrer dick aufgetragenen Zuwendung erregt hatte. Sie sah, dass Maya traurig und am Ende ihrer kleinen Party von einer vertrauten Angst erfüllt war. Raymond war glücklich. Er setzte sich ans Ende der Couch und musste dazu ihre widerwilligen Füße anheben. Er rieb einen ihrer Füße zwischen den Händen.

»Was für eine Wilde«, sagte Raymond. »Dies ist eine Frau, die sich weigert, Schuhe anzuziehen.«

»Brandy!«, sagte Maya und sprang auf. »Ich wusste, dass unserer Party noch etwas fehlt. Man trinkt doch Brandy!«

»Er liebt sie, aber sie liebt ihn nicht«, sagte Georgia zu Ben, gleich im Anschluss an ihre Bemerkung, dass Raymond Maya anbete und sehr sauber sei. Aber Ben, der vielleicht nicht genau zuhörte, meinte, sie rede von Harvey und Hilda.

»Nein, nein, nein. Bei denen ist es, glaube ich, umgekehrt. Bei Engländern lässt sich das so schwer sagen. Maya hat für die eine Schau abgezogen. Ich kann mir denken, warum.«

»Du kannst dir doch immer was denken«, sagte Ben.

Georgia und Maya wurden auf zwei Ebenen zu Freundinnen. Auf der ersten Ebene waren sie als Ehefrauen befreundet; auf der zweiten als sie selbst. Auf der ersten Ebene luden sie sich gegenseitig zum Essen ein. Sie hörten zu, wie ihre Männer über ihre Schulzeit plauderten. Die Streiche und Kämpfe, die Verschwörungen und Katastrophen, die Drangsalierer und die Opfer. Furchteinflößende oder mitleiderregende Klassenkameraden und Lehrer, Freuden und Demütigungen. Maya fragte, ob sie sicher seien, dass sie das nicht alles in einem Buch gelesen hätten. »Es klingt wie eine Geschichte«, sagte sie. »Eine Schuljungengeschichte.«

Sie erwiderten, es seien ihre Erfahrungen, die in diesen Büchern verarbeitet würden. Wenn sie genug über die Schule geredet hatten, redeten sie über Filme, Politik, Persönlichkeiten des öffentlichen Lebens, Gegenden, die sie bereist hatten oder die sie gerne sehen wollten. Dann konnten Maya und Georgia mitreden. Ben und Raymond glaubten nicht daran, Frauen aus ihren Gesprächen auszuschließen. Sie glaubten, dass Frauen ganz genauso intelligent waren wie Männer.

Auf der zweiten Ebene redeten Georgia und Maya in ihren Küchen miteinander, bei einer Tasse Kaffee. Oder sie gingen mittags zusammen in der Stadt essen. Es gab zwei Lokale, und nur zwei, in denen Maya gern aß. Da war das Moghul's Court – eine zwielichtige, überladene Bar in einem großen, düsteren Bahnhofshotel. Das Moghul's Court war mit kürbisfarbenen mottenzerfressenen Samtvorhängen und verdorrten Farnen dekoriert, und die Kellner trugen Turbane. Maya machte sich dafür immer besonders zurecht, in schlaffen, seidigen Kleidern und schmuddeligen weißen Handschuhen und phantastischen Hüten, die sie in Secondhandläden fand. Sie spielte eine Witwe, die mit ihrem Mann an verschiedenen Vorposten des Empire gedient hatte. Die mürrischen jungen Kellner fragte sie in säuselndem Ton: »Könnten Sie wohl so gut sein ...«, um ihnen anschließend zu sagen, sie seien ja so, so reizend gewesen.

Sie dachte sich mit Georgia die Lebensgeschichte der Witwe aus, und Georgia bekam darin die Rolle der griesgrämigen Gesellschafterin namens Amy Jukes, die insgeheim sozialistischen Idealen anhing. Die Witwe hieß Mrs Allegra Forbes-Bellyea. Ihr Mann war Nigel Forbes-Bellyea gewesen. Zuweilen Sir Nigel. Im Moghul's Court verbrachten sie fast einen ganzen verregneten Nachmittag damit, sich die Schrecken der Flitterwochen der Forbes-Bellyeas in einem feuchten Hotel in Wales auszumalen.

Das andere Restaurant, das Maya gefiel, war ein Hippielokal in der Blanchard Street, wo man auf dreckigen Plüschpolstern saß, die auf Baumstümpfe geschnürt waren, und Vollkornreis mit verkochtem Gemüse aß und dazu naturtrüben Apfelsaft trank. (Im Moghul's Court tranken Maya und Georgia immer nur Gin.) Wenn sie in dem Hippielokal essen gingen, trugen sie lange, billige, hübsche indische Baumwollkleider und spielten Flüchtlinge aus einer Kommune, in der sie beide die Groupies oder Geliebten eines Folksängers namens Bill Bones gewesen waren. Sie dichteten mehrere Lieder für Bill Bones, lauter sanfte, blauäugige Lieder, die in erschreckendem Gegensatz zu seinem gierigen und liederlichen Wesen standen. Bill Bones besaß äußerst befremdliche Intimgewohnheiten.

Wenn sie sich nicht diesen Spielen hingaben, redeten sie bunt durcheinander über ihr Leben, ihre Kindheit, ihre Probleme und Ehemänner.

»Grausig«, sagte Maya. »Diese Schule.«

Georgia pflichtete ihr bei.

»Sie waren arme Jungs in einer Schule für reiche Kinder«, sagte Maya. »Also mussten sie sich besonders am Riemen reißen. Sie mussten ihren Familien Ehre machen.«

Georgia hätte Bens Familie nicht als arm bezeichnet; aber sie wusste, dass man bei solchen Dingen unterschiedliche Maßstäbe anlegen konnte.

Maya erzählte, dass Raymond immer, wenn sie Besuch zum Essen oder für den Abend bekamen, schon im Voraus die

Schallplatten aussuchte, die er für passend hielt, und sie in passender Reihenfolge bereitlegte. »Ich glaube, irgendwann fängt er an, gleich an der Tür Gesprächsthemen auszuteilen«, sagte Maya.

Georgia verriet, dass Ben jede Woche einen Brief an die Großtante schrieb, die ihn auf die Schule geschickt hatte.

»Einen lieben Brief?«, fragte Maya.

»Ja. Oh, ja. Einen sehr lieben.«

Sie sahen einander bekümmert an und lachten. Dann verkündeten – gestanden – sie, was sie belastete. Die Unschuld dieser Ehemänner war es – die blanke, aufrichtige, beharrliche, zufriedene Unschuld. Sie hatte etwas Ermüdendes und am Ende Entmutigendes. Sie machte Nähe zu einer schweren Pflicht.

»Schämst du dich eigentlich«, fragte Georgia, »wenn du so redest?«

»Natürlich«, sagte Maya grinsend und zeigte ihre großen, schönen Zähne – das Produkt teurer Kieferchirurgie aus den Tagen, bevor sie selbst die Verantwortung für ihr Aussehen übernommen hatte. »Ich habe noch einen anderen Grund, mich zu schämen«, sagte sie. »Aber ich weiß nicht, ob ich es tue. Ich schäme mich, und ich schäme mich nicht.«

»Ich weiß«, sagte Georgia, die es bis zu diesem Augenblick nicht gewusst hatte, nicht mit Sicherheit.

»Du bist sehr schlau«, sagte Maya. »Oder mein Verhalten ist sehr verräterisch. Wie findest du ihn?«

»Kein einfacher Fall«, sagte Georgia vorsichtig. Ihr gefiel die Antwort, die nicht zeigte, wie geschmeichelt sie sich durch die Enthüllung fühlte und wie das Gespräch sie berauschte.

»Du bist ja nicht von gestern«, sagte Maya und erzählte die Geschichte von der Abtreibung. »Ich mache Schluss mit ihm«, sagte sie. »Dauert nicht mehr lange.«

Aber sie traf sich weiter mit Harvey. Wenn sie zusammen

aßen, offenbarte sie ein paar schrecklich desillusionierende Details über ihn und verkündete anschließend, sie müsse gehen, weil sie gleich in einem Motel draußen an der Gorge Road oder in seiner Hütte am Prospect-See mit ihm verabredet war.

»Muss sausen«, sagte sie.

Sie hatte Raymond einmal verlassen. Nicht wegen Harvey. Sie war mit einem Musiker weggelaufen oder vielmehr zu ihm hin. Er war ein Pianist – vom Aussehen her nordisch und verschlafen, aber jähzornig – aus ihrer Zeit als feine Dame mit den dazugehörigen Benefizkonzerten. Sie reiste fünf Wochen lang mit ihm durch die Lande, bis er sie in einem Hotel in Cincinnatti verließ. Worauf sie entsetzliche Schmerzen in der Brust bekam, passend für ein brechendes Herz. In Wirklichkeit hatte sie eine Gallenkolik. Man rief Raymond an, und er kam und holte sie aus dem Krankenhaus. Sie machten einen kleinen Mexiko-Urlaub, bevor sie wieder heimkehrten.

»Das war's, was mich betrifft«, sagte Maya. »Das war die wahre und verzweifelte Liebe. Nie wieder.«

Und was war Harvey?

»Sport«, sagte Maya.

Georgia fand einen Teilzeitjob in einer Buchhandlung und arbeitete nun mehrere Abende in der Woche. Ben unternahm seine alljährliche Segeltour. Der Sommer wurde für die Westküste ungewöhnlich heiß und sonnig. Georgia kämmte sich das Haar glatt und benutzte fast kein Make-up mehr und kaufte sich ein paar kurze rückenfreie Kleider. Auf ihrem Hocker vorne im Laden sitzend, die nackten braunen Schultern und stabilen braunen Beine zeigend, sah sie aus wie eine Studentin – intelligent, aber energiegeladen und voll gewagter Ansichten. Den Leuten, die in den Laden kamen, gefiel das Aussehen eines Mädchens – einer Frau – wie Georgia. Sie unterhielten sich gern mit ihr. Die meisten kamen allein. Es waren an sich keine einsamen Menschen, aber ihnen fehlte jemand, mit dem sie sich über Bücher unterhalten konnten. Georgia stöpselte den Wasserkessel hinter der Kasse ein und kochte becherweise Himbeertee. Einige auserwählte Kunden brachten ihre eigenen Becher mit. Maya kam sie besuchen und schlich, amüsiert und neidisch, im Hintergrund herum.

»Weißt du, was du hast?«, fragte sie Georgia. »Du hast einen Salon! Ach, wie gern hätte ich so einen Job! Ich würde sogar gern einen normalen Job in einem normalen Laden haben, wo man Sachen zusammenfaltet und für die Kunden aussucht und Wechselgeld herausgibt und vielen Dank sagt und kälter heute, meinen Sie, dass es Regen gibt?«

»So was könntest du doch finden«, sagte Georgia.

»Nein, das könnte ich nicht. Mir fehlt die Disziplin. Ich bin zu schlecht erzogen. Ich werde ja nicht einmal mit meinem Haushalt fertig, ohne Mrs Hanna und Mrs Cheng und Sadie.«

Sie hatte recht. Für eine moderne Frau hatte Maya ziemlich viele Hausangestellte, auch wenn sie zu verschiedenen Zeiten kamen und unterschiedliche Aufgaben hatten und nicht zu vergleichen waren mit einer Dienerschaft, wie man sie früher hatte. Selbst wenn sie Gäste zum Abendessen einlud, wurden die Gerichte, die doch scheinbar Mayas eigene unbekümmerte Note hatten, von einer Angestellten zubereitet.

Maya hatte meistens abends etwas vor. Georgia war das ganz lieb, weil sie es im Grunde nicht gern hatte, wenn Maya in den Laden kam und nach verrückten Titeln fragte, die sie sich ausgedacht hatte, und damit Georgias Anstellung zu einer Art Witz machte. Georgia nahm den Laden ernst. Sie hegte eine tiefe, heimliche Zuneigung zu ihm, die sie sich nicht erklären konnte. Es war ein langes schmales Geschäft mit einem altmodischen Eingang zwischen zwei abgewinkelten Schaufenstern. Von ihrem Hocker hinter dem Ladentisch gesehen, überlagerten die Spiegelungen in dem einen Fenster gerade genau die Spiegelungen in dem anderen Fenster. Die Straße war keine von denen, die für Touristen herausgeputzt waren. Es war eine breite, von Ost nach West verlaufende Straße, die am frühen Abend von einem gelblichen Licht erfüllt war, einem Licht, das von fahlen, nicht sehr hohen verputzten Gebäuden, schlichten Schaufensterfronten, fast leeren Bürgersteigen reflektiert wurde. Auf Georgia wirkte die Schlichtheit befreiend, so ganz anders als die gewundenen, schattigen Straßen, die Blumengärten und weinumrankten Fenster von Oak Bay. Hier konnten die Bücher auf eine Weise für sich wirken, wie es in einer kunstvoller und verlockender aufgemachten Vorortsbuchhandlung niemals möglich wäre. Gerade, lange Taschenbuchreihen. (Die meisten Penguin-Bände hatten damals noch ihre orange-weißen oder blau-weißen Einbände ohne Titelbild, nur mit dem schlichten, unkommentierten Titel.) Der Laden war eine gerade Straße der Fülle, der einlösbaren Verheißungen. Bestimmte Bücher, die Georgia nie gelesen hatte und wohl auch nie lesen würde, waren ihr wichtig, weil ihre Titel so würdevoll oder rätselhaft klangen. *Lob der Torheit, Die Wurzeln des Zufalls, Die Blütezeit Neu-Englands, Integrität und Denken.*

Ab und zu stand sie auf und stellte die Bücher nach strengeren Maßstäben um. Die Romane waren alphabetisch geordnet, nach den Autoren, was vernünftig, aber nicht sehr interessant war. Die Geschichts-, Philosophie- und Psychologiebücher und die übrigen wissenschaftlichen Bücher hingegen waren nach wohlüberlegten, reizvollen Prinzipien geordnet – nach zeitlicher Abfolge und Inhalt etwa –, die Georgia unmittelbar einleuchteten und sie dazu verlockten, alles noch sinnhafter zu ordnen. Sie brauchte gar nicht viel von einem

Buch zu lesen, um zu wissen, worum es ging. Sie erfasste den Gehalt leicht, beinahe sofort, als brauchte sie nur hineinzuriechen.

Manchmal war der Laden leer, und sie war von einer gesegneten Ruhe erfüllt. Dann waren nicht einmal die Bücher wichtig. Sie saß auf dem Hocker und blickte auf die Straße hinaus – geduldig, erwartungsvoll, allein in einem fein ausbalancierten, schwebenden Zustand.

Das Spiegelbild von Miles – seinen behelmten Schatten, der sein Motorrad am Bordstein parkte – sah sie, bevor sie ihn selbst sah. Sie glaubte, sein kühnes Profil, die Blässe, das stumpfe rote Haar (er nahm vor dem Eintreten in den Laden den Helm ab und schüttelte die Haare aus) und seine schnelle, lässige, anmaßende, zudringliche Art, sich zu bewegen, schon im Fenster wahrgenommen zu haben.

Es überraschte sie nicht, dass er sie bald in ein Gespräch verwickelte wie andere auch. Er erzählte ihr, er sei Taucher. Er suche nach Schiffswracks, vermissten Flugzeugen und Leichen. Er sei von einem wohlhabenden Ehepaar in Victoria angeheuert worden, das eine Schatzsuche auf dem Meer plante und im Augenblick bei den Vorbereitungen sei. Ihre Namen und ihr Ziel müssten geheim bleiben. Diese Schatzsuchen seien ein verrücktes Geschäft. Dies sei nicht seine erste. Er lebe in Seattle, wo er eine Frau und eine kleine Tochter habe.

Alles, was er ihr erzählte, hätte ebenso gut gelogen sein können.

Er zeigte ihr Bilder in Büchern – Fotografien und Zeichnungen von Mollusken, Quallen, Physalia arethusa, Beerentang, dem Karibischen Fliegenden Fisch, dem Venusgürtel. Er erklärte ihr, welche Bilder wahrheitsgetreu waren und welche fingiert. Dann ging er und schenkte ihr keine Beachtung mehr und schlüpfte, während sie mit einem Kunden beschäftigt war, einfach so aus dem Laden. Ohne sich auch nur mit einem Nicken zu verabschieden. Doch kam er an einem anderen Abend wieder und erzählte ihr von einem Ertrunkenen, der in eine Bootskabine eingekeilt interessiert aus dem wässrigen Fenster geschaut hatte. Durch Zuwendung und Abwendung, unpersönliche Gespräche in enger Zweisamkeit, durch sein selbstvergessenes Umherschleichen und seine ernsten, langen Blicke aus grauen Augen hatte er Georgia bald in einen nicht unangenehmen Zustand der Unruhe versetzt. Er blieb zwei Abende hintereinander weg, dann kam er herein und fragte sie unvermittelt, ob er sie mit seinem Motorrad nach Hause fahren solle.

Georgia sagte ja. Sie war noch nie in ihrem Leben Motorrad gefahren. Ihr Auto stand auf dem Parkplatz; sie wusste, was kommen musste.

Sie sagte ihm, wo sie wohnte. »Nur ein paar Straßen vom Strand«, sagte sie.

»Dann fahren wir an den Strand. Wir setzen uns ein bisschen auf die Stämme.«

Das taten sie. Sie setzten sich eine Zeitlang auf ein Stück Treibholz. Dann liebten sie sich im unzureichenden Schutz einiger Ginstersträucher, obwohl der Strand weder ganz dunkel noch menschenleer war. Georgia ging zu Fuß nach Hause, eine gestärkte, entlastete Frau, nicht im Geringsten verliebt, vom Kosmos beschenkt.

»Mein Wagen wollte nicht anspringen«, sagte sie der Babysitterin, einer Großmutter aus ihrer Straße. »Ich bin den ganzen Weg nach Hause gelaufen. Es war herrlich, zu Fuß zu gehen. Herrlich. Ich habe es so genossen.«

Ihr Haar war zerwühlt, die Lippen geschwollen, ihre Kleider waren voller Sand.

Ihr Leben füllte sich mit Lügen dieser Art an. Sie parkte ihr Auto an abgeschiedenen Stränden, an den so praktisch in der

Nähe der Stadt gelegenen Holzfällerstraßen, an den kleinen Nebenstraßen, die sich über die Saanich Peninsula wanden. Über den Stadtplan, den sie bis jetzt im Kopf gehabt hatte, mit den Wegen zum Einkaufen und zur Arbeit und zu Freunden, legte sich ein zweiter, mit langen, aus Erregung und Angst (nicht Scham) gewählten Umwegen, dürftigen Unterschlupfen, provisorischen Verstecken, in denen sie und Miles sich liebten, oft in Hörweite vorbeifahrender Fahrzeuge oder einer Wandergruppe oder eines Familienpicknicks. Und wenn sie ihren Kindern auf dem Karussell zuschaute oder im Supermarkt die vollendete Form einer Zitrone in ihrer Hand spürte, lebte in Georgia eine Frau, die sich nur wenige Stunden zuvor im Farn, auf dem Sand, auf nacktem Boden oder während eines Unwetters in ihrem eigenen Auto gewälzt und gewimmert hatte – die sich mit Macht aufs schönste um den Verstand hatte bringen lassen und frei geschwebt war und ihre fünf Sinne zusammengesammelt und wieder nach Hause gefunden hatte. War dies eine übliche Geschichte? Georgia ließ ihren Blick über die anderen Frauen im Supermarkt wandern. Sie suchte nach Anzeichen – Verträumtheit oder Übermut, etwas Dramatischem in der Art, wie eine Frau sich anzog, einem besonderen Rhythmus ihrer Bewegungen.

Wie viele, fragte sie Maya.

»Weiß der Himmel«, sagte Maya. »Mach eine Umfrage.«

Die Schwierigkeiten kamen – vielleicht –, als sie einander sagten, dass sie sich liebten. Warum sagten sie es – und definierten, überhöhten, verschleierten damit das, was sie womöglich wirklich fühlten? Es schien eingefordert zu sein, das war alles – auf ähnliche Weise wie Veränderungen, Variationen, Steigerungen im Liebesspiel selbst eingefordert werden können. Es war eine Art, weiter zu gehen. Also sagten sie es, und in der Nacht konnte Georgia nicht schlafen. Sie bereute nichts, was gesagt worden war, und hielt es auch nicht für gelogen, aber sie wusste, dass es absurd war. Sie dachte daran, wie Miles wollte, dass sie ihm in die Augen sah, wenn sie sich liebten – etwas, das Ben ausdrücklich nicht tat –, und sie dachte daran, wie seine hellen, herausfordernden Augen sich umwölkten und ruhig und ernst wurden. Dabei vertraute sie ihm – und nur dabei. In ihren Gedanken trieb sie hinaus auf ein graues, tiefes, unheilvolles, großartiges Meer. Der Liebe.

»Ich wusste nicht, dass es so kommen würde«, sagte sie am nächsten Tag beim Kaffeetrinken in Mayas Küche. Es war ein warmer Tag, aber sie hatte einen kuscheligen Pullover übergezogen. Sie fühlte sich angegriffen und unterwürfig.

»Nein. Das weiß man nie«, gab Maya einigermaßen scharf zur Antwort. »Hat er es auch gesagt? Hat er auch gesagt, dass er dich liebt?«

Ja, sagte Georgia, ja, natürlich.

»Dann nimm dich in Acht. Nimm dich nächstes Mal in Acht. Das nächste Mal ist immer ziemlich heikel, wenn sie das gesagt haben.«

Und so war es. Beim nächsten Mal tat sich ein Abgrund auf. Zunächst rührten sie nur daran, um zu sehen, ob er da war. Es erschien ihnen beinahe wie ein neues Spiel. Aber der Abgrund klaffte weiter, wurde breiter. Noch bevor Worte ausgesprochen waren, die sein Vorhandensein bestätigten, spürte Georgia, wie er breiter wurde, sie spürte eiskalt, wie er breiter wurde, obwohl sie verzweifelt wünschte, dass er sich schloss. Spürte Miles das Gleiche? Sie wusste es nicht. Auch er wirkte kalt – blass, bedacht –, und aus seinen Augen blitzte boshafter Mutwillen.

Sie saßen leichtsinnig spät am Abend in Georgias Auto neben den anderen Liebespaaren am Clover Point.

»Alle in diesen Autos hier machen das Gleiche wie wir«, hatte Miles gesagt. »Törnt dich das nicht an?«

Er hatte es genau an dem Punkt ihres Rituals gesagt, an dem sie sich beim letzten Mal dazu bewegt gefühlt hatten, stockend und feierlich von Liebe zu sprechen.

»Ist dir je der Gedanke gekommen?«, fragte er. »Ich meine, wir könnten was mit Ben und Laura anfangen. Stellst du dir je vor, wie das wäre, mit dir und mir und Ben und Laura?«

Laura war seine Frau in Seattle. Er hatte bisher nie von ihr gesprochen, außer um Georgia zu sagen, wie sie hieß. Von Ben hatte er gesprochen, auf eine Art, die Georgia nicht gefiel, die sie aber überging.

»Was meint Ben denn«, hatte er gefragt, »womit du dich vergnügst, während er auf dem blauen Meer herumschippert?«

»Macht ihr beide immer ordentlich einen drauf, wenn Ben wiederkommt?«

»Mag Ben diese Klamotten auch so gern an dir wie ich?«

Er redete, als wären Ben und er irgendwie befreundet oder zumindest Partner, gemeinsame Besitzer.

»Du und ich und Ben und Laura«, sagte er in einem Ton, der in Georgias Ohren durchtrieben und abschätzig klang, so als gebe er sich absichtlich und künstlich obszön. »Damit alle was davon haben.«

Er versuchte, sie anzufassen, und tat so, als merkte er nicht, wie verletzt sie war, wie bitter getroffen. Er malte das großzügige Hin- und Hertauschen aus, das sich zu viert zwischen ihnen im Bett abspielen würde. Er fragte, ob sie schon erregt sei. Nein sagte sie, abgestoßen. Ah, sagte er, es erregt dich doch, du willst es bloß nicht wahrhaben. Seine Stimme, seine Liebkosungen wurden herrischer. Was ist so besonders an dir, fragte er leise, verächtlich, und kniff sie hart in die Brust. Georgia, wieso hältst du dich für so eine Königin?

»Du bist grausam, und du weißt, dass du grausam bist«, sagte Georgia an seinen Händen zerrend. »Warum bist du so?«

»Schatz, ich bin nicht grausam«, sagte Miles aalglatt mit künstlich zärtlicher Stimme. »Ich bin spitz. Bin wieder spitz, das ist alles.« Er begann, Georgia an sich zu ziehen, sie zu seinem Gebrauch zurechtzulegen. Da sagte sie zu ihm, steig aus.

»Zimperlich«, sagte er mit der gleichen künstlichen und widerwärtig zärtlichen Stimme, als lecke er fanatisch an irgendwas Abscheulichem. »Du zimperliche kleine Schlampe.«

Georgia sagte, sie würde sich auf die Hupe legen, wenn er nicht aufhörte. Sie würde sich auf die Hupe legen, wenn er nicht ausstieg. Sie würde schreien, dass jemand die Polizei rufen sollte. Sie kam tatsächlich an die Hupe, während sie rangelten. Er schob sie mit einem unterdrückten Fluch von sich, den sie auch sonst schon von ihm gehört hatte, mit anderer Bedeutung. Er stieg aus.

Sie konnte nicht glauben, dass so viel böses Blut geflossen war, dass sich die Dinge so verblüffend gewendet hatten. Als sie später – eine sehr lange Zeit später – daran zurückdachte, kam ihr der Gedanke, er habe vielleicht aus Gewissensgründen so gehandelt, um sie von Laura abzugrenzen. Oder um das auszulöschen, was er das Mal zuvor zu ihr gesagt hatte. Um sie zu demütigen, weil er Angst hatte. Vielleicht. Aber vielleicht erschien ihm das auch alles bloß als eine weitere, eine echt interessante Entwicklung ihres Liebesspiels.

Gern hätte sie mit Maya darüber geredet. Doch es gab keine Möglichkeit mehr, etwas mit Maya zu bereden. Mit ihrer Freundschaft war es plötzlich aus.

Am Abend nach dem Vorfall am Clover Point saß Georgia im Wohnzimmer auf dem Fußboden und spielte vor dem Zubettgehen Karten mit ihren Söhnen. Das Telefon klingelte, und sie war sicher, dass es Miles war. Sie hatte den ganzen Tag geglaubt, dass er anrufen würde, anrufen müsste, um eine Erklärung abzugeben, sie um Verzeihung zu bitten, um zu sagen, dass er sie irgendwie hatte auf die Probe stellen wollen oder durch Umstände, von denen sie nichts wusste, vorübergehend verstört gewesen war. Sie würde ihm nicht gleich verzeihen. Aber sie würde auch nicht auflegen.

Es war Maya.

»Rate mal, was hier Komisches passiert ist«, sagte Maya. »Miles hat mich angerufen. Dein Miles. Keine Angst, Raymond ist nicht da. Woher wusste er überhaupt meinen Namen?«

»Keine Ahnung«, sagte Georgia.

Er hatte ihn natürlich von ihr. Sie hatte ihm die wilde Maya zu seiner Unterhaltung dargeboten oder zur Demonstration dafür, was für eine Anfängerin sie selbst in diesem Spiel war – eine relativ keusche Errungenschaft.

»Er sagt, er möchte kommen und mit mir reden«, sagte Maya. »Was meinst du? Was ist mit ihm? Habt ihr euch gestritten? ... Ja? Na ja, wahrscheinlich will er, dass ich dich zur Versöhnung überrede. Ich muss sagen, er hat sich den richtigen Abend ausgesucht. Raymond ist in der Klinik. Er hat da eine Frau, deren Kind nicht kommen will; unter Umständen muss er bleiben und es mit einem Kaiserschnitt holen. Ich ruf dich an und erzähl dir, wie es läuft. Ja?«

Nach einigen Stunden – die Kinder schliefen längst – begann Georgia auf Mayas Anruf zu warten. Sie sah sich die Nachrichten im Fernsehen an, um sich abzulenken. Sie hob den Hörer ab, um das Freizeichen zu überprüfen. Nach den Nachrichten stellte sie den Fernseher aus, dann wieder an. Sie begann sich einen Film anzusehen; sie blieb über drei Werbepausen dabei, ohne in die Küche zu gehen, um auf die Uhr zu schauen.

Eine halbe Stunde nach Mitternacht ging sie nach draußen, stieg ins Auto und fuhr zu Maya. Sie hatte keine Ahnung, was sie dort tun würde. Und sie tat auch nichts weiter. Sie fuhr ohne Licht einmal um die runde Auffahrt. Das Haus war dunkel. Sie konnte erkennen, dass die Garage offen stand und Raymonds Auto nicht da war. Das Motorrad war nirgends zu sehen.

Sie hatte ihre Kinder allein gelassen, die Tür nicht abgeschlossen. Ihnen war nichts passiert. Sie waren nicht aufgewacht und hatten nichts von ihrer Abwesenheit mitbekommen. Kein Dieb, kein Eindringling und kein Mörder überraschte sie, als sie nach Hause kam. Das war ein Glücksfall, den sie nicht einmal registrierte. Sie war weggegangen und hatte die Tür nicht verschlossen und das Licht brennen lassen, und als sie zurückkehrte, bemerkte sie ihre Torheit kaum, obwohl sie die Tür abschloss und einige Lampen ausmachte und sich auf das Sofa im Wohnzimmer legte. Sie schlief nicht. Sie lag still, als würde die kleinste Bewegung ihr Leiden verschlimmern, bis sie sah, dass es hell wurde, und hörte, wie die Vögel aufwachten. Ihre Glieder waren steif. Sie stand auf und nahm das Telefon und lauschte wieder nach dem Freizeichen. Sie stakste steif in die Küche und setzte den Kessel auf und sagte vor sich hin die Worte *vor Gram gelähmt.*

Vor Gram gelähmt. Was meinte sie damit? Das würde sie sein, so könnte sie ihr Gefühl beschreiben, wenn eins ihrer Kinder gestorben wäre. Gram steht für ernsten Kummer, bedeutende Verluste. Das wusste sie. Sie hätte nicht eine Stunde des Lebens ihrer Kinder dafür hergegeben, dass das Telefon gestern Abend um zehn geklingelt und Maya gesagt hätte: »Georgia, er ist verzweifelt. Es tut ihm leid; er liebt dich sehr.«

Nein. Und doch wollte ihr scheinen, als hätte ein solcher Anruf ihr ein Glück geschenkt, das durch keinen Blick und kein Wort ihrer Kinder zu ersetzen wäre. Das ihr nichts und niemand je wieder bescheren könnte.

Es war keine neun, als sie Maya anrief. Noch beim Wählen

dachte sie an einige Möglichkeiten, auf die sie hoffen konnte. Mayas Telefon hatte vorübergehend nicht funktioniert. Maya war gestern Abend krank geworden. Raymond hatte auf dem Heimweg von der Klinik einen Unfall gehabt.

Diese Möglichkeiten schwanden allesamt beim ersten Ton von Mayas Stimme, die verschlafen klang (absichtlich verschlafen?) und seidig vor Falschheit. »Georgia? Du bist es, Georgia? Ach, ich hatte eigentlich Raymond erwartet. Er musste in der Klinik bleiben, falls diese arme, unglückliche Frau einen Kaiserschnitt brauchte. Er wollte mich anrufen –«

»Das hast du mir schon gestern Abend erzählt«, sagte Georgia.

»Er wollte mich anrufen – ach, Georgia, ich sollte dich ja anrufen! Jetzt fällt es mir wieder ein. Ja, ich sollte dich anrufen, aber ich fand es dann zu spät. Ich dachte, das Telefon könnte die Kinder wecken. Ich dachte, ach, ich warte mal lieber bis morgen früh!«

»Wie spät war es da?«

»Nicht furchtbar spät. Ich dachte nur.«

»Was ist passiert?«

»Was soll das heißen, was ist passiert?« Maya lachte wie eine Frau aus einer dummen Komödie. »Georgia, bist du schlecht drauf?«

»Was ist passiert?«

»Ach, Georgia«, stöhnte Maya großmütig, aber nicht ohne eine gewisse Nervosität. »Georgia, es tut mir leid. Es war nichts. Überhaupt nichts. Ich war fies, aber nicht mit Absicht. Ich habe ihm ein Bier angeboten. Das tut man doch, wenn einer bei dir mit dem Motorrad ankommt, oder? Du bietest ein Bier an. Aber da meinte er großspurig, er würde nur Scotch trinken. Und auch den würde er nur trinken, wenn ich mit ihm trinke. Ich fand ihn ziemlich überheblich. Ziemlich überhebliche Pose. Aber ich machte das ja eigentlich für dich, Georgia – ich wollte deinetwegen rausfinden, was er auf dem Herzen hatte. Deshalb sagte ich, er sollte das Motorrad hinter die Garage stellen, und setzte mich mit ihm hinten in den Garten. Damit ich ihn, wenn ich Raymonds Auto hörte, hintenrum schicken konnte und er das Motorrad auf die Straße schieben konnte. Ich habe im Moment nicht vor, Raymond mit einer neuen Geschichte zu konfrontieren. Nicht mal einer harmlosen, und so hat diese ja schließlich angefangen.«

Zähneklappernd legte Georgia auf. Sie sprach nie wieder mit Maya. Natürlich stand Maya kurze Zeit später bei ihr vor der Tür, und Georgia musste sie hereinlassen, weil die Kinder im Garten spielten. Maya setzte sich zerknirscht an den Küchentisch und fragte, ob sie rauchen dürfe. Georgia gab keine Antwort. Maya sagte, sie werde trotzdem rauchen, und sie hoffe, das sei okay. Georgia behandelte Maya wie Luft. Während Maya rauchte, putzte Georgia den Herd, nahm die Einzelteile auseinander und setzte sie wieder zusammen. Sie wischte die Arbeitsflächen, polierte die Wasserhähne und sortierte die Besteckschublade. Sie wischte den Boden um Mayas Füße herum. Sie arbeitete zügig, gründlich und sah Maya nicht ein einziges Mal richtig an. Anfangs war sie nicht sicher, ob sie das durchhalten konnte. Aber es wurde leichter. Je ernster Maya wurde – je mehr sie von ihren vernünftelnden Vorhaltungen und halbamüsierten Geständnissen abließ und wahre, ängstliche Reue zeigte –, desto fester wurde Georgias Entschluss, desto verbissener und zufriedener wurde sie im Herzen. Allerdings achtete sie sorgfältig darauf, nicht verbissen zu wirken. Sie bewegte sich leichtfüßig. Sie summte beinahe.

Sie nahm ein Messer, um das Fett zwischen den Kacheln auf der Arbeitsfläche neben dem Herd herauszukratzen. Sie hatte die Küche wirklich verkommen lassen.

Maya rauchte eine Zigarette nach der anderen und drückte sie auf einer Untertasse aus, die sie sich selbst aus dem Schrank geholt hatte. Sie sagte: »Georgia, das ist so dumm. Ich sage dir, er ist es nicht wert. Es war nichts. Es war lediglich der Scotch und die Gelegenheit.«

Sie sagte: »Es tut mir leid. Ehrlich leid. Ich weiß, du glaubst mir nicht. Wie kann ich es so sagen, dass du mir glaubst?«

Und: »Georgia, hör zu. Du machst mich fertig. Okay. Okay. Vielleicht habe ich es verdient. Ich habe es wirklich verdient. Aber wenn du damit durch bist, werden wir wieder Freundinnen, und dann lachen wir darüber. Wenn wir beide alt sind, werden wir lachen, ich schwöre es dir. Wir werden uns nicht mehr an seinen Namen erinnern. Den Motorrad-Scheich nennen wir ihn dann. Bestimmt.«

Dann: »Georgia, was verlangst du von mir? Willst du, dass ich mich zu Boden werfe? Ich bin gleich so weit. Ich bemühe mich, nicht zu flennen, aber ich kann nicht anders. Ich heule, Georgia, reicht das?«

Sie hatte angefangen zu weinen. Georgia zog sich Gummihandschuhe über und machte sich daran, den Backofen zu scheuern.

»Du hast gewonnen«, sagte Maya. »Ich nehme meine Zigaretten und gehe.«

Sie rief ein paar Mal an. Georgia legte auf. Miles rief an, und Georgia legte auch bei ihm auf. Sie fand, dass er zaghaft, aber selbstgefällig klang. Er rief wieder an, und seine Stimme zitterte, als bemühte er sich schlicht um Offenheit und Demut, nackte Liebe. Georgia legte sofort auf. Sie fühlte sich verletzt, aufgewühlt.

Maya schrieb einen Brief, in dem unter anderem stand: »Vermutlich weißt du, dass Miles wieder nach Seattle geht, an den heimischen Herd, den er wohl irgendwie in Gang hält. Es sieht aus, als wäre diese Schatzsuche ins Wasser gefallen. Aber du musst doch gewusst haben, dass er irgendwann gehen würde und dass du dann gelitten hättest, jetzt hast du das Leiden eben schon hinter dir. Hat es sich damit nicht erledigt? Ich sage das nicht, um mich herauszureden. Ich weiß, dass ich mich schwach und ekelhaft verhalten habe. Aber können wir das jetzt nicht hinter uns lassen?«

Sie berichtete weiter, dass sie und Raymond bald zu einem lange geplanten Urlaub in Griechenland und der Türkei aufbrechen würden und dass sie sehr hoffe, noch vor ihrer Abreise von Georgia zu hören. Aber wenn nichts von ihr käme, würde sie versuchen zu verstehen, was Georgia ihr sagen wollte, und würde ihr nicht mit weiteren Briefen lästig fallen.

Maya hielt Wort. Sie schrieb nicht wieder. Sie schickte aus der Türkei einen hübschen gestreiften Stoff, groß genug für ein Tischtuch. Georgia faltete ihn zusammen und packte ihn weg. Sie ließ ihn für Ben im Haus, als sie einige Monate später auszog.

»Ich bin glücklich«, sagt Raymond zu Georgia. »Ich bin sehr glücklich, und das liegt daran, dass ich damit zufrieden bin, ein ganz gewöhnlicher Mensch zu sein und ein einfaches, ruhiges Leben zu führen. Ich bin nicht auf der Suche nach einer großen Offenbarung oder einem großen Drama oder einem Messias des anderen Geschlechts. Ich bin nicht dauernd damit beschäftigt, wie ich das Leben interessanter machen könnte. Dir kann ich es ja ehrlich sagen, dass Maya meiner Meinung nach einen Fehler gemacht hat. Damit will ich nicht etwa sagen, dass sie nicht sehr begabt und intelligent und kreativ war und so weiter, aber sie war auf der Suche nach etwas – vielleicht nach etwas, was es gar nicht gibt. Und sie neigte dazu, das zu missachten, was sie hatte. Das ist wahr. Sie wollte die Privilegien, die sie hatte, nicht. Wenn wir auf Reisen waren, wollte sie zum Beispiel nicht in einem komfortablen Hotel wohnen. Nein. Für sie musste es ein Treck sein, bei dem man auf armen, dürren Eseln ritt und zum Frühstück saure Milch bekam. Vermutlich klinge ich sehr spießig. Na, das bin ich wohl auch. Ich bin spießig. Weißt du, sie hatte so schönes Silberbesteck. Wunderhübsches Silber. Es wurde in ihrer Familie weitervererbt. Und sie hatte keine Lust, es zu putzen oder von der Reinmachefrau putzen zu lassen. Sie wickelte es in Plastik und versteckte es. Versteckte es – man sollte meinen, es wäre eine Schande. Was meinst du, wie sie sich selbst sah? Als eine Art Hippie vielleicht? Eine Art Freigeist? Sie war sich nicht einmal im Klaren darüber, dass es ihr Geld war, was sie über Wasser hielt. Ich sage dir, einige der Freigeister, die ich in diesem Haus habe ein- und ausgehen sehen, hätten sich ohne ihr Geld nicht lange bei ihr aufgehalten.

Ich habe getan, was ich konnte«, sagte Raymond. »Ich bin nicht auf und davon wie ihr Prinz aus Phantasialand.«

In dem Bruch mit Maya fand Georgia eine boshafte Befriedigung. Es befriedigte sie, wie kontrolliert sie ihn vollzog. Wie sie sich taub stellte. Sie war erstaunt, dass sie zu solcher Kontrolle, so konsequenter Strafe fähig war. Sie bestrafte Maya. Sie bestrafte Miles, über Maya, so gut sie konnte. Was sie zu tun hatte, wusste sie wohl. Sie musste sich ganz von ihnen reinwaschen, alle Sucht nach den Gaben der beiden bleichen Ungeheuer mit der Wurzel ausreißen. Miles und Maya. Alle beide schlüpfrige, schummerige – Lügner, Verführer, Schwindler. Aber man hätte doch meinen sollen, dass sie sich nach diesen Heimsuchungen eilig wieder in die Obhut ihrer Ehe geflüchtet und die Türen verschlossen und das, was sie dort hatte, mehr denn je zu schätzen gewusst hätte.

So kam es aber nicht. Sie brach mit Ben. Innerhalb eines Jahres war sie fort. Die Art, wie sie ging, war entschieden und lieblos. Sie erzählte ihm von Miles, schonte sich jedoch, indem sie den Teil über Miles und Maya ausließ. Sie gab sich keine Mühe – sie hatte kaum den Wunsch –, Lieblosigkeit zu vermeiden. In der Nacht, als sie auf Mayas Anruf wartete, überkam sie ein bitterer, unbändiger Geist. Sie sah sich auf einmal als Mensch, der von Heuchelei umgeben war, ein Heuchelleben führte. Weil sie so bereitwillig untreu gewesen war, war ihre Ehe Heuchelei. Weil sie sich so schnell so weit daraus entfernt hatte, war ihre Ehe bloße Heuchelei. Ihr graute nun vor einem Leben wie dem von Maya. Ihr graute ebenso sehr vor einem Leben wie ihrem eigenen, bevor dies geschehen war. Sie konnte nur noch alles zerschlagen. In ihr baute sich eine so kalte Energie auf, dass sie ihr eigenes Haus umpusten musste.

Mit Ben war sie, als sie beide so jung waren, in eine Welt der Förmlichkeiten, der Sicherheit, der Gesten und Heimlichkeiten eingetreten. Des liebevollen Scheins. Mehr als nur des Scheins. Der liebevollen Spielchen. (Sie dachte, als sie ging, dass sie nie wieder Spielchen nötig haben würde.) Sie war dort glücklich gewesen, zeitweise. Sie war missmutig, rastlos, verwirrt und glücklich gewesen. Aber sie sagte mit aller Heftigkeit: niemals, niemals. Ich war niemals glücklich, sagte sie.

Das sagen Menschen immer.

Menschen vollziehen folgenschwere Wechsel, nicht jedoch die Veränderungen, die sie sich vorstellen.

Trotzdem weiß Georgia, dass ihre Reue über die Art, wie sie ihr Leben verändert hat, unehrlich ist. Sie ist beides: echt und unehrlich. Sie hört Raymond zu und weiß, dass sie alles, was sie getan hat, wieder tun müsste. Sie würde es wieder tun müssen, wenn sie denn der Mensch sein musste, der sie war.

Raymond will Georgia nicht gehen lassen. Er mag sich nicht von ihr trennen. Er bietet an, sie in die Stadt zu fahren.

Wenn sie fort ist, wird er nicht mehr über Maya reden können. Höchstwahrscheinlich hat Anne ihm gesagt, dass sie zum Thema Maya kein Wort mehr hören will.

»Vielen Dank fürs Kommen«, sagt er an der Tür. »Bist du sicher, dass ich dich nicht fahren soll? Willst du wirklich nicht zum Essen bleiben?«

Georgia erinnert ihn nochmals an den Bus, die letzte Fähre. Sie sagt nein, nein, sie möchte wirklich lieber laufen. Es sind nur zwei Meilen. Der späte Nachmittag so hübsch, Victoria so hübsch. Ich hatte es ganz vergessen, sagt sie.

Raymond sagt noch einmal: »Vielen Dank fürs Kommen.«

»Dank dir für die Drinks«, sagt Georgia. »Ich danke dir auch. Wahrscheinlich können wir uns alle nicht vorstellen, dass wir mal sterben werden.«

»Nanu«, sagt Raymond.

»Nein. Ich meine, wir verhalten uns nie – wir verhalten uns nie so, als könnten wir uns vorstellen, dass wir einmal sterben werden.«

Raymonds Lächeln wird immer breiter, und er legt ihr eine Hand auf die Schulter. »Wie sollten wir uns denn verhalten?«, fragt er.

»Anders«, sagt Georgia. Sie gibt dem Wort eine alberne Betonung, um anzudeuten, dass ihre Antwort so schwach ist, dass sie sie nur als Witz anbieten kann.

Raymond zieht sie an sich und drückt ihr dann einen langen kalten Kuss auf. Er saugt sich mit einem Appetit an ihr fest, der von Kummer zeugt, aber nicht überzeugend ist. Eine Parodie der Leidenschaft, deren Absicht bestimmt keiner von ihnen beiden zu ergründen suchen wird.

Sie denkt darüber nicht nach, als sie durch die gelb belaubten Straßen mit ihrem Herbstgeruch und ihrer Stille spaziert. Am Clover Point vorbei, wo auf den Felsklippen der Ginster prangt, die Berge über dem Wasser leuchten. Die Berge auf der Olympic Peninsula stehen wie eine Theaterkulisse da, Scherenschnitte aus regenbogenfarbenem Seidenpapier. Sie denkt weder an Raymond noch an Miles noch an Maya noch an Ben.

Sie denkt daran, wie sie abends im Laden gesessen hat. Das Licht in der Straße, die vielfältigen Spiegelungen in den Fensterscheiben. Die zufällige Klarheit.

Glaubst du, es war Liebe?

Als ihre Mutter im Krankenhaus in Walley im Sterben lag, fuhr Anita nach Hause, um sich um sie zu kümmern – obgleich sie sonst nicht mehr als Krankenschwester arbeitete. Eines Tages wurde sie auf dem Gang von einer kleinen Frau mit breiten Schultern und breiten Hüften und kurzen, stufig geschnittenen graubraunen Haaren angehalten.

»Ich habe gehört, dass du hier bist, Anita«, sagte diese Frau mit einem Lachen, das zugleich angriffslustig und verlegen wirkte. »Guck nicht so verdutzt!«

Es war Margot, die Anita seit über dreißig Jahren nicht gesehen hatte.

»Komm doch mal zu mir heraus«, sagte Margot. »Gönn dir eine Pause. Komm bald mal.«

Anita nahm sich einen Tag frei und besuchte sie. Margot und ihr Mann hatten ein neues Haus mit Blick auf den Hafen gebaut, an einem Fleck, an dem es früher bloß Gestrüpp und Schleichwege von Kindern gegeben hatte. Es war ein grauer Ziegelbau, langgestreckt und flach. Aber trotzdem hoch genug, dachte Anita – hoch genug, dass sich einige der Leute in den schönen hundert Jahre alten Häusern mit dem einmaligen Blick, die auf der anderen Straßenseite lagen, vor den Kopf gestoßen fühlen mussten.

»Die können mich mal«, sagte Margot. »Die haben Unterschriften gegen uns gesammelt. Bis zur Baubehörde sind sie gegangen.«

Aber da hatte Margots Mann die Behörde schon in der Tasche gehabt.

Margots Mann hatte es weit gebracht. Davon hatte Anita schon gehört. Er besaß eine ganze Flotte von Bussen, mit denen Kinder in die Schule und Senioren zur Frühjahrsblüte nach Niagara und zum Bestaunen des bunten Herbstlaubs nach Haliburton gebracht wurden. Manchmal beförderten sie auch Single-Clubs und andere Urlauber zu aufregenderen Zielen – nach Nashville oder Las Vegas.

Margot zeigte ihr das Haus. Die Küche war mandelfarben gehalten – Anita machte einen Fehler, indem sie cremefarben sagte – mit türkisblauen und buttergelben Leisten. Margot erklärte, dass Naturholz endgültig passé sei. Das Wohnzimmer mit seinem roséfarbenen Teppich, den gestreiften Seidensesseln und den unzähligen Metern rauschender Vorhänge aus blassgrünem, gemustertem Stoff betraten sie nicht. Sie bewunderten es von der Tür aus – alles exquisit, schattig, unberührt. Das große Schlafzimmer und das dazugehörige Bad waren in Weiß und Gold und Mohnrot gehalten. Auch ein Jacuzzi und eine Sauna gab es zu sehen.

»Mir hätten gedämpftere Farben vielleicht besser gefallen«, sagte Margot. »Aber man kann von einem Mann nicht verlangen, dass er in Pastellfarben schläft.«

Anita fragte sie, ob sie jemals daran denke, sich eine Arbeit zu suchen.

Margot warf den Kopf zurück und prustete vor Lachen. »Machst du Witze? Ich habe hier Arbeit genug. Warte, bis du die Riesenkerle siehst, die ich zu bekochen habe. Und dieser Laden läuft auch nicht gerade durch Zauberkraft.«

Sie holte einen Krug Sangria aus dem Kühlschrank und stellte ihn auf ein Tablett, mit zwei passenden Gläsern. »Magst du so was? Gut. Wir setzen uns zum Trinken nach draußen auf die Terrasse.«

Margot trug grüne geblümte Shorts und ein dazu passendes Oberteil. Ihre Beine waren dick und von geschwollenen Adern durchzogen, ihre Oberarme hatten Dellen, ihre Haut war braungebrannt, voller Leberflecken, ledern von der vielen Sonne. »Wie kommt es, dass du noch so schlank bist?«, fragte sie belustigt. Sie fuhr Anita durchs Haar. »Wieso bist du noch nicht grau? Hilfst du mit Chemie nach? Hübsch siehst du aus.« Sie sagte das ohne Neid, als spräche sie mit einer Jüngeren, die noch unerprobt und unverbraucht war.

Es sah aus, als stecke sie ihre ganze Liebe, ihre ganze Eitelkeit in das Haus.

Margot und Anita waren beide auf Farmen in Ashfield Township aufgewachsen. Anita wohnte in einem zugigen Backsteinkasten, in dem die Tapeten und Linoleumböden seit zwanzig Jahren nicht erneuert worden waren, aber im Wohnzimmer stand ein funktionierender Ofen, dort konnte sie in Ruhe ihre Hausaufgaben machen. Margot saß bei ihren Hausaufgaben oft im Bett, das sie mit zwei kleinen Schwestern teilen musste. Anita kam selten zu Margot nach Hause, weil dort alles so eng und laut und weil Margots Vater jähzornig war. Einmal war sie dort gewesen, als sie gerade Enten für den Markt fertig machten. Die Federn flogen überall herum. Im Milchkrug schwammen Federn, und es roch ekelhaft nach Federn, die auf dem Ofen verbrannten. Auf dem Wachstischtuch hatte sich eine Lake aus Blut gebildet, das auf den Boden tropfte.

Margot kam selten zu Anita nach Hause, weil Anitas Mutter, ohne es auszusprechen, die Freundschaft missbilligte. Wenn Anitas Mutter Margot anschaute, sah es immer aus, als rechnete sie alles zusammen – das Blut und die Federn, das Ofenrohr, das aus dem Küchendach ragte, Margots Vater, der brüllte, dass er irgendwem den Arsch versohlen würde.

Aber sie trafen sich jeden Morgen und kämpften mit gesenkten Köpfen gegen den Schnee an, der vom Huron See herüberwehte, oder sie marschierten so schnell sie konnten durch eine mörderisch kalte, vormorgendliche Welt aus weißen Feldern, vereisten Sümpfen, rosa Himmel und verblassenden Sternen. In der Ferne hinter dem Eis auf dem See konnten sie einen Streifen offenes Wasser erkennen, je nach Licht tintenblau oder grünlich türkis. Ihre Hefte, Bücher, Hausaufgaben hielten sie an die Brust gedrückt. Sie trugen die Röcke, Blusen und Pullover, die sie mühselig ergattert hatten (Margot hatte getrickst und dafür Schläge einstecken müssen) und die sie nun mit großem Aufwand in Ordnung hielten. Man sah ihnen an, dass sie auf die Highschool von Walley gingen, ihr gemeinsames Ziel, und sie begrüßten einander froh. Sie waren im Dunkeln in kalten Zimmern mit Eisblumen an den Fenstern aufgestanden und hatten sich die Unterwäsche gleich unterm Nachthemd angezogen, während in den Küchen die Ofendeckel klapperten, Luftklappen geschlossen wurden, jüngere Geschwister nach unten huschten, um sich anzuziehen. Margot und ihre Mutter mussten morgens abwechselnd draußen in der Scheune die Kühe melken und mit der Mistgabel Heu vom Schober holen. Der Vater trieb sie alle hart an, und Margot sagte, sie würden meinen, er wäre krank, wenn er vorm Frühstück noch keine Prügel ausgeteilt hätte. Anita konnte sich glücklich schätzen, weil sie für die Arbeiten in der Scheune Brüder hatte und einen Vater, der normalerweise niemanden schlug. Dennoch fühlte sie sich an diesen Morgen, als wäre sie durch tiefes dunkles Wasser nach oben geschwommen.

»Denk an den Kaffee«, trösteten sie einander, während sie sich zum Laden am Highway vorarbeiteten, einer baufälligen Zuflucht. Bei ihnen beiden zu Hause gab es zum Frühstück starken Tee, auf ländliche Art lange gezogen.

Teresa Gault schloss den Laden vor acht Uhr auf, um sie hereinzulassen. An die Tür gepresst sahen sie die Neonröhren angehen, blaue Blitze von den Enden zur Mitte schießen, flackern, beinahe den Mut verlieren, bis sie dann strahlend weiß aufleuchten. Teresa kam ihnen lächelnd entgegen wie eine Gastgeberin und hielt sich, während sie sich um die Kasse schob, um ihnen die Tür aufzumachen, einen kirschroten Satinmorgenmantel am Hals zu, als könnte der sie vor der eiskalten Luft schützen. Ihre Augenbrauen waren schwarze, mit einem Stift gezeichnete Flügel, und sie benutzte einen anderen Stift – einen roten –, um ihren Mund nachzumalen. Der Bogen der Oberlippe sah aus wie mit der Schere ausgeschnitten.

Was für eine Wohltat, wie herrlich war es, in den hellen Raum einzutreten, den Ölofen zu riechen, die Bücher auf der Theke abzulegen und die Hände aus den Fäustlingen zu nehmen, um sich den Schmerz aus den Fingern zu reiben. Als Nächstes bückten sie sich und rieben ihre Beine warm – die nackten Zentimeter, die taub und dem Erfrieren gefährlich nahe waren. Sie trugen keine Strümpfe, weil das nicht modisch war. Sie trugen in ihren Stiefeln knöchelhohe Socken (ihre weißbraunen Sattelschuhe ließen sie in der Schule). Ihre Röcke waren lang – es war der Winter 1948/49 –, aber trotzdem blieb ein wesentlicher Teil der Beine unbedeckt. Manche Mädchen vom Land trugen lange Strümpfe unter den Socken. Manche trugen sogar Skihosen, die sich unter ihren Röcken beulten. Das hätten Margot und Anita niemals getan. Sie nahmen lieber Frostbeulen in Kauf, als sich für so bäuerische Kleidung auslachen zu lassen.

Teresa brachte beiden eine Tasse Kaffee, heißen schwarzen Kaffee, sehr süß und sehr stark. Sie bestaunte ihren Mut. Sie berührte ihre Wangen und Hände mit einem Finger und schrie spitz auf und schüttelte sich. »Wie Eis! Wie Eis!« Sie staunte, dass jemand überhaupt in den kanadischen Winter hinausging, und eine ganze Meile hindurchzulaufen erschien ihr ganz unmöglich. Was die beiden Mädchen Tag für Tag durchstanden, um zur Schule zu kommen, ließ sie in ihren Augen heldenhaft und seltsam erscheinen, und auch ein wenig grotesk.

Das schien vor allem daran zu liegen, dass sie Mädchen waren. Sie wollte wissen, ob die Unterkühlung ihren Zyklus durcheinanderbrachte. »Erfrieren davon nicht die Eier?«, fragte sie wörtlich. Margot und Anita erschlossen sich, was sie meinte, und ließen fortan keine Gelegenheit aus, sich gegenseitig zu ermahnen, darauf achtzugeben, dass ihre Eier nicht erfroren. Teresa war nicht ordinär – sie war nur eine Ausländerin. Reuel hatte sie in Übersee kennengelernt und geheiratet, in Elsass-Lothringen, und sie war nach seiner Heimkehr gemeinsam auf einem Schiff mit allen anderen Kriegsbräuten nachgekommen. In dem Jahr, als Margot und Anita siebzehn waren und in die zwölfte Klasse gingen, war Reuel der Fahrer des Schulbusses. Seine Route begann hier am Laden mit der Tankstelle, die sich die Gaults am Kincardine Highway in Sichtweite des Sees gekauft hatten.

Teresa erzählte von ihren beiden Fehlgeburten. Die erste hatte sie in Walley erlitten, bevor sie hierher rausgezogen waren und bevor sie ein Auto hatten. Reuel hatte sie auf seinen Armen ins Krankenhaus getragen. (Die Vorstellung, von Reuel getragen zu werden, verursachte bei Anita so angenehme Körpergefühle, dass sie fast bereit war, die Qualen durchzustehen, von denen Teresa erzählte, nur um es zu erleben.) Das zweite Mal war es hier im Laden passiert. Sie hatte auf dem Fußboden in ihrem Blut gelegen, und Reuel, der nebenan in der Autowerkstatt arbeitete, konnte ihre schwachen Schreie nicht hören. Ein Kunde kam herein und fand sie. Gott sei Dank, sagte Teresa, mehr Reuels als ihrer selbst wegen. Reuel hätte es sich niemals verziehen. Ihre Lider zitterten, ihr Blick senkte sich andächtig, wenn sie Dinge über Reuel und ihr Intimleben ausplauderte.

Während Teresa erzählte, ging Reuel im Laden ein und aus. Er ging hinaus und warf den Motor an, ließ den Bus warm laufen und kam wieder in den Wohnbereich, ohne von ihnen Notiz zu nehmen oder Teresa zu antworten, die ihren Redefluss unterbrach, um zu fragen, ob er seine Zigaretten vergessen habe oder mehr Kaffee wolle oder vielleicht wärmere Handschuhe brauche. Seine Art, sich den Schnee von den Stiefeln zu stampfen, war weniger ein Zeichen seiner Sorge um die Fußböden als seine Methode, sich anzukündigen. Seine hochgewachsene, forsch ausschreitende Gestalt brachte jedes Mal einen Schwall kalte Luft mit, und der Schoß seines offenen Parkas fegte meistens etwas um – Schachteln mit Götterspeise oder Maisdosen, die Teresa kunstvoll aufgebaut hatte. Er drehte sich nicht mal um.

Teresa behauptete, sie sei achtundzwanzig – genauso alt wie Reuel. Alle hielten sie für älter – bis zu zehn Jahre älter. Margot und Anita inspizierten sie aus der Nähe und fanden, dass sie wie verbrannt wirkte. Irgendetwas an ihrer Haut, vor allem am Haaransatz und um den Mund und die Augen, erinnerte an einen Kuchen, der gerade so viel zu lange im Backofen gestanden hatte, dass er noch nicht verbrannt, aber an den Rändern schon dunkelbraun war. Ihr Haar war dünn, so als wäre es von derselben Dürre oder Krankheit beschädigt, und es war zu schwarz – sie waren sich sicher, dass es gefärbt war. Sie war klein und zierlich mit schmalen Handgelenken und Füßen, aber von der Mitte abwärts wirkte ihr Körper aufgedunsen, so als hätte er sich nie von den kurzen, elenden Schwangerschaften erholt. Und sie roch immer, als hätte sie gerade etwas Süßes gekocht – würzige Konfitüre.

Sie stellte alle möglichen Fragen, genau wie sie auch alles

Mögliche erzählte. Sie fragte Margot und Anita, ob sie schon mit Jungs gingen.

»Ach, warum denn nicht? Erlaubt euer Vater das nicht? Mich mochten die Jungs schon mit vierzehn, aber mein Vater hat's verboten. Die kommen und pfeifen unter meinem Fenster, er jagt sie weg. Ihr solltet euch die Augenbrauen zupfen. Beide. Das würde euch hübscher machen. Jungs mögen das, wenn ein Mädchen sich hübsch macht. Das ist etwas, was ich nie vergesse. Als ich mit all diesen anderen Frauen auf dem Schiff über den Atlantik fuhr, hab ich mich schon die ganze Zeit für meinen Mann zurechtgemacht. Manche von diesen Frauen, die haben bloß rumgesessen und Karten gespielt. Ich nicht! Ich hab mir die Haare gewaschen und mich mit schönem Öl eingerieben, damit meine Haut weich wurde, und mir mit einem Stein die Füße gerubbelt und gerubbelt, um die harte Haut wegzukriegen. Wie sagt man noch dazu – zur harten Haut an den Füßen? Und ich hab mir die Nägel lackiert und die Augenbrauen gezupft und mich rausgeputzt wie 'n Hauptgewinn! Dafür, wenn mein Mann mich in Halifax abholte. Während all die anderen bloß herumsaßen und Karten spielten und tratschten.«

Sie hatten eine andere Geschichte über Teresas zweite Fehlgeburt gehört. Sie hatten gehört, dass es passiert war, weil Reuel zu ihr gesagt hatte, er habe sie satt, sie solle doch nach Europa zurückgehen. Und darauf hatte sie sich vor Verzweiflung gegen einen Tisch geworfen und das Baby verloren.

Reuel hielt in Nebenstraßen und an Farmtoren an, um Schüler einzusammeln, die dort mit den Füßen stampfend standen, um warm zu bleiben, oder sich beim Warten in den Schneewehen rauften. Margot und Anita waren die einzigen Mädchen in ihrem Alter, die in dem Jahr mit dem Bus fuhren. Die meisten anderen waren Jungs aus der neunten und zehnten

Klasse. Sie hätten ziemliche Nervensägen sein können, doch Reuel bremste sie schon, wenn sie in den Bus einstiegen.

»Lasst das sein. Beeilt euch. Rein mit euch, wenn ihr mit wollt.«

Und bei den ersten Anzeichen von Tumult im Bus, von Gejohle oder Handgemengen oder Boxen oder auch nur Springen von Sitz zu Sitz oder zu viel Lachen und lauten Rufen, rief Reuel: »Reißt euch zusammen, wenn ihr nicht zu Fuß gehen wollt! Du da, ja, dich mein ich!« Einmal hatte er einen Jungen rausgesetzt, weil er geraucht hatte. Etliche Meilen vor Walley. Reuel selbst rauchte pausenlos. Er hatte einen Mayonnaiseglasdeckel als Aschenbecher auf dem Armaturenbrett stehen. Niemand stellte je sein Verhalten in Frage. Sein plötzliches Aufbrausen war bekannt. Man fand, dass es zu seinen roten Haaren passte.

Die Leute sagten, er hätte rote Haare, aber Margot und Anita bemerkten, dass nur sein Schnurrbart und die Haare direkt über den Ohren rot waren. Der Rest, das Haar, das oberhalb der Schläfen dünner wurde, aber überall sonst dicht und wellig war, vor allem am Hinterkopf, den sie ja am häufigsten zu sehen bekamen – der Rest war goldbraun wie das Fell eines Fuchses, den sie eines Morgens über die weiße Straße hatten laufen sehen. Und die Haare seiner dicken Augenbrauen, die Haare auf seinen Armen und seinen Handrücken waren noch heller, aber auch sie schimmerten in jedem Licht. Wieso hatte der Schnurrbart sein Feuer behalten? Sie unterhielten sich darüber. Sie diskutierten alles an ihm kühl und in allen Einzelheiten. Sah er gut aus oder nicht? Er hatte die gerötete, fleckige Haut eines Rothaarigen, eine hohe, glänzende Stirn, helle Augen, die grimmig, aber gleichgültig wirkten. Gut sah er nicht aus, beschlossen sie. Eher komisch.

Aber immer wenn Anita in seine Nähe kam, durchrieselte ihre Haut ein Gefühl gezügelter Verzweiflung, das Ähnlichkeit besaß mit den ersten Anfängen eines Niesreizes. Das Gefühl war am schlimmsten, wenn sie aus dem Bus steigen musste und er neben den Stufen stand. Die Spannung huschte von ihrer Vorderseite zum Rücken, während sie an ihm vorbeiging. Margot gegenüber, die in ihrer Verachtung für das männliche Geschlecht standhafter zu sein schien als sie, erwähnte sie nichts davon. Margots Mutter graute ebenso vor dem Liebesakt mit Margots Vater wie den Kindern vor seinen Ohrfeigen und Tritten, und einmal hatte sie die ganze Nacht hinter verriegelter Tür auf dem Kornspeicher geschlafen, um ihm zu entkommen. Margots Wort für den Liebesakt war »es machen«. Sie sprach geringschätzig davon, wie Teresa es mit Reuel »machte«. Doch war Anita schon gelegentlich der Gedanke gekommen, dass gerade Margots Verachtung, ihr Missmut und ihre Geringschätzung, etwas sein könnte, das Männer anziehend fanden. Dass Margot womöglich auf eine Art Weise attraktiv war, die ihr fehlte. Mit Schönheit hatte das nichts zu tun. Anita hielt sich für die Hübschere, obwohl klar war, dass Teresa keiner von beiden eine gute Note geben würde. Was Margot attraktiv machte, war die mutwillige Trägheit, die sie manchmal in ihre Bewegungen legte, die solide Breite ihrer Hüften und ihr schon jetzt fraulich gerundeter Bauch, und der Ausdruck, der ab und zu in ihre großen braunen Augen trat – ein Ausdruck, der zugleich keck und hilflos war und zu nichts von dem passte, was Anita sie je hatte äußern hören.

Wenn sie endlich in Walley ankamen, hatte der Tag begonnen. Kein Stern mehr zu sehen, kein rosa Hauch mehr am Himmel. Die Stadt mit ihren Häusern, Straßen und eingespielten Gewohnheiten bildete eine Barrikade gegen die stürmische oder froststarre Welt, in der sie aufgewacht waren. Natürlich waren auch ihre Häuser Barrikaden, und der Laden ebenso, aber verglichen mit der Stadt waren sie nichts. Schon einen Block nach der Stadtgrenze war es, als gäbe es das Land draußen überhaupt nicht. Die großen Schneewehen an den Straßen und den Wind, der an den Bäumen riss und heulte – die gab es nicht. In der Stadt musste man sich benehmen, als wäre man schon immer in der Stadt gewesen. Die Schüler aus der Stadt, die nun die Straßen um die Highschool bevölkerten, führten ein privilegiertes, leichtes Leben. Sie standen erst um acht Uhr auf, in Häusern mit geheizten Schlaf- und Badezimmern. (Das war nicht immer der Fall, aber Margot und Anita glaubten es.) Dein Name entfiel ihnen leicht. Sie erwarteten, dass du ihren wusstest, und du wusstest ihn auch selbstverständlich.

Mit ihren schmalen Fenstern und dekorativen Dachzinnen aus dunkelroten Ziegeln, mit den langen Treppen und den abweisenden Türen und der in Stein gemeißelten lateinischen Inschrift *Scientia Atque Probitas* war die Highschool wie eine Festung. Wenn sie gegen Viertel vor neun durch diese Türen traten, war der weite Weg von zu Hause ausgestanden, und ihr Zuhause samt allen Etappen unterwegs wurde sozusagen unwirklich. Die Wirkung des Kaffees war vorbei. Im harten Licht der Aula wurden sie von nervösem Gähnen heimgesucht. Vor ihnen türmten sich die Anforderungen des Tages: Latein, Englisch, Geometrie, Chemie, Geschichte, Französisch, Geographie, Sport. Immer zehn Minuten vor der vollen Stunde läutete es zu einer kurzen Pause. Treppauf, treppab, Bücher und Tintengefäße umklammernd, liefen sie beklommen unter den Hängelampen und den Bildern der Königsfamilie und toter Pädagogen durch die Gänge. Die allsommerlich frischlackierte Täfelung blitzte genauso gnadenlos wie die Brillengläser des Direktors. Immer lagen Demütigungen in der Luft. Die beiden Mädchen hatten Magenschmerzen, die am späten Vormittag in Knurren überzugehen drohten. Sie fürchteten sich vor Schweißrändern unter den Achseln und

Blut an ihren Röcken. Sie zitterten auf dem Weg in die Englisch- oder Geometriestunde, nicht weil sie in den Fächern schlecht waren (tatsächlich waren sie in fast allen ziemlich gut), sondern weil die Gefahr bestand, dass man sie aufrief und sie dann aufstehen und etwas vorlesen, ein Gedicht auswendig aufsagen oder die Lösung einer Aufgabe vor der Klasse an die Tafel schreiben mussten. Vor der Klasse – das waren für sie grausige Worte.

Dann gab es da noch, dreimal die Woche, Sportunterricht – ein besonderes Problem für Margot, der es nicht gelungen war, ihrem Vater das Geld für einen Gymnastikanzug abzuluchsen. Sie musste sagen, dass sie ihre Sportsachen zu Hause vergessen hatte, oder sich welche von einem Mädchen leihen, das vom Sport befreit war. Aber wenn sie dann umgezogen war, konnte sie locker und vergnügt durch die Halle rennen und laut brüllen, dass man ihr den Basketball zuwerfen solle, während Anita sich vor Unsicherheit so verkrampfte, dass sie den Ball an den Kopf kriegte.

Dazwischen lagen bessere Momente. In der Mittagspause gingen sie in die Stadt und betrachteten die Schaufenster eines wunderschönen mit Teppich ausgelegten Geschäfts, das ausschließlich Hochzeits- und Abendkleider führte. Anita hatte vor, eines Tages im Frühling zu heiraten, mit Brautjungfern in grün-weißer Seide und Überröcken aus weißem Organza. Margots Hochzeit sollte im Herbst sein, und die Brautjungfern sollten apricotfarbenen Samt tragen. Bei Woolworth sahen sie sich Lippenstifte und Ohrringe an. Sie sausten kurz in die Drogerie und sprühten sich mit Parfümproben ein. Wenn sie Geld dabei hatten, um Besorgungen für ihre Mütter zu machen, gaben sie einen Teil des Wechselgeldes für Cherry Coke oder Toffees aus. Richtig unglücklich waren sie nie, denn sie glaubten fest daran, dass die Zukunft für sie etwas Besonderes bereit hielt. Sie könnten Heldinnen werden; und ganz gewiss würde sie ihnen Liebe und irgendeine Form von Macht bescheren.

Bei der Rückkehr begrüßte Teresa sie wieder mit Kaffee oder heißem Kakao mit Sahne. Sie kramte in einer Packung Kekse aus dem Laden und gab ihnen Fig Newtons oder Marshmallowküsse mit bunten Kokosraspeln. Sie warf einen Blick in ihre Bücher und erkundigte sich nach ihren Hausaufgaben. Alles, was sie erwähnten, hatte sie auch gehabt. In jedem Fach war sie eins-a gewesen.

»Englisch – beste Noten für mein Englisch! Aber damals wusste ich noch nicht, dass ich mich verlieben und nach Kanada kommen würde. Kanada! Ich dachte, in Kanada leben bloß Eisbären!«

Reuel kam selten mit ins Haus. Er fummelte am Bus herum oder irgendwo in der Werkstatt. Wenn sie nach der Schule in den Bus stiegen, war er meistens ziemlich gut gelaunt. »Einsteigen, wer mitwill!«, rief er. »Schnallt euch an! Setzt die Sauerstoffmasken auf! Faltet die Hände und betet! Jetzt geht's auf den Highway!« Dann sang er vor sich hin, eben leiser als der Lärm im Bus, und sie ließen die Stadt hinter sich. Je näher sie ihrem Ziel kamen, desto mehr verfiel er wieder in die Stimmung vom Morgen und wurde unnahbar und verächtlich. Manchmal sagte er, wenn sie ausstiegen, noch: »Da sind wir, meine Damen – am Ende eines wunderschönen Tages.« Oder er sagte gar nichts. Aber Teresa drinnen war redselig. Die Erzählungen aus der Schulzeit gingen über zu Abenteuern aus dem Krieg: Ein deutscher Soldat, der sich im Garten versteckte und dem sie einen Teller Kohlsuppe gebracht hatte; dann der Anblick der ersten Amerikaner – schwarzer Amerikaner –, die mit Panzern ankamen und den törichten, wundersamen Eindruck vermittelten, dass die Panzer und die Männer irgendwie miteinander verwachsen waren. Dann das kurze

Kleid für die Kriegshochzeit, das sie ihr aus der Spitzentischdecke ihrer Mutter genäht hatten. Rosa Rosen im Haar. Leider war das Kleid zu Lappen zerrissen worden, für die Arbeit in der Werkstatt. Aber woher hätte Reuel das auch wissen sollen?

Manchmal war Teresa mit einem Kunden ins Gespräch vertieft. Dann gab es nichts zu naschen und keine heißen Getränke – dann wedelte sie ihnen nur mit der Hand zu wie aus einer vorbeifahrenden Staatskarosse. Sie hörten ausschnittsweise immer dieselben Geschichten. Der deutsche Soldat, die schwarzen Amerikaner, noch ein Deutscher, der bei einer Explosion zerrissen wurde und dessen bestiefeltes Bein vor dem Kirchenportal landete, wo es liegen blieb, während alle Leute glotzend vorbeigingen. Die Bräute auf dem Schiff. Teresas Staunen darüber, wie lang die Fahrt im Zug von Halifax hierher war. Die Fehlgeburten.

Sie hörten sie sagen, dass Reuel Angst habe, sie könnte noch einmal schwanger werden.

»Deshalb nimmt er jetzt immer Präservative.«

Manche Leute erzählten, sie würden den Laden nicht mehr betreten, weil man nie wüsste, was man zu hören bekommen würde oder wann man sich wieder loseisen konnte.

Außer beim allerschlimmsten Wetter blieben Margot und Anita noch eine Weile an der Stelle stehen, wo sie sich trennen mussten. Sie dehnten den Tag noch ein bisschen länger aus und redeten. Jedes Thema war gut genug. Sah der Geographielehrer mit oder ohne Schnurrbart besser aus? Machten Teresa und Reuel es tatsächlich noch, wie Teresa andeutete? Sie redeten so ungezwungen und so endlos, dass es schien, als redeten sie über alles. Und trotzdem gab es Dinge, die sie für sich behielten.

Anita behielt zwei Träume für sich, die sie überhaupt niemandem verriet. Einer davon – der Wunsch, Archäologin zu werden – war zu befremdlich, und der andere – der Wunsch,

Mannequin zu werden – zu eitel. Margot erzählte, was sie werden wollte, nämlich Krankenschwester. Man brauchte für die Ausbildung kein Geld – wie für die Universität –, und wenn man fertig war, konnte man überall eine Stelle finden. New York, Hawaii – man konnte so weit weg, wie man wollte.

Was Margot für sich behielt, so dachte Anita, das war vermutlich, wie es bei ihr zu Hause wirklich zuging, mit ihrem Vater. Wenn man ihr glaubte, lief das alles ab wie in einer Filmkomödie. Ihr Vater außer sich, eine vom Pech verfolgte komische Figur, die erfolglos durch Haus und Hof jagt (hinter der flinken, spöttischen Margot her) und an verschlossenen Türen rüttelt (dem Kornspeicher) und fürchterliche Drohungen ausstößt und jede x-beliebige Waffe, die sie zu packen kriegt – ob Stuhl oder Axt oder ein Stück Feuerholz –, hoch über den Kopf schwingt. Er stolperte über die eigenen Füße, verhaspelte sich in den eigenen Vorwürfen. Und Margot lachte über alles, was er machte. Sie lachte, sie verachtete ihren Vater, sie trickste ihn aus. Niemals, niemals vergoss sie eine Träne oder schrie vor Angst. Anders als ihre Mutter. So behauptete sie jedenfalls.

Nach ihrer Schwesternausbildung ging Anita nach Yukon, um dort zu arbeiten. Sie lernte einen Arzt kennen und heiratete ihn. Das hätte das Ende ihrer Geschichte sein sollen, und ein gutes Ende obendrein, so wie man in Walley die Dinge sah. Doch sie ließ sich scheiden; sie zog weiter. Sie fing wieder an zu arbeiten und sparte und studierte an der University of British Columbia Anthropologie. Als sie nach Hause zurückkehrte, um die Pflege ihrer Mutter zu übernehmen, hatte sie gerade ihren Doktor gemacht. Kinder hatte sie nicht.

»Was willst du jetzt machen, wo du fertig bist?«, fragte Margot.

Leute, die Anitas Lebensweg positiv bewerteten, teilten ihr das meistens auch mit. Ältere Frauen sagten häufig: »Gut gemacht!« oder »Ich wünschte, ich hätte in jungen Jahren den Mut gehabt, es auch so zu machen, als es noch etwas hätte ändern können.« Manchmal gab es auch Beifall aus unerwarteten Ecken. Natürlich nicht von überall. Anitas Mutter war nicht mit ihrem Weg einverstanden, und deswegen war Anita viele Jahre lang nicht nach Hause gekommen. Sogar noch in ihrem jetzigen halb weggetretenen Zustand hatte ihre Mutter sie erkannt, ihre Kräfte gesammelt und gebrummelt: »Für die Katz.«

Anita beugte sich zu ihr hinunter.

»Das Leben«, sagte ihre Mutter. »Für die *Katz*.«

Doch ein anderes Mal, nachdem Anita ihr die wundgelegenen Stellen verbunden hatte, sagte sie: »So froh. So froh, dass ich eine *Tochter* habe.«

Margot schien keine Meinung zu haben. Sie wirkte auf gleichgültige Weise verwundert. Anita begann, ihr zu erzählen, was sie beruflich so vorhatte, doch sie wurden immer wieder unterbrochen. Margots Söhne kamen nach Hause und hatten Freunde dabei. Die Söhne waren groß, mit Haar in unterschiedlichen Rottönen. Zwei von ihnen besuchten die Highschool, und einer hatte gerade Semesterferien. Es gab noch einen älteren, der verheiratet war und im Westen lebte. Margot war Großmutter. Ihre Söhne klärten mit ihr, von Zimmer zu Zimmer brüllend, wo ihre Klamotten zu finden seien, was es im Haus zu essen gebe, ob sie Bier und Limo da hätten, und welche Autos wann wohin fahren würden. Dann gingen alle im Pool neben dem Haus schwimmen, und Margot rief: »Dass mir keiner mit Sonnencreme auf der Haut ins Wasser geht!«

Einer der Söhne antwortete gelangweilt und mit ostentativer Geduld in der Stimme: »Keiner hat sich eingecremt.«

»Na ja, gestern hatte sich jemand eingerieben und war danach im Pool«, entgegnete Margot. »Aber dann muss ich wohl annehmen, dass das bloß irgendjemand war, der sich heimlich vom Strand hier angeschlichen hat, was?«

Ihre Tochter Debbie kam von der Tanzschule und zeigte ihnen das Kostüm, das sie tragen würde, wenn die Tanzschule ihr Programm in der Einkaufspassage vorstellte. Sie sollte eine Libelle darstellen. Sie war zehn Jahre alt, braunhaarig und stämmig, wie Margot.

»Ziemlich stramme Libelle«, sagte Margot und machte sich im Liegestuhl lang. Ihre Tochter weckte in ihr nicht dieselben kriegerischen Instinkte wie ihre Söhne. Debbie versuchte, einen Schluck Sangria zu ergattern, und wurde von Margot verscheucht.

»Geh dir selbst was aus dem Kühlschrank holen«, sagte sie. »Hör zu, das ist mein Besuch. Okay? Ruf doch Rosalie an.«

Debbie ging und schickte mechanisch eine Beschwerde hinterher. »Wenn es bloß nicht rosa Limonade wäre. Warum machst du immer *rosa* Limonade?«

Margot stand auf und schob die Tür zur Küche zu. »Frieden«, sagte sie. »Trink aus. Einen Augenblick noch, dann mache ich uns ein paar Sandwiches.«

In diesem Teil von Ontario bricht der Frühling plötzlich aus. Auf den Flüssen und am Seeufer zerspringt das Eis in knirschende, schiebende Brocken; in den Tümpeln rutscht es unter die Oberfläche und färbt das Wasser grün. Der Schnee schmilzt, und die Bäche treten über die Ufer, und im Handumdrehen kommt ein Tag, an dem man den Mantel aufknöpft und Schal und Fäustlinge in die Taschen stopft. In den Wäldern liegt noch Schnee, wenn die Kriebelmücken herauskommen und der Frühjahrsweizen sprießt.

Teresa mochte den Frühling nicht mehr als den Winter.

Der See war zu groß und die Felder zu weit, und auf dem Highway fuhren die Autos zu schnell. Nun, wo es morgens mild war, brauchten Margot und Anita den Laden nicht mehr als Unterschlupf. Sie waren Teresa leid. Anita las in einer Zeitschrift, dass Kaffee die Haut verfärbte. Sie unterhielten sich darüber, ob Fehlgeburten chemische Veränderungen im Gehirn hervorrufen könnten. Sie standen draußen vorm Laden und fragten sich, ob sie hineingehen sollten, bloß aus Höflichkeit. Teresa kam an die Tür und winkte ihnen, kuckuck. Sie erwiderten das Winken mit einer kleinen Handbewegung, wie Reuel jeden Morgen winkte – indem er im letzten Moment, bevor er auf den Highway bog, bloß kurz eine Hand vom Lenkrad hob.

Eines Nachmittags im Bus sang Reuel, nachdem er alle anderen Fahrgäste abgesetzt hatte. »Die Welt ist kugelrund, juchhe, und hmmhmm ist gesund, juchhe.«

Ein Wort in der zweiten Zeile sang er so leise, dass sie es nicht mitbekamen. Er machte es absichtlich, um sie zu necken. Dann sang er das Ganze noch einmal, so laut und deutlich, dass kein Missverständnis möglich war.

»Die Welt ist kugelrund, juchhe,
Und Vögeln ist gesund, juchhe.«

Sie sahen sich nicht an und sagten kein Wort, bis sie ausgestiegen waren und die Landstraße hinunter gingen. Dann sagte Margot: »Was denkt der sich bloß, das Lied vor unseren Ohren zu singen. So 'ne Frechheit«, und sie spie das Wort aus wie den Wurm aus einem Apfel.

Aber schon am nächsten Tag, kurz bevor der Bus am Ende der Strecke angekommen war, fing Margot an zu summen. Sie forderte Anita auf, mitzumachen, indem sie ihr einen Stoß in die Rippen versetzte und die Augen verdrehte. Sie summten die Melodie von Reuels Lied; dann fingen sie an, einzelne Wörter in das Summen einzuflechten, indem sie ein Wort vernuschelten und das nächste klar und deutlich sangen, bis sie schließlich Mut fassten und die zwei Zeilen ganz sangen, mit hellen, unschuldigen Stimmen, so als würden sie »Jesus liebt mich« trällern.

»Die Welt ist kugelrund juchhe,
Und Vögeln ist gesund, juchhe.«

Reuel sagte kein Wort. Er sah sie nicht an. Er stieg vor ihnen aus dem Bus und wartete nicht an der Tür. Dabei war er noch vor weniger als einer Stunde in der Auffahrt zur Schule geradezu rührend gewesen. Einer der anderen Fahrer sagte mit einem Blick auf Margot und Anita: »Hübsche Ladung hast du da«, und Reuel sagte: »Hier wird nicht geglotzt, Mann«, und stellte sich so hin, dass der andere Fahrer sie beim Einsteigen nicht sehen konnte.

Am nächsten Morgen, bevor er vor dem Laden anfuhr, hielt er ihnen eine Standpauke. »Ich hoffe, ich werde im Gegensatz zu gestern heute zwei junge Damen in meinem Bus haben. Wenn ein Mädchen bestimmte Sachen sagt, ist das was anderes, als wenn ein Mann sie sagt. Genau wie wenn eine Frau sich betrinkt. Wenn ein Mädchen sich betrinkt oder obszön wird, dann dauert's nicht lange, bis sie in der Patsche sitzt. Denkt mal gründlich darüber nach.«

Anita fragte sich, ob sie eine Dummheit begangen hatten. Hatten sie sich zu viel rausgenommen? Sie hatten Reuels Missfallen erregt und ihn vielleicht entsetzt, so dass er sie jetzt genauso satt hatte wie Teresa. Sie schämte sich und war zerknirscht und fand Reuel gleichzeitig ungerecht. Um das zu zeigen, zog sie für Margot eine Grimasse mit weit heruntergezogenen Mundwinkeln. Aber Margot sah sie gar nicht. Sie trommelte mit den Fingerspitzen beider Hände gegeneinander und starrte ruhig und unverwandt auf Reuels Hinterkopf.

Eines Nachts wachte Anita mit unglaublichen Schmerzen auf. Sie dachte zunächst, sie wäre von irgendeinem Unglück geweckt worden, einem Baum, der aufs Haus gestürzt war, oder Flammen, die durch die Fußbodendielen schossen. Es war kurz vor dem Ende des Schuljahres. Sie hatte sich schon am Abend nicht wohlgefühlt, aber die ganze Familie klagte über Übelkeit und führte es auf den Geruch von Farbe und Terpentin zurück. Anitas Mutter war dabei, das Linoleum zu überstreichen, wie jedes Jahr um diese Zeit.

Anita hatte vor Schmerz aufgeschrien, bevor sie vollständig wach war, und hatte damit die ganze Familie geweckt. Ihr Vater fand es nicht richtig, den Arzt vor Tagesanbruch anzurufen, aber ihre Mutter rief ihn trotzdem an. Der Arzt sagte, sie sollten Anita nach Walley ins Krankenhaus bringen. Dort operierte er sie und stellte einen Blinddarmdurchbruch fest, an dem sie ein paar Stunden später vermutlich gestorben wäre. Sie war nach der Operation noch einige Tage schwer krank und musste drei Wochen im Krankenhaus bleiben. Bis auf die letzten paar Tage durfte sie außer ihrer Mutter keinen Besuch haben.

Für die Familie war das ein Drama. Anitas Vater hatte nicht genügend Geld, um die Operation und den Krankenhausaufenthalt zu bezahlen – er musste ein Stück Wald mit wertvollen Ahornbäumen verkaufen. Ihre Mutter nahm zu Recht für sich in Anspruch, Anita das Leben gerettet zu haben, und erwähnte das ihr Leben lang immer wieder, häufig unter Hinzufügung der Tatsache, dass sie gegen die Anordnung ihres Mannes gehandelt hatte. (In Wirklichkeit hatte sie nur gegen seinen Rat gehandelt.) Von einem neuen Gefühl der Unabhängigkeit und Selbstachtung beseelt setzte sie sich wieder ans Steuer, was sie jahrelang nicht mehr getan hatte. Sie besuchte Anita jeden Nachmittag und brachte ihr Neuigkeiten von zu Hause mit. Sie hatte das Linoleum fertiggestrichen, in einem gelb-weißen Muster, das mit dem Schwamm auf einen dunkelgrünen Untergrund aufgetragen wurde. Es erinnerte an eine ferne, mit winzigen Blumen gesprenkelte Wiese. Der Milchinspektor hatte es gelobt, als er zum Essen blieb. Ein verspätetes Kalb war auf der anderen Seite des Baches geboren worden, und keiner konnte sich vorstellen, wie die Kuh dahin gekommen war. In der Hecke blühte der Jelängerjelieber, und sie brachte einen Strauß mit und ließ sich von den Schwestern eine Vase bringen. Anita hatte noch nie erlebt, dass ihre Mutter für ein Mitglied der Familie so aus sich herausging.

Anita war glücklich, obwohl sie schwach war und die Schmerzen lange anhielten. Man hatte so viel Aufheben um sie gemacht, damit sie nicht starb. Sogar der Verkauf der Ahornbäume befriedigte sie, weil er ihr das Gefühl gab, einzigartig und geliebt zu sein. Alle waren freundlich zu ihr, niemand verlangte etwas von ihr, und sie nahm die Freundlichkeit auf und übertrug sie auf ihre gesamte Umgebung. Sie verzieh allen, die ihr in den Sinn kamen – dem Direktor mit seinen funkelnden Brillengläsern, den stinkenden Jungs im Bus, dem ungerechten Reuel und der plappernden Teresa und den reichen Mädchen mit Lambswool-Pullovern und ihrer eigenen Familie und Margots Vater, der unter seinen Wutanfällen bestimmt selbst auch zu leiden hatte. Sie wurde den ganzen Tag nicht müde, sich die dünnen gelblichen Gardinen vor dem Fenster anzuschauen und den Ast und den Stamm eines Baumes, den sie draußen sehen konnte. Es war eine Esche mit streng wirkenden rippsamtenen Streifen in der Borke und schmalen, verzweigten Blättern, die allmählich ihre Zartheit und ihr frisches Frühlingsgrün verloren und mit der Sommerreife zäher und dunkler wurden. Alles, was auf der Welt gemacht war oder wuchs, schien ihre Glückwünsche zu verdienen.

Später kam ihr die Vermutung, dass diese Stimmung von den Pillen verursacht wurde, die sie gegen ihre Schmerzen bekam. Aber vielleicht nicht ausschließlich.

Man hatte sie in ein Einzelzimmer gelegt, weil sie so krank war. (Ihr Vater hatte ihrer Mutter gesagt, sie solle sich danach erkundigen, wie hoch der Aufpreis sei, aber ihre Mutter glaubte nicht, dass sie mehr bezahlen müssten, weil sie nicht um ein Einzelzimmer gebeten hatten.) Die Schwestern versorgten sie mit Zeitschriften, die sie sich anschaute, aber nicht lesen konnte, weil sie zu benommen und auf angenehme Weise unkonzentriert war. Sie merkte nicht, ob die Zeit schnell oder langsam verging, und es war ihr gleich. Manchmal träumte sie oder stellte sich vor, dass Reuel sie besuchte. Er brachte ihr eine ernste Zärtlichkeit, verhaltene Leidenschaft entgegen. Er liebte sie ohne Hoffnung und streichelte ihr das Haar.

Ein paar Tage, bevor sie entlassen werden sollte, kam ihre Mutter mit einem Gesicht herein, das von der mittlerweile draußen herrschenden Sommerhitze und irgendeiner weiteren Zumutung hochrot glänzte. Sie stellte sich ans Fußende von Anitas Bett und sagte: »Ich habe immer gewusst, dass du mich ungerecht fandest.«

Zu diesem Zeitpunkt hatte Anitas Glück bereits einige Risse bekommen. Ihre Brüder hatten sie besucht, die unsanft gegen das Bett stießen, und ihr Vater, der überrascht schien, dass sie ihm einen Kuss geben wollte, und ihre Tante, die ihr erzählte, dass man nach einer Operation wie dieser immer dick wurde. Jetzt bedrängte das Gesicht ihrer Mutter, die Stimme ihrer Mutter sie wie eine Faust, die durch weichen Mull stößt.

Ihre Mutter redete von Margot. Das erkannte Anita sofort an einem Zucken um ihren Mund.

»Du hast immer gedacht, ich würde deine Freundin Margot nicht gerecht behandeln. Ich habe nie viel Wind um das

Mädchen gemacht, und das fandest du ungerecht von mir. Ich weiß das. Und jetzt haben wir den Beweis. Jetzt stellt sich raus, dass ich doch gar nicht so Unrecht hatte. Ich habe es ihr schon von klein auf angesehen. Ich konnte das sehen, was du nicht sehen konntest. Dass sie was Verschlagenes hat und nichts als Sex Sinn.«

Ihre Mutter betonte jeden Satz einzeln, mit rücksichtslos lauter Stimme. Anita sah ihr nicht in die Augen. Sie schaute auf den kleinen braunen Leberfleck unter einem Nasenloch. Er erschien ihr von Minute zu Minute hässlicher.

Ihre Mutter beruhigte sich ein wenig und erzählte, dass Reuel am allerletzten Schultag mit Margot im Schulbus nach Kincardine gefahren war, nachdem alle anderen Kinder ausgestiegen waren. Natürlich waren sie, seitdem Anita krank geworden war, am Anfang und Ende der Tour allein im Bus gewesen. Und in Kincardine hatten sie angeblich bloß zusammen Pommes frites gegessen – sagten sie. Was für eine Frechheit! Einen Schulbus für ihre Spritztouren und ihre Sperenzchen zu missbrauchen. Sie kamen noch am gleichen Abend wieder, aber Margot ging nicht nach Hause. Sie war bis heute nicht zu Hause aufgetaucht. Ihr Vater war zum Laden gekommen und hatte die Tanksäulen zertrümmert, dass die Glassplitter bis auf die Straße flogen. Er hatte die Polizei angerufen, wegen Margot, und Reuel hatte sie wegen der Tanksäulen angerufen. Die Polizisten waren mit Reuel befreundet, und Margots Vater hatte eine Bewährungsstrafe aufgebrummt bekommen. Margot war im Laden geblieben, vermutlich um einer Tracht Prügel zu entgehen.

»Dann ist das alles«, sagte Anita, »alles bloß dummes, gottverdammtes Geschwätz.«

Aber nein. Aber nein. Und diese Flüche will ich nicht hören, mein Kind.

Ihre Mutter sagte, sie habe Anita bisher verschont. All das

sei passiert, ohne dass sie etwas gesagt habe. Sie habe Margot nicht vorschnell verurteilen wollen. Aber jetzt gebe es keinen Zweifel mehr. Jetzt wisse man, dass Teresa versucht hatte, sich zu vergiften. Sie hatte überlebt. Der Laden hatte zugemacht. Teresa lebte noch dort, aber Reuel hatte Margot mitgenommen, und sie lebten jetzt hier, in Walley. Irgendwo in einem Hinterzimmer, bei Freunden von ihm. Sie wohnten zusammen. Reuel fuhr weiterhin jeden Tag zur Arbeit in die Werkstatt, also konnte man sagen, er lebte mit beiden zusammen. Würde man ihm in Zukunft gestatten, den Schulbus zu fahren? Wohl kaum. Alle waren der Meinung, Margot müsse schwanger sein. Javex, so hießen die Pillen, die Teresa genommen hatte.

»Und Margot hat sich dir nie anvertraut«, sagte Anitas Mutter. »Sie hat dir nicht einmal eine Karte geschrieben in der ganzen Zeit, die du hier liegst. Und das soll deine Freundin sein.«

Anita hatte das Gefühl, als wäre ihre Mutter ihr nicht nur böse, weil sie mit Margot befreundet war, einem gefallenen Mädchen, sondern noch aus einem anderen Grund. Sie hatte das Gefühl, ihre Mutter sähe das Gleiche, was ihr auch vor Augen stand – Anita als Untaugliche, Übergangene, Missachtete, nicht nur von Margot, sondern vom Leben schlechthin. Spürte ihre Mutter nicht eine wütende Enttäuschung darüber, dass nicht Anita die Auserwählte war, dass nicht sie diejenige war, die von einem Drama erfasst und in eine Frau verwandelt und auf einer Woge des Lebens davongeschwemmt wurde? Das würde sie nie zugeben. Und auch Anita konnte nicht zugeben, dass sie sich als große Versagerin fühlte. Sie war ein Kind, eine Unwissende, betrogen von Margot, die sich als Vielwissende entpuppt hatte. Missgelaunt sagte sie: »Das viele Reden macht mich müde.« Sie stellte sich schlafend, damit ihre Mutter gehen musste.

Dann lag sie wach. Sie lag die ganze Nacht wach. Die Schwester, die am nächsten Morgen hereinkam, sagte: »Na, wie siehst du denn aus! Tut dir die Wunde weh? Soll ich schauen, ob ich dich wieder auf Tabletten setzen kann?«

»Ich halte es hier nicht mehr aus«, sagte Anita.

»Ach so? Na ja, einen Tag noch, dann kannst du nach Hause.«

»Nicht im Krankenhaus«, sagte Anita. »*Hier.* Ich will hier weg und woanders leben.«

Die Schwester wirkte nicht überrascht. »Du hast die zwölfte Klasse hinter dir?«, fragte sie. »Gut. Dann kannst du die Ausbildung machen. Zur Krankenschwester. Das Einzige, was dich das kostet, ist die Uniform. Weil sie dich umsonst arbeiten lassen können, während du in der Ausbildung bist. Dann kannst du überall Arbeit finden. Die ganze Welt steht dir offen.«

Das hatte auch Margot gesagt. Und jetzt war Anita diejenige, die Krankenschwester werden würde, und nicht Margot. Sie fasste den Entschluss noch am selben Tag. Aber es kam ihr vor wie die zweite Wahl. Sie wäre lieber auserwählt worden. Sie hätte sich lieber von einem Mann und seiner Lust und dem Schicksal, das er für sie in die Wege leitete, abschleppen lassen. Sie wäre lieber Mittelpunkt eines Skandals gewesen.

»Willst du«, fragte Margot, »willst du wissen, wie ich es wirklich geschafft hab, an dieses Haus zu kommen? Richtig drauf gespitzt hab ich mich erst, als wir es uns leisten konnten. Aber du weißt doch, wie bei Männern – immer erst mal was anderes wichtiger ist? Ich hab lange genug in Bruchbuden gehaust. In einer Wohnung, die wir hatten, war bloß dieses Zeug, weißt du, diese Art Teppichunterlage auf dem Boden. Dieses braune, borstige Zeug, das aussieht wie ein Tierfell.

Du brauchst es bloß anzugucken und schon kribbelt und juckt es dich überall. Mir war sowieso dauernd schlecht. Damals war Joe unterwegs. Das war hinter dem Toyotaladen, bloß dass Toyota damals noch nicht da war. Der Vermieter war ein Bekannter von Reuel. Natürlich. Wir sind billig drangekommen.«

Aber es kam ein Tag, erzählte Margot, es kam ein Tag vor ungefähr fünf Jahren. Debbie war noch nicht in der Schule. Es war im Juni. Reuel wollte übers Wochenende wegfahren, nach Nord-Ontario zum Angeln. An den French River in Nord-Ontario. Kurz davor bekam Margot einen Anruf, von dem sie niemandem erzählte.

»Spreche ich mit Mrs Gault?«

Margot sagte ja.

»Mit Mrs Reuel Gault?«

Ja, sagte Margot, und da fragte die Stimme – es war die Stimme einer Frau oder vielleicht eines jungen Mädchens, gedämpft und kicherig –, ob sie wissen wollte, wo ihr Mann am kommenden Wochenende zu finden sein würde.

»Sagen Sie es mir doch«, sagte Margot.

»Gucken Sie doch mal in Georgian Pines.«

»Gern«, sagte Margot. »Wo ist das?«

»Ach, das ist ein Campingplatz«, sagte die Stimme. »Wirklich hübsch. Kennen Sie ihn nicht? Er liegt oben bei Wasaga Beach. Sie sollten da mal vorbeigucken.«

Dazu musste sie ungefähr hundert Meilen fahren. Margot traf Vorbereitungen für den Sonntag. Sie musste einen Babysitter für Debbie finden. Ihre übliche Babysitterin Lana konnte nicht, weil sie mit einigen Mitgliedern des Highschool-Orchesters übers Wochenende nach Toronto fuhr. Margot fand dann eine Freundin von Lana, die nicht im Orchester spielte. Sie war eigentlich recht froh, dass es sich so ergab, weil sie die Befürchtung hatte, vielleicht Lanas Mutter, Dorothy Slote, bei Reuel zu finden. Dorothy Slote machte die Buchhaltung für Reuel. Sie war geschieden und in Walley für die Vielzahl ihrer Liebschaften so berüchtigt, dass Jungs von der Highschool ihr aus dem Auto nachriefen: »Dorothy Slote, Sex ohne Verbote!« Manche nannten sie auch Dorothy Nutte. Margot bedauerte Lana – das war der Grund, weshalb sie angefangen hatte, sie als Babysitterin für Debbie zu beschäftigen. Lana würde nicht so hübsch werden wie ihre Mutter, und sie war schüchtern und nicht sehr helle. Margot kaufte ihr zu Weihnachten immer ein kleines Geschenk.

Am Samstagnachmittag fuhr Margot nach Kincardine. Sie war nur ein paar Stunden weg, deshalb ließ sie Debbie mit Joe und seiner Freundin an den Strand gehen. In Kincardine mietete sie sich einen anderen Wagen – per Zufall einen Transporter, eine alte blaue Klapperkiste, so ein typisches Hippiemodell. Außerdem kaufte sie sich ein paar billige Klamotten und eine ziemlich teure, echt aussehende Perücke. Die ließ sie im Wagen, den sie hinter einem Supermarkt abstellte. Am Sonntagmorgen fuhr sie mit ihrem Auto dorthin, stellte es ab, stieg in den Transporter und zog sich um, setzte die Perücke auf und schminkte sich heftiger als sonst. Dann setzte sie ihre Fahrt nach Norden fort.

Die Perücke hatte eine hübsche Farbe, hatte oben viel Volumen und war hinten lang und glatt. Dazu trug sie eine enge rosa Jeans und ein rosa-weiß gestreiftes Oberteil. Damals war Margot noch schlanker, wenn auch nicht richtig *schlank*. Und dazu Büffelledersandalen, Hängeohrringe, eine große rosa Sonnenbrille. Total durchgestylt.

»Ich hab nichts ausgelassen«, sagte Margot. »Die Augen hab ich auf Cleopatra geschminkt. Ich glaube, nicht mal meine eigenen Kinder hätten mich erkannt. Allerdings war die Hose ein Fehler – sie war zu eng und zu warm. Die und die Perücke hätten mir fast den Rest gegeben. Weil es ein brüllend heißer

Tag war. Und ich war ein bisschen ungeschickt beim Einparken, weil ich noch nie einen Transporter gefahren hatte. Ansonsten, keine Probleme.«

Sie fuhr über die 21, den Bluewater Highway, mit heruntergekurbeltem Fenster, um eine Brise vom See her abzubekommen, ließ ihr langes Haar im Wind flattern und stellte im Autoradio Rockmusik an, um sich in Stimmung zu bringen. In Stimmung wofür? Sie hatte keine Ahnung. Sie rauchte eine Zigarette nach der anderen, um die Nerven zu beruhigen. Männer hupten im Vorbeifahren. Natürlich war auf dem Highway einiges los, natürlich lagen sie am Wasaga Beach dicht an dicht, an einem so warmen, sonnigen Sonntag im Juni. Hinter dem Strand kroch der Verkehr nur noch, und der Geruch von Pommes frites und mittäglichen Grillfeuern lag wie eine Decke über der Gegend. Sie brauchte eine ganze Weile, bloß um den Campingplatz zu finden, aber sie fand ihn und zahlte die Tagesgebühr und fuhr hinein. Sie kurvte mehrmals über den Parkplatz und suchte Reuels Auto. Dann fiel ihr ein, dass der Platz bestimmt nur für Tagesbesucher war. Sie suchte eine Parklücke.

Dann musste sie das gesamte Gelände zu Fuß erkunden. Zuerst lief sie über den ganzen Campingplatz. Wohnwagen mit Stromanschluss, Zelte, Leute, die draußen vor den Wohnwagen und Zelten saßen und Bier tranken, Karten spielten und grillten – mehr oder weniger genau wie zu Hause. Mittendrin ein Spielplatz, mit ständig belegten Schaukeln und einer Rutsche, Kinder, die Frisbee spielten, kleine Kinder im Sandkasten. Ein Erfrischungskiosk, wo Margot sich eine Cola holte. Zum Essen war sie zu aufgeregt. Es fühlte sich merkwürdig an, so unter lauter Familien zu sein, und doch nirgendwo dazuzugehören.

Niemand pfiff oder rief ihr etwas nach. Es gab reichlich langhaarige Frauen, die mehr herzeigten als sie. Und man musste zugeben, dass das, was sie hatten, eher zum Vorzeigen war.

Sie lief weiter, auf den sandigen Wegen unter den Pinien hinter den Wohnwagen. So geriet sie in einen Teil des Geländes, der wie eine alte Ferienanlage aussah und wahrscheinlich schon da gewesen war, lange bevor jemand auch nur an Wohnwagenplätze gedacht hatte. Der Schatten der großen Pinien tat ihr gut. Der Boden unter ihnen war mit Nadeln braun besät – harte Erde war zu weichem, pelzigem Staub geworden. Es gab Doppelhütten und Einzelhütten, dunkelgrün gestrichen. Daneben Picknicktische. Feuerstellen aus Stein. Blühende Blumenkübel. Hübsch.

Vor einigen Hütten standen Autos, aber das von Reuel war nicht dabei. Sie sah keine Menschen – vielleicht wohnten in den Hütten Leute, die an den Strand gingen. Auf der anderen Straßenseite war ein Plätzchen mit einer Bank und einem Trinkwasserbrunnen und einem Mülleimer. Sie setzte sich zum Ausruhen auf die Bank.

Und da kam er raus. Reuel. Er trat aus der Hütte direkt gegenüber von der Bank, auf der sie saß. Direkt vor ihrer Nase. Er trug seine Badehose, und er hatte zwei Handtücher über die Schulter geworfen. Er schlurfte träge vor sich hin. Eine weiße Speckrolle wölbte sich über den Rand seiner Badehose. »Halt dich wenigstens gerade!«, hätte Margot am liebsten gerufen. Ging er so krumm, weil er sich für seine Heimlichkeit schämte? Oder war er bloß von fröhlichen Leibesübungen erschöpft? Oder hielt er sich schon lange so krumm, und es war ihr bloß nicht aufgefallen? Dass sein großer, starker Körper sich allmählich in eine Art Pudding verwandelte.

Er langte in das Auto, das neben der Hütte stand, und sie wusste, dass er nach seinen Zigaretten griff. Sie wusste es, weil sie im selben Moment in ihrer Tasche nach ihren eigenen wühlte. Wenn dies ein Film wäre, dachte sie – wenn dies nur ein Film wäre, würde er mit einem Feuerzeug über die Straße gesprungen kommen, eifrig bestrebt, dem einsamen hübschen Mädchen behilflich zu sein. Ohne sie zu erkennen, während das Publikum die Luft anhielt. Dann ein allmähliches Erkennen und Entsetzen – Ungläubigkeit und Entsetzen. Während sie, die Ehefrau, kühl und befriedigt dasaß und einen tiefen Zug an ihrer Zigarette tat. Aber es geschah nichts dergleichen, natürlich nicht; er warf nicht einmal einen Blick auf die andere Straßenseite. Sie saß schwitzend da in ihren Jeans, und ihre Hände zitterten so, dass sie die Zigarette weglegen musste.

Es war nicht sein Auto. Was für ein Auto hatte Dorothy Slote?

Vielleicht war er mit einer anderen Frau zusammen, einer, die Margot gar nicht kannte, einer Fremden. Irgendeiner Fremden, die sich einbildete, ihn genauso gut zu kennen wie seine Frau.

Nein. Nein. Es war keine Fremde. Keine Unbekannte. Von wegen. Die Tür der Hütte öffnete sich ein zweites Mal, und heraus trat Lana Slote. Lana, die angeblich mit dem Orchester in Toronto war. Die nicht auf Debbie aufpassen konnte. Lana, die Margot immer leidgetan hatte und zu der sie immer nett gewesen war, weil sie das Mädchen für ein Mauerblümchen hielt oder für einen Pechvogel. Weil sie fand, man merkte Lana an, dass sie mehr oder weniger bei alten Großeltern aufwuchs. Lana kam ihr hausbacken vor und altklug, ohne besonders intelligent zu sein, und nicht sehr gesund, als ob sie sich von Limo und Frühstücksflocken mit Zucker ernähren durfte und ständig nur den Mischmasch aus Dosenmais und Bratkartoffeln und Makkaroni-Käse-Auflauf zu essen bekam, den solche alten Leute auf den Tisch brachten. Sie hatte oft böse Erkältungen mit asthmatischen Komplikationen, ihre Haut war stumpf und blass. Aber was sie hatte, war eine kompakte, ansprechende kleine Figur, hinten und vorne gut entwickelt, und runde Erdhörnchenbacken, wenn sie lächelte, und seidiges, glattes, naturblondes Haar. Sie war so fügsam, dass sie sich sogar von Debbie herumkommandieren ließ, und für die Jungen war sie ein Witz.

Lana hatte einen Badeanzug an, den ihre Großmutter für sie ausgesucht haben könnte. Mit einem gekräuselten Oberteil über den vollen kleinen Brüsten und einem geblümten Röckchen. Ihre Beine waren stämmig und noch ganz weiß. Sie stand dort an der Schwelle, als ob sie Angst hätte, herauszukommen – Angst hätte, sich im Badeanzug oder überhaupt nur zu zeigen. Reuel musste zu ihr gehen und ihr einen liebevollen Klaps geben, damit sie sich in Gang setzte. Er drapierte ihr eines der Handtücher um die Schultern und tätschelte sie dabei ausdauernd und liebevoll. Er legte seine Wange auf ihren flachen blonden Kopf und rieb dann seine Nase in ihrem Haar, zweifellos um den Babyduft einzuatmen. Margot sah sich das alles mit an.

Sie gingen die Straße hinunter zum Strand und hielten einen anständigen Abstand. Vater und Kind.

Margot stellte nun fest, dass das Auto ein Leihwagen war. Aus Walkerton. Wie komisch, dachte sie, wenn er es in Kincardine gemietet hätte, im selben Laden, wo sie den Transporter gemietet hatte. Sie wollte ihm einen Zettel unter den Scheibenwischer klemmen, aber sie hatte nichts zum Schreiben. Sie hatte einen Stift, aber kein Papier. Doch auf dem Gras neben der Mülltonne erspähte sie eine Tüte von Kentucky Fried Chicken. Fast ohne Fettflecken. Die zerriss sie in mehrere Fetzen, und auf die Fetzen schrieb sie – mit gedruckten Großbuchstaben – die folgenden Botschaften:

GIB BLOSS ACHT, SONST
LANDEST DU NOCH IM GEFÄNGNIS.

WENN DU NICHT AUFPASST,
ERWISCHT DICH DIE SITTENPOLIZEI.

PERVERSE HABEN KEIN GLÜCK IM LEBEN.

WIE DIE MUTTER, SO DIE TOCHTER.

SCHMEISS DIE LIEBER WIEDER IN DEN FLUSS,
WO DU SIE RAUSGEFISCHT HAST,
DIE IST NOCH NICHT AUSGEWACHSEN.

SCHANDE.

SCHANDE ÜBER SCHANDE.

Sie beschrieb noch einen Fetzen mit den Worten: »DU FETTES DRECKSCHWEIN MIT DEINEM DÄMLICHEN PÜPPCHEN«, doch den zerriss sie – der Ton gefiel ihr nicht. Hysterisch. Sie klemmte die Zettel dahin, wo er sie sicher finden würde – unter den Scheibenwischer, in den Türspalt, legte einen mit Steinen beschwert auf den Picknicktisch. Dann eilte sie mit rasendem Herzen davon. Sie fuhr zuerst so unsicher, dass sie noch auf dem Parkplatz beinahe einen Hund überfahren hätte. Weil sie sich nicht auf den Highway traute, fuhr sie über Nebenstraßen, Schotterpisten, und mahnte sich immer wieder, nicht zu schnell zu werden. Sie wollte schnell fahren. Sie wollte Gas geben. Sie war kurz davor, zu explodieren, in tausend Stücke zu zerspringen. War es gut, oder war es furchtbar, sich so zu fühlen? Sie hatte keine Ahnung. Sie hatte das Gefühl, als hätte man ihre Leinen gekappt, als wäre ihr alles gleich, als wäre sie so leicht wie ein Grashalm.

Doch schließlich landete sie in Kincardine. Sie zog sich um und nahm die Perücke ab und wischte sich das Make-up von den Augen. Sie warf die Klamotten und die Perücke – nicht ohne Bedauern – in den Müllcontainer am Supermarkt, und sie brachte den Transporter zurück. Gern hätte sie in der Hotelbar was getrunken, aber sie mochte ihre Fahrkunst nicht noch weiter beeinträchtigen. Und sie hatte Angst vor dem, was sie womöglich täte, wenn ein Mann sie allein in der Bar sähe und sich die geringste Bemerkung über sie erlaubte. Selbst wenn er nur sagte: »Heiß heute«, konnte es passieren, dass sie ihn anschrie, dass sie ihm ins Gesicht sprang.

Zu Hause. Die Kinder. Den Babysitter bezahlen. Eine Freundin von Lana. War sie womöglich diejenige, die angerufen hatte? Zum Abendessen was aus dem Imbiss holen. Pizza – bloß kein Kentucky Fried Chicken, das würde sie nie wieder essen können, ohne daran denken zu müssen. Dann blieb sie bis spät auf und wartete. Sie trank ein paar Gläser. Einige Gedanken schwirrten ihr unablässig durch den Kopf. Anwalt. Scheidung. Bestrafung. Diese Gedanken trafen sie wie Gongschläge und verhallten wieder, ohne dass sich eine Ahnung einstellte, wie sie vorgehen sollte. Was sollte sie zuerst tun, was sollte sie als Nächstes tun, wie sollte ihr Leben weitergehen? Für alle Kinder gab es Pläne. Die Jungs hatten Jobs für den Sommer, Debbie hatte einen Termin für eine kleine Ohrenoperation. Sie konnte sie hier nicht rausreißen; sie würde ganz allein gehen müssen, während sich alle Welt das Maul zerriss – wie sie es schon einmal zur Genüge genossen hatte. Außerdem war sie mit Reuel nächstes Wochenende zu einer großen Jubiläumsfeier eingeladen; sie musste das Geschenk besorgen. Ein Handwerker war bestellt, um nach den Abflussrohren zu sehen.

Reuel kam so spät nach Hause, dass sie schon langsam zu fürchten begann, er könnte einen Unfall gehabt haben. Er hatte über Orangeville fahren müssen, um Lana bei ihrer Tante abzuliefern. Er hatte so getan, als wäre er ein Lehrer von der

Highschool, der ein Mädchen aus dem Orchester im Auto mitgenommen hatte. (Dem richtigen Lehrer hatte man unterdessen weisgemacht, dass Lanas Tante krank war und Lana in Orangeville war, um sich um sie zu kümmern.) Reuel hatte Magenschmerzen, natürlich, wegen der Zettel. Er saß am Küchentisch, kaute Tabletten und trank Milch. Margot kochte Kaffee, damit sie für den Kampf nüchtern wurde.

Reuel beteuerte, es sei alles ganz harmlos gewesen. Ein Ausflug für das Kind. Wie Margot hatte er Mitleid mit dem Mädchen. Ganz unschuldig.

Margot lachte ihn aus. Sie lachte noch, als sie jetzt davon erzählte.

»Ich sagte zu ihm ›Unschuldig! Deine Unschuld kenn ich! Was glaubst du eigentlich, mit wem du redest‹, sagte ich, ›mit Teresa?‹ Und er sagte: ›*Wer?*‹ Nein, wirklich. Er sah mich tatsächlich einen Augenblick lang verständnislos an, bis es ihm einfiel. Er sagte: ›*Wer?*‹«

Da wurde Margot nachdenklich. Wie konnte eine Strafe aussehen? Für wen? Sie dachte, wahrscheinlich wird er das Mädchen heiraten, und dann kommen die Kinder, und bald reicht das Geld nicht mehr für alle.

Bevor sie irgendwann zu früher Morgenstunde ins Bett gingen, hatte sie ihm das Versprechen für ihr Haus abgenommen.

»Weil bei den Männern eine Zeit kommt, wo sie den Zirkus nicht mehr wollen. Sie lavieren sich lieber raus. Ich hab hart verhandelt und fast alles gekriegt, was ich wollte. Wenn er später mal muckste, brauchte ich bloß zu sagen ›Perücke!‹. Ich hatte ihm die ganze Geschichte erzählt – von der Perücke und dem Transporter und wo ich gesessen hatte und alles. Und ich konnte das vor den Kindern und überall sagen, ohne dass jemand mitkriegte, wovon ich redete. Aber er wusste Bescheid! Reuel wusste Bescheid. *Perücke!* Ich sag's bis heute ab und zu, immer wenn ich es für nötig halte.«

Sie fischte ein Stück Apfelsine aus ihrem Glas, lutschte sie aus und zerkaute sie anschließend. »Ich hab außer Wein noch eine Kleinigkeit an die Sangria getan«, sagte sie. »Ich hab ein bisschen Wodka dazugegeben. Merkst du was?«

Sie streckte die Arme und Beine im Sonnenlicht.

»Immer wenn ich – es für nötig halte.«

Anita dachte sich, dass Margot vielleicht ihre Eitelkeit abgelegt, aber wahrscheinlich nicht den Sex aufgegeben hatte. Vielleicht konnte Margot ohne Bilder von schönen Körpern oder warmen Gefühlen an Sex denken. Gesunder Schlagabtausch.

Und was war mit Reuel – was hatte der aufgeben müssen? Margots harten Verhandlungen stand nur eines entgegen – die Frage, ob Reuel mitspielte oder nicht.

Verhandlungen. Verhandlungen, Berechnungen, Häuser und Geld. Das alles war für Anita unvorstellbar. Wie konnte man Liebe und Betrug in handfeste Dinge verwandeln? Anita hatte sich stattdessen für Kommen und Gehen entschieden, für brodelnde Emotionen und Treue zu einer einzigen Art von Gefühl, die häufig Untreue gegenüber fast allem anderen bedingte.

»Jetzt du«, sagte Margot voller Genugtuung. »Ich hab dir was erzählt. Jetzt musst du mir von dir erzählen. Erzähl mir, wieso du beschlossen hast, deinen Mann zu verlassen.«

Anita erzählte ihr die Geschichte von einem Abend im Restaurant in British Columbia. Auf einer Urlaubsreise gingen Anita und ihr Mann in einem Restaurant an der Straße essen, und Anita sah dort einen Mann, der sie an jemanden erinnerte, in den sie vor vielen Jahren verliebt – nein, vielleicht sollte sie lieber sagen, verschossen gewesen war. Der Mann im Restaurant hatte ein blasses, breites Gesicht mit einem verächtlichen, verschlossenen Ausdruck, das dem Gesicht des geliebten Mannes glich wie eine lustlose Kopie, und sein langbeiniger Körper hätte eine Kopie des Körpers des anderen sein können, wenn der von Lethargie befallen wäre. Als es Zeit wurde, das Restaurant zu verlassen, konnte sich Anita kaum losreißen. Ihr ging auf, was der Ausdruck bedeutete – sie hatte buchstäblich das Gefühl, als müsse sie sich losreißen und als blieben nur Lumpen und Fetzen von ihr übrig. Während der ganzen Fahrt auf dem Island Highway, zwischen den dunklen, dichten Reihen der hohen Tannen und Fichten auf beiden Seiten hindurch, und auf der Fähre nach Prince Rupert Island spürte sie einen absurden Trennungsschmerz. Da entschied sie, wenn sie einen solchen Schmerz empfand, wenn sie für ein Phantom mehr empfinden konnte als sie je in ihrer Ehe fühlte, dann müsse sie lieber gehen.

So erzählte sie es Margot. Es war natürlich schwieriger gewesen als das und nicht so eindeutig.

»Und bist du den anderen Mann suchen gegangen?«, fragte Margot.

»Nein. Das war einseitig. Das konnte ich nicht.«

»Einen anderen denn?«

»Und dann noch einen und noch einen«, sagte Anita lächelnd. Neulich nachts, als sie bei ihrer Mutter am Bett gesessen und darauf gewartet hatte, ihr die nächste Spritze zu geben, hatte sie über Männer nachgedacht und wie zum Zeitvertreib Namen aneinandergereiht, wie man sonst die großen Flüsse der Welt oder Hauptstädte oder die Kinder von Königin Viktoria aufzählte. Bei manchen spürte sie Bedauern, aber bei keinem Reue. Im Gegenteil, der ordentlichen Aufreihung entströmte Wärme. Eine zunehmende Befriedigung.

»Na ja, so kann man es auch machen«, sagte Margot ungerührt. »Aber mir kommt es komisch vor. Wirklich. Ich meine – ich begreife nicht, wozu es gut sein soll, wenn man sie nicht heiratet.« Sie hielt inne. »Weißt du, was ich manchmal mache?« Sie erhob sich schnell und ging an die Schiebetür. Sie lauschte, schob die Tür auf und steckte den Kopf hinein. Dann kam sie zurück und setzte sich.

»Wollte nur mal nachsehen, ob Debbie mithört«, sagte sie. »Jungs, in deren Gegenwart kann man die schlimmsten persönlichen Sachen erzählen, und die hören genauso wenig zu, wie wenn man Hindi sprechen würde. Aber Mädchen hören zu. Debbie hört …

Ich sage dir, was ich mache«, sagte sie. »Ich fahr zu Teresa raus.«

»Ist sie noch da?«, fragte Anita völlig überrascht. »Wohnt Teresa noch draußen im Laden?«

»Welchem Laden?«, sagte Margot. »Ach, nein. Nein, nein. Der Laden ist weg. Die Tankstelle ist weg. Schon vor Jahren abgerissen. Teresa ist im County Home. Die haben da draußen jetzt eine sogenannte psychiatrische Abteilung. Das Komische ist, dass sie jahrelang da draußen gearbeitet hat. Sie hat Tabletts ausgeteilt und aufgeräumt und Mädchen für alles gespielt. Dann fing sie selbst an, zeitweise seltsame Phasen zu haben. So dass sie jetzt manchmal irgendwie da arbeitet und manchmal einfach da ist, wenn du weißt, was ich meine. Wenn sie durchdreht, macht sie nie Schwierigkeiten. Sie ist bloß ziemlich durcheinander. Und redet und redet und redet. Eigentlich wie immer, bloß noch verstärkt. Alles, was sie noch im Kopf hat, ist reden, reden, reden und sich schön machen. Wenn du sie besuchen kommst, will sie immer Badeöl oder Parfüm oder Make-up mitgebracht haben. Das letzte Mal hab ich ihr dieses Zeug für helle Strähnen im Haar mitgenommen. Das fand ich einigermaßen riskant, weil die Anwendung kompliziert ist. Aber sie hat die Gebrauchsanweisung gelesen und ist prima damit zurechtgekommen. Ganz ohne Schweinerei. Wenn ich sage, sie ist durcheinander, meine ich, dass sie glaubt, sie wäre auf dem Schiff. Dem Schiff mit den Kriegsbräuten, das sie alle nach Kanada bringt.«

»Kriegsbräute«, sagte Anita. Sie sah sie mit weißem Federschmuck gekrönt vor sich, wild und unbefleckt. Woran sie dachte, waren indianische Kriegshauben.

Sie brauchte ihn nicht zu sehen, sie verspürte schon seit Jahren nicht den geringsten Wunsch, ihn zu sehen. Ein Mann untergräbt für unberechenbare Zeit dein Leben, und dann ist da eines Tages nichts mehr, nur noch eine Leere dort, wo er war, und du weißt nicht warum.

»Weißt du, was ich gerade vor mir gesehen hab?«, sagte Margot. »Wie der Laden früher morgens aussah. Und wie wir halb erfroren reinkamen. Wir hatten ein hartes Leben, aber das haben wir nicht gewusst.«

Wir hatten Macht, dachte Anita. Wer so voll von Angst und Eifer ist, besitzt die Macht der Verwandlung – jedes Element des Lebens wird unweigerlich bedeutungsschwer. Es ist eine Macht, an deren Verlust man nicht denkt, weil man gar nicht weiß, dass man sie hat.

»Damals hat sie an die Tür getrommelt. Da draußen. Da draußen, als Reuel mit mir im Zimmer war. Es war furchtbar. Ich weiß nicht. Ich weiß nicht – glaubst du, es war Liebe?«

Von hier oben auf der Terrasse sehen die beiden Arme des Wellenbrechers aus wie schwimmende Streichhölzer. Die Türme und Pyramiden und Förderbänder des Salzbergwerks sehen aus wie große schwimmende Spielzeuge. Der See glänzt wie eine Folie. Alles wirkt hell und klar und harmlos. Wie unter einem Zauberbann.

»Wir sind alle auf dem Schiff«, sagt Margot. »Sie denkt, wir sind alle auf dem Schiff. Aber sie ist diejenige, die Reuel in Halifax abholen wird, die Glückliche.«

Bis hierher sind Margot und Anita gediehen. Sie haben noch keine Lust, mit Reden aufzuhören. Sie sind ziemlich glücklich.

Alice Munro

Liebes Leben

Erzählungen

Aus dem Englischen von Heidi Zerning

368 Seiten. Gebunden

Das neue Buch der Nobelpreisträgerin Alice Munro

Niemand erzählt eindringlicher davon, wie es wäre, ein neues Leben zu beginnen, als die große kanadische Autorin Alice Munro. »Dir diesen Brief schreiben ist wie einen Zettel in eine Flasche stecken und hoffen, er wird Japan erreichen«, schreibt Greta in der ersten Geschichte und schickt diese Zeilen an Harris, den Zeitungsreporter, der sie nach einer Party fast geküsst hätte. Aber eben nur fast. Auf wenigen Seiten kondensiert Alice Munro die geheimen Träume ihrer Figuren. Vierzehn neue brillante Erzählungen, die mit einem furiosen Finale enden: vier Geschichten, in denen sie so persönlich wie nie (»die ersten und die letzten Dinge, die ich über mein Leben zu sagen habe«) von sich selbst erzählt.

»Munro ist die schonungsloseste Autorin,
die ich kenne, zugleich die zärtlichste, ehrlichste und
aufmerksamste. Ich bin unglaublich glücklich darüber,
dass ihr der Nobelpreis zugesprochen wurde.«
Jeffrey Eugenides

fi 1-048832 / 1

Alice Munro

Zu viel Glück

Zehn Erzählungen

Aus dem Englischen von Heidi Zerning

Band 18686

Zu viel oder zu wenig – für das Glück gibt es kein Maß, nie trifft man es richtig. Alice Munros Heldinnen und Helden geht es nicht anders, sie haben das Zuviel und das Zuwenig erlebt: Sie kennen die Namen der Bäume, die Last ungeschriebener Briefe. Sie wissen, wie es sich anfühlt, wenn man den Mann, der die gemeinsamen Kinder getötet hat, in der Anstalt besucht.

Alice Munro ist die Meisterin des Nachhalls, der einem Leben seinen besonderen Klang gibt – die Spannung und Vibration, die unserer Existenz ihre Farbe verleiht. Wie wir sie nehmen und verstehen, entscheidet, ob wir zu viel oder zu wenig Glück messen: Alice Munro macht ihre Leser zu Komplizen dieser Mission.

»Alice Munros ganzes Werk handelt von der Lust,
Geschichten zu erzählen.«
Jonathan Franzen

»Ich bewundere Alice Munro. Ich bewundere
die Direktheit ihres Erzählens, die Nüchternheit
und Einfachheit ihrer Sprache. (…)
Was für Geschichten, was für ein Werk!«
Bernhard Schlink

fi 18686 / 1